O guardião da flor de lótus

ANDRÉS PASCUAL

O guardião da flor de lótus

Um suspense repleto de aventura e espiritualidade

TRADUÇÃO
CRISTINA CAVALCANTI

PRUMO
leia

Título original: *El guardián de la flor de loto*
Copyright © 2007 by Andrés Pascual Carrillo de Albornoz

Todos os direitos reservados. Nenhuma parte desta obra pode ser reproduzida ou transmitida por qualquer forma ou meio eletrônico ou mecânico, inclusive fotocópia, gravação ou sistema de armazenagem e recuperação de informação, sem a permissão escrita do editor.

Direção editorial
Soraia Luana Reis

Editora
Luciana Paixão

Editor assistente
Thiago Mlaker

Assistência editorial
Elisa Martins

Preparação de texto
Erika Alonso

Revisão
Rosamaria Gaspar Affonso

Criação e produção gráfica
Thiago Sousa

Assistentes de criação
Marcos Gubiotti (projeto de capa)
Juliana Ida

Imagem de capa: Jerry Harpur/Getty Images

CIP-Brasil. Catalogação-na-fonte
Sindicato Nacional dos Editores de Livros, RJ

P288g   Pascual, Andrés, 1969-
             O guardião da flor de lótus / Andrés Pascual; tradução de Cristina Cavalcanti. - São Paulo: Prumo, 2009.

             Tradução de: El guardián de la flor de loto
             ISBN 978-85-7927-024-6

             1. Ficção espanhola. I. Cavalcanti, Cristina. II. Título.

09-3691.   CDD: 863
                                                               CDU:821.134.2-3

Direitos de edição para o Brasil: Editora Prumo Ltda.
Rua Júlio Diniz, 56 – 5º andar – São Paulo/SP – CEP: 04547-090
Tel: (11) 3729-0244 – Fax: (11) 3045-4100
E-mail: contato@editoraprumo.com.br
Site: www.editoraprumo.com.br

À memória do meu avô Andrés,
que pincelou minha infância com letras,
e à do meu avô Gonzalo,
que a encheu de fantasia e ilusões.

Talvez numa noite tranquila o tremor de tambores distantes se apagando, se elevando num tremor dilatado, apagado; um som sobrenatural, atraente, sugestivo e selvagem; e talvez com um significado tão profundo quanto o dobrar dos sinos num país cristão.

JOSEPH CONRAD
O coração das trevas

Tibete ocidental, setembro de 1967

O pequeno lama corria às cegas entre os escombros. Apertava uns livros contra o peito e não conseguia tirar a água da chuva que entrava nos seus olhos. A tormenta rugia com ferocidade. Barulhenta, começara sete dias atrás, na mesma manhã em que os mensageiros anunciaram que um regimento de guardas vermelhos se aproximava da região, destruindo todos os monastérios que encontrava ao passar. E depois choveu forte, até que o céu veio abaixo no dia do ataque, como se um demônio arrependido quisesse apagar o fogo quando já era tarde. O pânico o fazia arfar de maneira entrecortada. Os carros de combate chineses disparavam contra os poucos muros que ainda estavam de pé, produzindo um estrondo ensurdecedor. O pequeno lama sabia que aquele dia fatídico podia chegar. Sabia que as hordas de Mao Tsé-tung haviam reduzido a cinzas milhares de monastérios — lamaserias — por todo o Tibete, amparadas pelo que denominavam Revolução Cultural. Mas mesmo agora que a fumaça invadia tudo, ele custava a crer que fosse verdade. Nem quando se convenceu de que nenhum dos seus companheiros deixara a tempo o edifício dos dormitórios, que jazia derrubado entre os grandes pilares de madeira despedaçados.

"O meu monastério, o meu lar em chamas", pensou.

Resolveu se esconder nas despensas. Correu por uma das ladeiras que cortavam a lamaseria, estruturada como uma aldeia amuralhada. No meio do caminho, escorregou e caiu de joelhos no piso empedrado. Alçou a vista e foi surpreendido pela imagem dos corpos estendidos no chão, suas túnicas vermelhas se confundindo com o manto de sangue que escorria rua abaixo até as suas pernas. Afrouxou a pressão dos braços e deixou cair os livros. A tinta começou a se dissolver e as folhas foram levadas pelo vento que trazia as vozes dos soldados. Sentiu a proximidade daquela estridência e foi tomado pelo terror.

Virou-se para o pátio. Eles já estavam lá. O pequeno lama cravou os olhos na estrela vermelha que sobressaía na ombreira encharcada de um soldado que girava uma metralhadora, do alto de um jipe. Todos gritavam e se moviam desordenadamente. Disparando tiros no ar, ordenaram que os monges, abrigados no pavilhão onde fabricavam velas, saíssem de lá. Os lamas surgiram com as mãos ao alto, entre eles, um dos tutores do menino. Ele correu emocionado em sua direção, justamente quando o soldado do jipe mirou o grupo e disparou sem lhes dar tempo de reagir.

O que fazia o papel de oficial reparou no pequeno lama que ficara imóvel, mudo sob a chuva, em seu um metro e vinte de estatura, a túnica arrastando pelo chão. Entrecerrou ainda mais os olhos rasgados para divisá-lo em meio à cortina de água, disparou uma arma curta e atingiu-o na mão. O menino deixou escapar um grito de dor e saiu correndo novamente entre estertores, esquivando-se dos corpos dos lamas, escorregando nas pedras polidas, apoiando-se numa mureta com uma das mãos, enquanto sua respiração agitada se fundia com o silvo das balas e os gritos em chinês que saíram de um megafone.

Passou sem se deter pelo edifício onde vivia o abade. Subiu a longa escadaria que partia da galeria de colunas e quase foi derrubado por um cavalo que descia disparado dos estábulos, segurando as rédeas com os dentes. A passagem para as cozinhas estava impedida. Pensou em cortar caminho pela parte traseira da sala de estudos, mas ela estava infestada de guardas vermelhos. Deteve-se na esquina, encostou as costas no muro e assomou a cabeça com cautela. Os soldados saíam carregados de livros e os jogavam no chão, formando uma pilha. Um deles tentava acender uma tocha sob a chuva. Outro trouxe um recipiente e o esvaziou sobre os pergaminhos, jogou uma mecha acesa e produziu uma fogueira que logo ultrapassou a altura dos telhados. A mão do pequeno lama não parava de sangrar. Enquanto a patrulha contemplava o crepitar das chamas, ele correu na direção do pátio junto à muralha, temendo que também já tivessem chegado ali. Assim era. Quase caiu de bruços sobre outro caminhão que cuspia mais e mais recrutas desaforados que se espalhavam pela lamaseria como uma grande mancha de petróleo. Logo descobriram um grupo de monges agachados atrás de um muro, tentando se esconder, e dispararam neles com fúria antes que pudessem se levantar.

A resistência do pequeno lama chegou ao fim. Fechou os olhos e engoliu como pôde a dor que bombeava a ferida em sua mão. Ouviu mais disparos e pensou que fosse desmaiar. Caiu na porta de um torreão da muralha externa. Neste momento, alguém a abriu, apalpou sua cabeça raspada e puxou-o para dentro.

Era seu mestre, um lama cego que todos no monastério conheciam como o pintor de mandalas.

— Mestre!

— Lobsang Singay, filho! É você! Corra para baixo! – gritou enquanto encaixava uma barra de ferro para manter o portão bloqueado.

— Está muito escuro – soluçou o menino.

O mestre, um velho lama de idade indeterminada, acendeu rapidamente uma mecha grossa que tirou do bolso. A chama iluminou seus olhos sem cor. Apesar da cegueira, controlava todos os seus movimentos como se enxergasse. Aproximou a mecha do fundo da passagem e iluminou uma escada estreita onde pingavam infiltrações da tormenta.

— Para onde vamos?

— A um lugar que os militares chineses não conhecem. Desça já! Não pare!

Ao chegarem ao final da passagem, diante deles se abriu uma sala rodeada de colunas.

— Você nunca me trouxe aqui.

— Talvez você não se lembre, mas o trouxemos para este porão há alguns anos, poucos dias depois da sua chegada ao monastério. É aqui onde comprovamos se nossas designações estão corretas e fazemos as provas para estar certos de que outros meninos como você são as afortunadas reencarnações dos grandes lamas do passado. Hoje ela vai servir para nos abrigar. Deite-se onde puder.

O chão estava coberto de tapetes.

— A minha mão está doendo muito – queixou-se o garoto.

O mestre passou a ponta dos dedos indicador e médio sobre a ferida.

— Vou tentar deter esta hemorragia.

Abriu a gaveta de um móvel onde guardava vasilhas tibetanas, colares e figuras de divindades. Tirou um frasco e preparou uma atadura improvisada com tiras que arrancou da sua própria túnica. Enquanto limpava a ferida com o unguento o pequeno lama adormeceu, encolhido como um bebê. O mestre cobriu-o com um tapete pequeno para protegê-lo da umidade e do frio.

O bombardeio fazia as paredes da sala vibrarem repetidamente, mas o menino dormiu por várias horas. Acordou tranquilo tendo ao lado umas velas que o mestre acendera para ele e, pouco antes de elas derreterem completamente, iluminavam languidamente o escuro recinto. Só se ouvia as gotas caindo na poça que se formara num degrau. O pintor de mandalas estava deitado no chão com as pálpebras fechadas e os membros muito relaxados. O pequeno lama sentiu o braço paralisado do cotovelo até a mão. Pelo menos já não sangrava. Cruzou a sala sem fazer barulho e dirigiu-se ao pavimento superior. Ao chegar lá soltou a barra de ferro e abriu uma nesga da porta para olhar.

Tinha parado de chover e o sol, filtrado pela neblina do amanhecer, entrou rapidamente, deixando-o cego por um instante.

Não se via nenhum movimento. Apoiada na parede, ele viu uma escada de madeira que levava ao terraço do torreão. Arregaçou a túnica e subiu. Empurrou o alçapão e saiu. Dali se via quase todo o monastério, com sua planta circular semelhante a uma enorme mandala. Em cada canto havia corpos estendidos, túnicas amassadas e pisadas no barro, restos de papel queimado nas poças e madeiras calcinadas. Ele contou dezenas e depois centenas de monges de todas as idades, alguns amontoados ao longo dos muros. Pensou nos que haviam sido sepultados sob os edifícios desmoronados e seus olhos se encheram de lágrimas. A biblioteca, a sala de orações e também a cozinha onde pensara se esconder estavam reduzidas a um monte de pedras negras fumegantes.

- Um ruído o deixou sobressaltado. Era o mestre cego, que subia com dificuldade.

— Você não devia ter saído sem me avisar – repreendeu-o, arfando.

O menino se virou na direção dele.

— Tentei salvar meus livros, mas eles caíram quando eu fugi dos soldados.

O mestre tateou até que suas mãos encontraram os ombros do menino. Agachou-se e se dirigiu a ele olhando-o de frente como se olha um igual, como se pudesse vê-lo do fundo de seus olhos brancos.

— Os guardas vermelhos podem incendiar todas as nossas bibliotecas, todas elas, mas nem assim nos farão entregar os pontos. – Respirou antes de continuar. — Eles destruíram nossos livros e é verdade que os antigos lamas puseram muita paciência na caligrafia daquelas páginas, e eu próprio nos desenhos, mas a verdadeira natureza do budismo tibetano, pequeno, o legado do Tibete, está em nós mesmos. Lembre-se de que isso eles nunca poderão queimar. Enquanto houver um só mestre vivo, capaz de transmitir os ensinamentos, e um só noviço disposto a recebê-los, nossa tradição milenar continuará sendo forjada.

— Você continuará a me ensinar como sempre fez? – perguntou com os olhos muito abertos.

O mestre esboçou um sorriso.

— Você já aprendeu tudo o que eu podia lhe transmitir. Muitos grandes lamas gostariam de ter os conhecimentos que, a esta idade, você já possui. Além disso – acrescentou com a voz cheia de pesar —, em poucos dias você terá de ir embora daqui.

— Para onde?

— Para Dharamsala, na Índia. Chegou o momento de seguir os passos de Sua Santidade, o Dalai-Lama.
— E o que faremos com o cartucho?
— Não se preocupe. Você leva dentro toda a sabedoria que ele contém. Agora você só precisa pensar em chegar são e salvo ao outro lado da cordilheira.
— Mas você vem comigo, não é?
— Estou velho demais para fazer esta viagem. Passei a vida toda neste mosteiro e...

O mestre cego apertou a cabeça do pequeno lama Lobsang Singay contra o peito. Nunca ouvira um silêncio igual àquele, tão diferente do que envolvia seus momentos de meditação. Os megafones presos aos carros de combate que transmitiam os discursos de Mao durante o ataque já estavam longe. Eles se dirigiam ao monastério seguinte. Talvez já tivessem chegado lá.

Boston, setembro de 2007

A luz cintilante da manhã de Boston saudou o recém-chegado. O lama deteve-se por um instante ao sair do hotel e escutou, apalpou, observou. Queria se impregnar das texturas da cidade americana. O chofer que fora buscá-lo fitou abertamente seu crânio raspado, a pele queimada do Himalaia. O lama sorriu e foi até ele. A túnica oscilava no vapor emitido pelo asfalto. As sandálias golpeavam a lajota molhada.

— Bom dia, doutor Singay.

— Bom dia – respondeu o lama com um perfeito sotaque inglês.

— Chegaremos ao campus rapidamente – informou-o enquanto abria a porta do carro.

O lama agradecia o frio que entrava pela janela. Recordou que o reitor, ao recebê-lo no aeroporto no dia anterior, havia sugerido que ele levasse uma jaqueta para cobrir os ombros nus, apesar de ainda ser verão. O reitor não conhecia o sibilo da meseta do Tibete; as manhãs, tardes e noites em que o lama, então um menino, não tinha outro abrigo além do pano enrolado quando respirava a neve no terraço do monastério.

Como o chofer anunciara, em poucos minutos chegaram a Harvard. Observou os pátios da faculdade bostoniana onde ia dar conferências e pensou que eram muito diferentes das suas montanhas. Apesar de ser um sóbrio enclave tradicional, em Harvard se respirava modernidade. O lama médico Lobsang Singay pensou que tinha acertado ao escolher aquele lugar para revelar seus segredos ao mundo.

O carro deixou-o diante da escola de medicina. Subiu as escadarias ouvindo o solene repicar dos sinos das nove horas e se apresentou à recepcionista. Imediatamente o reitor da universidade e o decano da faculdade saíram apressados de um escritório.

— Bem-vindo a Harvard, doutor Singay! – exclamou o reitor. — Gostou do seu hotel?

— É perfeito – respondeu o lama, pousando cuidadosamente a maleta no chão para estender-lhes a mão.

— Todos estão ansiosos para conhecê-lo, mas, se não se incomoda, primeiro vamos tirar umas fotos ali fora.

O lama assentiu.

O reitor fez um gesto e um homem que esperava sentado numa cadeira com uma objetiva enorme se ergueu e saiu atrás deles.

— Já tinha vindo aos Estados Unidos antes? – interveio cordialmente o decano enquanto o fotógrafo lhes dizia como deviam se posicionar.

— Esta é minha primeira viagem fora da Ásia – respondeu o lama.

— Com certeza teria preferido voar para o Tibete – acrescentou o decano de maneira cúmplice. — É revoltante, quase meio século sem poder regressar à sua terra!

"Quase meio século!" – pensou o lama, repetindo para si as

palavras do decano. — "Já se passaram 40 anos desde que me despedi do pintor de mandalas nas ruínas da minha lamaseria." Enquanto espocavam os flashes, o lama médico Lobsang Singay fechou os olhos e mirou para trás, recordando o que, sem dúvida, fora o período mais difícil na história do seu povo. Quando o Dalai-Lama era adolescente, o governo tibetano – temeroso diante da irrefreável incursão das tropas chinesas em seu território – lhe outorgou poderes políticos e religiosos absolutos. Mao Tsé-tung estava empenhado em liberar o Tibete do que considerava um regime feudal teocrático e pretendia incorporá-lo à *Mãe Pátria* como se fosse mais uma província chinesa. A partir daí, o jovem Dalai-Lama passou anos tentando negociar com Mao uma saída pacífica para o conflito. Mas as pretensões políticas do líder chinês acabaram se convertendo numa obsessão demente que estalou com a primeira granada que caiu em Lhasa, a capital do Tibete, dando início à campanha militar que aniquilou a débil sublevação do povo tibetano. No dia 17 de março de 1959, horas antes da chegada das tropas, o Dalai-Lama foi retirado às escondidas do seu palácio por um grupo de seguidores que o acompanhou ao exílio. Cruzou o Himalaia a pé carregando séculos de tradição em baús até um pequeno enclave montanhoso ao norte da Índia, chamado Dharamsala, onde obteve permissão para se instalar enquanto não conseguisse regressar à sua terra. Chegou congelado pela injustiça e encharcado até os ossos da chuva que caíra durante a viagem, mas com força e autoridade suficientes para instaurar um governo no exílio que, depois de meio século, persistia na sua luta não-violenta.

Agora tinha viajado para Boston e sabia que estava no lugar adequado para alcançar seus objetivos.

Seus anfitriões o conduziram por um corredor de portas translúcidas.

— Não tema – disse o decano enquanto caminhavam. — Hoje não o fustigaremos com perguntas. Aguardaremos pacientes até a primeira aula magistral de amanhã.

— Aqui está ele! – exclamou o reitor, abrindo de par em par as portas da sala de recepção.

Sobre uma longa mesa de peroba coberta com uma toalha de linho havia aperitivos coloridos que contrastavam com a solenidade do cômodo. As paredes estavam cobertas de quadros com retratos imponentes dos dignitários da universidade. Os convidados, que conversavam em grupos dispersos pela sala, se aproximaram para cumprimentá-lo. Ali estavam os decanos das outras faculdades, pesquisadores e representantes de todas as empresas do setor médico do estado de Massachusetts, os responsáveis pelas equipes de direção do Hospital Geral e o próprio prefeito da cidade, acompanhado pelo chefe de gabinete de comunicação.

— Estamos contentes em tê-lo aqui! – exclamou um deles enquanto os repórteres tentavam tirar um *close* para os jornais do dia seguinte. — É uma honra para toda a comunidade médica.

— E acadêmica! – assinalou o reitor.

— O senhor é monge ou lama? – perguntou o prefeito num tom mais coloquial.

— Os lamas são os monges dedicados a estudar e a ensinar a doutrina budista tibetana – esclareceu gentilmente. — Mas pode me chamar simplesmente de Lobsang Singay.

— *A cura na vida e na morte: os segredos do tratado da magia do antigo Tibete* – recitou um mecenas da universidade, lendo em voz alta o folheto que tinha em mãos. — Por que deu este título às conferências?

— Não sejam impacientes! – riu o reitor. — Singay é considerado uma reencarnação do Buda Bhaisajyaguru, o grande mestre tibetano da cura, então nos próximos dias ele certamente irá revelar esta e muitas outras coisas.

O reitor conduziu-o a um canto da sala. Discretamente afastado, o empresário que patrocinara o curso o esperava.

— Doutor Singay, gostaria de lhe apresentar o senhor Burk, dono da corporação Byosane.

— A empresa farmacêutica que forneceu os fundos... – sussurrou o lama. — Estou muito grato pela sua colaboração.

— Espero que seja o princípio de uma aliança frutífera. Estamos ansiosos para conhecer todas essas técnicas curativas que vão revolucionar a medicina mundial.

— Tento contribuir com o que tenho à disposição – respondeu.

— Não seja tão humilde – interveio o reitor. — Hoje em dia – informou aos demais — o próprio Dalai-Lama pede sua opinião não só sobre questões médicas, mas sobre qualquer assunto de Estado.

— Para suscitar a resposta de outras nações e receber seu apoio temos que deixar nossa doutrina fluir para o exterior – esclareceu o lama. — A única arma que podemos empunhar é compartilhar nossa essência.

— O que o Dalai-Lama acha de sua vinda até aqui para revelar seus segredos médicos? – interessou-se o empresário.

— Sua Santidade me estimulou muito. Nós sabíamos que o dia havia chegado. Mas devo esclarecer que os segredos não são só meus, mas também de muitos outros lamas que me precederam. É a obra de toda a minha vida, mas também a de muitas outras vidas anteriores.

— Nós não imaginávamos que a medicina tibetana tivesse evoluído desta maneira – confessou o decano. — Dizem que

| 21

vocês são capazes de curar doenças que a medicina ocidental nem consegue diagnosticar.

— Primeiro devemos nos convencer de que a origem da doença nem sempre está no corpo. Trata-se de sanar o espírito para que o resto se cure sozinho.

— Espero que esta não seja sua única recomendação – comentou Burk, o empresário farmacêutico, sorrindo com o canto da boca.

O lama virou-se para ele.

— Ainda acredita que o câncer ou a AIDS possam ser curados exclusivamente com remédios?

— Sinto muito, não queria ofendê-lo.

— E eu muito menos. Como o senhor disse, o nosso desejo é trabalhar em conjunto. Só quero colocar minha medicina ao alcance de quem faça melhor uso dela. Por que não começar por Harvard? Talvez desta vez alguém decida que valemos a pena.

— Nós já pensamos assim – confirmou o reitor, sério.

Após um instante de silêncio, uma jovem, que até então havia permanecido calada, se somou ao grupo. Era uma estudante exemplar de medicina que escrevia os artigos da gazeta universitária.

— Diga-me, para nossa revista – mostrou-lhe a última publicação —, existe cura também na morte?

O lama pegou um copo d'água e bebeu um gole.

— Qual é o seu nome? – perguntou.

— Anne – respondeu ela.

— Lembro-me de ter tratado por vários meses de uma doente chamada Anne. Agora ela vive em Londres e me escreve todos os anos por esta época. – Ele ficou pensativo por um instante antes de responder. — Digamos que nos próximos dias tomarei a liberdade de explicar uma medicina diferente, segundo os ditames dos primeiros mestres do Tibete que traçaram no mesmo plano as vias da espiritualidade e da cura.

— O senhor se refere aos segredos do *Tratado da magia do antigo Tibete?* – inquiriu ela, insistindo no enigmático título do curso. — Ninguém conhece este livro mágico.

Novamente o lama tomou tempo de que precisava.

— No Tibete cresce uma fruta capaz de curar as enfermidades mais estranhas – explicou docemente, por fim. — Ela é cultivada em terrenos puros, regados com a água do degelo das montanhas sagradas. É tão delicada que se a mão humana a toca ela imediatamente perde a cor carmesim e suas propriedades se esfumam; por isso, para colhê-la, é preciso sacudir os talos e recolher as flores em redes de bambu. Mas isto não adianta se, ao ser administrada, o médico não propiciar o estado adequado para sanar o espírito do paciente. E não me refiro só à psicologia. No meu laboratório na escola de medicina de Dharamsala fizemos uma fusão da sabedoria ancestral do antigo Tibete com as descobertas mais modernas em áreas como a neurofisiologia e, depois de vários anos de estudos, aprendemos a estimular o cérebro dos pacientes e a convertê-lo no nosso melhor aliado. Você mesma vai decidir, ao final das conferências, se isto é magia ou não.

Ele bebeu o resto da água.

— Soa incrível – murmurou o decano, de forma inconsciente. — Sempre pensamos que eram necessários séculos de investigações para chegar a isto.

— O senhor vai nos mostrar como fazer isto? – perguntou a estudante, cativada.

— Vou me abrir como uma flor de lótus diante de vocês, mas primeiro devem compreender uma verdade básica da nossa doutrina. Devem saber que sua principal função é ensinar os pacientes a morrer.

O decano se inclinou buscando os olhos do lama.

— Mas...

O lama sorriu e estendeu as mãos, dando a entender ao seu anfitrião que falava de algo natural, belo aos olhos do médico do Himalaia.

— Quero dizer que os futuros médicos deverão saber levar os pacientes pela mão até que eles se convençam de que só se afastarão dos sofrimentos que nos tocou padecer quando descobrirem que nada os acorrenta a este mundo nem às coisas materiais que nos dominam. Neste dia, eles se imbuirão das forças da natureza e ficarão para sempre curados de suas doenças. Desfrutarão da vida ou, em último caso, enfrentarão a morte como mais um estado desta vida. A partir da plena compreensão destes princípios – concluiu, fitando a estudante — será muito mais simples para vocês assimilar minhas práticas curativas. – O lama médico Lobsang Singay, com o olhar perdido em outra dimensão, deixou suas palavras pairarem por um instante. — Neste último momento – prosseguiu de repente —, vocês devem convencer todos os seus pacientes de que os dois são um, como somos todos os seres, e dar-lhes o último abraço que lhes permita ir em paz e esperar, na nossa companhia, o que tenha de chegar.

Subitamente, todos os presentes sentiram-se livres de toda tensão. Era como se naquela sala de madeira velha envernizada soprasse uma estranha brisa libertadora.

Na manhã seguinte, Singay se levantou com a sensação de ter dormido placidamente. Depois de terminar os rituais de meditação foi à janela e comprovou que o dia amanhecera nublado. Vestiu a túnica. Não sabia fazer nada sem ela, nem dar uns passos pelo quarto acolhedor do Copley Plaza.

No dia anterior desfrutara o passeio e queria repetir o percurso. Ainda era cedo e dispunha de um bom tempo para assear-se. Tomou com calma o chá que pedira ao serviço de quarto e afastou a cortina, deixando entrar uma fresta de luz natural. Depois se dirigiu ao banheiro para tomar uma ducha.

Apoiou a mão no portal. Nenhum hóspede do hotel perceberia qualquer ruído, mas Singay escutava perfeitamente os motores dos táxis enfileirados diante da entrada, o zumbido do pequeno frigobar e o gotejar do duto de ventilação na grade. No seu monastério de Dharamsala não se ouvia nada daquilo. Lá se ouviam os sons do bosque e, às vezes, só o vento, que levava os cânticos matinais de um lado para o outro.

Neste mesmo instante, quando esboçou um sorriso porque pensou ouvir o eco das rezas que um monge do Himalaia lançava ao céu, algo subitamente interrompeu a conexão imaginária que havia criado com seu lar.

Uma dor insuportável atravessou seu peito, como se tivesse sido atingido por uma flecha incandescente lançada pelo pior dos demônios. Sentou-se no chão sem tentar chegar à cama. Como a dor não parava, tentou analisar a origem daquele ramo de espinhos que continuava crescendo e se ramificando em direção aos pulmões e à traqueia. Apesar de todos os seus conhecimentos, não conseguia decifrar o que estava acontecendo, tantas eram as convulsões que começaram a torturá-lo. Mal podia endireitar as pernas, mas conseguiu chegar à postura necessária para exercitar o *tonglen*, uma prática elevada de meditação que cultivou na adolescência, e cujo protocolo lhe veio à mente naquele momento. *Tonglen, tonglen*, repetiu, tentando uma posição de lótus completa. O lama controlou a respiração e inspirou o sofrimento de toda a humanidade. Encheu-se de uma dor maior ainda, maior do que a que o invadia queimando-lhe o peito. Tentou compartilhar e transcender o sofrimento com todos os seres, como havia aprendido, e compreender e aceitar o próprio sofrimento naquele momento difícil. Tentou assimilar o que lhe sucedia e superá-lo mediante a concentração. Repetiu o ritual várias vezes, sem êxito. Não havia angústia naquele ataque, nenhum medo ilusório para controlar com o cérebro. Algo real o fundia por dentro.

Usou todas as suas forças, antes que fosse tarde demais, para se levantar e andar até o telefone. Conseguiu se erguer, mas, ao fazê-lo, o fogo que se apossava do seu coração soltou uma rajada em direção à boca e queimou seu paladar. Caiu novamente. Desta vez, desabou sobre a mesinha lateral de vidro, que aparou sua queda sem se quebrar. Apoiou a mão no controle da televisão e sem querer apertou vários botões, ligando o aparelho. Uma mulher olhava para a câmera oferecendo um iogurte de soja. Os rostos que se sucediam na tela começaram a se deformar e pareciam demoníacos. Fitou o teto, engoliu a pouca saliva que lhe restava na boca, deixou a mente em branco por uns segundos e recobrou a calma.

Então, apesar do volume estrondoso com que o aparelho emitia mais anúncios e da vibração que produzia no seu cérebro cada batida do seu coração agonizante, tudo lentamente foi ficando em silêncio. Não conseguia se mexer. Extinguiu-se o fio de voz que pouco antes partira dos seus pulmões pedindo ajuda.

Neste momento, sem saber por quê, lembrou-se do aroma da chaleira em que todas as manhãs preparava chá no monastério. De uma forma misteriosa, apalpou o bafo de vapor que ela emanava quando retirava a tampa para encher as garrafas térmicas dos monges. Lembrou-se disto e sentiu o cheiro como se estivesse lá, nos anos da sua infância, em que uma de suas tarefas era manter as xícaras dos lamas cheias durante as sessões de cânticos e rezas. Estes mesmos cânticos que minutos atrás ele evocara com tanto prazer. No primeiro ano, quando tinha seis, não conseguia segurar a chaleira e precisava fazer várias viagens carregando as pequenas garrafas térmicas que depois esvaziava ao longo das fileiras de monges em transe. Agora ele a sentia como se estivesse diante dele, com a tampa preta de ferro fundido aberta.

Não havia nada mais humano do que aquela recordação descontrolada, ele pensou, então soube que a vida que desta vez lhe tocara viver havia chegado ao fim. Recuperou o ritmo da respiração e emocionou-se ao saber que estava perto de comprovar as verdades que sempre almejara conhecer. Teve pena de não ter nenhum parente por perto, nem os amigos ou mestres médicos que o teriam ajudado neste transe. Ele, que ajudara centenas de pacientes a transferir sua consciência para a Luminosidade Mãe, os budistas para Buda, os cristãos para o Deus dos cristãos ou para aquelas outras santidades às quais os pacientes dos lugares mais remotos estavam espiritualmente ligados; ele, mestre na arte de curar e de morrer, parado diante da imensidão, não tinha ninguém para guiá-lo.

Não havia ninguém para dar-lhe o último abraço, como o cálido primeiro abraço da vida terno e acolhedor da mãe que todo homem deseja receber na morte para renascer outra vez.

Mal conseguia manter as pálpebras abertas; sabia que quando as fechasse seria a última vez. Então, sob a mesinha de vidro, viu o que parecia um pano preto, com o brilho da seda, quase esticada, com um pequeno Buda desenhado no centro. Não se lembrava de tê-lo trazido. Os braços já não obedeciam, não adiantava tentar pegá-lo. Já não tinha importância. Nada no mundo importava quando fechou os olhos e se foi, abandonando seu corpo estendido no chão do quarto, as mãos

| 27

aferradas à túnica amarela e vermelha que o cobria. Amarela como o sol da manhã recém-saído e vermelha como o da tarde, já cansado no ocaso, como seu corpo de carne e sangue que lançava os últimos raios antes de se perder na noite profunda dos picos do Himalaia.

Primeira Parte

Se você pode formular as perguntas
pode encontrar as respostas.

1

Desde que cheguei a Nova York, há três dias, notei certa tristeza em tudo o que me rodeava. Talvez só eu sentisse isso, entre os duzentos cooperantes reunidos naquele retiro de Manhattan. "Estou mal acostumado, passei tempo demais vivendo no paraíso", disse a mim mesmo, observando o ritmo desenfreado da cidade pela janela do quarto do hotel.

Naquela tarde haviam terminado as jornadas sobre modelos educativos que me trouxeram à grande maçã. Era sempre a mesma coisa. Ouvir algumas palestras especializadas requeria aguentar uma série de discursos propagandísticos que só serviam para tentar justificar a presença das grandes organizações de ajuda humanitária. Pelo menos foram numa sala cedida pelas Nações Unidas. Perguntei-me se voltaria a percorrer aqueles corredores de mármore branco. Estava atravessando um momento difícil, e os pilares que considerava indestrutíveis, que haviam sustentado minha vida nos últimos anos, estavam indo abaixo. Talvez por isto, em sinal de luto, Manhattan tenha se tingido de cinza.

| 31

Olhei o relógio ansiosamente e marquei o número de casa novamente. De manhã tinha esquecido o celular no quarto e ele estava entupido de ligações de Martha, minha companheira. Mais uma vez deu ocupado. Não queria ficar nervoso.

Tentei me entreter por uns minutos. Tirei da carteira os cartões que recebi de alguns colegas. Queria abrir novas possibilidades de trabalho para o futuro, mas não sabia se minha vida continuaria ligada ao mundo da cooperação. Coloquei no topo da pilha o do presidente da Care Internacional.

— Você é loiro e alto demais para ser espanhol — ele me dizia sempre que nos víamos em um congresso.

Uma trovoada eclodiu e o vidro da janela ficou salpicado de chuva. A tarde tornou-se ainda mais escura, mas conservava um estranho reflexo dourado. Não se parecia em nada à luz da selva que todas as manhãs me despertava em Puerto Maldonado, a pequena cidade amazônica à beira do rio Madre de Dios onde ficava a escola que Martha e eu administrávamos. No verão austral peruano chovia diariamente, como se as nuvens enfrentassem uma batalha própria, mas depois o céu amanhecia limpo e fresco, convidando à vida.

Seis anos atrás, quando eu tinha 25, cheguei a Katmandu à frente de um modesto programa educativo gerido por uma ONG espanhola chamada Cultura Global. Foi lá que conheci Martha, radiante como as manhãs do Nepal. Sempre recordarei seus cabelos loiros no primeiro dia em que a vi no pequeno templo de Bodhnath, o bairro tibetano, sentada no chão, copiando num caderno as pinturas descascadas dos muros. Nunca esquecerei a força do seu olhar quando me fitou do outro lado da grade. Naquele dia ela me deu uma pulseira de contas de sândalo que sempre trago comigo. Em poucas semanas já sabíamos que nenhuma dificuldade, por maior que fosse, poderia nos separar, e, com esta convicção, iniciamos nossa caminhada como cooperantes na selva peruana. Colocamos a escola para funcionar e, juntos, vimos tudo crescer à nossa volta. Martha engravidou e deu à luz nossa filha, Louise. Mas aquela harmonia não podia durar eternamente. Ela ficou perturbada quando Louise, ainda bebê, sofreu uma grave crise de asma, a primeira de uma lista interminável de espasmos bronquiais que fazia nossos corações saltarem a cada ataque. Nós continuávamos encalhados no meio da selva, confiando em que o clima úmido favoreceria sua recuperação, mas, ao mesmo tempo, temíamos que aquele paraíso perdido a arrebatasse de nós para sempre.

As coisas se complicaram ainda mais quando comecei a trabalhar como monitor independente por encomenda das grandes agências, avaliando projetos de cooperação em zonas de difícil acesso. Eu era obrigado a viajar a outras províncias da amazônia peruana e muitas vezes a outros países do continente para fiscalizar se os fundos provenientes da ajuda internacional estavam sendo gastos de maneira adequada. Isto supunha um passo adiante na minha carreira, mas Martha, sob pressão por causa da doença de Louise, não entendeu assim. Inclusive começou a duvidar se fazíamos bem ao nos aferrar à vida de voluntários de campo. Talvez já não fôssemos os mesmos que tinham se conhecido em Katmandu, talvez já tivéssemos queimado aquela etapa. Talvez fosse conveniente nos mudarmos para a Europa, mesmo se continuássemos a trabalhar para o programa, e cooperar baseados em escritórios.

Estas indagações me torturavam dia e noite. Sabia que estávamos em uma encruzilhada conhecida entre os colegas como o "ponto sem volta". Se continuássemos na selva, podíamos ficar estancados em um mundo que cada vez nos produziria menos emoções e, se não o fizéssemos, regressaríamos para uma vida da qual eu já fugira uma vez. Por isso, aproveitando que sempre havia alguma inspeção pendente, eu dilatava de maneira enganosa o momento de tomar a decisão, sem perceber que Martha se ressentia cada vez mais com minhas ausências. Ela se angustiava de ficar sozinha para cuidar da escola e de Louise, apesar de não admiti-lo. Quando jogou na minha cara pela primeira vez que eu aceitava trabalhos fora de Puerto Maldonado só para fugir dos nossos problemas, ela já havia acumulado mais ressentimentos do que conseguiria pôr para fora numa conversa.

A verdade é que, apesar de continuar a gostar um do outro como no primeiro dia, as crises da nossa filha e minhas viagens constantes encheram a relação de culpa; tanta que já não sabíamos como nos aproximar um do outro por medo de pisar numa dessas minas carregadas de gritos e silêncios. A nossa cumplicidade se esfumara, nossos desencontros haviam se convertido em uma coisa costumeira ou, o que é pior, em algo trivial. As últimas discussões, mais fortes do que jamais podíamos imaginar, nos demonstraram que precisávamos nos separar por uma temporada para pôr em ordem nossos sentimentos antes que o mal que estávamos causando um ao outro chegasse a ser irreparável.

Combinamos que depois da reunião de Nova York eu iria para Délhi, onde Martha nasceu e onde vivia o pai dela, um britânico chamado Malcolm Farewell com quem eu criara uma relação muito estreita desde o primeiro dia. Délhi era um bom lugar para pensar. Lá, estaria longe de tudo, desfrutaria de uma boa perspectiva e, ao mesmo tempo, seria como voltar à nossa origem como casal, regressar à região da Ásia onde passamos os primeiros meses juntos. Além disso, Malcolm e eu tínhamos um novo projeto: uma escola de inglês para os exilados tibetanos, que queríamos abrir na cidade indiana de

Dharamsala. Era uma boa desculpa para passar umas semanas com ele sem precisar lhe dar explicações. Marquei novamente o número de Puerto Maldonado. Desta vez chamou e finalmente ouvi a voz de Martha do outro lado da linha.

— Alô.
— Oi, sou eu.
— Jacobo! – exclamou ela. — Passei o dia todo ligando.
— Esqueci o celular no hotel. Mas o que aconteceu? Louise está...
— Ela está bem, não se preocupe.
— Ainda bem. – Finalmente consegui respirar. — Quando vi tantas ligações fiquei preocupado...
— Ela nem está tomando os remédios, não é preciso. Como foram as jornadas?
— Você sabe como é, tive que dar vinte apertos de mão a mais do que meu corpo aguentava, mas no final consegui algumas coisas. Assim que eu voltar... – Calei-me e voltei a me sentir violento com ela, como se fôssemos dois desconhecidos.
— Depois eu conto. Mas diga-me, aconteceu alguma coisa?
— Falei com meu pai.
— Está tudo bem em Délhi?
— Ele está bem. Conseguiu as autorizações para ampliar a fábrica.
— Até que enfim! – exclamei. — Estou muito contente por ele.
— É, é. Ele esperava por isso há muito tempo.
— Ele prometeu que esse projeto de não-contaminantes ia dar certo... Parece mentira que tenha passado pelo crivo do ministério, apesar da pressão dos demais fabricantes.
— Sim, mas não foi por isso que ele ligou.

| 35

— Já imaginava. Em breve estarei com ele.

— Sei – respondeu ela, sondando os silêncios constrangedores. — Hoje de manhã encontraram o lama de Dharamsala, um grande amigo dele, morto em Boston.

— Como é que é? Quem?

— Singay, o lama médico. Você o conheceu em Délhi da outra vez.

— Lobsang Singay. Lembro perfeitamente dele. Não sabia que estava em Boston.

— Sofreu um ataque do coração. O gerente do hotel onde estava hospedado o encontrou estendido no chão. Ele tinha acabado de chegar a Harvard para um ciclo de conferências.

— Sinto muito, de verdade...

— O meu pai quer que você adie o voo de amanhã e vá a Boston para cuidar dos trâmites para repatriar o corpo.

Fiquei espantado. Não esperava uma súbita mudança de planos.

— Espere...

— Não se preocupe com o dinheiro da passagem. Meu pai vai reembolsá-lo.

— Está bem. Tomarei o primeiro voo.

— Ele também quer que você viaje para Délhi com o corpo.

— Quer que eu vá com o corpo?

— Jacobo... – cortou-me. — O meu pai tinha uma profunda amizade por Lobsang Singay e ele disse aos ministros de Dharamsala que se encarregaria de tudo. Ele contratou uma funerária de Boston que já está cuidando dos trâmites consulares, do embalsamamento e do ataúde de zinco, mas sempre é melhor que uma pessoa próxima supervisione o transporte do caixão, para que não haja problema nos serviços de transporte dos aeroportos de saída e de destino.

— Está bem...

— Além disso – continuou, — para os tibetanos e principalmente para um mestre como ele, é muito importante que alguém próximo acompanhe o corpo antes que passem três dias a partir do momento da morte. Eles devem sentir um último abraço para ajudá-los a encontrar seu caminho no mundo intermediário, você sabe.

Martha fez outra pausa, que aproveitei para ajustar a questão por um instante, tentando separar o problema logístico da cobertura espiritual para enfrentá-lo com mais clareza.

— Vou necessitar da autorização de Dharamsala...

— Meu pai está no consulado de Délhi trabalhando para isso.

— Está bem, está bem. Você me dirá o que devo fazer quando chegar a Boston.

— Obrigada.

— Não precisa me agradecer, Martha, por favor... Como está Louise? Sente minha falta?

— Ela pôs o colar de contas quando você partiu e não o tira nem para dormir.

Um sorriso se desenhou nos meus lábios só de pensar nela.

— Mas ela me disse que não gostava de mim...

— Até você partir, sabe como é.

Deixei a imagem dela ficar suspensa ao telefone.

— Mande-me um e-mail com todos os dados de Singay, o hotel onde estava hospedado e tudo o que eu possa precisar. Enquanto isso, vou comprar a passagem.

— Use o cartão American Express das indústrias Farewell. Você está com ele?

— Claro que sim, trouxe todos. Principalmente o do seu pai, que não se abala diante de uma emergência.

Rimos por um instante que dissipou toda a tensão acumulada. Depois ficamos em silêncio novamente.

| 37

— Nos vemos quando eu voltar.

— Quando chegar ligue para me contar. Não se esqueça de falar com meu pai, que espera notícias suas.

— Dê um beijo na Louise.

— Boa viagem.

Quando desliguei, me perguntei qual rumo minha vida teria tomado se Martha não tivesse aparecido nela, se não tivesse decidido sair de Salamanca para ir a Katmandu, e se tivesse começado a trabalhar na empresa do meu pai. Agora estava mais unido ao pai de Martha e às suas recordações do que às minhas, e me sentia mais próximo da sua gente do que de todos aqueles com os quais convivera em Salamanca durante anos. Quando conversava com Malcolm e seus amigos de Délhi, ou com os poucos europeus que chegavam à zona do rio Madre de Dios representando um projeto e se estabeleciam em Puerto Maldonado, não precisava me justificar. Nós nos entendíamos sem dizer uma só palavra.

Chovia cada vez mais forte. Abri a janela para sentir o cheiro da tormenta. Então, através das luzes desfiguradas e do vapor em meio à chuva, pressenti que algumas coisas estavam a ponto de mudar para sempre.

2

Dois dias depois eu descia em terras indianas sobrevoando um manto de cimento que nem do alto era possível abarcar, milhares de casas apinhadas que não deixavam nem uma fresta para o solo respirar. Depois de aterrissar, fomos até uma grande sala com assentos de plástico salpicados de queimaduras de cigarro. O piso imundo estava coalhado do rosa dos sáris e do brilho da bijuteria das viajantes que se empetecavam antes de encontrar os seus. Então adivinhei as sufocantes boas-vindas que me aguardavam do outro lado do vidro opaco: 40 graus centígrados envoltos numa umidade difícil de suportar sem enlouquecer. Estava na Ásia, de pé sobre um enérgico golpe da monção.

O pai de Martha me esperava atrás da barreira onde os taxistas se acotovelavam tentando agarrar uma mala que lhes garantisse a corrida até o centro. Malcolm alçou a mão e indicou o caminho para chegar até ele, espremendo-se entre os operadores de tours que portavam cartazes com nomes de hotéis. Ele sempre parecia pairar acima de tudo o que o rodeava, e não se alterou em meio à desordem e à gritaria. Nem o suor que lhe cobria o rosto sob a franja loira e os óculos de sol verdes descompunham seu gesto seguro.

Ele era a principal razão para que Martha e eu continuássemos ligados ao Oriente, onde nos conhecemos. Depois de receber uma refinada educação na colônia inglesa, ele decidiu viver naquela terra de vacas sagradas e ruas sujas repletas de bicicletas escangalhadas. Lá, instalou uma empresa de componentes eletrônicos em meados dos anos 1970, e desde então dedicava a vida a fazê-la crescer e, ao mesmo tempo, lutava para preservar a cultura tibetana que ele tanto amava. Esta era sua verdadeira paixão, temperada por incursões como agente oculto para governos ou grupos independentes que apoiavam a causa do Dalai-Lama.

Enquanto me aproximava pensei que os anos não haviam afetado seu semblante, que continuava refletindo a mesma sagacidade. Além disso, o peso da experiência melhorava um espírito aventureiro que aflorava com mais intensidade do que nunca, ao passo que a maioria dos seus amigos iniciava o declive. Ele usava uma camisa de linho branco, calças de pregas e os sapatos mais limpos que havia no aeroporto.

Demos um abraço sincero.

— Como você tem tratado minha filha e minha neta? – disse ele.

— A sua neta, melhor do que ninguém. A sua filha, depende do que ela permite.

— Já imaginava – riu, alheio à situação que Martha e eu estávamos atravessando.

— Como foi a viagem?

— Muito boa, principalmente o último trecho.

— Sinto muito ter mudado os planos de uma forma tão inesperada.

— Não há problema. A verdade é que tudo se encaixou bem.

— Fico contente com isso. Estava preocupado com alguma complicação nos trâmites.

— Separamo-nos, mas nossas mãos continuavam apertadas, num gesto de carinho genuíno.

— Como você está? As coisas se acumularam na mesma semana.

— Ah, sei – reagiu. — A autorização para a nova fábrica me trouxe uma alegria inesperada; vejo que Martha lhe falou sobre isso.

— Você vai se converter no caudilho da ecologia na Índia.

— Alguma coisa parecida – sorriu —, mas o que ocorreu com Lobsang Singay foi um golpe muito duro. Ele era meu melhor amigo em Dharamsala e, além disso, um verdadeiro gênio da medicina.

— Eu sei.

— É difícil encontrar lamas que entendam a rígida maneira ocidental de ver as coisas. Foi-se um dos que favoreciam esta abertura que tanto bem lhes faz.

— Pelo menos eles sabem que você arrisca a vida pelo seu povo há décadas – disse eu.

Aquilo era absolutamente verdadeiro. Malcolm não só havia trabalhado para a causa tibetana na Índia como diversas vezes cruzara a fronteira para incursionar pelo Tibete, desafiando o próprio exército chinês. Inclusive chegou a viver em Lhasa com outra identidade, o que lhe permitiu organizar uma via precária, mas eficaz, de informações, uma espécie de serviço secreto tibetano que ainda era usado por alguns departamentos do governo no exílio de Dharamsala e pelos movimentos independentistas que tentavam sobreviver no território ocupado. Mesmo depois de abandonar a luta ativa ele continuava

| 41

mantendo contatos intensos com a elite política de Dharamsala. Lá todos conheciam seu ímpeto e empenho, duas virtudes que legou intactas à Martha e que eu compartilhava desde que passei a fazer parte das vidas deles. Com este espírito, do outro lado do planeta e apesar do pouco tempo que a escola e minhas inspeções nos deixava, nós também tentávamos fazer a única coisa que estava ao nosso alcance: conseguir fundos para manter os exilados à tona; eles e sua frágil esperança de um dia regressar a uma meseta liberada da China.

— Espero que você volte com forças – disse. — Os dias serão muito longos. A nova escola vai nos dar muito trabalho.

Tínhamos conseguido os fundos necessários para colocar em funcionamento a escola de inglês em Dharamsala, um projeto que criamos pensando em aumentar as possibilidades de integração e o futuro de trabalho dos exilados, mas agora era preciso conseguir as autorizações, além de começar obras e contratar pessoal para colocá-la em funcionamento o quanto antes.

O que Malcolm não podia saber, apesar da grande amizade que nos unia, é que outro motivo me fazia afastar-me da sua filha.

— Eu preenchi os formulários – interrompi, voltando ao assunto do cadáver que trouxera comigo —, mas quem levar o caixão terá que se apresentar no escritório do diretor da alfândega daqui a algumas horas para terminar o trâmite. E há outro problema: a mala de Singay onde pus todas as suas coisas está perdida.

— Ela não vinha com o caixão?

— Foi registrada em meu nome como uma mala qualquer, pelos trâmites usuais.

— Não se preocupe, deve ter ido parar num monte que não lhe corresponde. Amanhã isso estará resolvido e mandarei alguém buscá-la.

— Espero que não se perca.

— Foi gentileza sua ir a Boston para trazer o corpo. Não esperava outra coisa de você. – Ele me olhou de um jeito que sempre me punha em guarda. — Isso é muito importante para os companheiros do monastério de Singay. Daqui a pouco vou apresentá-lo aos dois que vieram de Dharamsala para se encarregar dos restos mortais.

— Está bem.

— Vou lhe dar um presente. – Tirou seu cartão VIP da Indian Airlines e sacudiu-o diante de mim. — Vamos à sala Business, você toma uma chuveirada rápida e esperamos o caixão e os dois lamas.

Na hora marcada cruzamos o terminal e nos dirigimos a uma sala situada atrás do guarda-malas. Não era a primeira vez que Malcolm combinava de encontrar alguém ali; sabia que era um dos poucos espaços do aeroporto onde podia ficar a sós e conversar com alguma privacidade.

Dois monges nos esperavam sentados à beira de umas cadeiras de plástico, agitando as bainhas das túnicas para arejar as pernas. Quando nos viram, sorriram e se levantaram para abraçar Malcolm e me estenderam as mãos.

— Então você é o jovem.

— O companheiro da pequena Martha – disse o outro.

Assenti com um gesto cordial e imitei as leves inclinações da cabeça com que me cumprimentavam.

— Suponho que a viagem deve ter sido muito difícil. Sabemos que você se deslocou de um lugar para outro para se encarregar do nosso querido Singay.

— Foi um prazer.

— Malcolm gosta muito de você. Estávamos certos de que você se sairia muito bem.

— Martha me contou sobre os três primeiros dias – respondi —, mas na verdade não sei tanto quanto ela sobre sua cultura. Só pude oferecer-lhe minha companhia.

— Tudo o que se faz nesta vida pelos demais, esquecendo nosso interesse pessoal, tem muita serventia.

— Se quiserem ficar por uns dias, posso hospedá-los na minha casa – interveio Malcolm. — Inclusive posso lhes conseguir uma sala da empresa para que façam seus rituais tranquilamente.

Um dos monges percebeu meu gesto de estranheza.

— Com nossas orações e cerimônias vamos tentar fazer Singay projetar sua consciência e fundi-la com a sabedoria de Buda – explicou ele. — O seu corpo já está morto, mas devemos ajudá-lo a alcançar a Iluminação por meio da nossa meditação.

— Neste momento, a consciência de nosso amigo Singay vaga pelo seu corpo sem encontrar a saída – acrescentou o outro. — O que temos de fazer é abrir uma fenda, uma fissura pela qual consiga sair.

— Uma abertura... – disse eu.

— Temos nove aberturas possíveis; a que conseguirmos abrir determinará aspectos substanciais da sua nova existência, sempre que o moribundo não tiver alcançado a Iluminação antes por sua própria conta, é claro.

Aquela cena começou a me parecer fantasiosa: os quatro de pé numa sala de aeroporto, usando aqueles termos com tanta naturalidade em meio à luz fluorescente que piscava, a vibração produzida por alguma turbina em plena decolagem e dois policiais indianos, um deles com um turbante sique, que passavam dando voltas no fuzil como se fossem balizas desfilando com um bastão. Malcolm voltou a intervir oportunamente.

— Então, vocês ficam ou não?

— Não é por nós. Poderíamos fazer o *phowa* em qualquer lugar, mas os outros...
— De quem estão falando? Veio alguém mais? Naquele momento entraram na sala outros cinco monges. Vieram até nós com um ar solene.
— Desculpem-nos. Estávamos terminando de preencher os formulários no escritório – informou o mais jovem, que, enquanto se aproximava, ajeitava os óculos redondos de metal.

O monge amigo de Malcolm interveio imediatamente.
— Vou apresentá-los. Este é Malcolm Farewell. E este é Jacobo, companheiro da filha dele.
— Malcolm Farewell, tínhamos muita vontade de conhecê-lo – disse um deles, de constituição forte e voz grave, acomodando a túnica no ombro.
— Perdoem o gesto de surpresa. Não esperava mais ninguém – respondeu Malcolm, estendendo a mão.

Os cinco monges se entreolharam rapidamente.
— O governo de Dharamsala vai acompanhar Lobsang Singay em sua última viagem.

Pelo que eles indicaram, o monge forte era o próprio Kalon Tripa, como era chamado o chefe do Kashag ou gabinete de administração central tibetana. Estava acompanhado de outros dois ministros, do responsável pelo Departamento de Religião e Cultura e de um jovem lama de confiança chamado Gyentse, o rapaz dos óculos redondos, que dirigia o furgão em que andavam e cumpria a função de secretário.

O clima de espiritualidade gerado pelas explicações dos dois primeiros lamas se desvaneceu imediatamente com a presença dos ministros. Certamente eram monges como os outros, pois vestiam as mesmas túnicas vermelhas, mas sua atitude deixava claro que não estavam ali para abraçar o corpo de um amigo morto, e, sim, para se assegurarem pessoalmente de que quem jazia no caixão era Lobsang Singay, uma peça fundamental do seu governo, que tinha viajado aos Estados Unidos para revelar os mistérios e maravilhas de sua doutrina.

— É uma pena que a morte o tenha alcançado justamente quando se dispunha a explicar ao mundo as bases das suas técnicas curativas – lamentou Kalon Tripa. — Lobsang Singay tinha um enfoque particular da medicina, mas sem dúvida conseguiu fazer avanços excepcionais no seu laboratório de Dharamsala.

Ele não se referiu mais a Singay. De repente, começou a dissertar sobre questões de política internacional do governo do Dalai-Lama, mantendo sempre certa distância, que, sem dúvida, devia-se à minha presença na reunião. Isso o monge mais jovem deixou bem claro, com a mescla de desfaçatez e cordialidade que os tibetanos vertem no olhar. Falaram da passividade do Parlamento Europeu diante do conflito, dirigindo-se a Malcolm como se ele encarnasse aquela instituição.

— Vocês têm notícias destes monastérios no Tibete que, segundo o que foi publicado, foram reconstruídos? – perguntou Malcolm, sem nenhuma malícia, ao responsável pela Religião e Cultura, talvez para desviar o ataque sem perder a autoridade.

— Não devemos nos fiar nas crônicas que vêm de Pequim – respondeu o lama de forma lacônica. — O que é certo é que nosso departamento já estabeleceu duzentos monastérios e conventos para hospedar mais de 20 mil monges e monjas exilados.

— É um grande trabalho – disse.

— Não são muitos, se consideramos que a Revolução Cultural destruiu seis mil monastérios no Tibete – lamentou o lama dirigindo-se a mim, resignado —, mas sabemos que cada novo monge, mesmo que medite fora das fronteiras do nosso país, é uma pedra recuperada do muro derrubado da nossa tradição.

Aos poucos todos foram se calando.

— Vocês já sabem que a mala de Singay onde Jacobo pôs as coisas dele se perdeu? – interveio Malcolm.

— Sim – disse eu, pois era algo sob minha responsabilidade. — Só minha mala chegou; mas me garantiram que saíram juntas dos Estados Unidos e que sem dúvida ela estará aqui amanhã.

— Vou me encarregar de resolver isso, não se preocupem – afirmou Malcolm. — Eu a enviarei a Dharamsala assim que recuperá-la.

O Kalon Tripa virou-se para ele.

— Muito obrigado mais uma vez. Agora temos de ir.

— Digam adeus a Singay por mim.

— Ele está ouvindo você.

— Repitam isso no último dia do *phowa*, por favor, quando estiverem transferindo sua consciência.

— Assim faremos.

— Obrigado a você também por ter se ocupado do corpo – disse o jovem monge de óculos com armação metálica. — Foi um prazer conhecê-lo.

— Igualmente.

Deu-me um abraço carinhoso, rompendo o protocolo que havia presidido o encontro.

Os monges voltaram para o escritório da alfândega. O encarregado das autorizações necessárias para cruzar os controles da estrada que levava ao norte levando um cadáver os esperava. Dharamsala fica em solo indiano, mas próxima demais da disputada região da Caxemira e, por isso, não era possível cruzar algumas passagens da montanha sem autorização. Além disso, os desmoronamentos provocados pelas chuvas de verão

| 47

bloqueavam o acesso à região, e as vias mais seguras eram as que cruzavam a zona politicamente mais instável.

Malcolm pôs minha mochila nas costas e acenou para que eu o seguisse. No carro, o motorista da empresa arrancou e buscou uma saída do estacionamento abarrotado; entre os gritos dos operários e as buzinas insistentes dos veículos, ele falou, sempre olhando para frente.

— É difícil traçar uma linha entre os aspectos mais poéticos da tradição tibetana e as práticas herdadas do antigo budismo tântrico.

— É, mas eles os integram às suas vidas com absoluta naturalidade. Isso é o que mais me surpreende.

— Não devia. Você já não é mais um novato.

— Depende de com quem você me compara.

— Não se trata de dogmas de fé, como as crenças cristãs – prosseguiu ele, apoiando-se no encosto. — Eles garantem a realidade física de todas estas experiências a partir da prática.

O funcionário que cobrava o estacionamento ficou no meio do caminho, impedindo-nos de avançar. Malcolm assomou à janela e gritou alguma coisa que não compreendi. Uma mulher aproveitou o momento em que ele abaixou o vidro para introduzir uns dedos ossudos que levavam um pacote com trapos de algodão. Ela tentava nos convencer de que eles serviam tanto para polir os para-lamas quanto para enxugar o suor do rosto. O meu estava ensopado. Malcolm pediu-lhe que se afastasse, tentando não demonstrar desprezo.

— Eu não sabia que Singay era um homem tão bem considerado nos círculos políticos – comentei quando deixávamos o recinto do aeroporto.

— Eu também estranhei ver os ministros aqui.

— O que você acha que...?
— Um dia lhe contarei sobre essas nove aberturas de saída – ele cortou, mudando de tema. Certamente Malcolm preferia refletir primeiro sobre a razão que trouxera a Délhi aqueles monges da administração tibetana. — Se a consciência sai pela cabeça você renasce em um lugar mais favorável para alcançar a Iluminação na próxima oportunidade...

Ele alçou as mãos, assinalando que não podíamos assumir sem mais nem menos aquela cultura marcada por séculos de isolamento e por uma simbologia nascida e desenvolvida no teto do mundo, tão longe da nossa realidade.

— Duvido que, no fundo, alguém como Singay acreditasse nisso tudo – sugeri, voltando ao tema inicial para não incomodá-lo.

— Você ficaria surpreso em saber que o próprio Singay garantia que, sem grandes conhecimentos, só com a devoção do paciente e a condução de um mestre como ele a prática do *phowa* faz surgir reações físicas num moribundo. Ele falava inclusive de um amolecimento na testa que acaba em um furo, onde introduzem a ponta de um ramo de erva para evitar que se feche.

— Leve-me para sua casa, Malcolm – interrompi, sorrindo e fazendo-o entender que para o primeiro dia no Oriente aquilo já era suficiente.

— Está bem, vou deixar as aulas para minha filha. Você já vai ter que aguentar muito na minha casa.

Ele riu, sem perceber que eu não o fazia, e dirigiu-se novamente ao motorista, para dar outras instruções para sair do engarrafamento. Durante o resto do caminho conversamos sobre a pequena Louise. Era reconfortante ver como o Malcolm imutável que eu conhecia se submetia a mim sem rubor, expressando suas emoções de avô de primeira viagem.

Enquanto isso, percebi estar de volta à Ásia e a seu caos narcotizante, e me deixei levar pela Délhi que sussurrava, sedutora, do lado de fora da janela.

3

Para chegar à casa de Malcolm não era preciso se embrenhar no enxame de bicicletas, riquixás e ônibus envoltos pela fumaça que pululam como ondas pelas ruas do centro. O condutor dobrou na avenida Sardar Patel Marg e embicou para o sul a uma velocidade nada prudente, cruzando o bulevar de casas senhoriais onde está a antiga mansão de Indira Gandhi. Dez minutos depois chegamos à Ramakrishna Puram Road e ao odor de hortelã e menta que envolvia o jardim dos Farewell, subitamente alheio ao bulício como por encanto. Aquele oásis, vizinho de algumas embaixadas e de várias residências particulares de diplomatas, desfrutava de uma localização privilegiada no único bairro verde ao sul da capital. Malcolm escolheu-o bem ao aterrissar em Délhi, em uma época em que a cidade estava em liquidação. Desde então não se movera dali. Nunca procurou viver rodeado de luxo, mas precisava de algumas demonstrações de fausto para tratar de igual para igual com os grandes homens de negócios e os políticos

| 51

da cidade. Mais cedo ou mais tarde todos eles acabavam caindo na sua rede e, de uma forma ou de outra, apoiavam seus projetos humanitários dirigidos aos exilados tibetanos.

Os portões se abriram quando o motorista girou o volante para sair da rua. Ao fundo, com um só piso e detrás de colunas sem capitel, erguia-se uma casa branca coberta por uma hera exuberante. Uma mulher com um nó no sári à altura dos joelhos varria folhas de palmeiras. Malcolm deu algumas instruções ao motorista, que também fazia outras tarefas na casa.

— Vão levar suas coisas para o quarto de trás.

— Está bem.

— O outro, onde você e Martha dormiram outras vezes, nas poucas em que vieram me ver – ressaltou —, está recém-pintado. Mudei algumas coisas.

A última frase parecia conter certo tom de culpa. Malcolm sabia que a filha ainda considerava aquele lugar o palácio de Louise, a mãe dela, que faleceu quando ela era uma menina. Aquele era seu museu intocável de lembranças.

A casa tinha um aroma próprio, tão limpo que parecia hermeticamente fechada para a umidade de fora, o calor, a poeira e a fumaça que sujavam o rosto de quem fosse à rua. Com espaços amplos, pé direito alto e grandes janelas francesas, a arquitetura sóbria dos cômodos era salpicada de leves toques de nostalgia colonial e alguns móveis de Le Corbusier, poltronas e *chaises-longues* de couro gasto para descansar em meio àquele universo tão plural quanto a decoração das paredes. Nestas, sobre o fundo branco se destacava uma pintura tibetana com cem budas diminutos sentados na roda da vida, um tapete como os que cobriam os tijolos do monastério tibetano de Sera e, em toda parte, as fotos que Louise tomou dos instantes mais puros de sua família. Risos de Martha em todos os quartos, seus cabelos loiros sobressaindo entre os cabelos das suas amigas indianas de colégio, tão pretos que pareciam azuis; outras com o pai na piscina, nos jardins da fábrica, e muitas outras com a mãe, abraçadas nas cidades do Rajastão, sentadas diante das fontes de Pushkar, apoiadas nas muralhas de Jaipur.

Martha tinha muito do pai. À medida que os fui conhecendo descobri o quanto, mas, sobretudo, eles carregavam consigo a alma da mãe e esposa. Louise, repórter de diversas publicações europeias, perdeu a vida em um de seus trabalhos mais comprometidos na China, em plena revolta de Tiananmen. Desde então, após os prantos mais tristes que Nova Délhi presenciou, Malcolm e Martha decidiram ser felizes na companhia do que ela lhes deixou: os vinis de ópera, as gravuras da Índia colonial, as *pashminas* da Caxemira e os álbuns de fotografias. Eles tentaram viver como ela vivera, com o romantismo intenso que persistia em todas as recordações, e sabiam que a forma de corresponder a isso era seguir em frente com seus projetos sem pensar nas consequências. Malcolm sentia uma verdadeira necessidade física de ajudar os tibetanos da meseta, obrigados a partir, e os noviços sem mestres que vivam mal nos monastérios destruídos. Martha, agora com sua própria filha e apesar de dedicar-se a ela, nunca deixaria de acudir ao chamado do pai.

Malcolm pediu à mulher de sári para preparar algo leve para comer. Ela propôs um pouco de arroz com iogurte frio, temperado com mostarda e pimenta, uma receita do sul.

Entrei no quarto e liguei o toca-discos. Saiu uma melodia confusa de *free jazz* que servia de fundo musical para aquele amálgama delirante que era a Índia, um jogo impossível de malabares entre a herança inglesa, os deuses do hinduísmo e a falsa modernidade recém-conquistada. Joguei-me na cama e olhei em volta. Estirei-me para pegar um pequeno porta-retratos e limpei com a manga o vidro que protegia a foto. Martha e os pais se abraçavam diante de uma torre do Taj Mahal, e o rio ao fundo refletia a cúpula central.

Não percebi quando fechei os olhos e deixei cair a fotografia no peito nem as horas que transcorreram até que Malcolm bateu à porta.

— Que sesta! Já se vê que você não perde os bons costumes latinos.

Demorei um instante para dar conta de onde estava.

— Costumes espanhóis, permita-me corrigi-lo – respondi espreguiçando-me. — A sesta é um costume espanhol.

— O emigrado mostrou seu lado patriótico.

— Não vou levá-lo a sério porque sei que você é um dos nossos.

— Você não comeu nada! – queixou-se. — Deixaram um prato preparado para você na cozinha.

Malcolm entrou no quarto e abriu a cortina para deixar passar a luz tênue da tarde. Depois sentou-se numa poltrona de couro. Deixou o copo que tinha na mão no parapeito da janela e se entreteve com uns oculinhos e outros artefatos de medição de mapas comprados em algum antiquário do Kan Bazar, enquanto eu me livrava do sono sob a ducha. Quando saí sentei-me diante dele em outra poltrona.

— Estão limpando o salão. Desculpe se invadi seu quarto – disse ele.

— Já vi que metade da casa está de ponta-cabeça.

— Não é para tanto. Só fiz algumas mudanças nos quartos da frente, mas está tudo empoeirado. Se a Martha soubesse...

— Não acho que se incomode se você mudar algumas coisas. O tempo passa.

— Refiro-me à desordem, ela não suporta bagunça – disse, desviando a conversa.

— Você vive muito bem aqui – afirmei, ajudando-o a sair daquele rumo.

— Martha deve ter sido muito feliz neste lugar.

— A minha filha nasceu destinada à felicidade. Os astros traçaram uma aliança inquebrantável para protegê-la. Você tem muita sorte de tê-la.

— Espero que você pense que ela também tem sorte.

— Claro que sim. Não estaria aqui com você tomando este malte de 12 anos se não pensasse assim. – Tomou um gole antes de continuar. — Trouxeram a mala.

— Já? – exclamei.

— Ligaram pouco depois que você dormiu. O meu chofer voltou ao aeroporto para buscá-la. Tomei a liberdade de abri-la enquanto você dormia.

— Não tem problema. Pus só as coisas de Singay que encontrei no quarto do hotel onde ele... A polícia não objetou que eu abrisse as gavetas e levasse o que quisesse. Só precisei fazer um inventário e deixá-lo com o inspetor antes de sair de Boston.

— Há um objeto que não encaixa.

— Do que se trata?

— Um pedaço de pano preto com quatro suásticas nos cantos e uma mandala peculiar ao centro, só uma circunferência branca com um pequeno Buda delineado com tinta vermelha dentro do círculo sobre o fundo escuro. Não consigo me lembrar de nenhuma mandala parecida. Tampouco consigo imaginar por que Singay teria algo assim com ele.

— Garanto a você que eu mesmo o peguei do chão. Estava ao lado da cama.

— Não duvido, mas me intriga. Nem as suásticas, tão comuns na simbologia budista, são normais.

| 55

— Por quê?

— Estão invertidas, desenhadas no sentido anti-horário. Vou investigar isso.

A indiana de sári amarrado que limpava o pátio veio até a porta e se fez notar com um gesto cortês, mas não menos familiar. Trazia meu telefone celular, mas falou com Malcolm.

— Senhor Farewell, estava tocando há algum tempo. Perguntam por Jacobo.

Ela o deixou na mesa.

Respondi imediatamente e escutei meu interlocutor quase sem intervir. Fitei Malcolm. O seu rosto mostrava uma preocupação crescente. Desliguei após anotar um número e um endereço eletrônico numa caderneta que Malcolm pegou numa gaveta.

— Não tem nada a ver com a menina? – perguntou, angustiado, assim que desliguei.

— Não se preocupe. Louise está bem. Trata-se de Lobsang Singay.

Bebi o resto do seu malte antes de prosseguir. Malcolm chamou a mulher e pediu que trouxesse a garrafa e outro copo.

— Ligaram de Dharamsala? – perguntou, espantado.

— Não, de Boston. Era o inspetor Sephard. Conheci-o quando preparava os papéis para repatriar o corpo.

— O que ele queria?

Respirei fundo antes de responder. Malcolm, com os lábios apertados, devia estar adivinhando que se tratava de uma coisa importante.

— Singay não morreu de parada cardíaca.

— O quê?

— Bom, talvez sim, mas alguém provocou a parada.

— Como? – gritou.

— Sinto muito, Malcolm. Foi o que me disseram.

Ele me olhava com os olhos arregalados e, no entanto, parecia não me ver.

— Singay assassinado! Deus! Quem poderia...?

— Neste momento não sabem quem foi.

— Não pode ser verdade, deve haver um erro... Repita-me palavra por palavra o que esse inspetor disse!

— Pelo que ele contou, apesar de o serviço médico ter afirmado inicialmente que ele havia morrido de causas naturais, já que não havia indícios de que outra pessoa tivesse entrado no quarto, rastros significativos, marcas nos móveis ou nas fechaduras, a polícia científica levou a xícara que encontraram na mesinha para uma análise de rotina. Aparentemente enviaram os restos ao laboratório central, onde fizeram uma análise que aponta a presença de um veneno no chá.

— Um veneno...

— Ele disse que o veneno deve ter produzido lesões internas facilmente comprováveis no corpo de Singay, mas que não puderam vê-las, pois não chegaram a fazer a autópsia.

O olhar de Malcolm estava perdido em outra dimensão. Ele agitava sem parar o gelo no fundo do copo, produzindo um tintilar irritante.

— Lobsang Singay assassinado – repetia balbuciando. — Era um mestre insubstituível. Quem pode ter feito uma coisa dessas? Se não fosse você quem está me dizendo, eu não acreditaria...

— Aparentemente a confusão foi grande, porque me deixaram retirar o corpo rapidamente do país.

— Mas você cumpriu todas as normas... – supôs, agora preocupado comigo.

Afinal, foi ele quem me meteu naquilo.

| 57

— Sim, sim. Certamente eles não esperavam que a análise desse esse resultado, nem podiam saber quanto tempo o laboratório demoraria para terminá-la, então não puseram empecilhos para que eu retirasse o corpo o quanto antes. Já lhe disse que nem pensaram em fazer uma autópsia. Agora vão solicitá-la por meio da Interpol, para ser feita pelos médicos forenses indianos.

— Para que querem isso agora?

— Se a autópsia revelar que no corpo de Singay há lesões compatíveis com as que o veneno provoca, estaremos oficialmente diante de um caso de assassinato, e a polícia de Boston poderá abrir um inquérito.

— Claro. Se não for feita, ou se ela não indicar o resultado que esperam, simplesmente arquivam o expediente.

— Isso mesmo.

Malcolm serviu-se novamente e preparou outro copo para mim. Desta vez não repeti as críticas de Martha sobre a aliança enganosa entre o álcool e os expatriados.

— Mas por que ligaram para você? – perguntou, admirado.

— Lembre-se de que, para eles, eu sou a pessoa responsável pelo corpo. Figuro em todas as procurações tramitadas pelo consulado e minha assinatura consta em todos os relatórios.

— Então eles não vão avisar Dharamsala...

— Agora não. Deram-me a informação em caráter oficial mediante esta conversa que, pelo que me disse o inspetor, foi gravada, e a Interpol se encarregará do resto. A central de polícia de Délhi levará o caso ao comando da região onde fica Dharamsala.

— Quanto tempo leva isso?

— Ele não disse, mas suponho que uns dias, entre uma coisa e outra.

Malcolm perdeu-se em suas cavilações.

— Então... – murmurou depois.

— Então teremos que ligar para Dharamsala o quanto antes.
— Não, espere – disse ele, de maneira suave, porém firme.
— O que você está pensando?
— Ainda não sei.
— Malcolm, não há tempo a perder.
— O pano...
— Do que você está falando?
— O pano preto que você encontrou no quarto dele. Antes de mais nada quero mostrá-lo a uma pessoa.

Ergueu-se da poltrona e virou-se para sair do quarto.
— Mas...
— Prepare-se, vamos sair.
— Ao menos você podia me dizer para onde vamos! – protestei, fazendo-o deter-se.

Da porta, Malcolm virou-se para mim e abandonou o tom imperativo.
— Ver um amigo no bairro tibetano.

Pouco depois saímos da casa a pé.
— Vamos! – apressou-me quando cruzávamos os portões.
— O chofer está resolvendo umas coisas no centro e não quero esperá-lo. Corra, vamos pegar este táxi!

— Délhi outra vez – sussurrei, sem querer que ele me ouvisse, quando subimos no carro, depois de Malcolm dar uma série de instruções precisas ao taxista.

— Já não me chateio quando me jogam os carros sem faróis à noite, nem quando os guardas dos postos de gasolina apagam os cigarros no chão com a culatra dos fuzis. Deve ser a idade – disse ele, como se quisesse aparentar estar mais calmo.

Talvez Malcolm tivesse ficado mais suave, mas Délhi conservava seu ritmo enlouquecido. Tudo na capital era apressado e desorganizado. Rodeamos a praça da Porta da Índia e passamos pelo parque onde a cada 50 metros havia músicos de rua com tambores de couro e flautas mágicas até a residência presidencial, formando uma serpente ondulante de melodias desencontradas. Inclinei-me para frente e apressei o motorista. Malcolm fazia um grande esforço para controlar a ansiedade. Era lógico que estivesse confuso e encolerizado com aquela notícia terrível. Respirei fundo e evitei olhar para ele. A cidade estava de pernas para o ar por causa das obras do metrô. As pessoas subiam nos monólitos erguidos para suportar as pontes e pincelavam os vergalhões com barbas brancas, olhos verdes e olhos negros, sáris floridos e pés descalços.

De repente, nos vimos em meio a um engarrafamento. Um policial em uma plataforma fazia movimentos enérgicos e gritava ordens por trás de uma máscara. Eu estava começando a ficar nervoso novamente quando Malcolm apontou para o final da fileira de carros parados. Ao fundo via-se o muro do bairro tibetano.

Desde que o Dalai-Lama se refugiou na Índia ao fugir de Lhasa, mais de cem mil tibetanos o haviam seguido no exílio. A maioria vivia amparada pelo líder no assentamento de Dharamsala, situado no Estado indiano de Himachal Pradesh, a dois dias de viagem de Délhi. Por isso, não era de estranhar que, após alguns anos, as novas gerações tibetanas nascidas no exílio e algumas pessoas mais velhas, cansadas de esperar, tenham sentido o chamado da cidade grande, carregado de promessas ilusórias e decepções destrutivas. Pouco a pouco, os mais decididos se acomodaram em algumas casas apinhadas entre quatro muros perdidos nos arrabaldes de Délhi, que para eles era a capital do mundo, a grande urbe da sua pátria de acolhida.

Paramos diante do portão daquele gueto particular de túnicas e rosários tibetanos. Antes de sair do táxi imaginei o que sentiria se fosse um deles, recém-chegado de Dharamsala, com o bornal às costas e o olhar no alto ao cruzar o portal.

4

O bairro tibetano de Délhi sobrevivia entre muros de tijolos. Não devia ter mais do que dez ruas paralelas que terminavam num arroio saído quem sabe de onde. O sol atravessava o céu encapotado e se tingia de cinza-prata antes de cair nas construções inacabadas que confiavam na chegada de anos de prosperidade para acrescentar mais pisos. As cordas das bandeiras cerimoniais e alguns postos de venda de rosários de plástico selavam sua condição à parte. As pessoas do bairro não haviam perdido a sobriedade dos antigos nômades da meseta. A sua inocência inata e o otimismo natural dos lamas mascaravam a tristeza que significava viver a mil quilômetros de casa. Cruzamos com um monge que levava pela mão um noviço envolto numa túnica em miniatura. Vi que entraram por uma travessa onde se lia em um letreiro de madeira pendurado com arames a palavra TEMPLO escrita com marcador permanente.

Segui Malcolm até a entrada de um edifício de dois pisos que, um com acabamento um pouco melhor, mas igualmente espremido entre as casas apertadas, se destacava do resto pela palidez resplandecente das paredes. Era a Clínica Pública de Saúde Tibetana, como indicava o cartaz que comemorava sua inauguração em 1990, e revelava a dependência direta do Departamento de Saúde de Sua Santidade, o Dalai-Lama, em Dharamsala. Empurramos a portinhola da mureta e atravessamos o jardim simples até o corredor, onde uma mesa funcionava como recepção. Malcolm tocou uma campainha e apareceu um enfermeiro. Sob o jaleco, ele vestia a túnica vermelha surrada e eterna dos monges.

— Estamos procurando o mestre Zui-Phung.
— Ele está na livraria.
— Poderia nos dizer...?

O monge passou por nós. Do meio da rua, apontou para o final da via.

— Sigam até aquela casa, ao lado dos homens que jogam bilhar.

Antes de entrar na livraria olhamos pela vitrine. O mestre Zui-Phung, um ancião encorpado e de aspecto afável, estava sentado em uma cadeira de veludo ao lado do balcão. Conversava com alguém que devia ser o dono da loja, pela maneira como se ocupava organizando os volumes na estante. Havia livros de todos os tamanhos; alguns do Dalai-Lama estavam mais à vista dos poucos turistas que iam até ali, além de muitos outros, escritos pelos grandes mestres de todas as disciplinas budistas. De fora, o cheiro era de papel úmido. Também havia cheiro de pó de cimento removido pela chuva e de manteiga queimada. Do outro lado do muro vinha um cheiro de *curry* e de pistilos socados, adocicando a fumaça dos carros e o fedor do monte de lixo.

— Passem, passem – animou-nos o dono, virando-se ao ouvir a porta ranger.

— Olha só, um ocidental com pretensões – soltou Zui-Phung.

— De quê? – Malcolm riu, aproximando-se para abraçá-lo.
— De monitor de ioga, por exemplo. Se você quiser eu posso continuar.
— Você é uma pessoa muito pior do que seus pacientes pensam.

Eles se deram as mãos carinhosamente.
— Aconteceu alguma coisa – disse o monge.
— Sei que você adivinhou imediatamente, mas antes de começar quero lhe apresentar o pai da minha neta.

O tibetano virou-se para mim. O livreiro estivera me observando desde que entramos. A grossa lente direita dos seus óculos tinha uma fissura amarelada de lado a lado.
— Então você é o homem da pequena Martha.
— Darei a ela seus cumprimentos – disse, estendendo-lhe a mão.

Malcolm e Zui-Phung se entreolharam e começaram a rir ao mesmo tempo, com um gesto de cumplicidade.
— Acho que por muito que revire meu passado – disse o tibetano —, não encontrarei uma aluna mais ansiosa do que ela. Era uma delícia quando vinha me ver para que lhe contasse coisas sobre o velho Tibete. Pouco a pouco suas perguntas foram alcançando planos mais e mais profundos. Ela teria sido uma boa lama.
— Vamos deixá-la como está – interveio o pai.
— Vocês são felizes? – perguntou-me.
— É fácil sê-lo estando com ela – respondi.
— Fico feliz por ambos – disse ele, lançando-me um último olhar que eu não soube interpretar.
— Bem, Zui-Phung – disse Malcolm —, tenho uma notícia terrível para lhe dar.
— Hum...

| 63

Respirou fundo e pousou a mão na mão do mestre.

— Envenenaram Lobsang Singay, o médico de Dharamsala.

O mestre tibetano fechou os olhos. A tensão que sentia era tal que me fez estremecer e sentir a morte do lama como se fosse um parente próximo. Zui-Phung lentamente recobrou sua expressão anterior.

— Envenenado, você disse? – soluçou.

— Isso é o que achamos.

Malcolm apertou ainda mais a mão do mestre contra o braço da cadeira, em sinal do seu apoio. Depois soltou-a com suavidade.

— Preciso mostrar-lhe uma coisa que talvez esteja relacionada com o assassinato – disse.

Tirou o pano, que levava enrolado num cartucho de papelão onde costumava carregar de um lado para o outro os planos para a ampliação da fábrica. Abriu-o enquanto o livreiro afastava alguns volumes do balcão e ajeitava os óculos para que a lente quebrada não caísse ao se inclinar para olhar.

— Por que você está me mostrando este pano? – disse, Zui-Phung com um fio de voz.

Malcolm me assinalou com o olhar e prosseguiu.

— Jacobo encontrou-o no quarto de hotel onde Lobsang Singay estava hospedado. Ele tinha ido a Boston para dar um ciclo de conferências.

— Faz tempo que eu não via um assim – murmurou, passando a mão delicadamente sobre o desenho.

— Parece uma mandala, mas é pintado em seda, em vez de linho ou pergaminho. E é preto, com esse Buda desenhado no centro com tinta vermelha – disse Malcolm.

— Com sangue – corrigiu Zui-Phung, sem tirar os olhos do tecido.

Imediatamente estremeci outra vez.

— Humano? – intervi. Virou-se para me olhar.

— De iaque, ou de qualquer animal parecido. Os seguidores da Fé Vermelha são radicais, mas não assassinos.

— É possível que isso tenha mudado – lamentou Malcolm.

O silêncio invadiu a loja.

O livreiro saiu de seu lugar e abriu duas cadeiras de madeira apoiadas em um canto. Aproximou-as do balcão e convidou-nos a sentar. Foi até a rua e chamou o garçom que atendia os jogadores de bilhar para pedir-lhe chá. Pouco depois, enquanto Zui-Phung pacientemente confirmava seu ditame aproximando o tecido dos olhos e apalpando a textura do desenho, o menino chegou com uma bandeja e quatro xícaras. Deixou-a na ponta do balcão, saiu correndo e voltou com uma garrafa térmica.

— Quem são esses seguidores da Fé Vermelha que vocês mencionaram? – perguntei, impaciente. — Tenho certeza de que já ouvi este nome.

— Não se espante. Trata-se de uma importante seita budista, surgida em Dharamsala há uns 15 anos, que chegou a se implantar em todo o mundo e, principalmente, nos Estados Unidos. Hoje em dia, pelo que dizem, tem mais de um milhão de adeptos.

— Um milhão...

— Há pessoas que os catalogam como os integristas do budismo tibetano. Eles têm uma forte vocação política e defendem o separatismo absoluto da China.

— Conheço-os muito bem – disse Malcolm. — Essa postura separatista radical levou-os a enfrentar o Dalai-Lama.

— É isso mesmo – confirmou Zui-Phung. — O Dalai-Lama prega uma via mais moderada para negociar a volta ao Tibete.

Malcolm assentiu e afagou o queixo.

— Você diz que o pano pertence à seita...

— É muito provável. A tendência independentista da Fé Vermelha converteu-se em um nacionalismo doentio. Isso os levou a resgatar tradições místicas que consideram provenientes do velho Tibete, como os rituais dos antigos xamãs da meseta. Olhe. – Passou a mão no tecido. — Depois de realizar suas práticas, os xamãs tibetanos abriam um pano preto e jogavam nele uns dados de doze lados, pretos também, para avaliar o êxito do ritual. É uma das práticas herdadas pela seita. Além disso, repare nas suásticas.

— Já reparei, estão invertidas.

— No sentido anti-horário, como aparece em todas as ilustrações feitas pelos lamas que, após a implantação do budismo, continuavam fiéis às velhas tradições.

— Não tinha pensado nisso. E o desenho?

— O desenho não passa de uma reprodução da mandala de meditação mais simples, um Buda nu, sem sexo, uma representação da natureza não dual e carente de conceitos terrenos que nos aproxima do vazio e, consequentemente, da Iluminação.

— Lamento interrompê-los. – Todos se viraram na minha direção. — Vocês estão dizendo que o pano que encontrei em Boston corresponde ao que a Fé Vermelha utiliza. Mas por que uma seita independentista teria interesse em assassinar um médico? Lobsang Singay não fazia parte do governo de Dharamsala...

— É possível que quem os incomodasse não fosse o governo de Dharamsala. Talvez o próprio Singay lhes fosse inconveniente – afirmou Zui-Phung.

— Explique-se, por favor – pediu Malcolm.

Zui-Phung pensou por um instante no que ia dizer.

— Vocês já sabem que os extraordinários progressos da medicina de Singay se baseavam, em parte, no resgate de uma sabedoria ancestral à qual ninguém tivera acesso antes. Ele aprofundou o estudo das técnicas tibetanas de cura mais evoluídas e multiplicou exponencialmente sua eficácia ao fundi-las com alguns procedimentos xamanísticos antigos.

— Você quer dizer que talvez Singay estivesse invadindo o terreno da seita? – insinuou Malcolm.

— Talvez o líder temesse ser desautorizado por Singay. Não se esqueça de que a Fé Vermelha pratica fervorosamente aqueles velhos rituais xamanísticos, mas só como propaganda separatista, sem considerar o rigoroso estudo prévio exigido para que surtam efeito. Por isso, suas práticas se resumem a uma mera amostra de folclore vazia de conteúdo, e o líder deles sabe disso. Singay, pelo contrário, estava de posse dos verdadeiros segredos dos xamãs, depois de aprofundá-los durante anos estudando sua vertente mais elaborada e espiritualizada. Ele os integrou aos últimos avanços da neurofisiologia e de outros campos da medicina moderna e chegou a resultados inimagináveis até agora. Ele sempre se distinguiu por defender energicamente a pureza dos ensinamentos diante de qualquer agressor.

— Você está insinuando que talvez o líder da Fé Vermelha tenha resolvido eliminar Singay antes que ele o atacasse? – sugeriu Malcolm.

— Se Lobsang Singay tivesse desejado, teria exposto sem nenhum problema as carências doutrinárias da Fé Vermelha, o que suporia o desmoronamento da estrutura política e econômica da seita – ratificou Zui-Phung.

— Mas em que consistem exatamente esses antigos rituais xamanísticos? – perguntei, ansioso.

O mestre cravou o olhar em mim sem dizer nada.

— Desculpem-me se pareço brusco – desculpei-me —, só quero ajudar.

— Gosto deste rapaz – disse Zui-Phung dirigindo-se a

Malcolm. — Tem o mesmo ímpeto que você. Vou lhe explicar. – Agitou a mão para trás, referindo-se a tempos passados. — Os xamãs espalhados pela grande meseta do Tibete já praticavam os seus rituais antes de existirem os anos e os séculos. Dizem que tinham o poder de prever todas as desgraças, das menores moléstias do corpo humano até as maiores calamidades, como as ondas de frio que entravam pela meseta e impediam que até um mísero ramo de arbusto crescesse. Eles averiguavam qual era o demônio ou espírito maligno que as provocava e conseguiam neutralizá-los. Invocavam as divindades benéficas e recebiam a sua ajuda para destruir o mal. Conseguiam absorver a força dos cinco elementos, espaço, ar, fogo, água e terra, e os relançavam para que limpasse a contaminação da pessoa.

— Você está dizendo que Singay acreditava nisto tudo?

— Ele considerava, como todos os xamãs da antiguidade, que a enfermidade física surge do desequilíbrio existente entre o ser humano e o resto do universo. Ele afirmava que esse desequilíbrio era provocado pelos espíritos da natureza, irritados por ver tanta energia negativa emanar dos homens. Por isso, no mais puro estilo xamanístico, tentava controlar a ordem natural como um passo prévio e necessário para restabelecer a situação harmoniosa do corpo e da mente. Ele era um gênio. Como já indiquei, o seu maior empenho era integrar estes ritos do antigo Tibete à medicina moderna. Ele tinha se proposto a convencer o mundo de que, por mais avançada que fosse a medicina ocidental, não se pode chegar à cura afastando-se da verdadeira natureza do ser humano e da sua integração com o cosmo, que é o que os xamãs restabeleciam nos seus primórdios.

— Mas estas práticas dos xamãs que Singay resgatou são compatíveis com a atual doutrina budista do Dalai-Lama?

— Naturalmente. O nosso budismo tântrico, que o Dalai-Lama pratica, possui uma forte base esotérica. Ainda assim, é verdade que sofreu uma profunda depuração ao longo dos séculos, até converter-se na grande doutrina espiritual que é hoje.

Zui-Phung bebeu parcimoniosamente da sua xícara. Reparei na maneira como segurava a asa azulada que lembrava uma cauda de dragão esmaltado na porcelana.

— Os rituais xamanísticos reinaram em toda a meseta até o século VII — continuou explicando —, depois chegaram ao Tibete os grandes mestres da Índia e incorporaram os tantras.

— E daí começou a se gestar o budismo tântrico especificamente tibetano — disse.

— Isso mesmo. Os tantras são vias avançadas de meditação, extremamente complexas, que só estão ao alcance dos lamas que dedicam toda a vida a estudá-los. É um modo de vida, mais do que uma mera doutrina. Isso, somado às influências budistas que chegavam de outros países limítrofes, fez com que os procedimentos xamanísticos terminassem relegados ao esquecimento entre a classe monástica que surgiu para assumir esses novos ensinamentos superiores.

— Mas não chegaram a desaparecer completamente...

— Esse é o nó da questão. O budismo tântrico converteu-se na religião majoritária do Tibete lá pelo século XI, mas os rituais dos xamãs continuaram vivos entre os povos das montanhas, que ainda conjuram os espíritos protetores para que os libertem dos demônios. E é verdade que esses rituais continuam sendo praticados em alguns monastérios.

— Hoje em dia? – perguntei.

— Sim, ainda hoje. Graças a isso, Singay teve oportunidade de adquirir essas práticas. Ele o fez enquanto vivia na meseta, antes que seu monastério fosse destruído e ele partisse para o exílio. Pense que os monastérios do Tibete, por causa das extremas condições ambientais e geográficas do país, sempre sofreram um profundo isolamento. A comunicação por terra é difícil e, às vezes, impossível. Sendo assim, é lógico que as práticas desenvolvidas em cada monastério não sejam idênticas. Cada um bebeu da fonte mais próxima.

— Por isso, ao longo da história, surgiram diferentes ordens monásticas – interveio Malcolm.

— Sim, mas todas são consideradas autênticas escolas budistas tibetanas – sublinhou Zui-Phung. — Todas terminaram convivendo de maneira pacífica e aceitaram o Dalai-Lama, representante da escola Geluk, como o único líder espiritual e político.

— Mas a Fé Vermelha não é uma delas... – supus.

— Claro que não. A Fé Vermelha surgiu por causa de interesses mais políticos do que doutrinários. Como disse antes, o fato de terem resgatado algumas práticas xamanísticas do velho Tibete não passa de um ato forçado.

— Para se diferenciar ainda mais do budismo praticado na China e marcar as diferenças – concluí.

— É isso mesmo.

— Então, recapitulando, só nos resta pensar que Singay tinha começado uma cruzada particular para desautorizar a Fé Vermelha, e que este é o motivo pelo qual pode ter sido assassinado por esta seita.

— É provável. Como lhes disse, eram bem conhecidos os seus esforços para preservar os ensinamentos tântricos de quaisquer agressões que pudessem adulterá-los. Ele sempre foi um crítico da Fé Vermelha. Eu mesmo o ouvi em público chamar o líder da seita de farsante.

— Como diz o Dalai-Lama – ressaltou Malcolm —, o budismo tibetano é para a alma o mesmo que a selva amazônica é para o planeta: seu último pulmão. Qualquer intromissão na doutrina, que está à beira da extinção, pode ser fatal.

— Para os tibetanos, é claro que nos restam poucas coisas neste mundo. Na verdade, nunca tivemos muitas – riu Zui-Phung, mais relaxado —, além da nossa elaborada doutrina espiritual.

Zui-Phung tirou um chinelo e coçou o pé.

— Mesmo que a seita não tenha tido nada a ver com o assassinato de Singay, me surpreende que o Dalai-Lama não faça nada para detê-los – observou Malcolm.

O mestre respondeu com seriedade.

— No momento, Dharamsala prefere não condenar oficialmente as práticas da Fé Vermelha. O Dalai-Lama sabe que vários membros do seu governo apoiariam um endurecimento da sua postura moderada diante da China, justamente o que a seita quer. Além disso, por causa das contribuições de inúmeros adeptos no estrangeiro, a Fé Vermelha proporciona uma fonte nada desprezível de financiamento. Isso não pode ser descartado.

— A Fé Vermelha repassa fundos para Dharamsala?

— O que o governo exilado necessita com mais urgência é dinheiro para cumprir seus objetivos e salvar o povo tibetano. Isso é uma realidade.

— Você está sugerindo que alguns ministros do Dalai seriam capazes de olhar para o outro lado, mesmo sabendo que a seita poderia ter assassinado Singay, só para não perder essa fonte de recursos? – perguntou Malcolm, perplexo.

— Por isso, ou para não provocar uma crise interna no Kashag. Você sabe que há ministros mais moderados e, portanto, fiéis ao Dalai-Lama, e outros mais radicais, que veem com bons olhos o separatismo pregado pela Fé Vermelha.

— E do que o governo exilado menos precisa agora é de uma crise como esta... – murmurei.

— De qualquer maneira – continuou Zui-Phung —, o assassinato de Singay me surpreende tanto quanto surpreendeu você. Estou elucubrando com as poucas pistas que temos, mas sem dúvida será preciso investigar a fundo antes de nos aventurarmos a afirmar coisas como estas, que na verdade não têm relação com o espírito do nosso povo.

Fiquei surpreso com a visão ampla daquele homem que, mesmo sendo um monge ortodoxo Geluk, não se furtava a mencionar com todas as letras algumas sem-vergonhices da sua ordem, obrigada a viver no mundo real.

— Envenenado – murmurou Zui-Phung, de repente. — Ainda não consigo acreditar...

Permanecemos calados durante pelo menos um minuto.

— Porém – insisti de repente —, se a seita queria silenciar Singay, como você diz, por que assassiná-lo em Boston? Por que não o fizeram quando Lobsang Singay estava na Índia, onde sua morte teria sido uma entre tantas?

— Se você consegue formular as perguntas, pode encontrar as respostas, querido Jacobo – concluiu o mestre.

Malcolm pegou o pano de maneira um tanto brusca e, pensativo, manteve-o na mão por uns segundos. Depois dobrou-o cuidadosamente, como se estivesse se desculpando pelo gesto, e colocou-o no cartucho de papelão.

— Vamos para casa. Temos de pensar em tudo isso. Ligo para você amanhã, meu amigo, caso você tenha outras ideias.

Zui-Phung assentiu e se apoiou no veludo desbotado do encosto da cadeira.

5

Logo que cruzamos a porta do bairro tibetano senti que o aroma de manteiga queimada se desvanecia e me deixei submergir na corrente de estímulos que espocavam do outro lado do muro. Ergui a mão para chamar um táxi e logo um Buick dos anos 1950 parou junto à calçada, sacudindo como um barco no embarcadouro. Malcolm e eu nos acomodamos no assento traseiro; fitamo-nos, mas ninguém disse a primeira palavra. Não era de seu feitio perder-se em divagações, mas ele precisava se apressar e decidir o caminho a seguir para reconduzir a crise. A verdade é que aquele problema também estava me afetando.

— Então, o que faremos? Ligamos para os monges de Dharamsala ou não? – perguntei-lhe quando entramos na casa, enquanto ele colocava seus óculos em uma escrivaninha.

— Você ouviu o que Zui-Phung disse sobre a luta interna do governo no exílio. Não podemos confiar em ninguém enquanto não tivermos certeza do que está ocorrendo. E se algum ministro do Kashag sabia do assassinato e for cúmplice da Fé Vermelha? O que aqueles lamas estavam fazendo no gabinete do aeroporto?

Não quero dar um passo em falso. Antes de tudo, precisamos saber se nossos interlocutores são fiéis ao Dalai-Lama.

— Em todo caso, teremos que agir antes que o pedido de autópsia da Interpol chegue a Dharamsala. Se a autópsia for adulterada estará tudo acabado.

— Agora só preciso que você saia um instante para eu pensar – pediu ele, um pouco mal-humorado. — Quero discutir isso com Luc Renoir, o delegado da União Europeia em Délhi.

— Sei que vocês são amigos há anos, mas por que ele?

— É o único em quem posso confiar.

Trancou-se em seu quarto e eu fui para o meu. Dei uma olhada nas quartas capas de alguns livros da estante e escolhi um sobre a fundação do império tibetano pelo imperador Songtsan Gampo. Com a poesia e o inevitável ar docente dos monges, contava tudo o que Zui-Phung explicara. Só consegui ler umas poucas páginas. Em seguida dormi, rendido pelos demônios que escaparam do controle dos antigos xamãs e que agora espiavam em meio aos parágrafos. Eles penetraram na minha mente e deram voltas em círculos até o amanhecer. O demônio da ignorância e seu séquito; o branco com cabeça de tigre, que nos obriga a sofrer a dor do nascimento; o amarelo com cabeça de crocodilo, que simboliza as correntes que nos atam às coisas materiais e causa os padecimentos da enfermidade, e o pequeno demônio preto do ódio, de crânio descoberto, que nos submete à dor da morte. Vivi com eles toda a noite vagando pelos labirintos de Délhi, falando com um Singay morto, ouvindo a voz de Zui-Phung, que passava o dedo uma e outra vez pelos traços de tinta do pano, sangue seco de iaque, humano nas minhas fantasias.

Teria dado tudo para dormir na companhia da minha pequena Louise, estendendo o braço através do mundo, pelo menos o dos sonhos, para tocá-la por um instante. Mas naquela noite não tive essa sorte.

Quando despertei passava um pouco das dez, quase meia manhã naquele país regido pelos ditames do sol de verão. Saí do quarto depois de tomar uma ducha salpicada de sais de Kerala que encontrei na prateleira do banheiro. Na cozinha me esperava um café da manhã continental, cuidadosamente arranjado numa bandeja, com o ovo e o bacon preparados para a frigideira.

Ouvi uma voz que vinha da sala. Cruzei o saguão, pisando no tapete macio que Malcolm trouxera de Islamabad ao voltar de uma missão em que se fez passar por negociante de arte. Fui até lá entrecerrando os olhos por causa dos raios de sol que refletiam na cristaleira da galeria que dava para o jardim. Então vi a silhueta de uma mulher que falava ao telefone, graciosamente apoiada no braço do sofá de couro.

— Malcolm, não se preocupe. Só pensei que a essa hora você já tivesse voltado... Vá tranquilo. Tente sair desse engarrafamento subindo a avenida pelo parque Nehru. Eu vim por lá... Com certeza. Estou esperando.

Ela desligou o celular ao mesmo tempo em que se virava para mim, deixando-me ver uns olhos negros que saltavam na pele morena. O seu gesto de surpresa foi seguido de um belíssimo sorriso que iluminou seu rosto. A sua figura estilizada estava vestida de calça jeans, sandálias e uma blusa com fios trançados. Ela exibia uma pinta laranja na testa.

— Desculpe-me por tê-la assustado – disse eu.

— Não tem importância, pensei que você estivesse dormindo.

Essas palavras me surpreenderam ainda mais que sua presença na sala. Não tinha a menor ideia de quem era ela.

— Você sabia que eu estava aqui? – perguntei-lhe.
— Malcolm me ligou para contar.
— Onde ele está?
— Está vindo – limitou-se a responder.

Aproximei-me para apertar sua mão, tentando não parecer muito desconcertado.

— Lamento parecer tão mal-educado. Deve ser por causa do fuso horário – disse, sorrindo. — Sou Jacobo. Agora você me conhece oficialmente.

— Eu sou Asha. É um prazer.

Passaram-se uns segundos em que nenhum dos dois disse nada. Ela sorriu novamente e continuou imóvel, sentada no braço do sofá.

— Tem um café da manhã semipreparado na cozinha – disse, cortando as apresentações com o que esperava fosse um gesto de familiaridade. — Você quer uma xícara de chá? Pensei em sair para o jardim, se ainda der para ficar lá fora.

— Ainda não está muito quente.

— Então vou buscá-lo.

Voltei para a cozinha, perguntando-me quem seria aquela mulher que se movia pela casa com tanta naturalidade. Era jovem, não mais velha do que eu, e linda como as indianas que apareciam nas revistas e nos cartazes de cinema de Délhi, com um rosto anguloso e cálido. A mulher do sári já estava cozinhando o bacon. Disse-me que a esperasse no jardim. Aparentemente, todos ali a conheciam bem.

Asha estava sentada e folheava uma agenda. Apoiei a mão na porta sem abri-la e parei um instante para observá-la de uma maneira um tanto descarada. Os cabelos negros, lisos e brilhantes, caíam para frente e atrapalhavam a leitura. Ela alçou a vista e mostrou outra vez os dentes perfeitos.

— Na verdade, eu não sei quem você é – confessei, aproximando-me dela.

— Supus que Malcolm ainda não tinha lhe falado de mim. Quis perguntar se ele devia ter feito isso, mas ela baixou a vista delicadamente.

— Você o conhece há muito tempo?

— Três meses. Antes eu o tinha visto na embaixada, mas mal nos falamos.

— A embaixada... inglesa?

Ela assentiu.

— Eu trabalho lá. Sou encarregada de tudo o que se refere à zona dos exilados tibetanos. Todos os atos institucionais, documentos dos cooperantes e colaboradores nacionais... Eu sei que Martha e você estão no programa.

— Então não sobra muito para lhe contar.

— Também sei que você vai montar uma escola de inglês em Dharamsala. É uma grande ideia.

— Acho que sim, e conseguimos muito apoio. Os novos exilados e as crianças poderão abrir caminho aprendendo o idioma. Se tudo sair bem, teremos também aulas de espanhol.

– Sorri, olhando para o teto como se rezasse. — Uma pessoa do Instituto Cervantes está quase convencida a colaborar.

— Claro que vai colaborar. Como estão as coisas na América do Sul?

— Continuamos com nossa outra escolinha na Amazônia. Há alguns meses umas agências estão querendo que eu me encarregue das avaliações de quase todo o continente, mas isso implica passar tempo demais longe de casa – disse, com um ar culpado.

— E o que você respondeu?

— Combinamos que eu me ocuparia das avaliações no Peru ou, no máximo, nas selvas vizinhas da Bolívia ou do Equador.

— E depois você volta para sua escola.
— Até a próxima vez em que não poderei dizer não.

Lembrei-me de Martha e me senti mais hipócrita do que nunca. Asha se reclinou, fazendo ranger o encosto da cadeira de junco, descruzando as pernas com elegância.

Pouco depois o portão se abriu e o carro de Malcolm entrou no jardim, fazendo soar a brita do caminho. Ele nos viu sentados sob as palmeiras. Evitou olhar para nós. Asha ocultou seus pensamentos por trás de um sorriso e descruzou as pernas. Arrumou o cabelo, afastando-o da testa, e o prendeu com uma fivela de prata em forma de flor com um brilhante em cada pétala. Rapidamente comparei Asha com Martha. Algo no seu jeito de falar e no modo como punha sua paixão para fora e a colocava à sua disposição com desenvoltura fazia recordar Martha. Não pude evitar imaginá-la no Peru, quando não tínhamos problemas, a manga da camisa arregaçada e os braços cheios de giz, e também imaginei-a deitada na cama, delicada como uma figura de porcelana. Martha e Asha tinham físicos muito diferentes, quase opostos, mas ambas emanavam essa luz que você não consegue fitar sem compartilhar sua essência.

Malcolm saiu do carro e sua presença me trouxe de volta à realidade. O sol do meio-dia castigava o jardim. Ele secou o rosto com um lenço e abriu o porta-malas para pegar umas pastas. Aproveitei para me desculpar com Asha e deixá-los conversar a sós antes de voltar à cena que, evidentemente, era privada.

Quando apareci na sala eles conversavam calmamente. Ele tinha o cotovelo apoiado numa prateleira da estante. Ela movia-se pelo cômodo ao som de uma conhecida melodia indiana, em meio ao rasgado da cítara e uma algazarra de percussões.

— Olá.
— Soube que já se conheceram – disse Malcolm.
— Sim – limitei-me a responder. — Você estava fazendo alguma coisa sobre...? – perguntei sem querer terminar a frase.
— Asha sabe de tudo – esclareceu. — Você pode falar sem rodeios, ela é uma boa amiga. – Ao ouvir essas palavras, ela deixou entrever um gesto de decepção que não deixei de notar.
— Já lhes explicarei, porque a verdade é que estive ocupado com os preparativos da apresentação. O diretor do Hotel Imperial queria me ver antes.
— Qual apresentação? – estranhei.
— Não acredito que você ainda não tenha contado a ele – disse Asha.
— Os dias têm sido muito complicados – desculpou-se.
— Mesmo assim... – respondeu ela.
— Trata-se da apresentação da nova fábrica – informou Malcolm.
— Não sabia que você tinha organizado um ato oficial – disse eu.
— É um pouco mais que um coquetel protocolar. Depois do que me custou convencer os políticos para obter as autorizações, agora querem tudo rápido. Esta noite será muito importante para mim, mas não só pela apresentação – confessou.
— Tenho que lhe contar uma coisa.

Delicadamente, Asha desligou a música. A persiana da janela não impedia o sol direto que se filtrava por qualquer fresta, povoando o cômodo de linhas acesas.

Fiz um gesto convidando-o a prosseguir e encostei-me na parede. Ele dirigiu-se a mim sem rodeios.

— Asha e eu estamos começando uma relação. Achei que nunca diria isso outra vez, mas... – eles se entreolharam.

| 79

Não havia duvida de que Malcolm agradecia que fosse eu quem estava diante dele, e não sua filha. Podia estudar em mim o impacto da revelação, como se fosse um campo de provas. Pegou uma caixa de charutos. Rompeu o lacre que o selava e pareceu relaxar ao respirar profundamente o aroma cubano. Agora Asha fitava-o com serenidade, sem rubores.

— Além das autoridades, todos os nossos amigos irão à festa — esclareceu ele —, e será a primeira vez que nos verão juntos.

— Quanto a Singay... – insisti.

— Amadureci com calma as suposições do mestre Zui-Phung e já sei o que fazer — disse Malcolm. — Vou pessoalmente a Dharamsala assim que a festa terminar.

— O que você pensa fazer lá?

— Em primeiro lugar, estar presente durante a autópsia.

— Como? – pulou Asha, surpresa.

— Jacobo sugeriu isso ontem. Não podemos permitir que um político afinado com a seita a adultere para ocultar o assassinato. Por isso, tenho que estar seguro de que ela será feita com todas as garantias.

— Você por acaso duvida do próprio governo no exílio? – continuou ela, cada vez mais desconcertada.

— O mestre Zui-Phung – expliquei — afirmou que, por causa da crise que isso deflagraria, os membros mais exaltados do Kashag seriam capazes de fechar os olhos para não interromper o fluxo de financiamento dos doadores e da própria Fé Vermelha.

— E você, no que acredita? – perguntou-me Malcolm de repente, cravando os olhos em mim.

— Creio que deveriam enfrentar o problema. O fim nem sempre justifica os meios.

— Fico mais tranquilo em saber que você pensa assim. Se essa seita tiver assassinado Singay, o Dalai-Lama não deve ficar impassível. A polícia de Boston vai abrir um inquérito, encontrar os verdadeiros culpados e prendê-los.

— Aconteça o que acontecer – acrescentei.

— Muitos países apoiam o Dalai-Lama – prosseguiu Malcolm. — Querem ajudá-lo a voltar ao Tibete porque isso supõe a vitória da espiritualidade sobre o rolo compressor comercial que move o mundo. Se justamente agora sua autoridade fosse questionada a China venceria, porque nenhum país a pressionaria se não restasse nada autêntico para preservar.

— A isso foi reduzida a espiritualidade – lamentei.

— A isso foi reduzido o mundo – corrigiu ele.

Malcolm secou a base do copo e pousou-o num mapa aberto sobre a mesa.

— Você não pode enviar alguém de confiança para assistir à autópsia no seu lugar? – perguntei.

— Tenho outra coisa para fazer lá. Estou me preparando para me reunir com o líder da Fé Vermelha.

— Mas isso é muito perigoso! – gritou Asha. — Por que tem de ser você quem...?

— Passei a vida toda mediando conflitos em torno do governo tibetano! – cortou-a. — O Dalai-Lama precisa de uma terceira pessoa que dialogue com a seita antes que o assunto transcenda e a crise fuja ao seu controle.

— E você se ofereceu para fazer isso...

— Asha, por favor. Você sabe que ninguém melhor do que eu...

— Você quer ser morto? – disse ela, séria. — Se você for a essa reunião, vai ficar na mira.

— Não vai acontecer nada comigo.

— Chega. Prefiro não continuar a falar sobre isso.

— Quer que eu o acompanhe a Dharamsala? – propus, tentando apaziguá-los.

— Você não pode – declarou Malcolm.

— Por quê?

— Você ouviu o que Asha disse. Ela tem razão, é um assunto muito delicado. Alguns grupos separatistas radicais que se refugiam sob a bandeira da seita começaram a agir de forma violenta, que beira o terrorismo. Querem aproveitar que o mundo tem os olhos postos na China para chamar a atenção para a causa independentista tibetana. Além disso, estou preocupado porque não sei exatamente o que há por trás de tudo isso, não sei o que querem e até onde estão dispostos a chegar para consegui-lo.

— Se é tão perigoso para mim, será também para você.

— Não tenho outro remédio – resolveu. — Estamos falando de meter o nariz numa trama política cujas dimensões desconhecemos e na qual, em todo caso, há milhões de dólares em jogo! – gritou, exasperado. — Ninguém sabe o que pode ocorrer nessa reunião!

— Não quis dizer acompanhar você ao encontro com o líder da seita – expliquei, tentando acalmá-lo. — Só propus que, enquanto você se encarrega disso, eu começaria a procurar um prédio para a escola.

— Para isso não há pressa – objetou. — Além disso, o melhor para você seria voltar para o Peru o quanto antes para resolver o que você tem por lá.

As suas palavras me feriram profundamente. Com certeza Martha tinha ligado e falado dos problemas que estávamos atravessando.

— Espero que você não esteja insinuando que eu ponho outras coisas na frente de Martha e de Louise.

— Isso é o que você acaba de dizer.

Ergueu-se da poltrona e foi para o escritório. Asha amarrou os cabelos com um lenço de seda bordado com fios de ouro, guardou suas coisas na bolsa e, demonstrando prudência mais uma vez, despediu-se de mim.

6

Para chegar à recepção do Hotel Imperial era preciso cruzar uma alameda de palmeiras gigantes que lembravam os antigos palácios de Délhi, quando o povo se aglomerava diante do portão para assistir ao desfile dos elefantes enfeitados. O táxi parou entre os carros de luxo manobrados por dois porteiros de casaca escura e plumas no turbante. Parecia que o tempo não cabia naquela bolha de estética vitoriana e colonial. O leão de pedra da entrada me deu as boas-vindas a um passado do qual vários convidados de Malcolm tinham saudades como se o tivessem vivido. Por isso, ele organizou a apresentação ali, oferecendo aos seus aliados no governo a possibilidade de sentirem-se no éden particular dos marajás ao menos por uma noite.

Perguntei a um empregado com um bigode sique onde ficava o Atrium, o pátio interno onde o banquete seria servido. Uma fileira de colunas rodeava um chafariz. O mármore branco ia do piso à cúpula, interrompido só por algumas fotografias de caçadas em Bengala e de Rolls-Royces.

Os convidados bebiam e conversavam em pequenos grupos. Uma melodia operística flutuava sinuosamente entre eles isolando as conversas. Procurei entre as cabeças. Vi Malcolm de pé numa ponta e olhei para o outro lado para não cumprimentá-lo, mesmo sabendo que mais cedo ou mais tarde teria que me aproximar dele. Depois localizei Asha. Estava radiante, acompanhada de uns indianos de meia-idade ao lado do estande que exibia as plantas e uma maquete da nova fábrica. Quando ela finalmente me viu, foi como se os demais convidados tivessem desaparecido na sombra por um instante. Ela alçou a mão para me chamar.

— Pensei que você não viesse mais!
— Como poderia perder?

Apresentou-me às pessoas com as quais conversava. Depois de ouvir suas opiniões sobre a política internacional do governo indiano, Asha e eu nos afastamos discretamente.

As árias de um contratenor imprimiam música ao vaivém dos copos. Um garçom aproximou-se com uma garrafa de Rioja 1994 que, sem dúvida, o próprio Malcolm havia selecionado para a ocasião.

— Alguém precisa atender esses políticos – desculpou-se Asha quando paramos num canto. — Como você está?
— Muito bem, de verdade.
— Malcolm me disse...
— Sinto ter me intrometido – cortei-a. — Sei que estes dias estão complicados. Como se não bastasse, além do anúncio da relação de vocês e da apresentação da fábrica, caiu-lhe em cima o assunto da morte de Singay.
— Fico grata por você ser tão compreensivo com ele, mas o que queria dizer, afinal, é que você é quem vai a Dharamsala.
— Como é?

— Ele me disse isso ainda agora. Aparentemente, o ministro da Fazenda anunciou que dentro de dois dias será assinado um convênio de colaboração com a administração de Délhi que envolve a nova fábrica.

— Justamente agora... Não há um executivo que possa substituí-lo?

— O ministro pediu-lhe expressamente que comparecesse ao ato público. Já devem ter feito o comunicado aos meios de comunicação, para que possam preparar a entrevista coletiva.

— Ele não pode adiar a reunião com a Fé Vermelha?

— É impossível. É preciso partir o quanto antes. Parece que o líder está receptivo, mas a qualquer momento pode mudar de opinião. Além disso, os médicos forenses do Kashag não vão esperar por nós para fazer a autópsia de Singay.

— Que surpresa! Nunca pensei que eu seria a pessoa encarregada de...

— Do jeito que as coisas vão, ele não gostaria de comprometê-lo, mas me disse que para isso só confia em você.

Aquelas palavras me encheram de orgulho.

— Veio muita gente – disse, mudando de assunto para não roubar seu papel central na festa.

— Tem de tudo. Veja, aquele ali é Luc Renoir.

— O chefe da delegação da União Europeia?

— Ele mesmo. É o melhor amigo de Malcolm.

— Eu sei. Fala muito dele, como se fosse um irmão.

Bruxelas se apoiava nas delegações que tinha nos países que recebiam ajuda humanitária para administrar de perto os fundos de cada projeto e negociar futuras contribuições. Luc Renoir era o chefe da delegação de Délhi e, nesta condição, assumia as relações com o governo indiano.

— Você quer conhecê-lo?

— Preciso lhe pedir umas cartas de recomendação para me mover à vontade em Dharamsala. Não sei se Malcolm já conversou com ele sobre isso.

— Na verdade, Luc é uma das pessoas que mais conhecem a região dos exilados tibetanos. Passou a metade da vida nessa região da Ásia e dedica boa parte do seu tempo aos projetos daquela zona. Além disso, é verdade que algumas portas se abrem muito antes se você chegar respaldado pelo delegado.

— Você tem ido por lá ultimamente? – perguntei a ela.

— Na embaixada tenho muitas pastas com assuntos pendentes dos exilados para resolver, mas nos últimos meses não tenho tido tempo de organizar uma viagem. Adoraria acompanhá-lo, mas não quero deixar Malcolm sozinho neste momento...

— Não se preocupe.

— Venha. Vou apresentá-los.

Tomou-me pela mão e me deixei levar entre as pessoas.

Luc Renoir, francês de nascimento, devia ter a mesma idade de Malcolm, com uma aparência impecável e um saudável aspecto de desportista. Se não fosse pela calvície aparentaria ser mais jovem. Pelo que Asha me contou, mantinha-se em forma jogando golfe, hábito que lhe permitia manter negociações favoráveis, de igual para igual, com alguns mandatários da zona. Assim como os chefes de outras delegações, Luc Renoir fora nomeado sem passar por nenhuma prova, mas desfrutava de um posto equiparável ao de embaixador, o que provocava desconfiança entre os que realmente pertenciam à carreira diplomática e que, no entanto, tinham menos poder por contarem com um orçamento menor. Era natural que os países anfitriões preferissem obsequiar aquele que geria as moedas estrangeiras dos programas de ajuda humanitária em detrimento dos cônsules que, muitas vezes, desempenhavam um trabalho estritamente protocolar.

— Luc... – chamou-o Asha.

O delegado desculpou-se com uma anciã de vestido longo e cigarrilha e beijou Asha no rosto.

— Você está belíssima – disse —, mas isso não é novidade.

— Se fosse por você eu largaria meu trabalho na embaixada e iria para Bollywood.

— Não, por favor, as pessoas precisam de você na embaixada.

— Olhe, quero apresentá-lo a Jacobo, o companheiro de Martha.

— Finalmente! Há anos ouço Malcolm falar de você, mas ainda não nos conhecíamos.

Apertou minha mão com firmeza.

— Para mim também é um prazer conhecê-lo.

— Se não se incomodarem, vou procurar Malcolm – disse Asha. — Ainda temos de cumprimentar muitos convidados.

Ela desapareceu em meio à luz ocre, os reflexos nos vidros e as toalhas de linho.

— Veja só – disse Luc, vendo o amigo tomar a mão de Asha. — Parece que saem faíscas quando ele a toca.

— Sei que vocês são grandes amigos.

— Mais do que isso – pontuou ele. — Eles são minha família. Martha é como se fosse minha filha.

— Por isso, quero pedir-lhe um favor.

Antes de mencionar as cartas de recomendação trocamos impressões sobre a crise provocada pelo assassinato de Singay.

— Concordo com vocês que a Fé Vermelha teve alguma coisa a ver com tudo isso. Mas não acho que valha a pena ir fundo nesse assunto.

— Por que você diz isso? – perguntei, surpreso.

— Nunca saberemos os motivos pelos quais deram cabo da vida dele, porém não acho que as coisas vão mudar pelo fato

| 89

de você ir ou não a essa reunião. Eu não gostaria nem um pouco que Malcolm fosse, e menos ainda que você se intrometesse num assunto tão transcendente.

— Parece que não há outro remédio.

— Não quero ofendê-lo, filho, mas não acho que você tenha experiência suficiente. Não é que você não esteja preparado. Só não quero que essa crise estoure na sua mão no meio do campo de batalha.

— O que você propõe?

— Vou informar Dharamsala e, se eles acharem conveniente, um executivo do Kashag pode se reunir com a seita.

— Sinto muito, Luc, mas, na nossa opinião, essa não seria a melhor solução.

O delegado meditou um instante com o olhar perdido no copo e dirigiu-se a mim com condescendência.

— Diga-me se realmente vale a pena assumir tantos riscos por um punhado de fumaça.

— Nego-me a acreditar que tudo isso seja mera casualidade.

— Está bem – concluiu. — Faça um relatório e deixe no meu escritório o pano que você encontrou. Prometo-lhe que, como Malcolm não pode fazê-lo, eu mesmo me encarregarei disso. Asseguro-lhe que não desejo ser protagonista nessa história, mas carrego nas costas trinta anos de experiência. Por favor, esqueça essa ideia de ir até lá.

— Hum...

A ária alcançou o ponto culminante, orquestrando a tensão entre nós.

— O que você está pensando? – perguntou-me. — Não me esconda nada.

— Você precisa entender que foi Malcolm quem me pediu. Isso significa muito para mim. Além disso, temos de agir imediatamente.

Luc sorriu e pousou o copo na bandeja de um garçom que estava passando.

— Malcolm já tinha me advertido de que você não se detém diante de nada.

— Só me resta pedir-lhe que me dê cartas de recomendação para o caso de topar com imprevistos quando estiver por lá.

Ele arqueou as sobrancelhas pretas e peludas.

— A juventude é ousada e às vezes um pouco paranoica – disse, apertando meu braço afetuosamente. — Você deve saber que no mundo não existem tantos complôs fantasiosos para desvelar, mas bem... Só estou tentando fazer o melhor para vocês. Conheço Malcolm há muitos anos. E Louise foi uma grande amiga. Nós dois somos parisienses. Mantivemos uma correspondência constante durante o tempo em que vivi em outros lugares.

— Então você vai me ajudar?

— Não tenho outra saída. Reconheço-me aos trinta anos em você e sei que você vai, de qualquer maneira. Passe pela delegação amanhã de manhã para buscar as cartas.

Agradeci. Luc se virou e, mudando imediatamente de curso, dirigiu-se a um grupo de indianos e ocidentais com exclamações teatrais.

Resolvi ir embora da festa. Podia conversar com Malcolm quando ele voltasse para casa. Fui até o canto onde ele estava conversando, agora com um casal de amigos, para saudá-lo e sair dali sem perder tempo. Fiquei um instante atrás deles. Falavam sobre as motivações políticas que levaram Malcolm a construir a nova fábrica em Délhi, o solo mais caro do país.

— Malcolm... – disse eu, para chamar a atenção dele.

— Ah! Jacobo...!

— Já vi que tudo saiu perfeito, que bom, mas prefiro voltar para casa para preparar a viagem. Asha me informou de tudo.

— Antes você vai ter que me acompanhar até o terraço e me aguentar um instante. Já volto – desculpou-se com seus amigos.

Fomos para o terraço. Tinha acabado de cair uma tromba d'água e o calor colava no mármore da balaustrada, na camisa, no rosto.

— Desculpe por ter falado com você daquele jeito hoje pela manhã – disse ele finalmente.

— Não tem importância.

— Há quanto tempo você está com minha filha?

— Seis anos.

— Não acredito.

— Imagine nós dois. Para Martha e para mim isso significa ainda mais tempo.

— Não entendi.

— Com relação ao que já vivemos.

— Você está me chamando de velho.

— É uma questão matemática.

Malcolm esboçou um sorriso.

— A vida não é uma ciência exata. Com o passar do tempo os dias voam e você quase pode vê-los passar, mas também se enchem de momentos únicos...

— Para mim é muito importante que você me tenha confiado o assunto de Lobsang Singay – reconheci. — Não vou decepcioná-lo.

— Eu sei que não, mas... Para mim é difícil empurrá-lo para isso. Alguma coisa me diz que talvez seja mais perigoso do que imaginamos.

— Duvido que você se arrependa de ter levado a cabo todas aquelas missões para a causa tibetana.

— Com o passar dos anos, cheguei a pensar que só havia uma causa. A mais egoísta.
— Não sei se entendi você.
— Você me entende perfeitamente. Conversei com Martha hoje de manhã. Você devia ter me contado sobre os problemas que estão passando. Senti-me exposto.
— Sinto muito, Malcolm, você tem razão, mas... Mas seja franco você também.
— Eu tenho medo – confessou ele.

Mais uma vez ele me pegou desprevenido.

— O quê?
— Eu tenho medo, Jacobo.
— Do quê?

Ele respirou fundo e logo se recompôs.

— De que você não volte a ser o mesmo, de que você sempre necessite dessa adrenalina para viver.
— Por que isso seria ruim?
— Porque então elas nunca teriam você, Martha e a pequena.
— Isso não vai acontecer...
— Isso ocorre sem que queiramos, filho. Você pertencerá a outros. Apesar de não deixar de querê-las, viverá uma fantasia insaciável. Tantas vezes estive a ponto de deixá-la só... absolutamente só. Pensei que tudo aquilo tinha se acabado quando você entrou na vida dela, principalmente quando a pequena nasceu. É só isso. Sinto muito.
— Não sei por que razão, mas alguma coisa me diz que essa viagem vai me ajudar a solucionar as coisas com Martha. Confie em mim.

Ele cravou os olhos em mim.

— Se você acredita de coração que deve dar um passo, em qualquer direção, o que posso dizer?

Agora sei o que Malcolm quis dizer naquele momento e não disse. Uma coisa que ele conversou com Lobsang Singay tantas vezes. Talvez o lama médico, lá do mundo intermediário, estivesse me observando. Ele queria me dizer que não há uma vida que seja completamente nossa, nenhum caminho certo. Que ao final quase nada tem importância. Que quando nos sentamos diante do abismo e olhamos para trás só percebemos entre as sombras o amor recebido de quem nos quis de verdade. Que qualquer outro caminho é bom se servir para preservar esse sentimento absoluto, o único pelo qual vale a pena viver e morrer. As suas palavras no terraço do Hotel Imperial teriam me ajudado, mas ele sabia que essas verdades precisam sair de dentro de nós para surtirem efeito. Nem Malcolm nem Singay, do quarto céu, disseram nada. Não naquela noite.

7

Ao chegar em casa dediquei-me a preparar tudo o que era preciso para a viagem. Pelo fuso horário era uma boa hora para ligar para Martha, perguntar por Louise e explicar-lhe a mudança de planos. Temia sua reação e queria fazer aquilo o quanto antes. Fui ao quarto buscar o celular e marquei o número. Ela atendeu imediatamente.

— Diga.
— Olá...
— Jacobo! – surpreendeu-se. — Não esperava uma ligação sua. Que horas são aí?
— É tarde, mas você já sabe. Você recebeu a mensagem que enviei ao chegar a Délhi?
— Sim.
— Como está Louise?
— Muito bem. Sem problemas com aquelas coisas.
— Como está se saindo com a professora nova?
— Muito bem, mas deve ter dado muito trabalho, pois foi expulsa da sala junto com mais três alunas. Quando voltei à

tarde, depois de dar aulas, encontrei-a fazendo os deveres sozinha, de tão arrependida que estava.

— Ela não deve estar aí...
— Não. Foram fazer um passeio no lago.
— Bem, diga-lhe que liguei e que mando muitos beijos.
— Claro. Falei com meu pai.
— Ele me contou.
— Percebi que você não tinha contado nada a ele sobre... nós.
— Foi o que combinamos.
— Você combinou – corrigiu-me.
— Dá no mesmo, chega desse assunto.

Uma interferência interrompeu a comunicação por um segundo. Foi perfeito para mudar de assunto.

— Como é essa moça?
— Asha?
— Sim, você já a conheceu, não é?

Por um instante fiquei sem saber o que responder.

— Ela é fantástica. Nunca tinha visto seu pai tão...
— Ainda não acredito que só hoje ele me falou sobre isso.
— Ele estava preocupado com sua reação.
— Não me venha com essa, por favor. Estou cansada de todo mundo se preocupar tanto comigo a ponto de não me contar o que acontece.
— Não é isso, você sabe. – Tinha que dizer a ela o quanto antes. — Houve uma mudança de planos. Amanhã eu vou para Dharamsala.
— Por quê?
— Por causa de Singay. Vou substituir seu pai na autópsia e na reunião.
— Não entendo.
— O seu pai tampouco lhe contou nada disso...

— Acho que vou desligar – limitou-se a dizer, mais seca do que nunca.
— Não, não, não desligue. Estou passando por dias muito difíceis. Tudo está acontecendo depressa demais.
Esperei um instante antes de prosseguir.
— Parece que uma seita radical, chamada Fé Vermelha, envenenou Singay.
— O que você está dizendo? Isso é impossível!
— Todos aqui estamos igualmente surpresos. O seu pai se ofereceu ao Kashag para fazer uma reunião extraoficial com o líder da seita e tentar esclarecer a questão antes que a crise transcenda e fique incontrolável. Mas ele não poderá ir até lá.
— Você vai se reunir com os assassinos? Não há mais ninguém em toda a Índia que possa fazer isso?
— Aceitaram exatamente porque se tratava do seu pai, e eu vou representá-lo. Você precisa entender que se cancelarmos o encontro agora eles não vão marcar outro – Martha ficou em silêncio. — O que foi? – perguntei suavemente.

Sentia-me cada vez pior.
— Pensei que você fosse voltar até antes do previsto, é isso. Eu não esperava uma coisa dessas.
— Mas...
— Depois conversamos. Além disso, estou muito nervosa, eu também passei uns dias muito ruins com a Louise.
— Mas você disse que ela estava bem...
— Não se preocupe, você já sabe que eu sempre consigo cuidar de tudo. Garanto a você que das outras vezes passamos por coisas muito piores do que agora. Faça o que tiver de fazer e vá me informando por onde você está.

Eu não conseguia nos reconhecer naquela conversa. Sentia Martha tão longe que quase poderia afirmar que não éramos

| 97

nós que falávamos. Não podia imaginar que ela quisesse me fazer mal com aquilo.

— Martha... – sussurrei.

Então ouvi que ela já tinha desligado.

Fiquei olhando a tela do celular, que continuava acesa. Quando ela apagou, entendi que nossa separação era real. Até então eu não tinha considerado a possibilidade de que não houvesse mais volta.

Naquele momento ouvi a porta da rua.

— Malcolm? – perguntei, surpreso.

— Jacobo? – respondeu alguém.

Era a voz de Asha. Saí e encontrei-a no salão.

— Não esperava por você tão cedo.

— É que tenho muitas coisas para arrumar. Amanhã eu vou com você a Dharamsala.

— Sério?

— Finalmente resolvi. Malcolm não ficou muito contente com isso, mas de qualquer maneira ele prefere que eu vá com você.

— É uma ótima notícia.

— No entanto, ele disse que nunca pode passar pela minha cabeça participar de qualquer coisa ligada à reunião. Tive de prometer que vou me manter afastada do Kashag o tempo todo e que não falarei com ninguém sobre Lobsang Singay. Na verdade, prometi a ele que não verei você até que tudo esteja terminado. Vou cuidar unicamente dos assuntos da embaixada e depois voltamos juntos para Délhi.

Um gesto preocupado alterou minha expressão.

— O que houve? – indagou Asha.

— Não é nada. Acabo de falar com Martha.

— É por causa de sua filha?

— Não, somos nós. Estamos atravessando um mau momento... Na verdade, já virou uma temporada ruim.
— Ah, sinto muito.
— Não se preocupe.
— Malcolm não me disse nada...
— Tentamos mantê-lo fora disso. É coisa demais: o trabalho na selva, nossa filha... É como se já não fôssemos donos da nossa própria vida.

Asha fitou-me sem saber o que dizer.

— Ultimamente, quando estou em Puerto Maldonado, não paramos de discutir – continuei confessando-me com ela. — Depois viajo para as inspeções sem ter resolvido nada, passo semanas fora de casa e cada vez que volto é mais difícil tentar solucionar as coisas. O pior é que Martha também está sem forças para tentar.

— Vocês não podem se entregar...
— Queria saber como sair dessa encruzilhada. Talvez estejamos pagando um preço alto demais pelos nossos sonhos. Chegamos ao Peru convencidos de que era a única coisa que queríamos fazer, mas o tempo passa, meu novo trabalho nos separou, é muito complicado para a Martha manter a escola funcionando sozinha, ainda mais com a doença de Louise... Perdemos um pouco o controle das coisas e às vezes acho que sou o único responsável por isso. Se tivesse certeza de que se renunciasse às inspeções as coisas voltariam a ser como antes...

Formou-se um nó na minha garganta.

Abraçamo-nos.

Asha colocou sobre uma pilha de livros uma foto instantânea tirada por um convidado durante a apresentação; ela retratava o momento em que Malcolm a tomava pela mão para fazer o anúncio. Foi ao quarto e colocou numa bolsa a roupa que tinha vindo buscar. Despedimo-nos e ela saiu sem fazer ruído.

    Joguei-me sobre a cama. O círculo formado pelas pás do ventilador me fez recordar a coroa mortuária que os urubus desenham no céu. Respirei fundo e deixei a cabeça pender para o lado. Todas as minhas dúvidas aproveitaram esta distração para se lançarem sobre mim.

8

Malcolm conseguiu um 4x4 com motorista para irmos a Dharamsala. Segundo ele, era o único meio seguro de atravessar os primeiros cumes na época de chuvas.

Antes de partir, Asha e eu passamos pela embaixada para buscar sua maleta com a documentação que ela precisava levar. Ficava perto da casa de Malcolm. Havia gente em toda parte e cada um parecia saber o que tinha de fazer a cada momento. Ela despediu-se de alguns companheiros sem perder tempo. Depois paramos na delegação da União Europeia. Ela ocupava um edifício de vidros marrons que refletiam o jardim e devolviam uma imagem acobreada das palmeiras. A secretária de Luc Renoir entregou-nos as cartas de recomendação que ele deixara preparadas em um envelope com o timbre oficial. Guardei-as junto com outra carta que Malcolm havia escrito ao voltar para casa após a apresentação. "É uma espécie de relatório onde explico detalhadamente o resultado das nossas indagações, caso você considere oportuno mostrá-la a alguém", dissera ele, sabendo que sua boa reputação na capital exilada também me serviria de aval.

Sem mais demora, tomamos a estrada na direção da região de Himachal Pradesh. No princípio, desfrutamos da falsa ilusão de que a mão dupla talvez se alargasse durante uns quilômetros, mas logo chegaram os engarrafamentos de tuc-tucs, um camelo carregando sacos de cereal, calor, suor, bicicletas motorizadas levando uma família de cinco pessoas, engarrafamentos de bicicletas, barraquinhas de comida duvidosa, engarrafamentos de ônibus, mais calor, suor e uma parada para pagar os impostos, com um macaco, um urso e uma cobra que ajudavam uns mendigos a pedir esmolas. De repente, como num encanto em que também estavam o macaco, o urso e a cobra, só a estrada. Só silêncio e estrada.

Assim transcorreu toda a jornada.

— Pelo menos não foi preciso usar a reduzida! Isso é uma sorte nesta época do ano! – exclamou o motorista antes de ir dormir.

Passamos a noite numa hospedaria do caminho, no meio de lugar nenhum. Mal consegui fechar os olhos durante algumas horas. Quando deitei já estava pensando no momento de levantar para prosseguir viagem; não parei de dar voltas naquele catre de onde meus pés pendiam. Antes do amanhecer fui à janela e vi o condutor ligar o veículo e manipular umas correntes.

O segundo dia mostrou-se mais difícil. Foi preciso contornar vários desmoronamentos. Olhando no mapa era incrível que, no final da tarde, ainda estivéssemos sacolejando pelas vertentes da cordilheira. Não tínhamos parado nem para comer. Só as longas conversas com Asha tornavam o percurso mais suportável. Cheguei a pensar que a viagem tinha valido a pena só pelo fato de ir com ela, tal era o grau de intimidade que tínhamos alcançado, apesar de termos acabado de nos conhecer. O condutor não dizia nada. Quando perguntávamos quanto faltava para chegar, respondia com um sorriso enviesado e voltava a fixar a vista na estrada. Ele precisava se concentrar para evitar que o carro derrapasse no cascalho dos buracos. A estrada era estreita e a beirada do pavimento estava logo ali.

Asha abraçava as pernas, apoiadas no assento traseiro. Ela usava calças de seda laranja com uns apliques costurados que tilintavam cada vez que mudava de posição. De vez em quando eu me virava para olhá-la entre os apoios para a cabeça. Ao menos, à medida que chegava a noite, era mais fácil esquecer a umidade sufocante.

— Alguns lamas vão entrar em transe para provocar o despertar de Lobsang Singay no estado intermediário — explicou ela, enquanto as horas se espichavam sem remédio. — Até este momento a consciência dele estará completamente perdida, sem saber aonde vai dar.

— O mesmo sucede comigo.

Fiz aquilo parecer uma brincadeira, esboçando um sorriso.

— Não me venha com isso outra vez – queixou-se ela.

Ela me fez sentir constrangido com minha atitude. Prometi a mim mesmo que não iria me lamentar mais.

— Foi uma sorte conhecer você – disse eu.

— Também estou contente por tê-lo conhecido. A coisa mais corajosa que um homem pode fazer é enfrentar a si mesmo.

Apoiei as costas no assento e inclinei a cabeça para trás.

— Talvez na próxima vida – respondi, e dessa vez estava mesmo brincando.

— Não pense que vai se encontrar na outra vida – respondeu ela suavemente. — Já não será você. Precisa agir hoje, porque nem amanhã você será o mesmo.

Senti um embrulho no estômago ao imaginar meu encontro com os membros da Fé Vermelha.

| 103

— Estamos chegando. As estupas* naquela colina levam ao monastério de Dharamsala – disse o motorista, apontando para longe.

O 4x4 saiu da estrada e rodou por um descampado. Só víamos um casebre que a duras penas se aguentava de pé e um cartaz de metal que balançava ao vento. Quando a poeira assentou vimos que era um posto de gasolina. Fomos até a bomba enferrujada que parecia se esconder por trás do letreiro da Indian Oil.

— Sempre encho o tanque aqui antes de entrar na cidade. É o único posto que existe. O outro fechou há alguns meses – explicou o condutor.

Descemos do veículo e nos alongamos tanto que quase desencaixamos as articulações.

— Contam que a cada noite as chuvas de verão apagam as mil velas dos monastérios – disse Asha, sem deixar de contemplar a nova paisagem de pinheiros que rodeava Dharamsala, no fundo do vale.

Quando estávamos a ponto de arrancar, depois de beber água e salpicar a nuca com o que tinha sobrado na garrafa, o atendente saiu disparado do casebre. Trazia um pacote pouco maior do que uma caixa de sapatos. Depois de trocar umas palavras com o motorista, perguntaram alguma coisa a Asha.

— Ele pediu para levarmos este pacote aos correios da cidade – informou ela.

— Por mim não há problema – respondi.

Coloquei o pacote no porta-malas e retomamos o caminho. A luz tênue do crepúsculo iluminava os telhados que iam surgindo adiante. Ela emprestava reflexos violáceos às bandeiras cerimoniais que se agitavam como se soubessem da nossa chegada.

....

*Tipo de arquitetura budista que abriga relíquias oriundas de antigos túmulos funerários. Encontram-se espalhadas por todo o sudeste asiático.

Após uma curva na descida para a cidade alguém pediu carona. Evidentemente era um estrangeiro. Em vez de exibir a palma da mão virada para baixo como era o costume nos caminhos da Índia, ele agitava os braços, como se alguma coisa grave tivesse lhe ocorrido. Usava uma camisa xadrez desabotoada e jeans baixos na cintura. Sem deixar de sorrir, pouco antes de passarmos, ele mostrou a mochila, amarrada de ambos os lados com a bandeira tibetana costurada no centro.

Saí do carro para que o rapaz, um ocidental ruivo de uns 25 anos, ocupasse o assento dianteiro. Preferia ser eu mesmo a me sentar atrás com Asha. Ele jogou a mochila no piso da parte traseira, entrou rapidamente no carro e, diante do olhar inquisidor do motorista, nos agradeceu diversas vezes. Asha jogou a mochila no porta-malas, ao lado do pacote que tínhamos recebido no posto de gasolina.

— Não se esqueça de parar nos correios para deixar isso — lembrei ao condutor.

Antes de abrir a porta traseira e entrar no carro, aproveitei para alongar as pernas um instante. Fui até o meio da estrada e alcei a vista para os altos muros do monastério que o motorista assinalara pouco antes. Agora ele estava diante de nós, no alto da colina.

Então chegou a hora da minha primeira morte, a mais violenta e injusta.

Ouvi um estrondo terrível, seguido do silêncio mais absoluto. Senti que cada célula do meu corpo se sacudia, voava pelos ares e caía no barranco. Mal senti o impacto contra o solo, apesar de ter caído com todo o peso do corpo sobre o ombro, com a cabeça jogada para trás como uma boneca descabeçada. Depois rolei para baixo, quase inconsciente. Não percebia a dor, só a terra nos olhos e na boca, o bosque que se afastava girando, meus braços esticados incapazes de me proteger dos golpes. Caído numa saliência do barranco, com o rosto coberto de sangue, queria olhar para cima. Porém, quando conseguia abrir os olhos, só via o fogo na estrada e o veículo que se movia. Fechei os olhos devagar e me abandonei lentamente, muito lentamente, à sombra do fogo, sob o eco dos chiados, em meio à fumaça e ao silêncio.

Segunda Parte

Coloque sua peça do quebra-cabeça.

9

Nunca soube quanto tempo permaneci morto. Não sei se me levaram diretamente à sala escura do monastério onde revivi, nem por quantos dias fui submetido aos rituais. Só sei que percorri as paragens mais maravilhosas da mente, mas também as mais estreitas e assustadoras.

Contaram-me depois que três monges estavam subindo as escadarias esculpidas na rocha onde se assenta a lamaseria, a mesma que eu vira pouco antes da explosão. Ouviram o estrondo, e a onda expansiva, que se suavizou ao se espalhar pelo vale, empurrou-os violentamente, derrubando-os no chão. Ainda com o vazio nos ouvidos e sem perceber os cortes nas pernas, eles se levantaram e desceram para a estrada correndo. Um deles olhou pela beira do barranco e me viu jogado lá embaixo, numa saliência onde cresciam uns arbustos. Avisou os demais e saiu correndo, confiando em chegar a tempo para sentir meu pulso nos seus dedos.

O lama virou minha cabeça com cuidado, depois de apalpar minha nuca. Afastou umas folhas grudadas no sangue que ainda fluía da ferida junto à orelha. Neste momento, virou-se espantado para seus companheiros, que já deslizavam com dificuldade, arrastando pedras pela ladeira

— Não pode ser verdade! – gritou ele.

Era o mesmo lama jovem de óculos de armação metálica que dias antes encontrara no aeroporto de Délhi com a comitiva de ministros para buscar o corpo de Singay. Olhou-me novamente e fechou os olhos. Ele recordou meus cabelos loiros e não teve nenhuma dúvida. A partir deste momento, sei que fez tudo o que pôde para manter-me vivo, mas não sei como me levaram até o monastério. Não sei se outros monges vieram com um veículo ou se empregaram alguma técnica prodigiosa como as que, lá em cima, me arrancaram da morte.

Desde o primeiro momento, apesar da inconsciência, percebia tudo o que acontecia. Isso ocorria em um outro plano, de onde via meu corpo em coma, estirado. Lembro-me de que tiraram a roupa grudada à minha pele e limparam o sangue seco. Ele já não brotava das feridas, o mal era interno. O mais estranho é que não sentia dor, não padecia de nenhum mal-estar ou angústia. Também sou capaz de descrever em detalhes os instrumentos que utilizaram para me curar: bisturis com cabo de madeira e a ponta curva, um escalpelo com uma colherinha na ponta cega, pinças de ferro com um gancho de couro e agulhas de acupuntura de diversas espessuras e comprimentos. Recordo, porém, dos cânticos constantes que penetravam meu corpo, chegando a todos os meus órgãos e aos confins da minha alma.

Durante dias não me movi da manta que colocaram no centro do cômodo sombrio sobre as tábuas que todas as tardes eram iluminadas pelo último fulgor do crepúsculo. Sempre à mesma hora os raios atravessavam uma janelinha e traziam repetidamente à minha mente o horror da explosão. Nessa hora, vários monges entravam no quarto e sentavam-se em círculo à minha volta para realizar o ritual mágico e me envolver com suas vozes curativas. Eles comprovavam a ressonância das paredes emitindo sons graves que não pareciam humanos. Enquanto isso eu sentia a umidade do chão penetrar as minhas costas e chegar à minha coluna. Quando achavam que tudo estava preparado eles começavam a emitir aquelas notas exatas, conseguindo uma harmonia perfeita entre suas gargantas, o quarto e meu corpo e, com a vibração que produziam, alcançavam cada um dos meus males. Eu sabia que os bisturis e unguentos só serviam para preparar-me, e o que sanava meu ser era aquela música, então me abria para ela. Sentia que levitava, e quero crer que o fazia, quando as vozes dos lamas abraçavam minhas moléculas e curavam ossos e tecidos. A cada tarde aquela música me subia num sopro de vento e nele eu fluía pelo cosmos. Eu girava numa espiral, algumas vezes aguda, outras vezes suave como algodão.

Aqueles cânticos traçaram uma via da alma da Terra, canalizaram toda a magia do Tibete e a cravaram com força no meu coração, fazendo-o recuperar o ritmo dos batimentos.

Na primeira vez em que abri os olhos, ainda deitado no centro do cômodo, senti algo parecido ao que deve sentir um recém-nascido ao sair do ventre da mãe. Não me lembrava de como era estar vivo. Havia demasiados estímulos ao mesmo tempo: o tremelicar das velas, os tapetes de mil cores com imagens que não conseguia decifrar, meu corpo estendido, incapaz de ficar de pé. Resplendores que me agrediam e me faziam retroceder e voltar a adormecer.

| 111

Mal percebi o momento em que, no meio da tarde, o lama de óculos de armação de metal entrou no quarto e veio em minha direção. Ele abriu um frasco oleoso e extraiu um pouco de unguento. Depois fechou a tampa e deixou-o no chão, ao lado do tapete. O leve contato do vidro com a pedra retumbou no cômodo, como se as paredes brincassem com cada som e esperassem, impacientes, para voltar a absorver o canto mágico dos lamas. Ele apoiou os dedos entre minhas sobrancelhas e desenhou uns círculos para espalhar o unguento, que cheirava a barro. Pouco a pouco fui percebendo onde estava. O rosto do lama até me pareceu familiar, mas não sabia por quê, e isso me deixou desconcertado.

— Bem-vindo – disse ele.

— Onde?

— Ao nosso monastério, à vida, à tarde.

Fui inundado por uma avalanche de imagens.

— A bomba, o carro...

— Você está aqui.

— E Asha? Diga-me onde ela está!

— Asha não.

— Não?

— Nem o condutor, nem a outra pessoa.

"A outra pessoa...". Lembrei-me do sorriso do turista, da mochila amarrada com a bandeira costurada.

— Não pode ser, Asha...

Por um instante achei que não teria forças para prosseguir e senti necessidade de me deixar levar de volta à escuridão para não enfrentar tanta dor.

— Você lutou para voltar com a força de um tigre.

— Para voltar...

— Do bardo intermediário, do estado *post-mortem* que o puxava.

— E o que consegui... Asha...

Não estava suficientemente desperto para chorar. Pensei em Martha e Louise e uma parte da nebulosa se dissipou. Então reconheci o lama e, estranhamente, me pareceu normal tê-lo ao meu lado.

— Malcolm? Onde está ele?

— Você logo o verá. Só ele sabe que você está aqui.

— E Martha? E os meus pais? Sabem que eu...?

— Você já falará com Malcolm.

— Por que tanto segredo?

Ele hesitou antes de responder.

— Encontramos a carta.

— Que carta?

— A que você tinha no bolso, assinada por ele. Mas deixemos isso por agora. Já falaremos sobre isso quando você se recuperar.

— Não, por favor. Continue – roguei-lhe.

O lama deve ter notado minha expressão de angústia.

— Lemos a carta. Malcolm afirma que Lobsang Singay foi assassinado em Boston por um membro da Fé Vermelha. E insinua coisas relacionadas ao nosso governo que...

Calou-se novamente.

— Continue, por favor – insisti, ainda incapaz de assimilar tudo o que ocorrera.

Ele suspirou.

— Malcolm tem o direito de dizer o que pensa em qualquer fórum tibetano; ele conquistou isso ao longo dos anos. Mas não teria sido bom se a sua carta tivesse sido revelada sem mais nem menos. Este é um assunto muito delicado.

— Por isso, decidimos que era melhor vir pessoalmente – sussurrei, ofegante.

Estava consumido pela vontade de sentir-me lúcido. O lama virou-se para a porta antes de se sentar no chão e cruzar as pernas instintivamente. Respirou fundo sem deixar de me olhar com um leve ar de condescendência.

— Estamos convencidos de que tudo foi um erro lamentável, fruto de uma infeliz cadeia de casualidades.

— Que erro? A polícia descobriu o veneno na xícara de Singay! E agora Asha está morta! Morta!

Tentei levantar-me, mas só consegui erguer o tronco uns centímetros. Era evidente que nossos temores tinham se confirmado. Alguns membros do governo de Dharamsala preferiram ocultar o assassinato para não ter de enfrentar a Fé Vermelha. Nunca haveria um crime, nem reuniões com a seita. Mas o que mais me doeu foi entender que, com isso, desprezavam a morte de Asha e o sofrimento de Malcolm, que tanto fizera por eles.

Caí de volta na manta, olhando o teto.

— Quando foi feita a autópsia? – perguntei, sentindo-me derrotado.

O lama contemplou-me, vacilante, antes de responder.

— Ainda não foi feita. As exigências da Interpol se complicaram e até agora não chegou a autorização da central, então ela será feita depois de amanhã.

De repente, comecei a tremer. Ainda não tinham feito a autópsia! Ainda havia tempo para agir!

— E o encontro com o líder da seita? – exclamei.

— Isso você falará diretamente com o Kalon Tripa. Tudo está sendo feito com a maior discrição.

O meu primeiro impulso foi confiar em que aquilo me reconciliaria com Malcolm e com Asha, onde quer que ela estivesse, e que, de alguma forma, daria algum sentido ao final tão terrível para o qual eu a havia arrastado.

Apalpei meu peito, as pernas, o rosto.

— Vocês me curaram... Lembro dos cânticos, das vozes.

O monge examinou a expressão estampada no meu rosto suado e secou minha testa com um pano.

— É bom que você se lembre disso. Há séculos nós, tibetanos, buscamos o conhecimento dos elementos e das vias que nos conectam com a natureza. Nele estava o êxito da medicina de Singay. Ele conseguia curar com a ajuda do mundo. Conhecia tudo e empregava tudo. Por isso, sua medicina adquiria formas diferentes, e uma delas é a música que agora habita sua memória.

— Acredito em você, mas não o compreendo – consegui articular em meio aos desmaios que sentia quando fechava os olhos.

— Você já verá – ele se dispôs a explicar-me. — Todo o corpo vibra, vibra constantemente, bem como o resto do universo, cada qual na sua frequência específica. Sendo assim, qualquer doença pode ser entendida como uma alteração dessa frequência. Por isso, para curá-la, basta restabelecer a harmonia vibratória, devolver a ressonância correta ao órgão afetado. Isso é o que fazemos com nossas vozes, associando-nos com o cérebro do paciente como se fôssemos um só, convertendo-o em mais um médico a serviço do corpo enfermo.

— Foi Singay quem lhes ensinou a cantar assim?

— Sim, foi ele. A garganta de um homem normal só pode emitir um som de cada vez. No entanto, Singay conseguia emitir sons harmônicos, pronunciava acordes formados por várias notas musicais simultâneas. Isso é algo que um logopedista considera impossível sem a ajuda de um instrumento, mas ele dominava perfeitamente esta técnica. Com ela, compunha e executava suas melodias reparadoras, as mesmas que cantamos para curar você.

— Soa como ficção científica – disse, sem malícia.

| 115

— Se você é capaz de se sentir mais vivo com a mera contemplação de uma paisagem, ou sentir-se sufocado pela pressão invisível de um cômodo lúgubre simplesmente deixando-se influenciar pela energia que emana de cada lugar concreto, como pode negar a ciência de Lobsang Singay? Como lhe contei, ele usava essa energia universal que está presente nas coisas.

Quis entender por que eu tinha recebido o privilégio de renascer ali depois de um atentado. Voltei a pensar que nada na minha vida era casual.

— Estou muito agradecido a vocês... Não entendo como conseguem fazer algo tão... Parece um milagre...

O lama percebeu que eu estava a ponto de desmaiar e começou a falar de forma rítmica e suave, como quem lê um poema.

— Dizem que foram os antigos xamãs os que primeiro aprenderam a cantar os harmônicos, imitando o som de uma cascata. Sentavam-se para escutar e se concentravam por dias seguidos, ou anos, até conseguirem que suas vozes se confundissem com as cascatas num só fluxo tonal, como se a água saísse das suas bocas, ou como se a voz se projetasse barranco abaixo até o rio. Eles recebiam o dom da natureza, do mundo espiritual. Então começaram a curar com esse som os males dos pacientes. Séculos mais tarde, alguns lamas tibetanos aprenderam a cantar esses harmônicos. Dizem que um lama sonhou com uma voz que era ao mesmo tempo a voz de um iaque e de uma criança, pronunciada de forma surpreendente e simultânea pela mesma garganta. A voz era tão aterradora quanto angelical, juntas num só fluxo, como a cascata do xamã. Ao despertar, ele conseguiu reproduzi-la com as próprias cordas vocais, e depois ela foi copiada por outros lamas. Era o som tântrico, que transportou os primeiros mestres a outra dimensão, fazendo-os apalpar a própria divindade. Era o som mais grave, grave como para matar a morte, e tão agudo que abria portas desconhecidas sem nenhum esforço. Dessa forma, começaram a curar os males dos pacientes com aquela voz dual.

Pouco a pouco, fui recobrando a consciência.

— Vocês me curaram com suas vozes graças ao que Singay lhes ensinou... – sussurrei com os olhos marejados. — Você vai me curar completamente para que eu possa assistir à autópsia, não vai?

O monge levantou-se para buscar uma toalha e uma bacia que estavam sobre uma cômoda. Aproximou-se, lavou meu rosto e o pescoço e depois cobriu-me novamente com uma espécie de edredom grosso. Então fez um gesto como se fosse embora.

— Você falou pessoalmente com Malcolm? – perguntei-lhe antes que se fosse. — Sabe onde ele está?

— Falei com ele por uns minutos, quando você já estava fora de perigo.

— Mas como ele está?

— Sinceramente, achei-o muito obcecado com... tudo isso. Está convencido de que o atentado na estrada tem relação com a morte de Lobsang Singay.

Retorci-me de dor pela tensão ao pensar novamente em Asha, sentido-me cada vez mais responsável pelo ocorrido. Um redemoinho de bílis subiu do estômago até a boca, e minhas têmporas estalaram.

— Você já falará com ele.

Tentei mudar de posição. Desta vez ao menos consegui me inclinar de lado.

— Durante quanto tempo Martha pensou que eu...?

O lama fez que não com a cabeça. Virou-se novamente para sair do cômodo e eu não o impedi.

Fora daquele monastério todos pensaram que era meu corpo, e não o do infeliz mochileiro ruivo sem nome, que havia sido carbonizado dentro do veículo. Supus que Malcolm tenha se encarregado de averiguar a identidade dele quando o cadáver chegou a Délhi, e o consulado do seu país tenha avisado seus parentes. Talvez fosse melhor, pensei, que os que fizeram a bomba estourar continuassem pensando que eu havia morrido junto com os outros. Então voltei a ver os rostos de Asha e do estrangeiro. As lágrimas brotavam e eu sentia falta de ar. Precisava me erguer daquela manta e fazer alguma coisa. Estava claro que tinham tentado me eliminar antes que eu me embrenhasse ainda mais naquela trama.

O monge deixara alguns jornais ao lado do meu leito. Eles qualificavam o atentado como uma nova ação aleatória dos terroristas que, do Paquistão, acossavam a vizinha região da Caxemira. Talvez não houvesse complôs para serem descobertos, como disse Luc Renoir na festa do Hotel Imperial. Talvez o assassinato de Singay também fosse um fato tragicamente aleatório. "O ferro das armas na área em disputa voltou a esquentar", rezava um jornal, o que me fez estremecer. Não me imaginava como brinde nas manchetes para vender jornais. E muito menos Asha. Asha... "Nenhum grupo terrorista tinha penetrado antes o enclave budista de Dharamsala, e desta primeira vez a má sorte surpreendeu um consultor de projetos humanitários que visitava a região e uma das assistentes do embaixador da Inglaterra em Délhi", dizia outro jornal.

10

Pouco depois que o lama saiu, percebi que alguém abria a porta. Esperava que fosse Malcolm, mas quem entrou no cômodo não foi ele. Virei os olhos para não ficar ofuscado com a luz alaranjada por trás da pessoa que entrou, mas nem assim me convenci de que fosse verdade.

Era Martha, que eu pensava estar tão longe, até sentir-me totalmente só naquele quarto de cera e seda áspera bordada. Eu não conseguia falar. Não lhe pedi para se aproximar nem me permiti chorar, ainda que os meus olhos estivessem a ponto de saltar, para que ela não desaparecesse. Cerrei os punhos apertando a beira da manta. Queria prolongar aquele instante. Ela continuava de pé. Nem a emoção alterava seus movimentos suaves. Ela tentou fazer um gesto corriqueiro e levou a mão aos cabelos loiros para recolher os cachos que tinham escapado do rabo de cavalo. Estava ali, envolta numa aura vaporosa; a luz de fora realçava seu contorno. Mal consegui pronunciar as primeiras palavras.

— Não posso acreditar que você esteja aqui. Eu não sabia...

— Pensei que nunca mais o veria, que não falaria mais com você.
— Venha – pedi.
Martha correu e se jogou sobre a manta, abraçando-me com força.
— Eu morri com você.
Há muito tempo não sentia as lágrimas dela escorrendo pelo meu rosto e seu gosto salgado. Não a tinha visto chorar dessa maneira desde que Louise tivera a primeira crise de asma.
— Como está a pequena?
— Já faz uns dias que anda um pouco doente, mas o médico tem certeza de que desta vez não é grave. Deixei-a com ele. A mulher dele e a filha Paulita ficaram contentes.
— Não pode ser o começo de outra crise? Não gostaria de estar longe dela se...
— Não se preocupe.
— Preciso tocá-la.
— Você está inconsciente há muito tempo. Pensei que teria de regressar antes que você acordasse, e não teria suportado isso.
Separei-me dela uns centímetros, o suficiente para olhá-la nos olhos.
— Não posso ir agora. Aconteceram tantas coisas...
— Eu sei.
— Como está seu pai? Foi horrível.
Martha não conseguiu responder. Secou as lágrimas com a manga da blusa, deixando dois círculos transparentes na seda.
— Talvez eu tenha escolhido uma meta ambiciosa demais – disse.
— Acho que foi a meta que escolheu você.
— Refiro-me a Louise e a você.
— Eu também.
Fundimo-nos em outro abraço.
— Como está indo a escola?

— Você sabe como é, paz por todos os lados.
— É um lugar de sonho, porém talvez seja mais adequado para alguém que tenha forjado recordações para relembrar. Depois das nossas últimas discussões veladas junto ao fogão de Puerto Maldonado, das conversas inacabadas para não nos machucarmos, sabia que Martha entendia o que eu queria dizer.
— Faça o que tiver de fazer e regresse quando for a hora.
— Estou tão contente por ter você aqui... – A minha cabeça caiu para trás, com um cansaço repentino.
— Durma tranquilo. Esta noite ficarei ao seu lado.

O quarto cheirava a enfermidade, mas também a roupa limpa e a água de flor de laranjeira que minha irmã Cristina enviou da Espanha por meio de Martha. Fechei os olhos e senti seu calor na minha mão quando ela a soltou, pensando que eu havia adormecido. O seu carinho se apossou de mim e sonhei com ela em um mundo paralelo de perfeição que algum dia nos pertencera.

Pensei que aquilo tivesse sido real, e até hoje penso isso, às vezes. Contudo, quando falamos ao telefone, Martha me assegurou que nunca esteve em Dharamsala. Eu levava as mãos ao rosto e ainda podia sentir suas carícias secando o suor da febre; recordava cada detalhe do que ocorreu entre as paredes do monastério, cada palavra, e o odor de flor de laranjeira no quarto. Ela, no Peru, voltava a perguntar se eu estava bem. "Sim, querida" – respondia —, "agora é que realmente começo a ficar bem."

| 121

11

O dia seguinte amanheceu encoberto, o céu branco. O monastério estava inundado de um resplendor fantasmagórico. Dois monges entraram no quarto.

— Os rituais curativos terminaram com sucesso – disse um deles. — Já pode se levantar e sair deste quarto onde nosso canto o trouxe de volta à vida.

— Preparamos para você o quarto de um noviço ausente – informou o outro —, para que descanse tranquilamente durante o tempo que quiser antes de voltar para casa. Desça para ver o monge da porta e ele o acompanhará.

Ergui-me com dificuldade. Alguns ossos estalaram e também minhas articulações letárgicas, mas consegui ficar de pé. Quando me assegurei de que as pernas eram capazes de sustentar meu peso, caminhei descalço pelo cômodo até o portão. Dei a volta para vê-los. Os monges sorriram contentes e dedicaram-se a enrolar as mantas e a recolher os frascos de unguento. Puxei a tranca e saí para um corredor que dava para o pátio. Pelo que pude ver, eu estava a uma altura que parecia ser o segundo piso do edifício central da lamaseria. Olhei para os dois lados. Não havia ninguém.

Apoiei-me na balaustrada e olhei o pátio. Estava tonto, confuso. Ao fundo, o pátio de pedras brilhava como mármore recém-polido. Mal conseguia abrir os olhos depois de ter permanecido em uma escuridão quase permanente. Nas pedras havia água da noite anterior. Então ouvi um ruído no piso inferior. Inclinei-me e vi a sala de orações. Os noviços liam suas tabuletas de mantras. Fechei os olhos. Dali ouvia sua cadência. Os pequenos monges repetiam uma e outra vez as orações que abririam seu interior aos ensinamentos. Estavam criando o ambiente necessário; nenhum dos preceptores se preocupava com o conteúdo das leituras, só com a cadência, o zumbido monótono que suscitava a disposição para o estado ideal. Não lhes importava que todos lessem diferentes textos simultaneamente em voz alta, alguns em tibetano, outros em hindi. Só importava a cadência que fazia balançar as cabeças e os corpos sentados em fileiras, a cadência que até hoje consegue me invadir quando me deixo levar pela recordação daquele instante, na estranha letargia que sentimos entre a vigília e o sono.

Desci por uma escada estreita e caminhei pela galeria. O monastério era pequeno. Não se parecia com as grandes lamaserias do Tibete, algumas das quais eram verdadeiras cidades.

De repente, achei que tinha visto, em uma lateral do pátio, uma figura encolhida apoiada no muro. Assomei entre as duas colunas e fiquei assustado ao descobrir quem se ocultava atrás da franja que apontava para o chão. Trazia a camisa completamente amassada e as pernas da calça cheias de barro. Seria aquele o Malcolm que eu havia idealizado durante anos? Eu sabia que seu rosto transfigurado levaria tempo para voltar a ser como naqueles dias em Délhi quando transmitia tanta paixão, mesmo que não olhasse diretamente para você. Talvez ele tivesse dedicado paixão demais aos grandes olhos negros de Asha, agora convertidos em cinzas.

Avancei um pouco mais. Ele parecia um mendigo desfrutando a sombra. Malcolm também me viu e acenou para que eu me aproximasse. Fiquei em pé diante dele. Ele afagou o queixo. A angústia causava um silêncio tão profundo que era possível ouvir sua barba sem fazer espetando sua mão trêmula.

— Malcolm...
— Não posso nem me levantar para abraçá-lo.

Começou a chorar com amargura. Ajoelhei-me diante dele e por um tempo nos fundimos em um abraço apertado.

— Eles curaram você... – disse finalmente, secando as lágrimas.
— Não sei como foi isso, mas aqui estou.
— Ainda bem – disse ele, abaixando a cabeça. — Houve um momento em que pensei que você também...

Apertei a mão dele.

— Como você está?

Ele alçou a vista de repente. O seu olhar parecia o de um louco.

— Os assassinos não podiam saber que vocês iam passar por ali naquela manhã! – exclamou, como se tivesse enlouquecido. — Dou voltas ao assunto e me soa impossível. Você viu alguma coisa? Ouviu algo? Com quem vocês falaram?

— A única coisa que posso lhe dizer é que paramos num posto de gasolina pouco antes de chegar e aceitamos levar um embrulho aos correios da cidade. Sinto tanto, Malcolm... – Apertei a mão dele com mais força. — O condutor deve ter achado que aquilo era normal. Foi ele quem saiu do casebre com a outra pessoa.

| 125

— Isto me parece impossível. Impossível... – repetiu.

Queria consolá-lo, pedir perdão, mas não conseguia encontrar as palavras apropriadas.

— Você acha que fomos um alvo casual? – perguntei sem muita convicção.

— Gostaria de pensar assim, mas não consigo. Tudo deve estar interligado. Quem matou Singay matou Asha. Asha! – gritou. — Ela estava tão bem sem mim!

— Não fale assim – neguei repetidamente com a cabeça.

— A culpa é só minha! Luc tinha razão ao dizer que esse assunto era grande demais para mim! Perdoe-me, Malcolm!

— Cale-se – pediu ele, mais calmo. — Você não tem de que se arrepender. É que... – a emoção embargava-lhe a voz – eu não aguento mais, Jacobo. Por que não consegui ver que já não tinha o direito de amar, que já havia amado tudo o que podia?

Mais uma vez ele caiu num pranto desconsolado. Entre soluços, me disse que sentia que Louise se aproximava do vidro do outro mundo para consolá-lo e só conseguia aumentar o vazio de tantos anos sem ela. E chorava mais ainda, sabendo que o abismo em que estava caindo era tão profundo que nunca chegaria ao fundo.

— Vamos voltar hoje mesmo para Délhi – disse por fim. — Você está em condições de viajar?

Pensei um instante no que ia dizer.

— Malcolm, eu não posso...

— Você não está pensando em ficar...

Afastou-se um pouco de mim.

— Não podemos abandonar isso agora. A autópsia será amanhã, e aparentemente está tudo preparado para o encontro com a Fé Vermelha...

— Esqueça disso e volte comigo para Délhi – insistiu ele com seriedade.

— Como posso esquecer de tudo depois do que passei?

Ele se ergueu com uma energia inusitada.

— Não quero nem pensar o que seria se perdesse você também! Vamos logo, sem mais demora!

Então lembrei-me de Martha na sala onde tinham me curado, sua presença contornada pelos raios alaranjados. Não importava se tinha sido sonho ou realidade. Pensei nas palavras dela quando estava junto a mim, deitada na manta. Eu a sentia ali comigo, sei que estava ali, animando-me a seguir adiante.

— Quem vai cuidar disso, se não formos nós? – perguntei-lhe.

Ele ficou calado um instante.

— De acordo.

Fiquei surpreso ao vê-lo ceder tão facilmente.

— Obrigado por confiar em mim outra vez – consegui dizer.

— Mas eu vou ficar com você.

Fui pego de surpresa.

— Não acho que seja uma boa ideia.

— Não venha me dizer o que devo fazer – retrucou ele.

— Não é minha intenção. Só acho que você não está em condições e, além disso, você deveria voltar a Délhi para...

Parei em seco.

— Termine a frase, diabos! Você pode me dizer o que quiser!

— Para acompanhar a família de Asha.

Ele levou as mãos ao rosto.

— Ashrom, o pai dela. O que vou dizer a ele?

— Nisso eu não posso ajudá-lo.

Por um instante, pareceu que ele estava perdendo o juízo, com o olhar derramado nos muros.

— No terceiro dia em que fui buscá-la à saída do trabalho esperei dentro do carro que tinha estacionado diante da porta da delegação. Ela atravessou a rua e veio até a janela. Olhou-me por um instante, abriu a porta e sentou-se no assento dianteiro. Contemplou-me em silêncio outra vez. Acho que ela sabia que eu ansiava pelos seus movimentos, cada um deles, e me fazia esperar.

Então compreendi que nunca conseguiria sequer imaginar o sofrimento repetido de Malcolm. Ele sofria a morte de Asha com todo o seu ser, mas sua dor não acabava ali, porque cada fisgada o atravessava até chegar ao fundo da sua alma, onde sua Louise estava resguardada, e o fazia sangrar novamente.

Ergui-me para dar-lhe outro abraço, mas ele se afastou por entre as colunas.

Quando mais tarde perguntei por ele, disseram-me que havia partido para Délhi.

12

Passei a tarde toda no quarto que me ofereceram. Tinha uns oito metros quadrados e o teto baixo, uma cama, um banquinho e uma mesa onde alguém deixara uma garrafa térmica e uma bacia de metal. Deitei-me e quase não mudei de posição até o anoitecer. Todo o corpo me doía. Além disso, o fato de que Lobsang Singay, Asha e eu tínhamos sido vítimas do mesmo enredo criminoso ocupava suficiente espaço no meu cérebro e eu não conseguia pensar em nada mais.

Não sei quando adormeci, nem quantas horas se passaram, até que fui despertado por um ruído metálico repentino. Abri os olhos. Não havia luz. Lembrei-me de que, como em um sonho, percebi que alguém abria a porta. Agora certamente o ouvira sair.

Calcei as botas e fui até o corredor. A luz tênue do amanhecer filtrava-se entre as colunas que davam para o pátio central. Fiquei imóvel por um instante. Não ouvi nada além do vento nas bandeirinhas de oração, então voltei para o quarto e acendi a lamparina; regulei a luz no mínimo. Mexi no trinco da porta, que era uma simples tramela enferrujada, para comprovar se o ruído se parecia ao que pouco antes me deixara sobressaltado. Depois olhei para a mesa onde havia deixado minhas coisas e me convenci de que alguém as remexera. Aparentemente não faltava nada. As cartas de recomendação de Luc estavam no envelope dobrado e guardado no bolso da calça que eu usava no dia da explosão. Fiquei impressionado ao ver que estava rasgada em todos os lados. A queda pelo barranco deixara mais sequelas na minha roupa do que no corpo.

Saí novamente para o corredor com a lamparina na mão e caminhei silenciosamente. Avançava devagar e me detinha quando pensava ter percebido algum movimento na sombra. Subi uma escada. Só se ouvia o balançar agudo da lamparina quando eu a afastava para que os redemoinhos que se formavam no pátio e entravam pelas galerias não apagassem a chama. Os meus pés não faziam nenhum ruído ao pisar na pedra. Ao fundo, vi uma luz que oscilava do outro lado de um portão entreaberto. Parei antes de chegar ao ouvir vozes que vinham do interior. Tapei o vidro da lamparina e estiquei o pescoço para enxergar.

No interior do cômodo havia três monges. Estavam sentados no chão em volta de uns pergaminhos abertos. Um deles procurava na pilha, levantando uns e separando outros, enquanto seus companheiros lhe davam indicações. Os pergaminhos estavam pintados em cores vivas com um detalhamento assombroso, misturando desenhos de budas e outros seres com centenas de inscrições diminutas. O que eles estavam consultando exibia uma ilustração complicada, cheia de círculos repletos de símbolos.

Neste momento, senti uns dedos tocando no meu ombro. Pulei para frente e dei um giro com o coração disparado.

— São astrólogos – disse a sombra.

Mal podia distinguir seu rosto. Ergui a lamparina e, surpreso, vi que era o lama de óculos de metal. Talvez o controle do meu estado de saúde o levasse a seguir meus passeios noturnos pela lamaseria, ou talvez ele estivesse procurando uma oportunidade para acabar comigo. Apertei os punhos dissimuladamente e dei um passo para trás.

— Não conseguia dormir – consegui dizer.
— Não quis assustá-lo – desculpou-se ele.
— Não se preocupe. Você me salvou a vida, passa o dia preocupado com minha recuperação e ainda nem sei seu nome – disse, tentando normalizar a cena para ganhar tempo.
— Pensei que tinha lhe dito quando nos conhecemos no aeroporto. O meu nome é Gyentse.
— Agora lembrei. Você tem o nome da cidade – disse, enquanto engolia em seco porque ainda estava assustado.
— Isso mesmo, na estrada que liga o passo fronteiriço do Nepal com Lhasa. Suponho que ainda levará um tempo até que eu possa visitá-la. Pelo menos tenho trabalho de sobra para fazer aqui enquanto isso.
— É... – limitei-me a dizer.
— Como você está?
— Um pouco atordoado, mas bem.

Ele me observou por um instante sem dizer nada.

— Ao longo do seu processo de cura – explicou-me —, ficamos surpresos porque, apesar de perceber que você respondia de forma muito especial aos nossos harmônicos vocais, havia uma parte do seu ser que não conseguíamos transpassar. E não me refiro aos órgãos afetados pela bomba. Estou falando de uma coisa mais íntima...

— Não estou em um bom momento.
— Nós curamos seu corpo, mas só você pode sanar seu espírito.

| 131

Aquelas palavras, pronunciadas com sua voz mais grave, retumbaram no corredor.

— Talvez uma vida não me baste para saná-lo – respondi.

— Trata-se de tender para o estado ótimo, com isso é suficiente – esclareceu o lama. — Recomendo que não meça o tempo em vidas, em anos nem em dias. Meça-o em ações. Para os budistas não há uma alma imutável como a dos cristãos, e nossa substância não salta de um corpo para outro como se trocasse de roupa. Não saímos de uma vida para entrar em outra. Tudo são fases de uma evolução crescente da sua sabedoria e compaixão, unidas à do resto do mundo. Nós, tibetanos, acreditamos que todos os seres estão expostos a vagar por uma roda de sofrimento que denominamos *samsara*. Trata-se de um estado permanente de confusão que vai evoluindo conosco e que, dependendo de nossas boas ou más ações, se projeta em novas formas, ou inclusive em novos corpos.

— Prometo que tentarei lembrar-me disso. É bom pensar que nós mesmos podemos mudar nosso futuro.

— Exatamente. É como esses astrólogos – prosseguiu, assinalando os três monges que continuavam dedicados às suas tarefas no chão do cômodo. — Quando nós consultamos um astrólogo, não esperamos influências enviadas unilateralmente de outros planetas, cujos efeitos deveríamos aceitar resignadamente. Só desejamos ler aspectos do nosso próprio carma, de nossas ações passadas e presentes e sua incidência no futuro, pois quanto mais informações tivermos de antemão, mais teremos condições de mudar atitudes e condutas que poderiam ser danosas para nós mesmos ou para os demais.

— Prometi a mim mesmo que tentaria mudar o destino ao qual ultimamente acreditava estar exposto – pensei outra vez nas palavras de Martha junto ao meu leito. — Na verdade, também fiz esta promessa a outra pessoa.

Um dos monges jogou uns dados numerados sobre o pergaminho e atraiu nossa atenção. Contemplou-os, recolocou alguns nos círculos do desenho e repetiu a jogada com os restantes, até que todos encontraram um lugar definido no colorido esquema de budas e planetas.

— Você continua pensando que estamos contra você – disse Gyentse de repente, dando uma guinada na conversa.

— O que você quer dizer com isso?

— Você sabe. Pelo que menciona a carta de Malcolm que você carrega. Você está convencido de que todos no governo do exílio seríamos capazes de fechar os olhos diante do assassinato do nosso querido Lobsang Singay só para não enfrentarmos a Fé Vermelha.

— Ainda não sei bem.

— É provável que no nosso governo existam pessoas capazes de agir desta maneira. Ao fim e ao cabo, todos nós, sejamos monges, lamas ou ministros, somos humanos e temos debilidades humanas. Sem dúvida, foi bom que Malcolm tenha nos prevenido. Assim poderemos adotar as medidas cabíveis.

— Fico contente em saber disso. Mas diga-me, o que você estava fazendo por aqui a essa hora? – perguntei sem rodeios.

— Vim buscá-lo. Você quer estar presente à autópsia, não é mesmo?

— Já?

— Aqui a jornada começa cedo. Você pode caminhar sem dor? Fica um pouco longe.

— Estou bem – menti.

Ainda sentia fisgadas nos joelhos e no pescoço quando tentava forçar alguns movimentos.

| 133

— Então vamos.
— É preciso levar as cartas de recomendação do delegado da União Europeia?
— Todos sabem que você está legitimado.
Saímos da lamaseria e nos embrenhamos pelas vielas da cidade em direção à clínica.

13

Era a primeira vez que eu percorria as ruas de Dharamsala. Sempre a tinha imaginado como uma verdadeira capital. No exílio, mas capital. Não parecia o que era. Ela inspirava a inocência das aldeias, às vezes, até ingenuidade. A residência do Dalai-Lama não fora construída para impressionar o povo, ainda que os fiéis se referissem a ela como um palácio. Exalava uma austeridade imposta que justificava a perspectiva budista para além do tempo, para além do mundo, porém também sugeria um olhar furtivo ao passado, quando o Dalai criança observava seus súditos com um telescópio do terraço do Potala, a duzentos metros de altura acima das ruas de Lhasa. Naquela época, o Dalai não podia se relacionar com ninguém. Não era como hoje, quando chega aos corações de reis e plebeus unicamente com a vermelha austeridade da sua mente e da sua túnica.

Chegamos à clínica antes do que eu previra. A entrada estava coalhada de monges que conversavam em grupos.

— Como você pode ver, tudo está sendo feito com a maior transparência. Não precisa se preocupar – disse

Gyentse, certamente referindo-se outra vez ao conteúdo da carta de Malcolm.

Cruzamos um corredor e entramos no laboratório azulejado de branco. O forense e seu ajudante também pareciam saber que minha presença tinha sido justificada. Eles me cumprimentaram e continuaram preparando os instrumentos, impassíveis. O ajudante trouxe um pote com creme para passar sob o nariz. Nunca tinha presenciado uma autópsia. Pensei que ficaria mais impressionado pelo fato de estar diante de um cadáver. Talvez o atordoamento que ainda sentia por causa do meu estado me ajudasse a passar por aquilo. Era estranho ver Singay inerte sobre a mesa, cristalizado, cinza, o mesmo que fora a Boston no seu esplendor máximo para ensinar a viver na morte.

— Neste momento – disse Gyentse, apoiando um ombro na parede —, enquanto a consciência de Lobsang Singay vaga à espera de um novo destino, toda a sua vida parece ter durado um segundo: sua entrada na lamaseria com apenas quatro anos, a fuga do Tibete, seus estudos avançados, os anos no exílio... E hoje, num estalar de dedos, seu corpo estendido nesta mesa. Poderia contar-lhe mil histórias.

— Por que você sabe tanto sobre ele?

— Você é quem sabe pouco sobre mim – sorriu ele. — Na verdade, eu também sou médico, se é possível afirmar isso pelo mero fato de ter feito os estudos. Nunca exerci. Quando saí da faculdade fui chamado para trabalhar nos escritórios. Agora já não me deixariam nem tomar o pulso.

— Você estudou com Singay?

— Ele era o mestre dos mestres na faculdade. Não tinha aulas definidas, mas sempre aparecia no momento certo. Era maravilhoso ouvi-lo.

Alguém entrou na sala sem bater e olhou o cadáver.

— A vida e a morte, sempre unidas na sua cíclica melodia – disse. Era o próprio Kalon Tripa, acompanhado por outro ministro. — Não interrompam seu trabalho. Vou ficar neste canto – continuou dizendo. — Fico contente de saber que está bem, Jacobo. Mantiveram-me informado.

Assenti. Gyentse inclinou a cabeça e Kalon Tripa respondeu-lhe com o mesmo gesto. Depois disso só se ouvia a voz do forense, que relatou cada um dos seus movimentos a partir do momento em que introduziu uma lâmina fina e brilhante no cabo do bisturi.

— Como vêm, usaremos o método Virchow – começou dizendo enquanto fazia uma incisão no corpo de cima a baixo. Afastou a musculatura depois de cortar os tecidos com talhes certeiros.

— Agora vou seccionar as costelas com este aparelho... Manipulou com força tesoura uma espécie de até ouvir-se um estalo seco.

— Já podemos deslocar as clavículas para extrair as costelas. Todas as vísceras ficaram penduradas. Senti uma náusea repentina e tive que tapar a boca para não vomitar.

O forense apalpou meticulosamente os pulmões, o coração, o fígado, e removeu cuidadosamente a massa intestinal. Depois foi retirando cada órgão de uma vez. Ele os pesava em uma balança e o ajudante anotava as medidas em um pequeno quadro-negro.

— Dê-me o fio de sutura – pediu ao ajudante. — Antes de extrair o estômago faremos dois laços. Um na zona inferior do esôfago e outro na primeira parte do duodeno. Assim, o conteúdo não escapará.

Depois de fazer aquilo, depositou-o na mesa. Ele o seccionou e dedicou-se a examiná-lo por uns minutos. Finalmente, ergueu a cabeça e retirou a máscara.

— Aqui está – disse.

Sem vacilar, Kalon Tripa dirigiu-se à mesa do forense. Eu também me afastei de Gyentse e fiquei diante do estômago aberto.

— Vejam essas marcas escuras que se destacam do tom rosado do resto.

Ele quase introduziu o dedo ao apontar as sequelas.

— É possível que os americanos tenham usado Complucad para embalsamá-lo – comentou o ajudante.

— O que quer dizer isso? – intervi.

— A ação deste produto realça a cor rosada que o cianeto deixa no organismo.

— Cianeto? – exclamei.

— Não há dúvida. E fica ainda mais claro quando estas lesões cáusticas são percebidas – apalpou novamente as marcas escuras. — É evidente que se trata do mesmo veneno que, segundo a documentação remetida pela Interpol, encontraram na xícara que estava no quarto do hotel. Agora podemos afirmar oficialmente que a morte de Lobsang Singay foi causada por envenenamento.

Ao ouvir essas palavras senti um vago impulso de alegrar-me, pois finalmente nossas suspeitas se confirmavam. Mas logo entendi que a ratificação do assassinato era a pior notícia que podíamos receber.

— Como ele pode ter bebido isso sem perceber o que fazia? – perguntei.

— O cianeto é amargo, mas pode ser mascarado com suco ou qualquer outra bebida açucarada – explicou o forense.

— Darei a você uma cópia do relatório para que o entregue a Malcolm – disse Gyentse gravemente. — Nós enviaremos o original hoje mesmo à polícia para que tudo siga seu curso e a investigação em Boston tenha início.

Lobsang Singay fora assassinado, isso era um fato. Também era um fato que a cúpula do governo de Dharamsala assistira à sua comprovação e tinha levado adiante todos os trâmites para cumprir os requisitos da Interpol. Talvez isso se devesse à minha presença na autópsia. Ou talvez as coisas teriam seguido esse mesmo curso se o atentado na estrada tivesse dado cabo da minha vida.

O forense e seu ajudante começaram a colocar os órgãos no lugar como se nada tivesse acontecido.

— Quanto ao que ficou pendente... – disse, virando-me para Kalon Tripa e referindo-me ao encontro com o líder da seita.

— Não se preocupe, nós o avisaremos. Enquanto isso, concentre-se na sua completa recuperação.

Kalon Tripa e o outro ministro deixaram a sala e se despediram, inclinando as cabeças.

— Sinto ter duvidado de vocês, diga isso a Malcolm – desculpou-se Gyentse, depois de meditar sobre o alcance da declaração do forense, que tinha enrolado o corpo em um lençol e mal fechara todos os talhos do bisturi.

— Desculpe por me intrometer, mas não vão fechá-lo melhor?

— Não é preciso. Você se anima a vir ao funeral celeste?

Ele me pegou de surpresa.

— Seria uma honra se nos acompanhasse.

Ele referia-se ao funeral tibetano que, desde tempos imemoriais, é celebrado nas terras altas do Tibete. Aparentemente era o último desejo de Singay, conhecido por todos. Ele deixara dito aos mais íntimos que, quando morresse, queria ser pasto para os abutres. Esse ritual não era considerado macabro em um lugar onde a morte não era vista como algo trágico e onde o corpo era encarado como um mero envoltório que nos é oferecido pela roda impura das reencarnações. E menos ainda nas montanhas do Tibete, onde aquela cerimônia era necessária, pois nunca tiveram madeira para cremar e o solo é duro demais para enterrar os mortos. Assim, Singay quis honrar, mais uma vez, a meseta onde passara a infância e à qual sempre desejou regressar.

Saímos da clínica. Os monges continuavam ali. Nenhum deles se interessou pela autópsia. Tinham vindo para formar a comitiva do funeral celeste.

— Os tibetanos não sofrem pelos corpos vazios – declarou Gyentse, quando começamos a subir uma ladeira. — Nós os tratamos só como corpos, tanto para esquecê-los como para aproveitá-los. Você sabe, os antigos povoadores da meseta sentavam os mortos em um caldeirão cheio de grãos. Eles eram colocados na posição de um buda em meditação, com os membros dobrados, e os grãos absorviam o líquido da putrefação para depois serem convertidos em farinha ou cerveja.

— Nos monastérios também? — perguntei.

— Nem sempre. Os grandes lamas não iam para o caldeirão. Eram embalsamados e secavam em uma caixa cheia de sal ou eram fervidos na manteiga até se converterem em múmias, e depois o corpo era coberto com tecidos e o rosto com lâminas de ouro.

Os companheiros mais próximos de Singay conheciam bem a função que lhes fora encomendada. Carregaram o corpo enrolado no lençol bem atado com cordas para que os órgãos não caíssem e para poder amarrá-lo a uma carroça, que empurravam com uma energia inesgotável. Nos funerais celestes celebrados no Tibete, o familiar mais próximo do falecido devia se dirigir ao lugar onde viviam os despedaçadores de corpos, homens da casta mais baixa, encarregados da sangrenta tarefa de separar em mil pedaços os ossos e a carne. Dessa forma, facilitavam a tarefa dos abutres que, finalmente, davam conta dos restos. Como em Dharamsala não havia despedaçadores profissionais, os próprios companheiros de Singay o puseram numa rocha chata e rasgaram outra vez seu corpo com adagas curvas para que as vísceras atraíssem as aves e, com um machado, cortaram-no em pedaços pequenos fáceis de devorar.

Permanecemos ali, sentados a uma distância suficiente para não afugentar as aves enquanto não dessem conta dos restos da carne. Então os companheiros de Singay se aproximaram da pedra, despedaçaram os ossos com um martelo grande e acrescentaram farinha para que os abutres acabassem de engoli-los até que não sobrasse mais nada.

Então, depois de várias horas, declararam terminado o funeral celeste, com a rocha polida e limpa, salpicada apenas com algumas penas. Assim terminou a tarefa dos companheiros de Singay que, depois de queimarem o lençol, regressaram à cidade sem dizer palavra, com a certeza de que seu mestre esperava no mundo intermediário o momento de se introduzir em outro corpo, apesar da esperança de ter a sorte de reaparecer em um embrião humano.

— Uma vez perguntei a Singay o que podia fazer para garantir minha volta a um corpo humano na minha próxima encarnação – contou-me Gyentse quando regressávamos pela trilha.

— O que ele respondeu?

— Que, como dizia um antigo poeta, é mais difícil reaparecer em outro corpo similar ao que você tem hoje do que jogar um anel no lago do alto do monte Kailas e pensar que ele vai se enganchar no rabo do único peixe-borboleta que nada aquelas águas.

— Não é muito reconfortante – comentei.

— Mas nos ensina que devemos aproveitar nosso tempo – concluiu. — O que você vai fazer agora?

— Suponho que voltarei para Délhi.
— Fique mais uns dias, até recuperar-se completamente.
— Talvez faça isso.

Vimos um monge subir correndo a ladeira na nossa direção. Quando chegou junto a nós estava tão agitado que mal podia falar.

— Gyentse, é terrível!
— O que foi? — exclamou este.
— Dois lamas, dois lamas – soluçava o monge, ofegante.
— O que você está dizendo?
— Estão mortos!
— Quem está morto?
— Dois lamas médicos da equipe de Lobsang Singay.
— Como? Não é possível!
— Acabamos de encontrá-los degolados. Um deles no seu quarto na lamaseria e o outro no laboratório. Está tudo destruído, Gyentse. Reviraram os armários e há sangue por todos os lados...
— Havia alguma coisa junto dos corpos? – intervi.

O monge virou-se para mim, assombrado.

— Pode responder – instou-o Gyentse.
— Um pano negro com uma mandala – respondeu ele, cauteloso. — Como sabe?...

Gyentse lançou-me um olhar angustiado.

— Vou falar com Kalon Tripa – disse, e afastou-se correndo ladeira abaixo, seguido pelo monge.

Voltei para a lamaseria e fui diretamente para meu quarto. Esvaziei em uma xícara o chá que tinha sobrado na garrafa térmica. Não havia a menor dúvida. A Fé Vermelha tinha atacado novamente, dessa vez no coração de Dharamsala. Ainda assim, eu sabia que alguma coisa não se encaixava direito. Até então pensávamos que o objetivo da Fé Vermelha era silenciar o próprio Lobsang Singay, mas aqueles dois assassinatos indicavam outro propósito. Aquilo mudava tudo. Pela primeira vez, senti verdadeiramente o perigo que significava o encontro com a seita. Joguei-me na cama. Tudo à minha volta cheirava a morte. Entre tantos desconcertos só me restava pensar que ao menos se havia cumprido o desejo de Singay. Ele finalmente recebera o último abraço dos companheiros no cume da montanha, no lar dos abutres.

14

Passei o dia agoniado pelas dores da convalescência e mal dormi durante a noite. Mas na manhã seguinte, enquanto o sol nascente procurava um vão entre a neblina, cruzei a porta do monastério. Fui até o centro da cidade sem seguir uma rota determinada. Um dos monges tinha desenhado para mim um pequeno mapa em um pedaço de papel. Ao contrário do que teria sido prudente, eu não queria ficar parado.

Cheguei à rua do mercado e percorri as barracas de comida. Não resisti e provei umas bolas fritas espetadas em palitos. Depois de dar uma volta de reconhecimento, sentei no terraço de um quiosque onde vendiam sucos, artigos de drogaria e alguns brinquedos. O dono, um tibetano de rosto amável, apontou orgulhosamente para uma mesa de plástico meio bamba. Pedi uma laranjada e revisei o mapa.

— Vejo que você já está situado – disse alguém atrás de mim. Virei-me. Era Gyentse. Já não me surpreendia ao vê-lo a toda hora. Tinha a sensação de que carregava uma sombra vermelha aonde quer que eu fosse, mas interpretava aquela atitude como um reflexo do atrevimento natural dos tibetanos, somado a uma generosidade incomum diante da qual eu não devia ficar desconfiado. Até tinha começado a pensar nele como um amigo.

— É fácil orientar-se em Dharamsala — respondi, erguendo-me para estender-lhe a mão.

— Por favor, não se levante.

Ofereci-lhe a outra cadeira.

— Como vão as coisas no Kashag?

— Kalon Tripa e todos os ministros imediatamente puseram mãos à obra.

— Ainda querem fazer a reunião? — perguntei-lhe. — Agora ninguém pode duvidar de que isso é coisa da seita. Os panos, os rituais...

— O governo continua concordando com o encontro, como último recurso conciliador antes de tomar medidas mais drásticas, mas desde o atentado contra você na estrada não recebemos nenhum comunicado da Fé Vermelha, nem extraoficialmente. Só nos resta esperar.

Naquele momento, a rua encheu-se de gente que erguia os braços: "É o Karmapa!", gritavam todos e aplaudiam, emocionados, à passagem de um jovem lama moreno que ia acompanhado de um séquito de monges.

— É o 17º Karmapa Lama — informou Gyentse, aproveitando para mudar a conversa anterior. — Fugiu de Lhasa há cinco anos, caminhando pelas montanhas até a fronteira com o Nepal. Ninguém sabe como conseguiu. Dizem que estava disfarçado de nômade. Alguns afirmam que se transformou num iaque.

— Não sabia que ele provocava tanta comoção...

As pessoas continuavam chegando e enchendo a rua. O Karmapa Lama era o dirigente máximo da ordem Kaguiu, uma escola budista tibetana que, na Antiguidade, se destacou pelos tantras particulares que cimentaram sua doutrina, muito diferentes dos tantras da escola Geluk dos Dalai-Lamas.

Não era de estranhar que o Karmapa Lama fosse reverenciado pelo povo, pois, segundo os ensinamentos da ordem Kaguiu, por mais impurezas que um homem acumulasse com seus atos juvenis, a aplicação correta dos seus tantras o liberava dos efeitos negativos desses atos e ele poderia alcançar a Iluminação em uma só vida. Sem dúvida, tratava-se de uma alternativa rápida para limpar o carma.

— De qualquer modo – explicou Gyentse —, evidentemente os dirigentes espirituais do Tibete continuam a ser o Dalai-Lama, o chefe da escola Geluk, que é a ordem majoritária, e o Panchen Lama, a segunda figura. Sempre foi e sempre será assim.

A afirmação de Gyentse era intencional. Havia séculos, persistia uma luta de poder entre os seguidores de ambos os líderes por motivos religiosos. O conflito surgiu quando o V Dalai-Lama outorgou o título de Panchen Lama ao seu tutor, abade do enorme monastério de Tashilumpo, perto de Lhasa. Este gesto, fruto do grande respeito do Dalai-Lama pelo seu mestre, voltou-se contra ele e suscitou interpretações interesseiras dos seus inimigos, que tentaram subordinar sua figura à do Panchen Lama em virtude da ordem hierárquica das divindades das quais ambos provinham.

— O Dalai-Lama é uma encarnação do Buda da Compaixão – esclareceu Gyentse —, e o Panchen Lama, uma encarnação do Buda Amitabha, que é chefe do Clã do Lótus, a família budista à qual o primeiro também pertence. Por isso, nossos inimigos tentaram inverter a importância de ambos e relegar Sua Santidade, o Dalai-Lama, ao segundo plano. Mas o Buda da Compaixão conseguiu se manter no lugar que lhe corresponde como a divindade celestial primordial do budismo tibetano. Portanto, o Dalai-Lama, sua atual encarnação, sempre será nosso líder espiritual e o líder de todas as escolas.

Apesar daquelas lutas históricas, as três figuras haviam reencarnado sucessivamente, convivendo em paz durante séculos. De fato, hoje em dia existe um Dalai-Lama no exílio, um Panchen Lama que vive no monastério de Tashilumpo como seus antecessores e assume no Tibete o papel de segunda figura do budismo, e um Karmapa Lama, reencarnado no jovem que naquele momento passava diante de nós, após fugir para Dharamsala para lutar no exílio pela independência do seu país.

— Foi um duro golpe para os dirigentes chineses – continuou Gyentse, enquanto víamos o séquito se afastar. — Eles haviam investido na reeducação do Karmapa Lama para que ele apoiasse o regime de Pequim e legitimasse a ocupação do Tibete.

— Eles aparentavam favorecer a liberdade religiosa, mas só pretendiam tirar proveito político – acrescentei.

— Isso mesmo. A China considerou válida a designação do menino Karmapa Lama feita no exílio, mas não o fez levada pela tolerância. Por trás dessa concessão havia uma tentativa de atrair o novo Karmapa Lama mediante uma educação rígida. Felizmente, algo o fez fugir de lá a tempo.

— Isso provocou a interrupção das conversações que haviam iniciado para tentar solucionar o conflito tibetano...

Gyentse assentiu com pesar.

— Pequim teve a desculpa perfeita. Certamente o Dalai não sabia da fuga, mas foi acusado de tê-la arquitetado.

— Por isso, agora começaram a se ocupar da reeducação do Panchen Lama, a outra figura importante do budismo tibetano.

— Exatamente. Essa é sua nova frente. Hoje em dia, a popularidade do Panchen Lama no Tibete ocupado está subindo como a espuma. Os chineses tentam agradá-lo de todas as maneiras para que fique do lado deles. Tentam convencer o povo de que nem todos os budistas tibetanos são inimigos do regime, só o Dalai-Lama e os que o seguiram no exílio.

O dono do estabelecimento veio até nós esfregando as mãos num pano. Limpou o rosto nele e, em seguida, nossa mesa. Ele ouvira nossa conversa e quis intervir.

— Quem passa maus bocados são os guias que levam os exilados de um lado ao outro da cordilheira – disse ele com um ar ressabiado. — Eu fui guia, sabem? Mas agora me dedico a este negócio. É mais seguro. Querem tomar alguma coisa?

— Um suco – pediu Gyentse.

Ele se afastou para atender um grupo que arrumava as cadeiras na outra mesa e falar sobre o encontro com o Karmapa Lama.

— Assim estão as coisas – limitou-se a dizer Gyentse.

— Singay frequentava algum lugar em especial? – perguntei.

— Os grandes lamas mal saem dos monastérios, a menos que sejam chamados à sede do governo. Mas, do jeito que estão as coisas, seria mais conveniente que você ficasse alheio a tudo isso.

— Não quero fazer o papel da polícia. É que, pelo que Malcolm me contou, Singay mantinha outras atividades além da rotina monástica.

— Além do quarto e do escritório na lamaseria, ele tinha um laboratório privado equipado com tudo de que precisava e custeado pelo Departamento de Finanças – disse ele. — Se quiser, posso levá-lo para conhecê-lo. Mas tenho certeza de que a polícia já o examinou minuciosamente.

— Malcolm também me contou que Singay costumava ir ao povoado para tratar os exilados doentes.

Percebi que o olhar do lama ficava tenso.

— Sim, ele visitava as casas.

— As mais pobres, pelo que entendi.

— Os tibetanos que chegaram a Dharamsala nos últimos anos têm mais dificuldade de encontrar trabalho – respondeu, deixando transparecer que se sentia responsável por ter um cargo na administração central.

— Por isso, muitos decidem avançar para o sul, para o bairro tibetano de Délhi – comentei quase para mim mesmo.

— Essa não é a melhor opção – protestou ele rapidamente.

— Eu sei. Onde ficam essas casas?

— Por que você quer ir até lá?

— Ainda não sei. Supostamente eu podia aproveitar estes dias para procurar um local para a nova escola de inglês e conversar com os professores, mas, depois do que aconteceu, garanto a você que nem eu nem muito menos Malcolm estamos com disposição para tal.

— Por que você não descansa, ao menos uma vez?

— Gyentse...

O lama brincou com seu rosário de madeira.

— A maioria dessas casas fica no bairro dos uralianos, junto à ponte de madeira – respondeu finalmente —, mas você pode encontrar casebres habitados em qualquer parte da ladeira. O Departamento do Interior está tentando abrigar a todos, mas não é fácil – justificou-se.

— Sei que vocês estão fazendo grandes progressos – concedi, para que ele não se sentisse criticado.

— Acabamos de formar duas novas cooperativas agrícolas e uma de confecção de tapetes – explicou, mais relaxado.

Ele sorriu abertamente.

— Isso é fantástico.

— Não é só o emprego, é a confiança do povo que precisamos fomentar – insistiu ele.

— Diga-me, por onde devo ir para chegar ao bairro dos uralianos? E confie em mim...

— Você não consegue ficar quieto, não é mesmo? Passei o dia todo caminhando por Dharamsala. Não sobrara quase nada da antiga guarnição inglesa. Respirava-se o Tibete pelas ruas. Ao subir, cruzei com mulheres de nariz chato e gorros de lã, encurvadas sobre as saias coloridas com o peso dos imensos sacos de grãos que carregavam nas costas, e, ao descer, passei por carroças arrastadas por vacas esquálidas e homens de rabo de cavalo. Por toda parte havia monges e noviços de todas as idades, com centenas de tons de vermelho nas túnicas, dependendo do número de lavagens nas pedras do rio. Todos abriram as portas das suas casas e, com a generosidade da meseta, ofereceram-se *tsampa*, a bebida típica do Tibete. Os que alguma vez tinham vivido lá sabiam que qualquer coisa, por pequena que fosse, evitava a morte pela fome ou pelo frio nas terras altas. Dharamsala era o princípio austero de uma nova vida, um pequeno Tibete paralelo. Ao cruzar as cortinas de lã do único cômodo das casas, a primeira coisa que se via era o inevitável altar. Uma mesinha de plástico repleta de fotografias do Dalai-Lama e dos demais líderes religiosos junto a um recipiente com areia para espetar as varetas de incenso e as velas.

No dia seguinte, pouco depois de sair para a rua, falei com umas meninas que pintavam mandalas num ateliê. Uma delas me informou que seu irmão menor costumava acompanhar o lama médico em visita às casas do povoado.

— Ele gostava de carregar a maleta dele – disse ela.

Finalmente eu encontrara algo tangível.

Pedi que me levasse à sua casa.

| 151

Subi atrás da menina por uma escadaria de cimento inacabada e cruzamos uma porta com uma porção de plásticos pregados. Logo apareceu uma mulher que devia ser a mãe dela. Após trocar umas frases com a filha e lançar um olhar desconfiado na minha direção, ela foi até o pátio procurar o guia de Singay. Outros dois meninos com camisetas puídas brincavam com utensílios da cozinha espalhados pelo chão. Um deles batia com um pote no tapete, coberto pelas cinzas produzidas pelo carvão empilhado em um canto, ao lado do fogão de ferro fundido. Um homem de idade, que devia ser o avô, se aproximou, apoiado em um bastão, ergueu-o para saudar-me e deixou-o no chão. Arregaçou o lençol – mais hindu do que tibetano – que cobria seu corpo esquelético e sentou-se com os netos. Acariciou-os carinhosamente e aproximou o rosto dos rostos deles. Ninguém parecia notar a sujeira dos utensílios, o barro preso às minhas botas nem as cinzas espalhadas. Entendi que lhes bastava ter alcançado sua meta.

Não era comum que uma família completa conseguisse chegar com vida a Dharamsala. Os altos passos da cordilheira, inclusive os que cruzam do Tibete para o Nepal – o destino mais acessível para depois chegar à Índia –, exigiam um tributo em troca da esperança de liberdade. Os velhos e as crianças eram os que costumavam cair durante a viagem. Como balizas, seus corpos assinalavam o caminho aos que fugiam depois deles. Eram uma lembrança de que, por trás da penúria, os esperava o abraço de boas-vindas e que, mesmo perecendo, alcançariam seu objetivo. Prefeririam morrer na neve pura do Himalaia a permanecer reclusos em um casebre de uma Lhasa desconhecida, invadida pelos colonos chineses.

A menina voltou com o irmão.

— Ele estava jogando no pátio, como sempre – disse ela, grave.

O menino tinha uns dez anos, expressão inteligente e o desembaraço que era de se esperar. Contou-me que conhecia todas as casas da comarca, que tinha visitado todas elas carregando a maleta de Singay e que levaríamos vários dias se eu quisesse visitá-las. Acho que aquele garoto estava negociando seu preço.

— Leve-me para dar um passeio – pedi.

Ainda não tínhamos chegado à rua quando ele me perguntou se eu podia lhe dar um refrigerante.

Perdemo-nos atrás de um muro de adobe pintado de cal. O guia caminhava uns passos atrás de mim com a garrafa na mão e o canudinho na boca, sugando as gotas grudadas no vidro. Caminhei mais devagar e ele ergueu a cabeça para me olhar, sem parar de chupar o ar da garrafa.

— Às vezes, ele ia ver seu professor – disse ele.

Parei de chofre e o menino se assustou.

— Que professor?

— Não sei. Um velho.

— Da escola de medicina?

— Fica no centro, um pouco depois do sino grande.

Tínhamos começado bem.

— Vamos conhecer esse professor.

Ele concordou, colocou a garrafa cuidadosamente no degrau da entrada de um portal e começou a caminhar com passos vigorosos.

15

Nada diferenciava o edifício da escola médica tibetana dos demais à sua volta. Todos os seus segredos aguardavam lá dentro.

O menino me conduziu até um quartinho com uma pequena janela de vidro que dava para o corredor. No interior, um velho lama de cabelos brancos sem raspar estava sentado diante de uma mesa desbotada, parcamente iluminada por um abajur de alumínio. Parecia que sempre estivera esperando por nós.

— O estrangeiro quer ver a escola — disse o guia, orgulhoso.

— Então terei de mostrá-la. Qual o seu interesse em conhecer nossa escola? – perguntou-me. — Talvez seja médico no seu país?

— Sou da Espanha, e a disciplina que estudei serve para remediar um tipo de doença muito mundana, que a medicina não cura – sorri.

— Deve ser também necessária. Todas o são, não é mesmo?

— Vim até aqui para aprender mais coisas sobre um amigo que nos deixou. Ele se chamava Lobsang Singay.

— Lobsang Singay! – exclamou o lama com uma expressão de dor. — O meu bom aluno... O que o unia a ele?
— Na verdade, Malcolm Farewell é quem desfrutava da sua amizade. Só estou aqui por ele.
— Malcolm, sempre tão ocupado.
— O senhor o conhece?
— Como não? Singay gostava muito dele. Quem é você?
— O pai da neta dele.
Ele sorriu, complacente.
— Responderei a todas as suas perguntas. A morte de Singay foi um golpe muito duro para todos nós, especialmente para os que trabalhávamos habitualmente com ele.
— Sinto por seus companheiros...
— Isso é uma verdadeira loucura. Não compreendemos o que está acontecendo. Venha comigo.
O guia alçou as sobrancelhas.
— Posso...?
— Você só olhe e não diga nem toque em nada...
O velho lama apagou o abajur e saiu para o corredor. Indicou que o seguíssemos até o que chamou de "seu canto favorito", depois de cruzar duas portas baixas e um pátio. Puxou uma corda para acender a lâmpada pendurada do teto e o cômodo se inundou de uma luz amarela mortiça. Ali havia fotografias do Dalai-Lama, escrivaninhas desarrumadas, provetas, instrumentos cirúrgicos e lâminas de anatomia, algumas abertas e várias outras embrulhadas. Ele passara toda a vida explicando acupuntura e outras artes naquele cômodo estranho, meio laboratório medieval, meio sala de aula, meio templo.
Ele colocou dois bancos no centro. O menino sentou-se no chão sem que o lama lhe dissesse nada.

— Singay veio para cá sem estar convencido de qual seria seu papel nesta vida – disse.

— Pensei que a medicina havia sido sua única vocação desde criança.

— Não há dúvida de que os sinais lançados pelo seu destino assinalado o faziam supor que, ao final, estava fadado a manejar os humores de milhares de pacientes. Ele sabia que podia curar. Descobria os males só de olhar para o doente. Tinha um dom para sentir o pulso. E não me refiro à técnica que, em maior ou menor medida, todos os médicos tibetanos possuímos. Singay pousava as gemas dos dedos no seu pulso e toda a sua vida passava diante dos olhos dele. Mas, ao chegar aqui, depois da destruição do seu monastério tibetano, ficou tão decepcionado...

— Não era o que eu tinha imaginado...

— Suponho que ele esperava encontrar aqui um novo reino florescente, mas o que encontrou foi uma Dharamsala precária, talvez livre, isso sim, mas muito limitada. Forçada e fictícia, como ele dizia. Exilada, no final das contas. E seu ímpeto adolescente o levou a sentir a necessidade de passar à luta ativa. Ele o fez, desobedecendo à vontade de Sua Santidade, o Dalai-Lama, e contrariando o conselho dos seus professores, que desde o primeiro dia vimos nele uma reencarnação do Buda Bhaisajyaguru, o mestre da cura.

— E o que aconteceu?

— Ele aderiu a uma ideia equivocada da revolução, junto com um grupo de jovens radicais de mentalidade fogosa e ingênua.

— Imagino que essa etapa não durou muito.

— Isso mesmo. Aos poucos, trocou o fuzil pelo escalpelo. Apagou da sua mente aquelas ideias absurdas de luta. Um dia, recordo como se fosse hoje, ele olhou para mim e disse: "Não vou mais brigar. Não vou me render aos fantasmas do passado e reproduzir neste lugar o mesmo Tibete que cometeu tantos erros: lutou contra todos os vizinhos para se salvaguardar e terminou se matando também entre suas fileiras para impor verdades incompletas. Como o são todas aquelas em que os homens intervimos. Criarei um novo Tibete a partir da minha medicina".

O lama fez uma pausa e, antes de prosseguir, coçou o alto da cabeça espetada de pelos grisalhos.

— A partir desse momento, só assistiu às aulas que considerava importantes, meditava mais do que os outros e, no entanto, tinha mais tempo que os demais para os experimentos. Nenhum dos professores o repreendeu por isto, tal era seu domínio de todas as disciplinas. Estudou por treze anos. Nos sete primeiros, cinco de estudos e dois de práticas obrigatórias, combinou a carreira de medicina com a de filosofia budista. Fez o doutorado nos três âmbitos médicos: o físico, o químico e o energético, e nos três ramos: o de professor, pesquisador e médico.

— Sem dúvida, era um homem especial.

— Siga-me – convidou-me. — Você fique aqui esperando por nós – ordenou ao menino.

Subimos uma escada de madeira que rangia a cada passo. Passamos por um corredor, inclinando a cabeça para não bater nas vigas do telhado. O lama empurrou uma porta e me fez entrar num pequeno cômodo repleto de estantes. Finos feixes de luz atravessavam o telhado, traçando à nossa volta uma teia de sol que parecia atrair o pó em suspensão.

— Veja isso – convidou-me de modo cúmplice, tirando da última prateleira um pequeno baú de madeira vermelha com um fecho enferrujado.

Abriu-o e afastamos o rosto ao sentir o fluxo de ar rançoso liberado após uma longa clausura. O lama passou a mão num pergaminho enrolado e limpou a poeira marrom que o cobria, depositando-a de volta no baú como se fosse mais uma peça daquele tesouro particular. Afastou uns vasos que continham velhas agulhas de acupuntura e estendeu o pergaminho sobre a mesa. Do seu interior saíram várias lâminas que, por sua vez, se desenrolaram rapidamente, salpicando a mesa com os traços básicos e inquietos de uma criança.

— Nem Singay sabia que eu guardei seus desenhos.
— São dele?
— Quando chegou do Tibete trouxe esses esboços consigo. Veja isso! – exclamou. — São representações de cenas cotidianas do seu monastério executadas de modo ingênuo e preciso, vistas da perspectiva clara de um pequeno lama... Dá gosto vê-las. – Folheou-as cuidadosamente. — Ele também trouxe seus esboços de anatomia e os primeiros quadros das curas que promoveu seguindo as... técnicas especiais que seu primeiro mestre lhe transmitiu, antes que a lamaseria tibetana fosse destruída pelos guardas vermelhos.

Notei um tom diferente nas últimas palavras do lama, mas tentei disfarçar para que ele não percebesse.

— Quais técnicas? – perguntei diretamente.
— Observe este esboço! – exclamou, desviando a conversa.
— Mede pouco mais de meio metro e é capaz de traçar com exatidão os trezentos e sessenta ossos do nosso corpo. – Riu e olhou-me como se eu também achasse graça. — Vocês ocidentais têm muito menos ossos! – Riu novamente. — Mas, claro, vocês não contam as unhas dos pés e das mãos nem as raízes dos dentes e os molares. Essa é nossa vantagem!

O velho professor secou com a ponta da manga as lágrimas saudosas que escorriam pela fina linha entre as pálpebras. Depois enrolou e me ofereceu os desenhos infantis que acabávamos de ver.

— Talvez Malcolm saiba a quem entregar o passado de Singay. Ele não tinha outro amigo como Malcolm. Além disso, do jeito como vão as coisas por aqui, e posso lhe garantir que lamento dizer isso, já não sei em quem confiar.

— E o resto? – disse, referindo-me aos quadros sobre as curas.

— Os esboços médicos continuarão a dormir nesta casa.

Guardou-os no baú e fechou a tampa com um golpe seco.

— O senhor não compartilhava a ideia que ele tinha da medicina – sondei, antes de sairmos do pequeno cômodo.

O velho lama olhou-me fixamente.

— Eu ensino a curar segundo os ditames dos *Comentários dos quatro tantras*, de Sangye Gyanmtso, que é a base da nossa medicina. Foi ele quem fundou o colégio de medicina de Chagpori há mais de trezentos anos, o único que existia antes da inauguração da escola de Lhasa, no começo do século passado. Mas eu mal podia ensinar a Singay. Ele trilhava seu próprio caminho, se aferrava ao seu instinto através do mundo dos sentidos, sentia o pulso das pessoas e o da terra, da água e até do ar. Ou, pelo menos, era o que dizia. – Fitou o chão. — Talvez ele chegasse a ser lembrado junto com os grandes médicos da Antiguidade. Antes de deixar-nos ele já era o melhor médico tibetano vivo. Talvez...

— Talvez...?

— Talvez isso o tenha matado.

Não dissemos mais nada. Voltamos para a sala, que era também um templo. O menino se ergueu de um salto e saiu na frente, balançando a cabeça.

Assim que voltei para o monastério, sentei-me no catre e abri o rolo de desenhos. Por meio da ponta grossa de um carvão, cada uma das lâminas revelava o mesmo noviço. Um monge menino, feliz de estar onde estava. Singay desenhara a si mesmo correndo entre as estupas, escalando uma rocha com a saia da túnica amarrada na corda da cintura para deixar as pernas livres, ou recolhendo plantas na companhia de um ancião. Deixei os outros em cima do colchão e me detive para observar o desenho dos coletores de plantas. Atrás dele ainda havia algumas folhas recolhidas fazia décadas na região do monte Kailas. Ao lado, uma reprodução correta da árvore ou arbusto de onde tinham sido cuidadosamente arrancadas. Eu tinha em mãos o passado de um menino suspendido no tempo.

Naquela noite, como em tantas outras antes de dormir, também entrevi meu passado. Esquadrinhei cenas vividas com Martha e, mais uma vez, pus a girar a montanha-russa que percorria meu cérebro. Quanto mais as examinava, mais as moldava segundo o que me convinha e, aos poucos, elas iam deixando de ser reais. Talvez nada seja totalmente real e não exista nada completamente imaginado. Resolvi que no futuro, quando pensasse nos momentos verdadeiros, eu os contemplaria imutáveis, com belas imperfeições, como as lâminas a carvão de Singay suspendidas no tempo.

16

Entre sonhos, ouvi alguém bater à porta. A escuridão era total.
— Quem é? – perguntei do catre.
— Sou eu. Abra.
Era Gyentse. Levantei-me de imediato. Não achei estranho que ele batesse no meio da noite.
— Desculpe por vir a esta hora – disse.
— Entre. – Sentou-se numa cadeira. — Aconteceu alguma coisa? – perguntei, ao ver que ele não dizia nada. Ele se limitou a fitar-me com uma expressão que não consegui decifrar. — O que foi? – insisti.
— Você pensa que é capaz de desafiar qualquer situação.
— Gyentse, não sei do que você está falando...
— Você está se recuperando de uma explosão. Nós restabelecemos todo o seu corpo e, em vez de descansar, você sai caminhando por Dharamsala durante horas, expondo-se dia e noite pelos arredores da cidade sem nenhuma proteção.
Eu acabara de despertar e meus reflexos estavam um pouco lentos.

— Estou bem – defendi-me.
— É o que você pensa, e talvez esse seja seu verdadeiro mal.
— Você ficou chateado porque fui visitar o antigo professor de Singay?

Gyentse permaneceu em silêncio.

— Se não foi por isso, rogo-lhe que me explique por que veio até aqui tão mal-humorado.
— É que...
— Não tenho medo – cortei-o, antes que ele dissesse algo.
— Não posso me permitir isso.

Aquilo soou como um desafio.

— Jacobo, assassinaram o professor de Lobsang Singay.
— O quê?
— Sinto lhe dizer isso, mas é assim. Assassinaram o lama que você visitou ontem.

Confuso, olhei pela janelinha do quarto. Só se via uma tela negra sem estrelas.

— Mas por que ele? Quando foi isso?
— Acabam de encontrar seu corpo sem vida jogado no chão do laboratório da escola de medicina. Cobriram seu rosto com...
— Outro pano...
— O mesmo mandala-ritual da Fé Vermelha, desenhado com sangue sobre um fundo preto.
— Como foi isso? – sussurrei.
— Não economizaram em crueldade. O escalpelo que ele mesmo usava foi cravado na sua testa. Como nos outros casos, destruíram o laboratório.
— Deus meu, o que foi que eu fiz...
— Você não tem culpa.
— Como não? – exclamei, engasgando a cada palavra. – Ontem mesmo estive com ele...

— É o terceiro colaborador de Lobsang Singay assassinado em dois dias. A sua visita não está diretamente relacionada com essa sequência.

— O que foi que eu fiz... – repeti.

— Você sabe que eu não ajo pensando em mim.

— Sei que não, mas talvez isso não seja suficiente.

— O que você quer dizer?

Tomou seu tempo para responder. O silêncio era denso, como costuma ser à noite.

— Não é hora de fazer um sermão, mas a verdade é que você pensa que pode tudo, e ninguém pode. Na nossa tradição não há lugar para herois solitários. Não existe o "eu", só o "todos". Trata-se de ir compondo esse quebra-cabeça que é a vida. Cada um deve colocar sua peça, e não outra, e fazê-lo no momento certo. Há algo mais – acrescentou Gyentse.

— Não pode ser pior do que o que você acaba de contar.

— Como lhe disse na última vez em que conversamos, após o atentado na estrada perdemos contato com o líder da seita. Mas depois desse último assassinato...

— O que houve?

— Recebemos outro telefonema. Kalon Tripa me ordenou que fosse com você. Dois lamas do Kashag vão nos levar até o local combinado.

— Quando vamos?

— Agora.

— Cada qual com sua peça, no momento certo – limitei-me a dizer, repetindo suas palavras.

Fui atrás dele até a porta da lamaseria sem refletir sobre o que estava fazendo. Logo avistei a distância os faróis de uma caminhonete aproximando-se e desviando-se dos buracos. Deteve-se diante de nós. Os dois lamas assomaram de dentro do veículo.

— Subam — limitou-se a dizer o mais alto deles.

A partir deste momento, tudo transcorreu muito rapidamente. Trafegamos por uma trilha que subia a montanha, estacionamos junto a um arvoredo que cruzava um campo cultivado e, sem ver por onde íamos, caminhamos até um bosque de troncos finos e retos como barras. Ali devíamos esperar dois membros da seita que viriam nos buscar para nos levar ao local do encontro.

— Suponho que vocês sabem para onde nos levam — disse eu. O vento atirava folhas em nossos rostos que se confundiam com os morcegos que voavam acima de nós.

— Não — respondeu laconicamente o lama mais alto.

— Não se preocupe. Sabem que representamos o próprio Kalon Tripa — Gyentse acrescentou para tranquilizar-me.

— É que acho estranho que se comportem como fugitivos, por mais difíceis que estejam as relações entre a Fé Vermelha e o governo do Dalai-Lama. Afinal, como você disse antes, ainda não há uma investigação policial incriminando-os.

— Todos conhecemos os monastérios que abrigam mais simpatizantes da seita. Eles não se escondem. De fato, manifestam-se publicamente para atrair mais adeptos. Só o líder há algum tempo não aparece em Dharamsala. Suponho que teme ser controlado pelos serviços de informação chineses. A popularidade que ele alcançou no estrangeiro e o dinheiro que obtém dos seus adeptos convictos são um desafio cada vez maior para Pequim. A China não quer outros líderes tibetanos no exílio.

Logo apareceram dois faróis no meio do bosque. Vieram até nós em uma velocidade imprudente e pararam em seco; precisamos nos afastar para não sermos atropelados. Era um Tata 4x4, conduzido por um tibetano forte. No assento do passageiro vinha um monge adolescente que nos fitava com arrogância.

— Você já pode subir – disse o condutor a Gyentse, mostrando uma dentadura estragada e preta. — O estrangeiro só entra com o rosto tapado.

— Como pode ser...?

— Não queremos espiões enviados por Pequim – espicaçou o monge adolescente, emulando o estilo do condutor.

— Não sou um espião chinês!

Gyentse e os outros dois lamas não se pronunciaram. Resolvi ceder para não discutir antes de começar. Pouco antes de cobrirem minha cabeça com um saco de pano preto vi as copas das árvores se inclinarem, como se prestassem reverência aos dois enviados da seita.

Colocaram-me bruscamente em uma ponta traseira do Tata. Os solavancos me fizeram saltar do assento e bater diversas vezes com os quadris em uma saliência da porta. Não pude calcular quanto tempo transcorreu até que saí dali e me tiraram o saco da cabeça. Olhei para os lados. Só havia árvores, mais barras elevando-se na direção do céu. O condutor entrou em uma casa coberta de folhas. Parecia um refúgio de pastores. Tênues feixes de luz se filtravam para fora pelas tábuas mal pregadas em uma das paredes.

Um pássaro noturno entoou um canto obscuro e repetitivo. Tossi um pouco.

— Você está bem? – perguntou Gyentse.

— É esse maldito saco. Entraram pelos até na minha garganta...

O condutor empurrou a portinhola de madeira do casebre, assomou o corpo e agitou a mão freneticamente.

Agachamos a cabeça para entrar. Parecia que a estrutura de vigas cruzadas do teto ia cair a qualquer momento. Lentamente fui distinguindo os detalhes naquele quartinho desmantelado, iluminado apenas pela luz de um par de velas que queimavam em um canto. Sentados no chão de terra, vários monges cravaram os olhos rasgados em nós. Todos vestiam a túnica tibetana e usavam barretes vermelhos, um dos distintivos com os quais tentavam se identificar com o velho Tibete e se diferenciar dos lamas da escola Geluk, do Dalai-Lama, que portavam barretes amarelos nas celebrações. Era como se quisessem tentar enaltecer o encontro, apesar daquele ambiente lamentável.

O condutor ficou junto à porta. Pôs a mão dentro do casaco e deixou-a lá. Seria incongruente portar uma arma na presença dos lamas, mas talvez aqueles não fossem lamas como os que eu conhecera até aquele momento.

Um deles começou a falar, e deixou clara sua autoridade pelo tom de voz excessivamente alto. Os outros o observavam com idolatria. Ele se autodenominou o guia da Fé Vermelha. Trocou umas palavras com Gyentse. Depois se dirigiu a mim em um tom solene.

— Por que acha que está aqui?

Gyentse, que estava muito nervoso, interveio antes que eu pudesse responder.

— Não me dirigi a você – interrompeu o líder, alçando a mão em mais um gesto de potestade assumida —, estou falando com ele.

— Desde que Malcolm Farewell me pediu para substituí-lo, minha motivação mudou visivelmente – disse finalmente, encarando-o sem pestanejar. — Há alguns dias quase perdi a vida. Uma bomba destruiu meu carro na entrada de Dharamsala.

— E tanto Malcolm Farewell como você tentam convencer o governo de Dharamsala no exílio de que eu tive algo a ver com isso e com os demais assassinatos.

— Não tento convencer ninguém. Esperava que o senhor explicasse isso.

— Você deve ser corajoso para falar desta maneira comigo depois do que lhe ocorreu, considerando-se que pensa que fui o autor das mortes. Se concordei em falar e se, além disso, resolvi falar com você na ausência de Malcolm Farewell, foi por isso mesmo. Prefiro ter ao meu lado gente valente, principalmente se usar a valentia a serviço do meu povo, o que Farewell vem fazendo há anos. Mas a acusação que vocês me fazem é muito grave.

— Todos os indícios levam à sua... – preferi não chamá-la de seita diante dele — à sua organização.

Ele levou um tempo antes de perguntar.

— Que indícios?

— Podia começar falando dos panos pretos que o senhor mesmo usa nos rituais xamanísticos. Encontrei um deles atirado junto ao corpo de Lobsang Singay em Boston e, ao que parece, esse padrão se repetiu nos demais assassinatos. Quatro panos com uma mandala básica no centro, pintada com sangue e suásticas invertidas nos cantos. Muito parecidos com este.

Apontei para o pano que cobria uma mesa. Sobre ele estavam os pratos para as velas. Os lamas que me acompanhavam me fitaram, surpresos.

— Por que eu teria interesse em deixar pistas após cometer um assassinato? – respondeu de pronto, friamente.

— É o que eu gostaria de averiguar. É o mínimo que posso fazer pelas pessoas que perderam a vida nos últimos dias. – Aos poucos fui ficando exaltado. — Quando sofri o atentado eu não estava só. Eu estava acompanhado de uma mulher e de dois...

— Asseguro-lhe que se algum membro da nossa ordem tivesse cometido a torpeza de participar desses assassinatos, não teria inconveniente em dizê-lo. Eu adotaria as medidas cabíveis e o entregaria à justiça. Mas não foi o que ocorreu.

— Por favor! – reclamei. — Há alguns membros da sua ordem que se dedicam a colar cartazes com ameaças de morte em frente à residência do Dalai-Lama!

— Isso é coisa da Dorje Shugden! – replicou, referindo-se à outra ordem que o mestre Zui-Phung havia mencionado no bairro tibetano de Délhi.

— Não me diga que...!

— É verdade que alguns dos nossos irmãos são um tanto exaltados – admitiu por fim —, mas posso lhe assegurar que não está nos meus planos acabar com a vida de ninguém. Sou budista tibetano, um político e um líder espiritual. As duas coisas estão unidas em uma só, como sempre foi no Tibete e como logo voltará a ser. Não sou um assassino nem fomento atitudes violentas entre os fiéis.

— E o que me diz dos panos? – insisti.

— Tenho muitos inimigos, e o Dalai-Lama também. Você devia saber disso.

— Está insinuando que alguém deixou os panos-rituais como uma isca, para se aproveitar dessa crise e opor ainda mais a Fé Vermelha ao governo no exílio?

— É óbvio que o agravamento do nosso conflito não beneficiaria nenhum dos dois – confirmou.

Não pude aceitar que não houvesse nada mais a falar com aquela pessoa. Até aquele momento eu não tinha a menor dúvida de que seus homens haviam assassinado Lobsang Singay, seus colaboradores e Asha. Sempre pensei que ouviria uma confissão privada e, portanto, despreocupada, mesmo sabendo que aquele homem nunca admitiria a autoria dos crimes em público. Por isso, não era fácil abandonar essa ideia de repente e abrir uma nova frente, ainda mais incerta.

— Por que devo acreditar no senhor? – disse.

Gyentse fez um gesto para intervir, sem dúvida pensando que eu estava passando dos limites. Porém acabou por deixá-lo responder. O líder da seita meditou sua resposta. O cômodo parecia cada vez menor, sem ar suficiente para os que se apinhavam ali. Um animal semelhante a uma ratazana fuçava o prato onde estavam as velas. Por fim ele falou, carregando no tom dogmático.

— Se lhe dissesse que conheço suas verdadeiras intenções, que você não está aqui para ajudar o povo tibetano, mas por interesse pessoal, como todos os políticos ocidentais que prometem, prometem e no final não fazem nada por nós, o que você responderia?

— Eu não sou político, sou cooperante.

— Tudo faz parte dessa nova ordem mundial. As suas organizações e governos no Ocidente têm as mesmas fraquezas. Nós lutamos pela nossa terra, para nascer e morrer embalados pela nossa tradição milenar. Vocês lutam longe de casa, e os escrúpulos se perdem pelo caminho. Acabam traficando seus próprios recursos, a miséria e nosso exílio.

— Talvez algumas organizações humanitárias dependam demais dos governos, mas nós, que trabalhamos para elas, o fazemos pelas pessoas que esperam algo de nós.

— Às vezes, a caridade não consegue resolver os problemas.

— Eu me comportaria da mesma forma mesmo se soubesse que nada tem solução.

— Estava curioso para conhecê-lo. Não se esqueça de saudar Farewell por mim. Nunca pude conversar com ele pessoalmente, mas sei de tudo o que fez pelo meu povo. – Ficou pensativo um instante. — Pergunte-lhe se nas suas missões na China ele teve algum inconveniente em apertar o gatilho. As coisas não são sempre impecavelmente limpas nem asquerosamente sujas. Há algumas necessariamente turvas.

— Com isso não está admitindo...

— De maneira alguma. Procure seu assassino em outra parte, querido ocidental – sentenciou, e virou-se como se a conversa tivesse terminado.

— Mas...

— Asseguro-lhe que achava Lobsang Singay incômodo, por que não haveria de reconhecê-lo – acrescentou um pouco a contragosto —, e gostaria muito de ter estudado a fonte da sua sabedoria, ler seu tratado. Mas nem por isso o teria matado. Nem ele nem ninguém. A única coisa que quero agora é conciliar minhas posições com as do Dalai-Lama para tirar nosso povo dessa situação. Mas isso não lhe incumbe nem deve ser discutido agora. Já terminamos.

— E os mortos? – gritei. — Isso tampouco lhes incumbe?

Os rostos dos monges foram tomados por uma expressão de desassossego. Vi de soslaio que o condutor se aproximava e movia o braço que estava dentro do casaco. O líder ergueu a mão pedindo calma.

— Por que isso agora? Já lhe disse que eu...

— Incomodou-se em se informar sobre quem é Asha, a indiana que faleceu? – elevei ainda mais a voz. — Ela trabalhava havia anos na embaixada pelo desenvolvimento deste povo que o senhor quer salvar! Ela morreu por todos os tibetanos e eu viajava no assento ao lado dela! – acrescentei, encolerizado.

— De forma que eu decidirei quando devemos terminar.

— Jacobo... – Gyentse tentou me deter.

As rugas que se formaram na testa do líder da seita deixaram transparecer sua incredulidade. Continuei falando antes que ele pudesse reagir.

— Diga-me mais uma vez que o senhor não teve nada a ver com o atentado na estrada.
— Por que deveria repeti-lo?
— Porque se me convencer disso eu já não me lembrarei do rosto de Asha cada vez que olhar nos olhos de Malcolm.
— Se é assim direi novamente: procure seu assassino em outra parte.

Ele e os outros monges de barrete permaneceram quietos, como se esperassem minha próxima reação. Subitamente senti um espasmo na boca do estômago. Foi por algo que aquele homem dissera pouco antes, e suas palavras agora reverberavam repetidamente na minha mente... Saí do casebre sem olhar para trás. Gyentse veio atrás, seguido pelo motorista do Tata.

Mais uma vez tentaram colocar o saco na minha cabeça. Neguei-me, mas Gyentse me instou a ceder. Neguei-me de novo. Arranquei o saco e joguei-o no chão. O monge adolescente não sabia o que fazer. Certamente ouvira os gritos. O condutor aproximou a mão de uma barra de ferro que estava no tapete do copiloto. Gyentse olhou-o, assustado, e colocou-se diante de mim.

— É hora de demonstrar humildade. Cada qual com sua peça – sussurrou ao meu ouvido.

Fechei os olhos com raiva. Recordei o que tínhamos conversado no quarto do monastério e assenti. O céu estava se pintando de azul-marinho quando me taparam os olhos. Só sentia a lufada do vento que não diminuíra durante toda a noite, e mais uma vez os golpes contra a porta do jipe, sempre no mesmo osso dolorido. Quando tiraram o saco da minha cabeça estávamos no mesmo bosque, para além dos campos arados. Como se não tivéssemos nos movido dali.

| 173

Pouco depois, após ter voltado atrás no caminho, o lama alto parou a caminhonete diante da porta da lamaseria. Inclinei-me sobre Gyentse e disse ao seu ouvido.

— Venha até meu quarto. Quero lhe mostrar uma coisa agora mesmo.

Saiu sem dizer nada. Os outros dois lamas tampouco falaram, nem para se despedirem. A caminhonete se afastou rua abaixo.

17

Assegurei-me de que a porta estava bem trancada. Gyentse balançou seu rosário de madeira. Já estava amanhecendo, mas os corredores da lamaseria continuavam desertos.

— O que você acha do que ouvimos na reunião? – perguntei-lhe, ansioso.

— O que você esperava? Ninguém confessa um crime sem mais nem menos.

— Você não entendeu.

— Explique-se.

— Acredito nele.

— O que você disse?

— Sei que ele não é o responsável pelos assassinatos.

— Como você pode dizer isso agora?

— Ele podia ter dito qualquer coisa em vez de negar a autoria de uma maneira tão definitiva. Ele não é um monge, apesar do que pretende aparentar. É só um político. Ele não abriria mão de assumir a morte de Singay como uma conquista pessoal. Tenho certeza de que, se a ideia tivesse sido sua, ele teria deixado pelo menos uma porta aberta para a dúvida.

— O que me diz da referência a Malcolm?

— Aquilo era pessoal. Tenho certeza de que se referia a mim.

— De qualquer maneira, se é o que você pensa, e falando em termos políticos, o assunto está encerrado e não vai ser reaberto, a não ser que a nossa polícia ou a de Boston descubra algo que incrimine a seita.

— Desculpe a interrupção – cortei-o —, mas não é aí que quero chegar. Isso é o que eu queria lhe mostrar.

Estendi sobre o catre as lâminas a carvão que no dia anterior me tinham sido entregues pelo professor da faculdade de medicina. Gyentse ajoelhou-se para examiná-las de perto.

— Onde você achou esses desenhos?

— O antigo professor de Singay me pediu para entregá-los a Malcolm.

— E?

— Passei a noite pensando neles. Sabia que ele tinha me deixado algo importante que eu não conseguia ver.

— E você encontrou?

— Sim, olhe. - Espalhei-os para que ele os visse, lado a lado. — Em todos aparece esse cilindro.

— É um cartucho de couro dos que se usam no Tibete para guardar rolos de pergaminho.

— Foi o que pensei.

Em duas das lâminas o pequeno Singay desenhou a si mesmo abraçado àquele grande cartucho decorado com imagens de demônios. Noutra, ele estava sentado no cartucho. Nas demais, também se adivinhava sua presença de forma mais discreta, apoiado em uma árvore, na base de uma estupa ou dentro de um edifício, atrás de uma janela.

— O que você pensa que está buscando?
Sentei-me no canto da cama.
— No começo, achei estranha a insistência em representá-lo repetidamente. Tem um tamanho desproporcional e é lógico pensar que, se o desenhou assim, é porque significava muito para ele. Não pode se tratar de uma mera fixação infantil por um objeto qualquer, pois, segundo o que disse o professor, quando Singay chegou ao exílio tinha a mentalidade de um adulto e a técnica de um profissional, pois inclusive desenhava as lâminas de anatomia com total exatidão. Mas ainda não tinha encontrado a solução. No entanto, quando o líder da Fé Vermelha se referiu a um suposto tratado...
— Você não precisa continuar indagando... – cortou-me.
Inclinei-me.
— Estou ouvindo.
— Trata-se do *Tratado da magia do antigo Tibete*.
— Exatamente!
— Você o conhecia?
— Tinha de ser! Enquanto estávamos no refúgio da Fé Vermelha me veio à mente o título do curso que Singay ia dar em Boston: *A cura na vida e na morte: os segredos do tratado da magia do antigo Tibete*.
— Não sabia que esse era o título das conferências.
— Conte-me alguma coisa sobre esse tratado – pedi-lhe, emocionado. — Está em Dharamsala?
— Nunca esteve. É um *terma*.
— Um *terma*? O que é isso?
— Um dos tesouros mais escondidos do nosso Tibete antigo. Daí vem seu nome.
— E onde está?

| 177

— Ninguém sabe. De fato, ninguém que esteja vivo jamais o viu.
— Ah! – desapontei-me, de repente.
— Assim são as coisas – concluiu.

Eu não estava disposto a me conformar com tão pouco. Levei as mãos ao rosto. Ao abaixá-las e abrir os olhos, vi os desenhos de Singay espalhados na cama.

— Qual era o suposto conteúdo desse tratado?
— Era uma compilação de todos os protocolos mágicos dos xamás tibetanos. Dizem que um grupo seleto de lamas, entre os primeiros que surgiram nas escolas originárias, o elaborou com a ajuda dos xamás que ainda viviam nas terras altas da meseta. Todos se reuniram durante seis anos no cume de uma montanha e recompilaram em pergaminhos as vias para controlar as forças da natureza e subjugar os demônios.

— Xamás e lamas juntos?
— Eles o fizeram para que aqueles primeiros lamas usassem essas vias para se desenvolver espiritualmente. A magia não devia ser usada para nenhum outro fim. Seu único propósito era a busca da Iluminação. O Tibete estava mudando, o budismo invadia a meseta e, como você vê, a transição não foi sempre traumática. Por isso, nosso budismo é tão rico, porque se nutre da magia dos xamás, dos tantras que vieram da Índia e das influências budistas de ouros países vizinhos; as três fontes convivem em perfeita harmonia.

Lembrei-me da explicação semelhante que ouvira do mestre Zui-Phung no bairro tibetano. Estremeci ao compreender tudo o que acontecera naquele dia.

— Conte-me algo sobre os *termas*. Há muitos outros, além do *Tratado de magia do antigo Tibete*?

— Denominamos *terma*, ou tesouro, todos os textos religiosos budistas que um grande mestre chamado Padmasambhava escondeu no século VIII em diferentes lugares da meseta.

— Por que ele não queria que fossem descobertos?

— Ele achava que os ensinamentos tântricos desses textos eram avançados demais para serem assumidos pelos primeiros budistas tibetanos. Acreditava que, com o passar do tempo, eles seriam compreendidos em todo o seu alcance, e sua localização exata seria espontaneamente revelada na mente dos *tertons*.

— Os *tertons*?

— Os descobridores de tesouros.

— E isso aconteceu?

— Quando a meseta se liberou da influência do Império Mongol, no século XIV, surgiu um movimento de recuperação da identidade nacional que impulsionou o fenômeno dos *tertons*. Então foram recuperados vários tesouros escondidos por Padmasambhava. Mas, hoje em dia, alguns *termas* continuam no lugar onde ele os depositou.

— Então o próprio Singay pode ter sido um descobridor mental de tesouros e pode ter recuperado o *Tratado da magia do antigo Tibete*.

— Se fosse assim, seria estranho que nenhum dos que conviviam com ele soubesse disso...

— Mas, se não foi ele, pode ter sido um membro da sua ordem. É evidente que Singay teve acesso a esse tesouro e o usou para aperfeiçoar suas técnicas curativas particulares. Pense bem! Seria perfeitamente coerente com seus ensinamentos! A medicina é um pilar fundamental da sua doutrina, então, não se poderia objetar o uso da magia dos xamás para esse fim.

| 179

— Não posso refutar sua tese, porém, como lhe disse, enquanto não for demonstrado o contrário, estamos falando de um *terma* no sentido estrito. Isto é, um tesouro não recuperado.

Gyentse ficou absorto um instante.

— O que você está pensando?

— Não tem importância...

— Por favor, Gyentse, diga-me.

— É verdade que Singay fazia muitas referências ao *Tratado da magia*. Eu mesmo o ouvi mencioná-lo em uma aula há uns anos. Mas nunca passou pela minha cabeça que...

— Continue, não pare! – roguei-lhe.

— Singay foi criado em um monastério da região próxima ao monte Kailas, onde aqueles rituais mágicos da Antiguidade eram praticados com um fervor especial. Ele sempre defendeu a vertente mais tântrica da doutrina, e sabemos inclusive que recuperou alguns ritos xamanísticos mais extremos. Mas nem por isso...

— Como você pode dizer que não existe uma ligação? – exclamei, sem deixá-lo terminar.

— Mas nem por isso – prosseguiu sem se perturbar — vamos concluir que, no seu monastério, ele tenha tido acesso aos pergaminhos originais dos xamãs.

Reclinei-me de novo.

— Singay chegou a dizer que se sentia capaz de curar todos os males que o homem pode padecer mediante sua conjunção com os elementos da natureza – recordei. — Ele era considerado a reencarnação do Buda da cura! Por que não podemos pensar que os mestres dele tinham os pergaminhos originais, que desde criança Singay teve a oportunidade de estudá-los e que o cartucho onde estão guardados seja o mesmo que aparece nestes desenhos?

— Não sei...

— As figuras de demônios que decoram os cartuchos lhe dizem alguma coisa?

— São os que chamamos guardiões protetores. Divindades que destroem tudo o que nos impede de alcançar a Iluminação.

— Viu? Faz sentido. Estão ali para proteger os pergaminhos sagrados. – Eu estava cada vez mais emocionado. — Mas isso não é tudo. Qual é o melhor lugar do que um monastério como o dele, com essa tendência tântrica tão marcada, para resguardar esse tesouro durante séculos?

— Não sei, Jacobo... – repetiu, demonstrando estar um pouco confuso.

— Tem mais uma coisa.

Gyentse olhou pela janelinha. Dois corvos tinham pousado no parapeito. Ele suspirou e esperou que eu acabasse.

— Tenho certeza de que quem acabou com a vida de Singay sabia da existência desse tratado desde o princípio. E tem mais, ele estava procurando esse tesouro do antigo Tibete, queria se apossar dele!

— O que você está dizendo?

— Muitas pessoas fariam qualquer coisa para possuir os segredos médicos de Lobsang Singay. Sem dúvida, tentaram roubá-los antes que ele os revelasse ao mundo na conferência de Boston.

— Isso já é extrapolar – disse Gyentse, meneando a cabeça e as mãos, sem deixar de olhar para fora. — Há dois dias você defendia veementemente que a Fé Vermelha havia assassinado Singay para tirá-lo do caminho, e agora afirma que tudo tem a ver com o *Tratado*...

— Defendi a tese que os assassinos me fizeram considerar certa.

— Você quer dizer que tudo era um plano preconcebido?

| 181

— É possível, mas não se pode duvidar do que estou expondo agora. Pense bem! Lobsang Singay resolveu divulgar seus avanços médicos e relacionou-os, no título das conferências, diretamente com o *Tratado da magia do antigo Tibete*! Sem dúvida, ele pensou que o mundo já estivesse preparado para conhecer esses segredos ocultos, mas, com isso, inadvertidamente, deu a pista para os que perseguiam o *terma*. Por isso, foi envenenado em Boston, apesar das dificuldades que isso implicava, e não na Índia, onde sua morte não teria sido uma morte qualquer. Quem o matou certamente pensava que Singay levaria o *terma* consigo para o ciclo de conferências.

— Isso é uma loucura.

— Você não pode negar que tudo tem sido uma loucura desde o dia em que viajei a Boston para me encarregar do corpo dele.

— Não sei... há um fio solto...

— Não me oculte nada.

— Por que você está tão seguro de que Singay não estava com o tratado quando foi assassinado?

— Se tivesse sido assim e ele tivesse sido roubado, que sentido teria assassinarem depois um colaborador atrás do outro e revirarem seus laboratórios? Além disso...

— Continue falando – pediu o lama, dessa vez.

— Não é verdade que, na época da Revolução Cultural de Mao Tsé-tung, os monges esconderam muitos livros e objetos rituais em lugares bem seguros para impedir que os guardas vermelhos os incinerassem?

— Sim.

— Então, tentariam preservar esse conjunto de pergaminhos sagrados acima de qualquer outro livro. Agora sim, estou convencido de que Singay não levou o *Tratado da magia* a

Boston! Na verdade, tenho certeza de que nem o trouxe consigo quando chegou a Dharamsala fugindo do Tibete! Por isso, nenhum dos companheiros dele sabia da sua existência!

— Talvez você tenha razão. Ele pode ter pensado que, se fosse preso durante a fuga, os guardas vermelhos destruiriam o *terma*... Mas onde você acha que ele pode tê-lo escondido?

— Ele alguma vez lhes contou exatamente o que fez antes de vir para a Índia?

— Ele e os demais monges de outras lamaserias da ordem que conseguiram sobreviver aos ataques se reuniram no monastério principal, o único da zona que, por milagre, não foi destruído.

— Você conhece esse monastério?

— Sabemos que tem uma biblioteca repleta de textos que conseguiram salvar da Revolução Cultural – disse Gyentse, e seu rosto se iluminou.

— Então já sabemos onde está o tratado! – sentenciei. — E tenho certeza de que os assassinos de Singay ainda não conseguiram se apossar dele!

— Vamos falar com Kalon Tripa sem perda de tempo! – exclamou Gyentse, entusiasmado. — Temos que colocá-lo a par de tudo isso!

— Posso ir com você?

— Claro que sim.

Recolhi as lâminas rapidamente e saímos do quarto, fechando a porta com um golpe seco que retumbou ao longo do corredor.

18

Fomos diretamente ao escritório de Kalon Tripa. Em primeiro lugar, pediu que lhe explicássemos detalhadamente o que havia ocorrido no casebre do bosque. Ele me fez repetir palavra por palavra a conversa com o líder da seita. Imediatamente concordou que podíamos acreditar na sua afirmação de que não estava envolvido com os assassinatos.

— Eu também supus que essa crise respondia a um plano de desestabilização tramado por terceiros – declarou.

A partir daí tentei reproduzir, da maneira mais clara possível, a argumentação que tinha costurado com Gyentse sobre a existência do *terma* sagrado de Padmasambhava, e tentei explicar-lhe por que pensávamos que o real interesse dos criminosos era pôr as mãos naquele tesouro da Antiguidade.

— É verdade o que vocês dizem – afirmou Kalon Tripa quando achou que já tinha ouvido o suficiente.

— A que se refere? – perguntou Gyentse, surpreso.

— À existência do *terma*.

— O senhor já sabia que...?

— Há anos, alguns membros da elite do Kashag sabem da sua existência.

O meu coração deu um salto.

— Como? – exclamou Gyentse.

— Há algum tempo, Lobsang Singay nos revelou isso. É verdade que na infância ele teve a oportunidade de ter em mãos o *Tratado da magia do antigo Tibete*, e vocês tampouco se equivocam quando afirmam que esse tesouro foi a fonte de inspiração da sua vastíssima sabedoria.

— Mas por que não disseram nada? – perguntou Gyentse, atordoado.

— Não pensamos que fosse prudente torná-lo público.

— Então, ele o trouxe para Dharamsala? – perguntei.

— Não. Como vocês corretamente deduziram, não se arriscou a trazê-lo consigo para o exílio. O *terma* nunca saiu do Tibete.

— Por que o Dalai-Lama não tentou recuperá-lo?

— No começo, pensamos que seria melhor não fazer nada que pudesse chamar a atenção dos caçadores furtivos de tesouros. Não podíamos nos arriscar que alguém se inteirasse e se adiantasse a nós, então decidimos deixar que ele continuasse bem resguardado nos picos do Himalaia e esperar o momento propício para enviar a pessoa idônea. Ao fim e ao cabo, tratava-se de uma missão praticamente impossível. Além das dificuldades de cruzar a meseta e driblar os postos de controle militar, havia a proibição de aceder à zona onde vivia Lobsang Singay, uma área militarizada por causa da proximidade com a Caxemira. Confiamos em que mais cedo ou mais tarde nossa relação com a China melhoraria...

— Mas quarenta anos depois continuamos na mesma... — completou Gyentse.

— Infelizmente é isso mesmo. Mas agora que vocês dois descobriram a existência do *terma*, já não faz sentido pensar que ninguém mais pode descobri-lo. Chegou o dia de tomar as rédeas da situação sem mais demora.

— Onde estão os demais colaboradores de Lobsang Singay? – ocorreu-me perguntar.

— Estão escondidos em um lugar seguro. Não queremos que lhes ocorra o mesmo que aconteceu com o velho professor e os outros.

— Estão fora de Dharamsala?

— Digamos que os levamos para um local onde ninguém poderá encontrá-los enquanto essa loucura não terminar. Não imaginávamos que as conferências de Boston desencadeariam um problema semelhante. Lobsang Singay nos propôs revelar seus segredos para que a medicina ocidental bebesse da sua ciência e se beneficiasse dela, e o governo no exílio achou que seria um modo perfeito de atrair a atenção do mundo para nossa causa. Mas, aparentemente, alguém quer se apossar desses segredos médicos em vez de compartilhá-los com o resto da humanidade.

— E continuará matando até conseguir o *terma* que, afinal de contas, é a fonte de toda essa sabedoria.

— Por isso, devemos recuperá-lo antes que caia nas mãos dos criminosos – declarou Kalon Tripa. — Se conseguirmos isso, será um triunfo de magnitude incalculável tanto para o povo tibetano quanto para o mundo ocidental. Agora que roubaram a vida do nosso querido Lobsang Singay, precisamos dispor do *terma* que lhe serviu de inspiração para que sua medicina continue viva. Seria fantástico se outros lamas médicos pudessem se instruir e chegar aonde ele chegou.

— Então vamos agir – declarou Gyentse, nervosamente.

— Deve enviar um representante do Kashag ao Tibete para recuperar o *Tratado da magia*.

— Isso é impossível – sentenciou Kalon Tripa.

— Por quê?

— Já lhes disse que se um dos nossos irmãos pisar no Tibete ocupado, neste momento, será imediatamente detido.

— Nesse caso, ponham-se em contato com os responsáveis pelo monastério e eles mesmos se ocuparão de preservá-lo devidamente.

— Você sabe muito bem que não se pode telefonar para um monastério tibetano perdido no meio do Himalaia. Mesmo se dispuséssemos de linha telefônica, não poderíamos mencionar o *terma*. Você não imagina o controle militar que existe atualmente no que os chineses denominam a Região Autônoma do Tibete. Estão vivendo um verdadeiro estado de guerra. Os telefones estão grampeados, não há livre acesso por correio eletrônico e...

— E se conseguissem falar com um dos contatos de vocês na capital? – continuou propondo. — Eles poderiam ir à região do oeste.

— Várias vezes estivemos a ponto de fazê-lo, mas sempre acabamos desistindo porque tememos que a polícia chinesa descobrisse o plano. Além disso, se um tibetano ligado aos grupos ativistas de Lhasa fosse descoberto... Pense que quase todos estão fichados e em todas as estradas há diversos postos de controle militar. Escapar desse controle militar para não ser detido pode resultar em um juízo sumário por espionagem, com pena de encarceramento e até a pena de morte, se o fugitivo for declarado culpado de ser um ativista contrário aos interesses do regime.

— É verdade – lamentou-se Gyentse —, e a zona onde se localiza a velha lamaseria de Singay e o monastério principal da ordem onde ele deve ter escondido o *terma* ficam muito longe de Lhasa.

— A centenas de quilômetros. E o pior, repito, é que se trata de uma zona militarizada de acesso proibido. Fica a oeste da meseta, bem na faixa limítrofe com a área em disputa da Caxemira. Há décadas a Índia, o Paquistão e a China brigam pela região.
— E o que pensam fazer? – intervi.
— A única maneira de conseguir o *terma* sem levantar suspeitas é que alguém sem vinculação aparente conosco, do ponto de vista do governo chinês, vá até Lhasa. Uma vez lá, teria que se internar ilegalmente na meseta e passaria a ser um fugitivo, como qualquer ativista tibetano, porém, caso fosse detido, talvez conseguisse se livrar da acusação de ser um ativista separatista. Poderia se passar por um peregrino imprudente que saiu da rota, pois há casos assim.
Então eu entendi.
— O senhor está me pedindo que vá... – disse sem convicção.
Gyentse olhou-me, emocionado. Ficou boquiaberto à espera das próximas palavras do Kalon Tripa.
— Só você pode fazê-lo – sentenciou. — Você está a par de tudo o que acontece, conhece nossa cultura e não está fichado pelas autoridades chinesas.
— De que pena mínima estamos falando, caso eu seja detido? – perguntei.
— Para ser sincero, é imprevisível a resposta dos tribunais militares chineses e dos oficiais daquela zona diante de ações subversivas, pois não há um sistema de controle da administração central. Não se trata de um estado de direito como o que vocês têm na Europa.
— De acordo – confirmei, apesar de tudo. — Eu irei.
Na hora fiquei surpreso por ter dito aquelas palavras, mas não me arrependi.
— O que você disse? Está louco? – protestou Gyentse.

— É possível fazê-lo – recriminou-o Kalon Tripa.

— Os peregrinos que vão ao Tibete o fazem com as autorizações pertinentes concedidas por Pequim – insistiu meu amigo lama, confuso com o curso que as coisas estavam tomando. — Levaríamos meses para conseguir uma autorização para que Jacobo saísse da capital!

— Ele viajará sem autorização, se é o risco que temos que correr.

— Que ele tem que correr –retificou Gyentse.

— Você já sabe como é importante recuperar o *terma*, e, mais ainda, evitar que os assassinos de Singay o façam antes de nós – pontuou Kalon Tripa.

Olhei para Gyentse e disse, aparentando serenidade:

— Kalon Tripa tem razão.

— Mas é muito perigoso...

— É minha peça do quebra-cabeça, Gyentse, você não pode negar. Tudo o que ocorreu desde aquele dia... Você sabe que é minha peça.

Gyentse apoiou a mão no meu ombro. Percebi que ele lutava para se conter.

— Quero que você saiba que com isso não vai ressuscitar Asha.

Fiquei sem palavras por um momento.

— Gyentse...

Kalon Tripa permaneceu calado, observando nossa discussão.

— Você já parou para pensar um instante no que pretende fazer? - exaltou-se outra vez. — Você ouviu Kalon Tripa. Teria que cruzar a meseta sem autorização, evitar os postos de controle dos militares chineses e se embrenhar pela zona militarizada do oeste. Se pegarem você, será acusado de espionagem! Pode passar anos no cárcere ou coisa pior! Calcula-se que no ano passado executaram mais de duas mil pessoas, e algumas por muito menos do que isso. Acho que você não está avaliando bem os riscos.

— São meus riscos – concluí. — Quando lhes trouxer esse cartucho cheio de pergaminhos sagrados vocês decidirão o que desejam assumir pelo seu povo.

— Todo o povo tibetano estará em dívida com você – declarou Kalon Tripa, deixando claro que a decisão estava tomada.

— E não só os tibetanos, mas o mundo inteiro, caso você consiga buscar o *terma*, evitando que caia nas mãos dos assassinos. Eu não quis me deter e avaliar o alcance da sua afirmativa.

— Você vai precisar de uma autorização para voar até Lhasa – indicou Gyentse, resignado, incapaz de olhar nos meus olhos. — Se disser ao consulado chinês que não sairá da capital, eles lhe darão com certa rapidez.

— Vou pedir a Luc Renoir para acelerar os trâmites – propus.

— Também vou precisar consultar alguns mapas para, uma vez em Lhasa, saber qual é a rota mais segura para o monastério.

— Se você chegar a Lhasa e depois adentrar pelas terras altas do oeste sem autorização, os mapas não serão suficientes – disse Kalon Tripa. Ele se dirigiu a Gyentse. — Teremos que pedir ajuda aos nossos contatos na capital. Tratarei para que alguém de confiança o espere no aeroporto. Você pode falar com...

— Já sei. Vamos nos reunir com ele agora mesmo – disse Gyentse.

— Você deve sair o quanto antes para Délhi e tomar o primeiro avião em direção a Lhasa – determinou Kalon Tripa, dirigindo-se a mim novamente. — Enquanto arruma suas coisas vou preparar uma carta para Gyangdrak, o abade do monastério para onde você vai.

— Já não há o que falar, então...

— Só desejar-lhe boa sorte – concluiu —, você certamente vai precisar dela.

| 191

19

Cruzamos o terraço do primeiro piso com passadas largas. Alguns monges que estavam iniciando a rotina diária ficaram surpresos ao nos ver nos corredores.

— Com quem Kalon Tripa pediu que você falasse? – perguntei enquanto caminhávamos.

— Trata-se de um membro do Congresso da Juventude Tibetana.

— Conheço essa organização. Sei que trabalha para resolver a situação que seu povo atravessa.

— Ela é formada por jovens que fugiram do Tibete, outros já nascidos no exílio, e também há muitos simpatizantes da nossa causa de todos os países e raças. O que vamos ver é tibetano. Chegou da meseta há alguns anos.

— Deve ser de total confiança...

— Claro que sim, e ele será de grande ajuda. Espero que possamos vê-lo agora pela manhã.

Descemos de dois em dois os degraus da escadaria que levava ao térreo.

— Mas essa organização, como você mesmo disse, age de fora... Que tipo de ajuda poderão oferecer quando eu chegar ao Tibete?

— A sede central fica aqui, em Dharamsala, mas eles mantêm contato permanente com vários colaboradores espalhados por todo o Tibete ocupado – disse ele enquanto cruzávamos o pátio central. — Além do trabalho de propaganda em defesa da nossa causa, arriscam a vida para ajudar os que fogem cruzando o Himalaia. Calcula-se que uns três mil tibetanos fogem a pé para o exílio a cada ano. Acho que não se importarão em ajudar a única pessoa que quer entrar ilegalmente.

Ao chegarmos à lamaseria onde eu estava alojado, o monge encarregado da recepção nos viu passar e saiu correndo atrás de nós.

— Esperem! – gritou.
— O que foi?
— Telefonaram perguntando por Jacobo.
— Quem?
— Martha Farewell.

Estendeu a mão para entregar-me um pedaço de papel quadriculado. Estava escrito "ligar com urgência". Entendi que alguma coisa estava mal.

Acompanharam-me a um quarto diminuto onde só havia um banquinho e uma pequena mesa velha de madeira com um telefone de disco. O meu coração batia cada vez mais rápido à medida que girava o disco. Logo escutei sua voz, e as primeiras palavras que pronunciou caíram em mim como uma pedra enorme; senti uma pressão insuportável, que foi crescendo ao ouvir suas explicações. A pequena estava doente. O doutor só dissera que não convinha movê-la. Tivera uma forte crise. Martha falava pausadamente, de uma maneira demasiado pausada para alguém tranquilo. A distân-

cia, eu multiplicava cada sintoma por mil e me arrependia de todas as decisões que havia tomado desde o nascimento de Louise.
— Por que você não conta tudo? Martha, por favor... Devem ter lhe dito algo mais!
— Não sei, ela está ali, deitada na cama...
— Mas está pior do que das outras vezes?
Ela chorava outra vez.
— Não me oculte nada, por favor... – implorava-lhe. — Martha!
Só ouvia seus soluços do outro lado.
Respirei fundo e consegui engolir o nó que quase me impedia de falar.
— Não se preocupe. Agora mesmo vou pegar um 4x4 para me levar rapidamente a Délhi e saio no primeiro avião. Está bem? Espere por mim, entendeu? Esperem-me, as duas. Chegarei assim que puder.
Desliguei. Parei para pensar um instante com as mãos na cabeça. Gyentse permanecia imóvel, apoiado no marco da porta. Fitava-me através dos óculos metálicos com um gesto imperturbável.
— É minha filha, tenho que...
— Eu sei.
— Não quero abandonar isso. Voltarei assim que ela melhorar e então...
— Você se lembra do que conversamos à noite no seu quarto, antes de nos reunirmos com o líder da Fé Vermelha?
— Isso é diferente.
— Não é.
— Como você pode dizer isso? – repreendi-o.
— Você está se deixando levar pela angústia da sua mulher em um momento em que você é quem deve levar as rédeas.

| 195

— Mas é minha filha...

— Louise deve ser o mais importante na sua vida, mas você deve se acalmar e pensar no que vai conseguir chegando a Puerto Maldonado dentro de, no mínimo, quatro ou cinco dias. Martha não lhe pede ajuda. Está fazendo você participar do seu desassossego, mas ambos sabem que Louise está nas mãos dos mesmos médicos de confiança que sempre a trataram. Era a isso que eu me referia ontem à noite, quando disse que você não pode se encarregar de tudo. Você precisa estabelecer prioridades, ou daqui a pouco vai se afundar para sempre em um dos buracos que desnecessariamente está empenhado em encher.

— Mas como você pode me pedir para lhe dar as costas? Preciso voltar a todo custo, Martha deve saber que estou com elas.

— Você agora tem a oportunidade de ajudar as duas, é verdade, mas, para isso, deve assumir suas próprias decisões. Um pouco antes você estava convencido de que tudo o empurrava para o *terma* enterrado de Singay. Mencionei os perigos e você só via a luz no final do caminho, sem se importar com o que teria que passar para alcançá-la. Você confia em nós?

— Claro que sim.

— Pois então seja realmente valente e cure-se, para que sua filha se cure junto com você. Por que você muda a direção dos seus passos?

— Na noite antes de vir para Dharamsala falei com Asha sobre isso – respondi, mais tranquilo.

— E o que ela opinou?

— Que quando você tem clareza do que quer não se pergunta se está errando o caminho.

— Vocês, no Ocidente, não são educados no sacrifício nem na paciência nem na satisfação de fazer bem-feito. Não lhes ensinam que a única via para desenvolver uma vida plena é ter uma meta clara; mas não para alcançá-la e sim para tender a ela. Não se dão conta de que o mais satisfatório é ser consequente com nossos atos. Você carece dessa meta, e por isso se joga sem pensar em tudo o que se apresenta diante de si. Isso o leva a cair na desordem, no ruído, e a culpar os que estão à sua volta pelas suas próprias limitações. Se você tivesse claro esse objetivo vital, como lhe disse Asha, estaria sempre convencido de estar fazendo o correto. E, o mais importante, se sentiria livre, que é algo imprescindível para nos realizarmos em todas as esferas, para sermos sinceros e deixar que aqueles que estão à nossa volta nos ajudem a melhorar.

— Isso que você está me dizendo é duro.

— Não o culpo. Só quero que saiba que se não conseguir compreender essas verdades básicas, tudo o que você passou não terá servido de nada. — Baixou a vista um momento e prosseguiu, muito sério. — O sofrimento de Louise se esvaziará de conteúdo. Vou me reunir com o ativista do Congresso da Juventude Tibetana. Descanse. Pense no que deve fazer e amanhã conversaremos.

Não havia mais nada a dizer.

Gyentse deu a volta e cruzou a recepção em direção ao portão principal da lamaseria. Fui para meu quarto e não saí de lá até o dia seguinte.

Quando desci para a recepção, o telefone continuava na mesinha.

Retirei o fone do gancho e disquei novamente o número de casa.

Martha estava mais tranquila, mas se emocionava ao sentir a terrível distância que havia entre nós. No começo, foi impossível dizer-lhe que eu ainda não poderia voltar para casa.

| 197

Ela aproveitava para extravasar seus sentimentos pelo telefone. Ela recordou as palavras do pai ao perder a esposa, quando ela ainda era uma criança. Ele dissera que não devemos nos afastar da dor, porque seria uma batalha perdida que só nos tornaria mais fracos. Que devíamos aceitá-la e descobrir o que há por trás de tanto sofrimento. Martha costumava comparar nossa vida à dos pais dela, principalmente depois do nascimento de Louise. Bebia de suas recordações para extrair-lhes a essência e se apossar delas mais intensamente. Eu gostava que ela fizesse isso. Gostava da cor que havia trazido à minha vida e de como, juntos, a havíamos entornado na nossa filha. Os dias de Malcolm e Louise foram rubi, como o sonho de Délhi. Sua paixão foi azul-cobalto, como o crepúsculo de Délhi. A sua infelicidade, verde-esmeralda; inclusive o infortúnio que sofreram e que agora nós atravessávamos, verde como um pequeno buda promissor, reencontrado, enferrujado, numa caixa da biblioteca. Por isso, do mais profundo da minha alma impregnada pelo espírito dos Farewell, roguei-lhe que confiasse em mim.

— Não vai acontecer nada de ruim com Louise – disse. — Tanta cor não pode se diluir assim.

20

Fui imediatamente procurar Gyentse para dizer-lhe que havia tomado a decisão. Disseram-me que estava meditando. Deixei-lhe uma nota e fui preparar minha bolsa com o pouco que tinha para levar. Sobre a mesa vi as lâminas a carvão de Singay. Resolvi levá-las comigo, por causa da estranha intuição que tive ao contemplá-las outra vez, ou talvez porque não sabia a quem confiá-las. Antes de deixar aquele quarto diminuto e partir para a meseta, voltei a pensar em Martha. Fechei os olhos e acariciei a pulseira de contas de sândalo que ela me dera no dia em que a conheci no bairro de Bodhnath, em Katmandu.

Depois voltei para o quarto do meu amigo lama, para ver se tinha voltado e para despedir-me.

Lá estava ele.

— Entre – disse.

Custei a reconhecê-lo. Não estava de túnica. Ela estava bem dobrada em cima de uma cadeira e ele vestia calças jeans, camisa xadrez e botas de *trekking*. — O que você está fazendo? Gyentse respirou antes de responder.

— Vou com você. Resolvi fazer isso pelo meu povo.
Fitei-o com os olhos arregalados.
— Mas...
— Você pensa que gosto de tomar essa decisão? – exclamou, sinceramente. — Mas não pense que vou deixá-lo sozinho nisso, depois do que me custou salvá-lo desde que o encontrei caído no barranco.
De repente, duvidei da decisão que havia tomado, pois agora isso implicava arrastá-lo comigo.
— Você realmente acha que devemos fazer isso?
— É importante demais para não tentar – declarou.
Não pude evitar olhar novamente os jeans.
— Você parece diferente – disse, esboçando um sorriso.
— É a primeira vez na vida que visto uma roupa assim. As pregas da calça roçam minha virilha e meus joelhos, para não falar dos pés. Estão oprimidos...
Sabia que levaria um tempo para ele voltar a sentir a amplitude que a estudada colocação da sua capa de lama lhe proporcionava.
— Você vai se acostumar – disse, abraçando-o.
— Certamente esse pequeno sacrifício vale a pena.
Pouco depois, Gyentse cruzou a porta da lamaseria e dirigiu-se à colina mais próxima. Guardou no estojo os óculos de aros de metal e começou a subir, buscando um lugar adequado para depositar sua oferenda. Alguns exilados lhe haviam dito que nas regiões mais altas do Tibete, nos enclaves expostos aos quatro ventos, os nômades costumam armar pequenos montículos de pedra no solo. Eles os empilham para simbolizar seus melhores desejos para os demais e humílimas petições para si mesmos. Como se dirigia ao ponto de partida dos seus compatriotas, ele pensou que essa demonstração de harmonia com os elementos mais presentes na montanha, a terra rochosa e o vento, tornariam sua decisão mais suportável. Atraía-lhe

a ideia de pisar sua ansiada meseta; contudo, temia nunca regressar ao lugar que, mesmo longe do Tibete, fora seu único lar.

Escolheu quatro ou cinco pedras de base chata para empilhá-las e procurou um canto protegido. Depois, fechando os olhos, pediu sorte para mim, longa vida para o Dalai-Lama e ainda mais fé para os que, pacientes, esperavam um broto de esperança à beira dos mil lagos do Tibete.

Enquanto isso, eu tentava de qualquer maneira entrar em contato com Luc Renoir. Estava a ponto de desistir quando, por fim, consegui a linha e o sinal de chamada. "Peça-me o que quiser", ele me dissera no Hotel Imperial na noite anterior à minha partida. Ao fim e ao cabo, na casa de Malcolm ele era considerado parte da família.

Logo alguém atendeu do outro lado.

— Delegação da União Europeia. Em que posso ajudar?

— O meu nome é Jacobo, preciso falar com o senhor Renoir, por favor.

— Sinto muito, ele saiu.

— Tenho certeza de que se lhe disser meu nome ele vai querer falar comigo – respondi de maneira um pouco arrogante.

Parecia que a comunicação tinha sido interrompida, mas logo ouvi o sotaque parisiense do delegado.

— Olá, Jacobo.

— Olá, Luc.

— Estamos todos consternados. Hoje estive com Malcolm. Ele acaba de chegar à cidade.

— Cuide dele. Está muito mal.

— Eu sei. Para mim também foi um baque difícil de superar. Asha era uma mulher maravilhosa.

— Foi terrível.

— Como você está se recuperando? Ficamos muito preocupados.
— Estou bem, obrigado. Mas preciso de um favor urgente.
— Se puder ajudá-lo...
— Trata-se de autorizações para ir a Lhasa.

Luc respirou fundo. Sua expiração provocou um chiado no auricular.

— O que você quer fazer lá?
— Vou procurar uma coisa.
— Peço-lhe que seja mais explícito.
— Digamos que é uma relíquia do antigo Tibete. Ainda que para mim seja mais do que isso – antecipei-me.

Luc ficou em silêncio por um momento.

— Por quê? – disse finalmente.
— Tenho meus motivos.
— Tenho certeza que sim. Você tem informações detalhadas desse objeto? Conversou sobre isso com Malcolm?
— Tentarei informá-lo assim que chegar. Se, por algum motivo, não conseguir falar com ele, diga-lhe que vou procurar um dos *terma* enterrados por Padmasambhava. Não preciso dizer, mas, por favor, seja discreto. Ninguém deve saber disso.
— Mas você sabe como encontrá-lo? Onde ele está?
— Basta que você me consiga as autorizações.
— Por que você fala no plural?
— Um lama me acompanhará.
— De Dharamsala? — surpreendeu-se.
— É de total confiança. Mais tarde enviarei os dados dele. Você já tem os meus.
— Sim, mas quando estiverem lá...
— Sei o que devo fazer, não se preocupe. Alguém já se encarregou de estabelecer um contato.

— Não se meta em confusão. Se você estiver falando do Congresso da Juventude Tibetana...
— Por que você pensa que são eles?
— Jacobo, o Congresso não é um partido político. Os seus afiliados são os mais comprometidos com a pretensão independentista e estão comprometidos com uma linha dura, inclusive guerrilheira.
— Talvez seja o que preciso agora – ironizei, sem querer discutir com ele.
— Só quero adverti-lo de que muitos jovens ativistas do Congresso estão questionando a autoridade dos líderes espirituais. Questionam a eficiência dos lamas na hora de fazer política e, sem perceberem, estão se radicalizando de uma forma um tanto imprudente.
— Vou levar isso em conta.
— Quando você chega a Délhi?
— Acho que depois de amanhã.
Luc pensou por um momento.
— Ligue um pouco antes de chegar – disse então. — Estarei esperando por você com os vistos – decidiu.
— Não sei como agradecer-lhe.
— Na verdade, o que eu fizer por você, é por Malcolm e Martha.
— De qualquer forma lhe agradeço. Acredite-me quando digo que odeio pedir favores. Até amanhã.
— Um momento! – exclamou Luc.
— Aqui estou, diga.
— O que aconteceu com a Fé Vermelha?
— Você se refere à nossa conversa no hotel na noite da apresentação?
— Sim.
— Digamos que decidi apontar para outro objetivo.

| 203

— Você está insinuando que a seita não matou Lobsang Singay?
— Depois explico com calma.
— Você sabe o que faz. Não vou lhe passar um sermão. Mas tome muito cuidado. Se você se relacionar com gente do Congresso da Juventude Tibetana, pode se considerar perseguido pelo regime chinês.
— Adeus, Luc. Obrigado por tudo.

O 4x4 sacolejava de um lado para o outro, às vezes deslizando pela trilha impressa no cascalho, outras tentando a sorte a poucos centímetros do precipício. Rumávamos para Délhi, de onde tomaríamos o avião para Lhasa; as garras que me apertavam o coração me angustiavam muito mais do que o vazio que se abria para fora da janela.

Tinha dois longos dias pela frente. Estremecia ao pensar que iria refazer o caminho percorrido com Asha e que, ao chegar, me encontraria com Malcolm no meio da sua vida mais cotidiana, agora vazia.

Cruzamos um terreno cultivado de maconha. Paramos em um povoado para descansar. Não pude evitar que minhas pernas tremessem ao ver oscilar o letreiro que dizia "Indian Oil" acima da bomba de gasolina. Um menino se aproximou para oferecer um saco de maconha. Rejeitei-o três vezes. Ele fingia se extasiar inspirando o suposto aroma.

Aproximei-me o mais que pude da borda do barranco. O vento soprava forte. Voltei a cabeça na direção do posto de gasolina. Vi o sorriso de Asha, o olhar perdido de Malcolm. E, para além dali, vi o Peru e nossa casa em Puerto Maldonado. Vi Martha e vi Louise. O meu pequeno reduto.

Talvez algum dia eu chegasse a compreender que só abarcamos o que conseguimos abraçar de corpo e alma.

21

Aterrissamos em Lhasa no meio da tarde. Finalmente ali estávamos sob a luz prateada. O sol atravessava as nuvens e estampava reflexos contra as paredes pintadas de cal. Os arredores do aeroporto mostravam o Tibete que eu imaginava: casas brancas de dois andares com janelas quadradas emolduradas com tinta preta coroadas por um toldo, terraços planos tingidos de vermelho, balcões de madeira, grandes tecidos com grafismos azuis. Todavia, tudo mudou ao tomarmos a avenida Chindrol em direção ao centro, seguindo a ribeira do rio Kyi-Chu. Entramos na Lhasa moderna, a nova capital do Tibete chinês, povoada de edifícios que tentavam exibir modernidade, repletos de vidros espelhados.

Gyentse baixou a cabeça, decepcionado. Não era o que ele esperava encontrar.

Enquanto rodeávamos de táxi uma praça imensa, o condutor estirou o braço para fora da janela, apontando para uma colina que se erguia no limite da estrada. Então sim, fiquei surpreso, e também meu amigo lama. Gyentse sorriu abertamente ao constatar a grandiosidade do Potala, o antigo palácio que o Dalai-Lama fora obrigado a abandonar após a ocupação. O palácio em si era a colina, com muros superpostos, onde se aglomeravam centenas de janelas e terraços em diferentes alturas, coalhados de escadarias.

Os mil cômodos do Potala eram ocupados por escritórios do governo da Região Autônoma do Tibete, que era o nome oficial da zona ocupada. Os chineses tinham retirado todos os elementos que recordavam o passado. Haviam queimado o mobiliário de madeira e os tapetes e cobriram de tinta as delicadas pinturas que decoraram aquelas paredes ao longo de séculos, mas não conseguiram apagar sua aparência imponente. O Potala erguia-se sobre a cidade e clamava para recuperar sua história perdida.

— Não tiveram coragem de derrubá-lo – explicou Gyentse, emocionado. — Resolveram aproveitá-lo por causa da sua robustez e, agora, a cada minuto ele faz recordar a grandiosidade do nosso povo. Dizem que o Potala pode ser visto de qualquer parte da cidade, e que envia sua força a toda parte.

Deixamos a praça para trás e seguimos até o lugar onde devíamos esperar nosso contato. Era um restaurante que conservava a estética tibetana mais autêntica.

Descemos do táxi e ergui a vista para o céu. A tarde começava a cair e dava lugar a resplendores que cobriam os telhados de um verniz acaramelado. No terraço, presas a uma torreta, pendiam várias cordas coalhadas de bandeirolas cerimoniais multicoloridas: vermelho, anil, amarelo, verde-esmeralda e branco, todas com rezas escritas. Por séculos os fiéis as escreveram à mão com pena e tinta preta, mas havia tempos eram vendidas com a prece impressa. A ideia por trás delas é que cada sopro de vento as lance ao céu com força. Mais uma vez, ficava claro o sentido prático de um povo tão devoto, que procurava uma forma de orar mesmo fazendo outra coisa. Pensei em pendurar uma bandeirola na corda da minha bolsa, para ver se com isso conseguia ajuda extra.

O porteiro correu para pegar nossas bolsas e mostrar a escada que levava ao restaurante. Sentamo-nos em uma mesa redonda com uma toalha de tecido. Um garçom trouxe uma tigela de soja e dois jogos de *fachis* laqueados. Pedimos uma cerveja local e água com gás.

Mal tínhamos aproximado a tigela à boca e nosso contato apareceu. Era um homem de uns cinquenta anos. Os seus cabelos lisos estavam estirados para trás com brilhantina e ele trajava um terno azul-marinho com listras cor de palha formando um xadrez. Algo na sua figura o destacava do resto dos comensais. Aproximou-se da nossa mesa e olhou para os lados antes de se sentar.

— Foram pontuais. Isso é raro nessa companhia aérea.

— O senhor é...

— Sou quem devo ser. Digamos que meus amigos do Congresso da Juventude Tibetana não me conhecem pelo nome. A verdade é que não costumam perguntar muito. Deve ser porque conseguem tudo o que me pedem.

— Todos nós lhe agradecemos o que o senhor faz.

— O agradecimento é mútuo. Que fique claro que não sei o que estão fazendo aqui nem me interessa saber. Só sei que dessa vez telefonaram das altas esferas de Dharamsala para pedir minha ajuda logística e concordei em oferecê-la. Vou lhes proporcionar um veículo e um chofer para os próximos dias, com todos os documentos em ordem.

— Onde nos alojaremos?

— Também cuidei disso. Pensei em reservar-lhes um hotel discreto. Nunca se sabe qual é o mais conveniente, muito menos hoje em dia. Vocês sabem, é por causa do aniversário.

— Na verdade, não sabemos a que o senhor se refere – disse, olhando para Gyentse.

— Faltam poucos dias para a comemoração do aniversário do que chamam a liberação pacífica do Tibete. Um invento de Pequim para legitimar com protocolo e diversos atos públicos os estragos cometidos durante as cinco décadas que já se passaram desde a ocupação.

— Céus, bem agora...

— Resolvi alojá-los em uma das casas.

— É uma guarida?

— É a casa de uma família que colabora com o Congresso há muitos anos. São de total confiança. Quando terminarmos o jantar, um dos meus homens os acompanhará até lá.

— Se preferir, podemos ir por nossa conta...

— É preciso fazê-lo à minha maneira. A situação que vivemos aqui é o mais parecido que há a um estado de guerra. Qualquer taxista afinado com o regime informaria imediatamente os chineses que um ocidental lhe pediu para ir aos arrabaldes. Nem mesmo ao condutor eu direi exatamente a qual casa vocês irão. Ele os deixará a um par de quarteirões dali. Quando chegar o momento, vocês descerão do carro e vão esperar outra pessoa se aproximar, a qual também terá sido avisada.

— Trata-se de fracionar a informação...

— Qualquer precaução é pouca – confirmou.

— Não esperava um local tão elegante em Lhasa – disse Gyentse, talvez tentando não aumentar a sensação de perigo que o dominava.

— O senhor sabe que em todas as cidades, por mais pobres que sejam, há algo assim. Eu o escolhi porque, devido às celebrações, devem ter distribuído informantes por todas as tabernas de Lhasa. Aqui é onde menos esperariam encontrar um membro da nossa humilde organização.

— O senhor não é como eu imaginava.

— Cada um cumpre seu papel na posição que lhe toca viver. O dinheiro não muda o sofrimento que levamos por dentro.

— Não era minha intenção julgá-lo.

O garçom reagiu ao ver uma careta do nosso anfitrião e trouxe uma mesinha auxiliar. Logo abriu uma garrafa e encheu nossas taças.

— Espero que gostem de vinho francês.

Assenti, aproximando a taça ao nariz e simulando um brinde. O homem tomou a sua, girou o conteúdo e deu um gole antes de continuar a conversa. Gyentse imitava cuidadosamente nossos movimentos.

— A sutileza dos Bordeaux se adequa a alguns pratos orientais de carne com molhos apimentados. E aqui há um cozinheiro que conserva alguns livros dos tempos de Confúcio que foram salvos dos guardas vermelhos.

De repente, me veio à mente o tratado de magia dos xamás.

— Além de acabar com tudo o que é tibetano – interveio Gyentse —, a Revolução Cultural também acabou com a rica cultura milenar chinesa que tinha se arraigado na meseta.

— Pensei que os comunistas tinham se limitado a eliminar as bases políticas e religiosas.

— Para destruir a essência do país precisavam eliminar sua culinária – prosseguiu o contato. — Se o senhor se aprofundasse na filosofia do Tao, compreenderia que há um reflexo necessário na arte culinária. Esses malditos chineses criaram também uma corrente de pensamento decente. Mas, essa noite, dediquemo-nos unicamente aos seus sabores e aromas, não lhes parece? Quem sabe o que vocês terão de enfrentar nos próximos dias!

Senti um calafrio, como se aquele mecenas estivesse me oferecendo a última ceia no corredor da morte.

Ele gesticulou e o garçom trouxe os primeiros pratos: ninho de andorinhas, creme de medusas gigantes, preparado com as partes mucosas, e ovos de mil anos – um dos pratos mais apreciados, segundo nosso anfitrião –, previamente cozidos e enterrados em excremento de iaque até que a clara e a gema adquiram as tonalidades que agora exibiam na bandeja.

— Digam-me, o que opinam na administração central do que fazemos aqui? – murmurou sem deixar de examinar os manjares.

— A que se refere?

— Obviamente sabem que não compartilhamos a via moderada do Dalai-Lama. Nós o respeitamos, e não podia ser de outro modo, mas pensamos que só conseguiremos as coisas... Afinal de contas, todos temos os mesmos objetivos. Só existe uma causa verdadeira, a libertação do Tibete.

— Ouvi que alguns setores do Congresso da Juventude Tibetana estão mais do que dispostos a empregar a violência – aventurei-me a dizer.

Ele manteve os *fachis* no ar e me atravessou com seus olhos rasgados.

— O que ganharíamos se conquistássemos a liberdade política perdendo o que dá valor às nossas vidas e à própria tradição tibetana? – interveio Gyentse.

O nosso contato continuou comendo. Logo depois assinalou com o dedo índice que se dispunha a dizer algo mais.

— Como disse um ativista que, não faz muito tempo, desfraldou uma bandeira em plena praça Tiananmen, não acreditamos que a independência seja um presente que nos será oferecido. Decerto será preciso lutar por ela.

Ele virou-se para mim.

— O senhor também pode se pronunciar. Não creio que existam grampos sob esta mesa. Tomara que não! – riu pela primeira vez.

Pensei no que responder. Perguntei-me se aquele homem estaria me testando desde que entrou no restaurante.

— Penso que se a comunidade internacional abordasse a questão do ponto de vista legal não seria preciso empregar nenhum tipo de violência. Nos dois mil anos de história do Tibete, vocês só sofreram influência estrangeira em dois breves períodos, nos séculos XIII e XVIII. Poucos países independentes podem proclamar semelhante autenticidade.

— Isso foi o que se ouviu na sede das Nações Unidas depois da invasão. Mas nunca se atreveram a afirmar expressamente que o Tibete está sob a ocupação ilegal chinesa.

— Se pelo menos considerassem a transferência de colonos em grande escala como uma violação da Quarta Convenção de Genebra...

— Tenho um amigo – exclamou de repente — que, quando está na Europa e lhe perguntam de onde vem, diz que nasceu em um problema chamado Tibete! É sério, hoje ninguém quer enfrentar o gigante asiático. Até a Índia está se aproximando cada vez mais da China. Já se passaram os dias em que nosso Dalai-Lama era considerado um líder político. Conformemo-nos com que se mantenha como nosso líder espiritual.

— Sua Santidade, o Dalai-Lama, sabe o que tem de fazer – interveio Gyentse de um modo um tanto desesperado.

— Não há dúvida – respondeu ele com certa arrogância. — Eu me limitarei a colocá-los em contato com as pessoas indicadas e a proporcionar-lhes o jipe. A partir daí, vocês discutirão com Dharamsala o que convém ou não convém fazer. Em todo caso, no futuro desfrutaremos o benefício mútuo das nossas ações.

Colocou na boca outro quitute que o garçom acabara de deixar na mesa e não voltou a falar de política durante todo o jantar.

Desse ponto em diante, tudo ocorreu como ele prometeu. Dirigiu-se ao lavabo e nós fomos para a rua. Logo, um carro cinza se deteve e abriu a porta para nós. O condutor limitou-se a cumprimentar com a cabeça e dirigiu durante dez minutos. Primeiro se desviou de bicicletas no centro, depois atravessou uma zona escura onde se viam corpos agachados nas calçadas, cobertos por mantas igualmente escuras, bastões de peregrinos e sacos amarrados com ráfia, e voltou a se embrenhar em um bairro sem postes e iluminado unicamente pelas lojas que permaneciam abertas. Parou o carro em uma esquina, descemos antes que ele desligasse o motor e ele se afastou sem fazer ruído, equilibrando-se ao avançar sobre os buracos do caminho de terra coalhado de poças.

Um minuto depois, um rapaz se aproximou de nós. Vestia um gorro de feltro e calças cortadas acima dos tornozelos que deixavam entrever umas botas gastas. Olhou-nos de perto um momento e pronunciou meu nome.

22

Ninguém na casa, além do rapaz que tinha ido nos buscar, agia com naturalidade. Não se mostravam hostis, mas temerosos. Achei a atitude estranha, considerando-se que era um abrigo que, como nos dissera o contato, acolhia com certa assiduidade os mais variados inimigos do regime.

O rapaz levantou-se, tomou-me pela mão e me puxou para o canto do cômodo. Abriu a gaveta inferior de um móvel vermelho e tirou fitas cassete e revistas de um método antiquado para aprender inglês. Tentei prestar atenção enquanto ele me contava que tivera de comprá-lo clandestinamente num mercado.

— O governo chinês proibiu os tibetanos de estudar inglês para evitar intercâmbios culturais ou comerciais com visitantes – disse, tentando escolher as palavras corretas.

Guardou-os como se fossem um tesouro. Eu estava atento a tudo o que me rodeava. Os demais não se moviam nos assentos. Gyentse continuava sentado em um canto. Ele não dizia nada, mas eu sabia que tinha medo.

O ambiente era úmido e frio. O quarto estava iluminado por uma luz que mal atravessava o vidro amarelado da lâmpada. Os móveis da casa estavam adornados com budas de rostos intrigantes e demônios com a boca cheia de dentes. Vestiam túnicas de monge ou couraças de soldado e portavam bandeiras com estranhos símbolos e espadas de fogo com empunhaduras com cabeças de animais.

— Passarão só uma noite aqui – disse o rapaz, de repente.
— Depois lhes dirão para onde devem ir.

Neste momento, alguém bateu bruscamente à porta. Todos se viraram, sobressaltados. Depois de um instante, o rapaz levantou-se para abrir com o mesmo ânimo com que iria ao matadouro. A tensão se dissipou quando viram aparecer alguém a que chamavam Gordo, um tibetano que honrava o apelido.

Ele apoiou-se na parede e passou um pano nos sapatos para limpar o lodo do subúrbio. As ruas do centro eram asfaltadas, mas o aspecto do resto de Lhasa não era muito diferente do que era há um século, quando por lá só circulavam carroças e peregrinos.

Gordo secava o suor da testa e falava nervosamente. Lançou-me olhares desconfiados. Depois que Gyentse se apresentou em tibetano, veio até onde eu estava.

— Por que nos ajuda? – disse com boa pronúncia.

Pegou-me de surpresa.

— É uma longa história. Mas nas últimas semanas aconteceram muitas coisas.

— Está bem, está bem. Só quero que saiba que isso não é um jogo. Na verdade, não se parece em nada com um jogo. Desde que pôs os pés nesta casa, se expôs a ser condenado por espionagem e, ao mesmo tempo, expôs a nós todos. Espero que suas razões para ter vindo a Lhasa valham os riscos.

— Mas até agora não passamos de simples viajantes hospedados aqui...

— Isso não é uma casa de hóspedes, então o mero fato de falar com vocês é motivo suficiente para me prenderem. Qualquer movimento que não seja comer, quando há algo na tigela, dormir e abaixar a cabeça, é entendido neste país como um ato de espionagem. Só de verem essas fotos de Sua Santidade, o Dalai-Lama — apontou para o móvel onde guardavam o método de inglês —, já seria suficiente para que levassem todos nós para a prisão de Shigatse.

Sentou-se, ofegante, em um banquinho e pediu algo para beber. Uma mulher que acabava de aparecer na sala foi para a cozinha, no piso superior, e trouxe umas xícaras.

— Vim avisá-los – advertiu-nos. — Estamos sempre em perigo, e nestes dias ainda mais. Não se pode cometer nenhum erro.

— Por causa do aniversário... – disse eu, recordando o que o contato nos explicara no restaurante.

— Vejo que já sabem, mas não me incomodo de repetir. Querem evitar a todo custo os atos de protesto e controlam ainda mais os dissidentes. Ontem mesmo apareceu uma patrulha no monastério de Yung-Sapa e levou quinze monges acusados de ativismo político!

Inclinou-se sobre a mesa, pegou um *fachis* e lançou à boca, com perícia, um pedaço de ovo escondido entre o arroz que restava na tigela. O ambiente começou a parecer-me opressivo. O ar estava impregnado da gordura que usavam para cozinhar. Sentia-me mais vulnerável do que habitualmente. Sem dúvida, isso se devia à pressão da altitude e à falta de oxigênio.

— Desculpe-me, amigo – consegui articular. — Acho que devo economizar forças.

— A altitude...

— Acho que sim. Sinto muito. Vou me retirar um momento para...

Neste momento, a mulher que tinha ido buscar as xícaras lançou-se escada abaixo, gritando como se tivesse enlouquecido. O rapaz subiu rapidamente para o piso superior e, depois de assomar no terraço, desceu novamente e gritou em uníssono com a mulher.

Todos se viraram para nós.

— O que aconteceu?

Gyentse ouvia com uma expressão de pânico as explicações que eles trocavam entre si apressadamente.

— Temos de ir já! Uma patrulha está chegando! É uma batida policial!

— Deve ser uma infiltração – disse Gordo. — Isso é o que acontece quando confiamos em qualquer um!

— Mas nós...

— Saiam desta casa, eu suplico!

— Mas temos que esperar o carro que o contato vai nos enviar! Onde podemos...?

— Saiam! – implorou Gordo. — Eu me encarrego de que o chofer os busque na porta do monastério do Jokhang ao amanhecer!

Empurrou-nos para fora. Um dos homens da casa jogou as bolsas que levávamos. Gyentse tentou pegar a sua rapidamente enquanto outro tibetano o empurrava para a rua, com tanto azar que torceu o tornozelo. Soltou um grito seco, mas logo me disse que podia andar. A mulher gritou outra vez da escada.

— Já estão quase aqui. Saiam!

Saímos para a rua. Um pouco adiante havia uma pracinha. Gyentse mancava. Enquanto resolvíamos por onde começar a correr, vimos que a patrulha se aproximava. Grudamos as costas no muro para não sermos vistos. Alguns soldados entraram em outras duas casas para inspecioná-las. Os outros se plantaram no meio da rua.

Naquele momento apareceu o rapaz do gorro de feltro.

— Podem escapar por ali! – gritou.

Assinalou um vão entre dois edifícios situados do outro lado da praça. Era preciso cruzar um bom trecho para chegar lá, mas não pensei duas vezes. Olhei para Gyentse e saí correndo, pensando que ele viria atrás. Quando cheguei lá, o coração me saltava pela boca. Eu mal cabia no vão sem ficar de lado. Estava inundado e cheio de mofo. Entrei por ali como pude para me esconder bem e olhei para trás.

Gyentse não estava comigo.

Descobri, horrorizado, que ele nem tentara cruzar a praça. Estava sentado no chão junto à porta da casa, ao lado do rapaz de gorro de feltro. Apertava o próprio tornozelo. Finalmente pôs-se de pé, mas, nesse momento, viu que um dos soldados tinha se afastado da patrulha e caminhava com a arma na mão. Já não havia tempo. Ele não podia chegar aonde eu estava sem ser visto. Olhou-me fixamente. Pude ver a frustração nos seus olhos enquanto ele fazia gestos para que eu seguisse em frente. Eu não queria separar-me dele, não queria deixá-lo ali, mas o soldado se aproximava cada vez mais. Gyentse olhou-me pela última vez e saiu correndo rua abaixo na direção contrária. Pensei em voltar e ir atrás dele, mas sabia que não seria possível. A patrulha inteira entrava na praça.

Entrei pelo corredor roçando os dois lados da parede. Tinha medo de que em algum momento o vão ficasse tão estreito que eu não poderia prosseguir. Quando ia à metade do caminho, um dos soldados deve ter surgido e gritou alguma coisa. Virei a cabeça e percebi ao fundo a silhueta de um gorro. As minhas

| 217

pulsações se aceleraram ainda mais. Soltei a bolsa para avançar mais rapidamente e prossegui.

Ao chegar ao final do corredor, achei-me em um pátio privado. Dezenas de tecidos recém-tingidos secavam pendurados em varais de arame. Eles exalavam um vapor acre que me provocou um forte ardor na garganta e me impediu de respirar. Aproximei-me da única porta. Estava fechada. Afastei os tecidos como pude para chegar até o fosso que separava o pátio de outro beco. Subi e saltei do outro lado. Corri mais rapidamente, afastando uns plásticos que cobriam as roupas penduradas e vi uma porta de ferro entreaberta. Por ali cheguei a um corredor iluminado por uma lâmpada rosada. As paredes estavam descascadas e um carpete úmido cobria o chão. Passei por dois cômodos escuros. Era um bordel. O salão estava ladeado por poltronas, onde havia mulheres chinesas sentadas vestindo lingerie. Ninguém ficou surpreso de me ver. Estiraram os braços e me jogaram beijos de um modo nada sugestivo. Parei um instante no meio da sala sem encontrar a saída. Uma delas me exibiu um peito e as outras riram, fazendo gestos obscenos. Finalmente encontrei a porta, atrás de uma cortina de fitas plásticas. Saltei, arfando, os três degraus da entrada do clube e saí para uma rua comercial açoitada por rajadas intermitentes de letreiros de neon.

Tentei me acalmar. Estava completamente perdido. Os lojistas, em sua maioria colonos, fumavam na porta das lojas ao lado de toca-fitas que emitiam melodias distorcidas. Resolvi procurar um lugar para me esconder e passar despercebido até que alguém me dissesse para onde devia ir.

Parei diante da loja de uma família tibetana que vendia sapatos. A vitrine mal deixava espaço para os donos se moverem lá dentro. O fundo estava repleto de pares empilhados, embrulhados em papel pardo. No interior a mulher cosia junto a duas crianças que tomavam leite. O menor, bem educado, levantou a ponta do balcão quando me viu. Pareceu-me uma boa ideia ocultar-me por um instante, e que eles me explicassem como chegar ao monastério de Jokhang. Achei que saberiam onde estava, pois era o principal lugar de culto da cidade. Sentei-me em um banquinho para recuperar o fôlego. O homem empenhava-se em tirar minha bota para que eu experimentasse seus sapatos. Neguei gentilmente e fingi observar os objetos expostos sob o vidro do balcão: um baralho de cartas ocidental, um binóculo, um retrovisor de moto, um cachimbo e uns guizos para pendurar nas rédeas de um cavalo. Peguei o baralho e deixei cinco dólares no balcão, o que, sem dúvida, era um pagamento exagerado. Indaguei sobre Jokhang e eles assinalaram em todas as direções. Nem sabia se eles tinham me entendido.

    Quando estava a ponto de levantar a tampa do balcão para sair dali, chegaram dois monges e se apoiaram nele. Agitaram seus rosários e sorriram de um modo inquietante, um pouco rígido. Um deles colocou a mão na bolsa e espalhou umas fotografias do Dalai-Lama no balcão. Não entendi aquela maneira tão descarada de agir, pois sabia que a simples exibição daquelas fotos podia ser penalizada com o cárcere. O outro tirou da túnica umas notas de pouco valor e mostrou-as. Imaginei que estavam pedindo um donativo em troca das fotografias. Talvez eles pudessem me guiar até a porta do monastério. Já ia pegar o dinheiro quando percebi que os comerciantes tinham abaixado a cabeça. Já não me olhavam de frente. Naquele momento vi o rapaz da casa caminhando apressado atrás dos monges. Decerto viera me procurar. Eu nem sabia o nome dele. Dei um grito para chamar sua atenção e os monges se afastaram, de repente. Aproveitei para sair da loja.

— Não são monges de verdade! São iscas do regime em busca dos fiéis ao Kundún! – creio ter entendido o rapaz dizer, enquanto nos afastávamos correndo por travessas isoladas.

Kundún, a presença. Assim os tibetanos chamam carinhosamente o Dalai-Lama proscrito, cujas fotos os reeducadores utilizavam para caçar os rebeldes.

Tudo em Lhasa estava viciado. Como dissera nosso contato, não podia dar um passo em falso.

— Siga por aquela rua e não pare até chegar a uma praça com um monólito no centro – disse o rapaz por fim. — Lá há um letreiro que indica o caminho a seguir.

Antes de dobrar a esquina dei a volta para vê-lo, mas ele não passava de uma sombra em meio ao reflexo dos neons.

23

Logo percebi que Jokhang estava perto. As casas originais da antiga Lhasa continuavam de pé em volta do monastério e havia uma grande quantidade de peregrinos ao seu redor, apesar de ser noite fechada fazia algumas horas.

Desejei ter uma capa para cobrir-me e me confundir com aquelas gentes. Havia homens e mulheres de diferentes idades, todos com tranças e mechas de cabelo áspero caindo no rosto. Caminhavam devagar, com o moinho de rezas em uma das mãos e o *mala*, ou rosário, na outra, prostrando-se a cada dois passos para fazer genuflexões.

Ao dobrar a esquina do monastério e me ver diante dos portões contemplei a devoção pura.

Não sabia o que fazer. Olhava de um lado para o outro procurando Gyentse entre a multidão que se movia como um rio de lava. As pessoas procuravam um canto para se deitarem de bruços na pedra do portal. As colunas vermelhas exibiam os selos da ordem. Uns panos enormes pendiam do primeiro andar. Eram pretos, como o fundo do templo atrás das portas.

Estiquei o pescoço para ver, mas não distingui nada além do bruxuleio de uma infinidade de velas.

Ainda estava com os olhos entrecerrados, tentando enfocar através da escuridão do pátio, quando um monge apareceu no meu campo de visão. Ele veio rapidamente na minha direção. O meu coração deu um salto. Talvez fosse outro reeducador.

Dei meia volta e fui para outra porta. Consegui me esgueirar entre os fiéis que se apinhavam ali e, uma vez lá dentro, procurei uma passagem para algum terraço de onde pudesse divisar toda a praça. Precisava de um lugar para esperar Gyentse sem ser visto.

Cruzei o pátio e ladeei a fileira de grandes moinhos de reza pregados no chão que os peregrinos faziam girar ao passar. Atravessei o corredor onde as lamparinas se consumiam pouco a pouco em cálices diminutos nas prateleiras de madeira. Ao fundo encontrei uma escada em espiral que dava para o terraço superior. Avancei devagar junto à mureta e assomei entre duas bandeirolas. Dali se contemplava toda a praça, no entanto, era quase impossível distinguir alguém entre tanta gente e com pouca luz. Senti outra picada nas têmporas. As investidas da tontura e a pressão do cérebro tinham voltado.

Tive vontade de chorar, mas na mesma hora pensei que não podia me render tão facilmente. Isso é fruto do cansaço e da altitude, disse a mim mesmo. É só essa maldita dor de cabeça... Logo Gyentse aparecerá são e salvo. Tudo está conectado, tudo passa e condiciona o futuro, até essa situação enlouquecedora.

Pensei em Martha. Quem diria que eu pisaria neste terraço antes que ela! Fechei os olhos e tentei relaxar recordando a primeira vez em que ela me contou sobre o monastério do Jokhang e outro que ainda existia nos arredores de Lhasa. O que mais a emocionava era Sera. Ela era apaixonada pela história daquela lamaseria convertida em bastião da cultura tibetana que ela tanto amava. Evoquei o modo como ela contava a história e se deixava levar, dançando em uma linha difusa entre a realidade e a lenda.

Aos poucos recuperei a calma.

Subitamente percebi um vulto atrás de mim.

— Já está muito tarde – disse alguém.

Virei-me, sobressaltado, na sua direção. Era um monge jovem. Aproximou-se e se apoiou na mureta ao meu lado. Esperei que não percebesse meu nervosismo.

— Eu sei.

Não pude evitar olhar para os lados à procura de um soldado oculto na sombra.

— Você não tem onde dormir?

— Pensei que talvez pudesse descansar um pouco aqui – respondi.

— Não, aqui não é bom. O Jokhang é de todos.

Observei a massa de peregrinos.

— Você procura alguém?

Duvidei antes de responder.

— Na verdade, sim. Estou esperando um amigo.

— Ocidental?

— Não. É do... É tibetano.

— Ah, um amigo tibetano – disse.

— Quero ver o monastério de Sera – disse de repente, de forma quase inconsciente.

O monge olhou-me, espantado. Eu não sabia por que tinha dito aquilo.

— Estamos no centro de Lhasa e Sera está longe. Mal se vê, menos ainda à noite.

— Não faz mal.

| 223

O monge falou olhando para longe.

— Eu também gosto de Sera. Tsongkapa, o mestre que o fundou há seis séculos, potencializou nosso sistema atual de estudos nas grandes lamaserias – explicou. — Desde que veio ao mundo deixou clara sua natureza mística. Dizem que no local onde caíram gotas de sangue do seu cordão umbilical cresceu uma árvore de sândalo com símbolos budistas impressos em todas as folhas.

Quando ele acabou de falar a praça se encheu de gritos e inquietação.

Os fiéis se levantaram e correram para os cantos, formando um grande espaço livre diante das portas do monastério. Dois caminhões do exército chinês vinham rapidamente e não tentavam evitar atropelar aqueles que não se afastassem a tempo. Passaram por cima de umas capas vermelhas jogadas no chão. De repente, era como se a praça tivesse se enchido de poças de sangue.

Agachei-me instintivamente e o monge fez o mesmo. Fitamo-nos. Não havia dúvida de que estávamos do mesmo lado.

Do primeiro caminhão desceram soldados que imediatamente se dirigiram ao reboque do que vinha atrás. Abriram o toldo que o cobria e fizeram descer um grupo de monges que vinham apinhados com as mãos atadas às costas. As pessoas não paravam de gritar. O oficial esvaziou uma pistola no ar e todos se calaram. Ele começou uma lenga-lenga e os soldados obrigaram os monges a se ajoelharem diante das portas do templo.

— Não pode ser! Eles os trouxeram para cá?

— Quem são eles?

— São alguns dos monges que foram detidos ontem no monastério de Yung-Sapa! São capazes de torturá-los bem ali!

— Mas não pode ser, diante de tanta gente...

— Isso é o que querem, casos exemplares! Que todos vejam o que ocorre com os rebeldes!

Os soldados arrancaram as túnicas dos monges, deixando-os nus. Os monges se agacharam devido ao pânico e ao frio polar que se apossara da cidade àquela hora da noite. O oficial prosseguia com o discurso. Um dos monges virou-se e gritou alguma coisa. Imediatamente levou uma coronhada no peito. O monge que estava comigo virou o rosto, aterrorizado.

— Quem sabe o que terão feito com os outros entre os muros da prisão. Malditos reeducadores... – disse para si mesmo.

Os reeducadores eram militares chineses vestidos à paisana e, às vezes, monges que tinham passado para o outro lado, que percorriam todos os monastérios de cada região para exigir provas de fidelidade dos lamas. Faziam-nos assinar manifestos renegando a independência do Tibete e repudiando o Dalai-Lama como chefe espiritual. Isso lhes causava uma dor imensa e uma tristeza profunda, e por isso alguns resolviam se rebelar a qualquer preço, como os que haviam sido detidos no dia anterior.

Do terraço vimos um dos soldados levantar a tampa do motor do caminhão.

— O que ele vai fazer...?

O monge não respondeu.

O soldado pegou uns cabos na cabine e ligou-os aos polos da bateria do caminhão. Depois se virou para os demais e todos riram, entusiasmados, quando ele uniu as duas pontas, provocando grandes chispas.

O oficial se calou e deixou-o prosseguir. O soldado desenrolou os cabos e foi até um dos monges, agachado e despido no piso de pedra. Outros soldados o agarraram e separaram suas pernas para deixar os genitais à mostra. O oficial retomou o seu discurso e assinalou o rebelde com a ponta da pistola.

— Ele não vai ser capaz! A praça está cheia! – gritei, horrorizado.

| 225

— Não será a primeira vez – lamentou o monge com uma voz grave, e sentou-se no chão com uma expressão de derrota.

— Disseram-me que obrigaram outros como ele a manter relações sexuais em público, e dizem que nos quartéis os suspendem de ponta-cabeça com uma corrente e marcam na pele deles o nome do oficial de turno com pontas de cigarro acesas.

O soldado brincava com os cabos a poucos centímetros dos genitais do monge, que gritava, aterrorizado. Em toda a praça se viam e escutavam as chispas. Os peregrinos estavam mudos.

— Isso é demais! – o monge gritou por fim, apoiando-se em mim para se levantar do chão.

Subiu na mureta e arrancou a base de uma das bandeirolas. Tomou impulso e jogou-a no caminhão dos soldados como se fosse uma lança.

— Viva Sua Santidade, o Dalai-Lama! – começou a gritar.

— Viva Sua Santidade, o Dalai-Lama!

A multidão e os soldados olharam na nossa direção. Abaixei-me ainda mais e me ocultei atrás da mureta, mas era tarde demais. Todos nos tinham visto. O monge continuou gritando palavras de ordem independentistas. Diversos peregrinos se uniram aos seus gritos, aproveitando o espanto dos soldados. O oficial não duvidou e disparou. As balas bateram na mureta. Os peregrinos saíram correndo em todas as direções. Os monges despidos tentaram escapar. Os soldados foram atrás deles enquanto o oficial, enfurecido, ordenava que alguns deles subissem para nos deter.

— Fuja!

— Para onde vou? – gritei, desesperado. — Fiquei de encontrar um amigo aqui!

— Qual é o nome dele?

Não havia mais nada a perder. A praça e o monastério eram um pandemônio de gritos e disparos.

— Gyentse! É um lama de Dharamsala! Trinta anos, óculos redondos de metal, vestido de ocidental com jeans e um abrigo azul! Imagino que ainda carrega sua bolsa!

— Não se preocupe, eu lhe direi para encontrá-lo e... Para onde vão?

— Para o oeste! Para um monastério situado depois do monte Kailas!

O monge olhou pelo muro traseiro para verificar se os soldados já estavam subindo.

— Salte por aquele telhado e jogue-se por trás dele sem medo! É uma rampa, eu desci por ali mil vezes quando era criança.

Aproximou-se, segurou meus braços e falou ao meu ouvido para que eu não perdesse uma só palavra.

— Quando chegar à rua vá até o fundo. Vire duas vezes à esquerda e uma à direita e chegará a uma esplanada cheia de caminhonetes estacionadas. Elas esperam os peregrinos para levá-los de volta para casa. O seu visto está em ordem?

— Não.

— Então suba numa delas e vá para o norte...

— Mas... – interrompi-o.

— Para o norte. A estrada do oeste que vai para Shigatse está coalhada de controles militares por causa das comemorações. Ao chegar à aldeia de Nakchu, desça e espere seu amigo lá. Eu me encarrego de dar-lhe o recado.

— Mas como você vai...!

— Confie em mim! E não se detenha! – continuou gritando enquanto entrava por uma portinhola. — Não se esqueça. Na aldeia de Nakchu!

A porta se fechou, aprisionando sua voz.

Sem pensar duas vezes, corri para o outro lado do terraço e saltei para o telhado. Avancei como pude até o final e pulei

| 227

como o monge havia indicado. Escorreguei rápido demais, não consegui frear e no final bati na barra que segurava os tapetes que cobriam a parede; precipitei-me até a rua. Bem a tempo estiquei um braço e me segurei no tapete. Virei e bati no muro, mas, pelo menos, consegui reduzir o impacto contra o chão. Logo me levantei e corri à procura das caminhonetes.

Antes de entrar na esplanada verifiquei se não estava cercada pelos soldados. Certamente todos haviam ido à praça do Jokhang para tentar controlar o tumulto. Ao fundo, um tibetano que devia ser o encarregado revisava uns cadernos de espiral. Quatro meninos o ajudavam a guardar os sacos que os peregrinos compravam no mercado para aproveitar a viagem e observavam, curiosos, as anotações que ele fazia. Fui até eles.

Tentei me fazer entender, sem êxito. Quanto mais tentava, mais gente se aproximava. Todos meneavam a cabeça e respondiam como se eu os entendesse. Pronunciei o nome da aldeia uma e outra vez. Finalmente um dos meninos o repetiu em voz alta – com uma ligeira mudança na entonação – e todos exclamaram em uníssono. Ele me pegou pelo braço e me arrastou para uma caminhonete. Abriu a porta lateral, gesticulou indicando o interior do veículo. Na caminhonete não havia cartazes ou indicações, nem condutor e passageiros. Mas ele insistiu repetidamente. Obedeci e ocupei um assento traseiro. Pelo menos ali ficaria oculto e poderia pensar.

Não tive tempo de fazê-lo. Logo chegou um encarregado com um bloco de recibos e me entregou um que trazia uns signos malfeitos na pauta impressa. Não tivera tempo de trocar dinheiro. Tirei outra nota de cinco dólares como a que tinha dado ao vendedor de sapatos. O encarregado guardou-a sem dizer nada. Comecei a me sentir mal novamente, com enjoo e fisgadas. Apoiei-me na lateral do carro justamente quando cinco peregrinos chegaram e ocuparam o resto dos assentos. O condutor pegou impulso e fechou a porta lateral como quem fecha uma cela. A caminhonete ficou rodeada de curiosos, seus rostos grudados nos vidros das janelas.

Deixei-me levar sem me perguntar se estaria no veículo certo. Nem sabia para onde estava indo, se Gyentse conseguiria me encontrar, se o tinham detido antes de chegar ao Jokhang, ou se lhe teria acontecido algo ainda pior.

Rodeamos a esplanada, cruzamos a cidade, atravessando bairros sem rosto, e pouco depois nos embrenhamos em uma escuridão absoluta.

24

As horas transcorriam e a paisagem rochosa emergindo da noite era sempre a mesma; a pressão constante nas têmporas estava me deixando louco.
Ao amanhecer me fiz as mesmas perguntas outra vez. Comecei a me angustiar por não saber a que distância estávamos de Nakchu, se é que íamos na direção certa. A única coisa que sabia é que me afastava cada vez mais de Gyentse. O condutor não falava uma palavra de inglês. Os peregrinos tinham adormecido, um deles apoiado no meu ombro. A caminhonete estava tomada pelo aroma dos queijos de iaque que uma mulher sentada na dianteira levava na bolsa.
Lentamente o horizonte foi se iluminando com o amanhecer débil e brumoso. Tentei relaxar e me concentrar na luta surda das nuvens para se assomarem entre os picos longínquos. E no silêncio da meseta, que permitia captar cada som. O vento sibilava de uma maneira diferente ao topar com a caminhonete, com uma pedra ou quando agitava minha camisa

nas paradas que fazíamos no meio daquela paisagem lunar. Ouvi meus pés amassarem o cascalho e o bater das asas de uma ave de rapina a vários quilômetros de distância. Eu percebia tudo com uma clareza incomum, como se fossem os últimos lampejos de lucidez do meu cérebro, que aos poucos se comprimia devido ao mal causado pela altitude.

Pelo caminho cruzamos pequenos povoados de camponeses. O condutor descia da caminhonete e perguntava-lhes pelo estado dos glaciares ou das zonas sacudidas por avalanches que seríamos obrigados a atravessar. Os habitantes da região exibiam as consequências das mudanças de temperatura: rostos secos, mãos escurecidas, olhos vermelhos e cabelos ásperos e crespos.

"Ao alcançar a altitude máxima daquelas estradas infernais, os raios de sol atravessam a cabeça do viajante e produzem uma dor intensa no cérebro, fazendo-o sentir na própria carne, durante alguns dias, um padecimento similar ao que o povo tibetano sofre desde a ocupação."

Foi assim que Gordo interpretou o mal das alturas que os que vinham pela primeira vez ao Tibete tinham de suportar como uma prova iniciática. Eu o padecia desde que aterrissamos, mas, no meio da manhã, as coisas pioraram ao chegarmos ao passo de montanha onde, como se não houvesse outro lugar no mundo para estar, havia um acampamento nômade.

Naquele lugar mais uma vez pensei que perderia a vida.

Resisti em dizer ao condutor que já não podia mais. Eu aguentava o latejar nas têmporas apertando a mandíbula e fechando os olhos. Finalmente desmaiei e, quando o carro passou por um buraco, minha cabeça bateu com força no vidro. O condutor freou bruscamente no meio da estrada, despertando os demais passageiros. Observou-me por um momento e gesticulou, mandando-me descer. Assomei o rosto na janela.

Ali só havia um acampamento nômade. Neguei-me a descer e lhe pedi para prosseguir a viagem, mas ele começou a gritar e me ameaçou violentamente, cuspindo frases ininteligíveis por cima das cabeças dos peregrinos.

Não tinha forças para enfrentá-lo.

Desci da caminhonete e, de pé no meio do nada, a vi se afastar pela estrada deserta. Não sabia que, talvez, aquele condutor estivesse me salvando de sofrer um ataque ainda pior. A aldeia de Nakchu à qual nos dirigíamos ficava a uma altitude ainda maior e, se eu não tivesse descido a tempo, os efeitos da falta de oxigênio poderiam ter se agravado e provocado minha morte.

Virei-me na direção do acampamento nômade. Não havia fossos nem cercas. Só os animais demarcavam o território. Eles se afastavam das fogueiras para se sentirem livres e se aproximar de novo quando já não sentiam o cheiro dos fardos.

Os nômades se vangloriavam de domesticar qualquer mamífero da meseta, inclusive os antílopes tibetanos, que eram incorporados aos seus rebanhos. Cavaleiros incansáveis seguiam a direção do vento e, junto ao rio, traçavam os caminhos que os grous desenhavam no ar em sua migração para os pastos silvestres das regiões menos frias. A maior parte da extensão tibetana, árida em algumas zonas e glacial em outras, era deserta, vazia de flora e fauna. Por isso, os animais nascidos em liberdade se aproximavam para se refugiarem entre as tendas fumegantes dos nômades.

Caminhei na direção deles e parei a uma distância prudente. Os habitantes do acampamento dedicavam-se às suas tarefas. As crianças me viram e gritaram, chamando a atenção das mulheres. Três delas saíram da tenda mais ampla. Traziam nas mãos roupas puídas e agulhas para remendá-las. Os homens não estavam por ali. Tinham cavalgado para um poço próximo, como faziam diariamente, para deixar os cavalos galoparem à solta.

Troquei várias mesuras com a mulher mais idosa. Ela logo percebeu que eu estava doente. Acompanharam-me ao centro do assentamento. Estava tão tonto que tinha dificuldade de enxergar ao caminhar. Nos sentamos diante de uma fogueira. Uma jovem de pupilas prateadas trouxe uma jarra e xícaras que ela limpou ali mesmo. Meteu-as em um balde com água e esfregou-as com os dedos tatuados rachados pelo frio. Depois prepararam chá. Aos poucos os anciãos também foram chegando para se sentarem com as filhas e os netos, que se afastavam para ceder-lhes lugar. A jovem não resistiu e, apressadamente, me ofereceu a primeira xícara. Isso provocou uma reprimenda por parte das demais mulheres, que se desculparam com os anciãos, pois estes, pela idade, mereciam tratamento preferencial.

As tendas estavam dispostas em uma desordem premeditada, a poucos metros umas das outras. Eram feitas de couro e tecido, presas por paus coroados com bandeiras cerimoniais. Eu me sentia no meio de uma nebulosa. Comecei a não distinguir o real do imaginado. As peles que serviam de porta estavam afastadas para ventilar as tendas e podia-se ver seu interior. Os bebês estavam quietos sobre esteiras. Havia escassos utensílios empilhados no centro, em volta das brasas. O fogo não queimava a cobertura, apesar de estar aceso havia horas; isso era necessário para converter em lar aquele cubículo roubado à meseta. Um lar itinerante, rude, mas quente.

Recusei a segunda xícara como pude. Tive que me esforçar para não vomitar bem ali. Então os homens chegaram. Desmontaram e se aproximaram, surpresos por ver um estranho junto às mulheres e aos anciãos. Ao comprovar o lamentável estado em que me encontrava, seu profundo sentimento de hospitalidade veio à tona e dispuseram do necessário para que eu permanecesse no acampamento o tempo que fosse necessário.

Um súbito vapor acre fez voltar a náusea que sentira na caminhonete. Virei o corpo e vi uma mulher robusta mexendo uma grande tigela cheia de *tsampa*. Os tibetanos esperavam ansiosos o momento de se sentarem para comer aquele cereal de farinha de cevada torrada com manteiga e chá. Porém, com todos os órgãos afetados pela febre, aquele cheiro me deu ânsias. Então fraquejei. Olhei para o céu, tentando me livrar do enjoo, mas não havia o que fazer. Expliquei com gestos que precisava me deitar. Uma das mulheres correu para preparar uma manta na tenda mais próxima. A jovem dos olhos penetrantes seguiu-me com o olhar quando me afastei, tentando não tropeçar nem cair antes de chegar.

Lá dentro, uma estufa de ferro queimava galhos de um arbusto aromático que não produzia fumaça. Como nas demais tendas, o vértice da coberta de couro estava furado. Compreendi que Gyentse não me encontraria ali. Talvez nem estivesse procurando por mim. O que teria acontecido com ele? Eu o abandonara à própria sorte e agora os dois estavam sós, a centenas de quilômetros um do outro, no meio de lugar nenhum. Encolhi-me sob a manta e desmaiei, abraçado pela lã que cheirava a animal morto.

25

A febre me levava de um lado para o outro. Esgotava-me. Na minha cabeça tudo se misturava e me fazia sentir uma ansiedade asfixiante, mesmo estando inconsciente.

Na primeira vez em que abri os olhos não consegui ver nada. Era como se tivesse ficado cego. Mas eu percebia algo estranho e queria acordar a todo custo. Aos poucos pude distinguir algo dentro da tenda. Um cachorro com o dorso carcomido pela sarna tinha entrado e lambia meu rosto. Espantei-o dali, mas logo sucumbi à dor de cabeça provocada por aquele breve esforço. Depois disso, cada vez que despertava era porque uma das mulheres vinha à tenda para me fazer engolir uma gororoba amarga. Como uma das mãos mantinha minha boca aberta e com a outra entornava a tigela para que aquela pasta descesse pela minha garganta, uma e outra vez, até eu não conseguir mais respirar.

Em algum momento os pesadelos me deram uma trégua. Pensei ter escutado a voz de Martha. Foi como se eu submergisse em um mar azul, sem ruídos nem impactos; só percebia o batimento do meu coração e os reflexos do sol através da água. Revivi o momento em que Martha e eu nos conhecemos. Achei-me de novo no bairro tibetano de Katmandu, no dia em que fui em visita e fiquei para sempre. Como ocorreu naquele momento, parei diante de um dos pequenos templos espalhados pelo bairro para abrigar os fiéis e, junto à grade, vi uma sombra pulsando entre duas colunas da galeria. Os seus cabelos loiros não muito longos se enrolavam nas pontas e umas mechas soltas do rabo de cavalo ladeavam seu rosto. O tom moreno da pele deixava adivinhar a tez pálida. Ela usava uma camisa branca de algodão e jeans, onde limpou o pó das mãos ao se levantar e vir até onde eu estava, descendo a escada de um modo doce e confiante. Ao fundo ouvia-se a grave melodia dos trompetes cerimoniais que vinham de outro templo.

Lutei para não cair novamente no abismo de pesadelos onde a febre tinha me desterrado, ajudado pela presença de Martha nos sonhos. Ela me perguntava se queria segui-la por uma escadaria e depois até o cume de uma montanha que furava as nuvens. Eu ficava para trás ao subir, ela se virava, me puxava pela mão e juntos escapávamos de uma avalanche. Depois aparecíamos montados em um touro que entrava em um rio e avançava contra a corrente e nos levava até um poço. Então os sonhos se acabaram de repente e abri os olhos.

No interior da tenda reinava a penumbra, perfurada por um tênue feixe de luz que se filtrava pelo furo no alto e escorria pelo meu rosto, brilhando com o suor. Lentamente fui percebendo onde estava e distingui ao meu lado a figura de um homem ajoelhado.

— Olá – disse.

Mesmo sem ter despertado completamente, eu o reconheci.

— Gyentse...

— Sim.
— Você está aqui...
— Sim, estou aqui com você.
— Você está aqui – repeti.
— Agora acalme-se e descanse. Você já sabe que não sairei do seu lado.

A emoção provocou uma fisgada que saudou cada um dos meus neurônios, e aquilo até me pareceu agradável. Apesar de dolorosa, a sensação me fez sentir vivo.

— Só me lembro dos sonhos que se acumulam – consegui articular.
— Você me contou seus sonhos. Eles são fruto da sua enfermidade.
— Tinha sofrido do mal das alturas no Peru, eu não entendo... – Aos poucos ia conseguindo pensar com mais clareza.

Afastei o cabelo do rosto e esfreguei os olhos cheios de remela.
— Como você chegou aqui?
— Deram-me o recado.
— Achei que nunca...
— Foi uma série de casualidades, mas aqui estou.
— E o chofer, encontrou você?
— Está lá fora.
— É a segunda vez que desperto e o vejo. Você é uma espécie de anjo da guarda.
— Nós chamamos isso de guardião protetor.
— Talvez você nem seja real...

Estirei o braço e apertei o dele com força, na altura do cotovelo.

Pela primeira vez me deixei levar pelo cansaço sem medo de afundar no inferno sem fundo de onde acabava de voltar. Mas ainda havia muita doença para combater. Horas mais tarde,

Gyentse contou-me que pouco depois do nosso reencontro ele apoiou as mãos no meu peito e eu me encolhi como um casulo, inconsciente e com espasmos.

— Ele não para de tiritar – dizia Chang.

Chang era nosso chofer. Um tibetano forte de aspecto bonachão, cabelos pretos como todos os demais e com bochechas que quase tocavam seus olhos.

— Preocupa-me esta febre; e aqui não há nada parecido com uma garrafa de oxigênio – comentava o lama, procurando a sacola de couro cheia de frascos sem etiqueta que carregava na bolsa. — Seria bom aplicar-lhe umas doses para regularizar a respiração e evitar complicações.

— Nas comunidades próximas não há oxigênio – assegurou Chang.

— Como não?

— Todas as garrafas que trazem de Lhasa vão parar nos aquartelamentos. Os únicos que se beneficiam delas são os militares que veem ao Tibete pela primeira vez.

— Pensei que Pequim tivesse criado programas para abastecer os centros médicos das terras altas...

— Aqui pesam mais as decisões dos oficiais da zona do que as dos próprios dirigentes do partido.

Alarmado com o modo como eu batia os dentes, Chang continuou murmurando e, com duas abanadelas, atiçou o fogo que aquecia a tenda. Gyentse secou minha testa com um pano e ajeitou as mantas que me cobriam.

— Preciso deter a febre de alguma maneira e evitar que a falta de oxigênio chegue ao cérebro. Talvez devêssemos descer com ele uma centena de metros. A partir de qual povoado os efeitos da altitude se atenuam?

O condutor olhou-o, sério.

— Não podemos nos arriscar. Se em algum posto descobrirem a presença de um jipe a essa hora... Entre às oito e às dez horas da manhã fazem o abastecimento e estão sob alerta máximo.

Gyentse pensou na situação por um instante.

— Está bem – concordou. — Mas se até o meio-dia ele não melhorar, vamos descê-lo até onde for preciso. Não vou deixá-lo morrer aqui.

Chang sussurrou outra frase que mal escapou dos seus lábios, e saiu da tenda afastando as peles.

Gyentse, completamente esgotado por tudo o que vivera desde que deixamos Lhasa, fechou os olhos e, sem querer, adormeceu.

Ao acordar encontrei-o sentado na posição de lótus, a cabeça inclinada apoiada em um dos mastros que sustentavam o teto.

— Gyentse... – chamei-o.

Abriu os olhos, um pouco sobressaltado.

— Sim!

— Acho que já lhe agradeci. Outra vez.

— Ah, eu tinha...

— Você me encontrou. Parece incrível.

— Você está desperto... – reagiu.

— Graças a você – repeti.

Gyentse esfregou os olhos e inclinou-se para tomar meu pulso.

— Como se sente?

— Muito melhor.

— Você estava realmente muito mal.

— E você? Como conseguiu...?

— Nem sei como consegui chegar ao Jokhang, mas cheguei. – Sentou-se melhor para falar. — O tumulto já havia se dispersado, mas os peregrinos comentavam entre si sobre o que

| 241

tinha ocorrido. Sentei-me para esperar, oculto por uma coluna na entrada do templo. Esperava vê-lo aparecer a qualquer momento. Então o monge se aproximou. Ele conseguira escapar e me deu o recado como prometera. Eu não podia acreditar no que estava ouvindo! Queria sair atrás de você imediatamente, mas só pude fazê-lo depois do amanhecer. Precisava esperar Chang, nosso chofer. Por sorte, ele também cumpriu o prometido. Veio me buscar no monastério e me levou até a aldeia de Nakchu. Lá, quando perguntei aos donos da mercearia se tinham visto um ocidental que viajava sozinho, um nômade deste acampamento, que estava comprando grãos, me disse que você estava delirando havia horas dentro da tenda dele.

Senti um estranho sabor na garganta.

— Você me deu algo para tomar?

Gyentse olhou-me sereno, com um ar um tanto paternalista.

— Você não teve nada e não lhe dei nada. Acalme-se. Já está tudo bem.

O meu amigo lama me falou com o tom decisivo e balsâmico dos médicos, o que era novo nele. Tomou minha mão. Vi que se concentrava no meu pulso. Tentei me erguer.

— Deite-se – ordenou, sem soltar meu pulso.

Ao me deitar vi a gororoba cheia de caroços que a mulher nômade havia me dado antes da chegada de Gyentse.

— O que me curou está nestas tigelas?

O lama suspirou e respondeu com outra pergunta.

— O que você acha que teve?

— Já sei que é por causa da altitude. Estava esgotado e debilitado. Ainda tenho sequelas da explosão.

Gyentse tirou os óculos e limpou as lentes. Enquanto as limpava me atraiu com o magnetismo dos seus olhos, que desta vez mostrou quase por inteiro, alçando as pálpebras tibetanas.

— A febre foi a via de escape que seu corpo empregou para aliviar a pressão exercida pelos seus conflitos.

— Espero que me dê uma dessas ervas que eles colhem por aqui e termine o trabalho.

Gyentse sorriu. Entoou ritmicamente algumas palavras, enquanto recolhia uns panos pendurados nos espinhos de um galho seco espetado ao lado do fogareiro.

— Para curar a essência da doença, não tome medicamentos nem faça cerimônias. Não encare a enfermidade como um obstáculo nem como uma virtude. Deixe a mente livre e quieta, e ela abrirá caminho pelo fluxo de imagens e conceitos. As velhas doenças desaparecerão e você será imune às novas.

— Não sei se estou suficientemente acordado para acompanhá-lo...

Ele continuava dobrando os panos quentes.

— São palavras de Padmasambhava, o mestre tântrico que enterrou o *terma* que viemos buscar. São a base do nosso sistema médico. Você padeceu do mal das alturas, mas poderia ter sido atacado por qualquer outra doença.

— Você quer dizer que eu mesmo engendrei o mal...

— Foi seu estado interior em combate. Ele o está fazendo lutar.

— Sei que há coisas que continuarão à minha volta durante um tempo.

Toquei meu estômago e Gyentse assentiu sem levar isso na brincadeira.

— A ira e a hostilidade transtornam a bílis, nosso humor corporal associado ao fogo, e você é uma dessas pessoas em que a bílis predomina acima do fluxo vital ou da fleuma, os outros dois elementos que determinam o nosso ser.

— Isso foi meu pulso que disse...

— No primeiro dia. Como você pôde comprovar em Dharamsala, os médicos tibetanos não agem pelos cânones ocidentais. Até nossos mapas anatômicos são diferentes. Neles, além dos órgãos, representamos as correntes energéticas que nos vinculam ao resto da existência. Essas são as vias que tentamos restabelecer para sanar as doenças.

— Você quer dizer que podem ver essas vias de energia?

— Claro que sim. No umbigo está acumulada a energia de onde surge a nossa forma física. Dele partem os principais canais. O ascendente, que gera o cérebro, e o descendente, que gera os genitais.

— Mas antes você falou dos elementos.

— Em todos os seres, inclusive no homem, confluem os cinco elementos: terra, água, fogo, ar e espaço, que são as forças dinâmicas da natureza. Os médicos tibetanos consideram que o elemento terra está associado aos ossos, pele, unhas e cabelos; a água aos fluidos corporais; o fogo ao calor relacionado com o metabolismo e a digestão; o ar à energia vital; e o espaço à consciência. Os seus desequilíbrios produzem a doença. E a dissolução de uns nos outros produz a morte.

— Você disse que são a ira e a hostilidade que me transtornam. Puxa... Não me considero uma pessoa particularmente irascível.

— Também existe a ira contra si mesmo, ou os desejos contidos. A agressividade contamina as células corporais, até a que emana do descontentamento consigo mesmo. Considere que as doenças surgem das atitudes com as quais limitamos nosso corpo físico. Apegamo-nos a ele e não conseguimos perceber que é um veículo maravilhoso que não se repete e que, se for bem conduzido, pode nos ajudar a alcançar o despertar definitivo.

— Então a febre que tive não passa da consequência de um mal oculto de maior magnitude?

— Isso mesmo. Você pode se curar da febre hoje, mas amanhã sua bílis alterada fará seu corpo padecer outro mal, igual ou mais daninho. Enquanto não sanar seu espírito e restabelecer seus canais energéticos, você continuará sofrendo de uma maneira ou de outra. Pare para pensar onde está verdadeiramente seu mal. Pare para pensar – repetiu. — Se desmascará-lo, poderá atacá-lo pela raiz e arrancá-lo de si para sempre.

— Isso é o que Lobsang Singay fazia com seus pacientes.

— Assim era. Ele não se limitava a aplicar um emplastro para curar a doença pela qual o procuravam. Ia sempre além. Canalizava a energia da natureza e a projetava para que alcançasse os confins do cérebro do paciente.

— Por meio dos cânticos, como os que vocês usaram para me curar em Dharamsala?

— Por meio dos cânticos harmônicos, mediante a exibição das mandalas que ele mesmo desenhava ou utilizando qualquer outra via que considerasse propícia para estimular o cérebro de cada paciente individualmente. De uma maneira ou outra, ele convertia esses cérebros em aliados, conseguindo que cada mente, previamente estimulada, repartisse pelo corpo do doente a informação necessária para restabelecer a frequência dos seus órgãos até alcançar a harmonia total e, consequentemente, a cura.

Refleti sobre o que Gyentse tentava me dizer.

— Talvez exista bílis em mal estado acumulada dentro de mim há muito tempo.

— No momento, seus passos estão traçando o caminho mais sublime para conseguir esse despertar: o caminho da compaixão. A entrega deve começar por uma só pessoa e depois se ampliar ao resto dos seres.

Pensei em Louise e minha alma se encolheu. Queria acreditar que Gyentse se referia a "uma só pessoa" de maneira genérica, mas não conseguia esquecer a primeira vez que saí de Puerto Maldonado para trabalhar como inspetor de programa e me afastei da minha filha. Naquele dia me despedi dela com um beijo sonoro e um abraço apertado. Ela quis me acompanhar até a caminhonete que me levaria à pista de pouso. Apoiei a mão no vidro e Louise se despediu, agitando a sua. Quando começamos a rodar entre as bananeiras senti um fio intangível que se estirava de palma a palma, da sua mãozinha branca até a minha. Então acreditei que estaríamos unidos por maior que fosse a distância entre nós. Desde então me afastara dela muitas vezes. Agora eu estava mais longe do que nunca, tanto que parecia estar roto para sempre o fio intangível que unia a palma da minha mão apoiada no vidro à sua, saudando-me no meio da rua de terra avermelhada molhada de chuva.

O lama guardou em uma sacola os panos com que tinha secado meu suor e saiu da tenda.

Dei voltas na cama de um lado para o outro, mas acabei calçando as botas sem amarrar o cadarço e saí. Caminhei uns passos e respirei profundamente. O acampamento nômade estava tranquilo. As tendas rompiam a linearidade do solo, imitando os picos da cordilheira que, ao longe, cercava a paisagem indômita. Dei a volta e reparei que as nuvens giravam comigo; senti-me em sincera comunhão com os elementos. Ali estavam todos: o ar, o fogo, a água da neve dos picos, a terra. Eram os mesmos elementos que sulcavam as páginas do *Tratado da magia do antigo Tibete* formando combinações perfeitas. Era como se o tesouro já estivesse próximo, como se tivesse começado a irradiar sua energia e agir sobre mim. Ergui a palma da mão e voltei a sentir o fio intangível. Dois corvos pousados na estaca da tenda crocitaram dando-me as boas-vindas.

Chang veio até onde eu estava.

— Vamos – disse ele.

Reparei que ele apertava o cinto da calça, como se estivesse encilhando o cavalo antes de partir.

26

Demos uma volta enorme pelo norte para depois voltar à estrada que levava à região oeste. Passamos perto das cidades de Draknak, Nyima e Dungtso, mas evitamos cruzá-las para não sermos detidos por um controle de vistos, já que as autorizações que Luc nos havia conseguido serviam unicamente para nos movermos pela capital e visitar os monastérios dos arredores. Se descobrissem que tínhamos saído de Lhasa sem as devidas autorizações, seríamos acusados de espionagem e levados para a prisão mais próxima. Por causa das comemorações, mais ativistas estavam sendo detidos, e penas desproporcionais eram distribuídas a quem insinuasse qualquer apoio à independência do Tibete. Recentemente haviam chegado a Dharamsala notícias sobre execuções sumárias e um preocupante aumento da tortura. Isso significava que, como Kalon Tripa nos havia advertido antes de partirmos, a atuação dos oficiais chineses na zona não era vigiada em absoluto, nem pelo alto comando de Pequim. Essa situação era ainda mais crítica na área militarizada que fazia fronteira com a região indiana da Caxemira, precisamente onde se situava o monastério para onde íamos.

O nosso condutor sempre encontrava uma rota alternativa na montanha para evitar os controles militares. Mas o estado lamentável daquelas trilhas nos dava mais medo que a possibilidade de enfrentar as patrulhas chinesas. Não conseguia me acostumar àquela visão permanente do precipício a poucos centímetros do sulco por onde rodavam os pneus. Eu não duvidava da habilidade de Chang ao volante, porém nossos corações saltavam quando, no último momento, ele conseguia evitar que o jipe despencasse no vazio.

Poucos veículos transitavam por aquela estrada. Quase sempre eram caminhões obrigados a transportar mercadoria até os destacamentos militares das zonas mais afastadas, e, às vezes, os próprios soldados circulavam pelas vias. Por isso, quando Chang ouvia o ruído de um motor ao longe, parava o jipe e perscrutava a extensão pedregosa até localizar a sua origem. Nunca parávamos. Levávamos mantimentos e água suficientes para vários dias de viagem. Com o passar das horas ficava mais difícil permanecer alerta. Gyentse começava a ficar inquieto no assento. Chang também se alterava e murmurava frases ininteligíveis quando o cascalho ficava mais instável. Eu olhava o mapa e aos poucos descobria o pouco que tínhamos avançado. Então a cabine do jipe era novamente invadida pela sensação de urgência e pressa em chegar à lamaseria e procurar o rolo de pergaminhos sagrados. Isso aumentou desde que nos embrenhamos definitivamente na região oeste e nos aproximamos do que se chamava a "área em disputa", em cujos arredores ficava a maioria dos controles militares.

— Devem ter paciência. Aqui o tempo se mede de um modo diferente da Europa – disse Chang ao passarmos por um caminhão que havia capotado, como se tivesse caído do alto deslizando pela ladeira.

Mal terminou a frase e, repentinamente, virou o volante com violência. Derrapou junto do barranco, atirando pedras no vazio, e sacudimos para todos os lados. Achei que também íamos despencar. Por sorte, ele conseguiu deter o jipe na pista interna da estrada. Paramos no meio de uma grande nuvem de poeira.

— O que aconteceu? – perguntei.

— Olhem isso! Espero que não tenham nos visto.

Apontou para a frente. Um pouco adiante havia uma pequena fila de caminhões. Também havia uma carroça puxada por animais. Logo entendemos por que tinham se aglomerado ali. O exército instalara um controle militar, aproveitando dois velhos casebres de pedra situados ao lado de uma cascata que se precipitava montanha abaixo até o fundo do desfiladeiro.

Chang deu marcha à ré e retrocedeu até ocultar o jipe. Deixamos o veículo depois de passar uma curva e corremos para nos esconder atrás de umas pedras caídas, de onde podíamos observar os soldados sem sermos vistos.

Era preciso superar três linhas para cruzar o controle militar. Na primeira, dois soldados examinavam exaustivamente os documentos dos viajantes. Um pouco adiante, outros dois se encarregavam de revisar a mercadoria dos caminhões e os porta-malas dos veículos menores. Depois, a estrada se abria em uma pequena esplanada onde estavam os casebres que, aparentemente, tinham sido preparados como barracões.

— É impossível esquivar-nos deles – murmurou Chang, que olhava de um lado para o outro tentando encontrar um caminho viável pela montanha.

— Talvez seja melhor refazer nossos passos – propôs Gyentse, não muito convencido.

| 249

— Não podemos fazer isso. Teríamos de dar uma volta enorme e, mais cedo ou mais tarde, toparíamos com uma situação semelhante. A única forma de passar pelos controles inevitáveis é eu cruzar com o jipe e vocês avançarem a pé pela montanha.

— Mas você não terá problemas? – perguntou Gyentse.

— A minha carteira de motorista está em ordem e meus chefes me preparam papéis alegando um trabalho fictício. Supostamente vou buscar peregrinos de volta para a capital depois de viajarem a pé até o monastério do monte Kailas, um grande centro de culto que fica perto daqui.

Não puderam conseguir autorizações falsificadas para Gyentse e para mim. Chang podia simular uma tarefa, já que os postos de controle chineses não estavam informatizados e não atualizavam os dados sobre os tibetanos não fichados com a rapidez que seria desejável para o exército. Mas eles dispunham de uma lista de estrangeiros com autorização governamental. Um punhado de europeus legalizados movia-se pela região oeste, à qual só tinham acesso os engenheiros contratados para desenvolver projetos militares. Então, estávamos em situação ilegal e, portanto, em constante perigo.

— Onde nos encontraremos? – perguntei.

— Posso apanhá-los depois da segunda curva. Parece um controle de rotina, então suponho que não haverá franco-atiradores nem soldados percorrendo a estrada.

— Está bem – concordei.

— Prestem atenção naqueles arbustos secos ali atrás. – Chang apontou para o que parecia uma senda sinuosa entre as pedras. — Se vocês avançarem agachados, a inclinação da ladeira impedirá que os vejam dali abaixo.

— É muito perigoso! – exclamou Gyentse.

— Tudo aqui é muito perigoso – retruquei, apoiando a mão no seu ombro.

— Quando atravessarem aquela zona, pouco antes de chegar ao casebre – ele apontou para cima —, ficarão mais expostos. Neste momento, farei alguma coisa para chamar a atenção dos soldados. A água cai com pouca força, então não se preocupem, esqueçam o controle e limitem-se a cruzá-lo sem rodar barranco abaixo.

Aquelas palavras não consolaram Gyentse que estava com o rosto mais branco que os papéis falsificados do chofer. No entanto, saiu correndo morro acima atrás de mim sem pensar. Um pouco depois, quando Chang achou que passara tempo suficiente, subiu no jipe e se dirigiu ao controle.

Subimos pela montanha sem muito esforço, mas, ao chegarmos à suposta senda, vimos que a ladeira era mais inclinada do que parecia vista de baixo. Era preciso concentração ao dar cada passo para não despencar dali. Os arbustos mal serviam para apoiar os pés e firmar a pisada. E nem podíamos nos erguer, o que tornava ainda mais difícil avançar.

Quando estava chegando à cascata virei-me para ver Gyentse. De repente, me arrependi de tê-lo arrastado sem discutir o plano de Chang, mas era tarde demais. Convenci-me de que havíamos feito bem em confiar no condutor. Gyentse permanecia agachado junto a um dos arbustos, como se o terror repentino de ser descoberto pelos soldados o impedisse de dar o passo seguinte. Ele tinha o rosto desfigurado. Voltei até onde ele estava para acalmá-lo e tomei sua mão. Não pude evitar olhar para baixo. Já tínhamos ultrapassado as duas primeiras linhas do controle. Estávamos na altura dos casebres. Os soldados pareciam relaxados. Um deles, com uma camiseta amarela de futebol que quase cobria as calças de campanha, fazia flexões dependurado em um ferro que saía da parede. Ele pulou para o chão ao ver sair um oficial, um chinês magro com um gorro e uma camisa

| 251

desabotoada que era grande para seu tamanho. Ele agitava uma pistola e com ela apontava para os galões mal cosidos que o outro levava no ombro. Estava claro que tentava impor ordem ali. Chang, que tinha atravessado a segunda linha de controle, passava por eles neste momento. Parecia que tudo ia bem, mas o oficial, talvez querendo demonstrar autoridade diante do recruta e dos demais tibetanos que tentavam avançar, estirou o braço e ordenou-lhe que parasse. Foi até a janela apontando a pistola para baixo e falou em voz alta.

Gyentse e eu paramos em seco.

— Ele só deve estar querendo revisar a documentação – sussurrei ao ouvido de Gyentse.

Como supusemos, Chang mostrou os mesmos papéis que já tinham sido revisados na primeira linha do controle. O oficial revisou-os junto com o recruta. Deu algumas explicações, como se usasse a documentação de Chang como exemplo para adverti-lo do que devia controlar mais atentamente quando era sua vez. Enquanto isso, Chang nos viu rapidamente pelo para-brisa. Neste momento, Gyentse começou a sentir câimbra nas pernas e tentou posicionar-se melhor, agachado no meio da ladeira até que ela passasse. Ao se mover, perdeu apoio e começou a deslizar ladeira abaixo. Quanto mais tentava se agarrar, mais pedras ele deslocava. Olhou-me, desesperado, antes de escorregar definitivamente. Escorregou uns metros ladeira abaixo, arrastando as costas e expondo-se a qualquer soldado que olhasse para cima. Chang percebeu e resolveu fazer alguma coisa para disfarçar, enquanto Gyentse subia novamente até a suposta trilha. Abriu a porta do jipe de par em par e saiu gritando algo que não entendi. O oficial se assustou e deu um salto para trás, erguendo a arma. Chang continuou falando sem parar. O recruta o observava, atônito.

— Corra! Suba agora! – apressei-o com um murmúrio.
O lama subiu como pôde, empurrando umas pedras que rodaram e caíram no teto dos casebres de controle, até pegar minha mão. Puxei-o para ajudá-lo e aceleramos nossos passos pela senda. Cruzamos a cascata olhando para baixo, para comprovar se algum soldado nos vira. Todos continuavam atentos aos gritos do nosso condutor, que não parava de chamar a atenção, gesticulando como louco. Detivemo-nos, molhados até os ossos, para ver como aquilo ia terminar. Não imaginava o que ele podia estar lhes dizendo. A pistola em riste do oficial não o amedrontava absolutamente. Chang olhou-nos furtivamente e percebeu que já tínhamos cruzado a cascata. Então mudou de atitude e começou a se mostrar submisso com o oficial. Este vociferou várias frases repreendendo-o e jogou os documentos no chão em um gesto de desprezo. Chang os recolheu sem deixar de menear a cabeça e se dispôs a entrar no jipe. Achei que aquilo havia terminado, porém, antes de começar a correr pela ladeira, vi que o oficial o chamava novamente. Chang se deteve. Ficou de pé com a mão na porta do jipe, e seus olhos enfrentaram sem piscar o cano da pistola que o oficial havia erguido outra vez. Gyentse e eu ficamos petrificados.

— Ele vai disparar! – cochichou Gyentse.

De repente, um dos soldados soltou uma gargalhada. O oficial virou-se em sua direção e riu também; depois riram os demais soldados. Todos começaram a imitar seu superior, apontando suas armas para Chang e simulando com a boca o ruído dos disparos. Demonstrando enorme crueldade, ridicularizaram-no para impor respeito aos demais viajantes que, sentados em seus veículos, os contemplavam, desconcertados. Quando se cansaram de fazer troça dele, o oficial indicou com um gesto que ele podia prosseguir viagem. Neste momento, quando Chang já

| 253

tinha arrancado e tudo parecia estar resolvido, um dos soldados olhou para cima e viu Gyentse. Já tínhamos começado a descer para encontrar Chang depois da curva e o lama, pensando que estávamos fora de perigo, tinha se erguido e ficara visível. O soldado deu um grito agudo que atravessou o ar como uma flecha e arrastou os olhares dos demais. O oficial compreendeu imediatamente o que tínhamos tramado. Chang parou o carro, meteu a mão sob o para-lama do jipe e abriu um compartimento de onde caíram uma pistola e algumas granadas. Agachou-se sob o volante, pegou uma, arrancou o pino com a boca e lançou-a onde estavam estacionados os veículos militares. O oficial bramiu desesperado e começaram a disparar. Chang pisou fundo no acelerador. As balas perfuraram a porta traseira e a granada rolou para baixo de um caminhão. A explosão deve ter sido ouvida a quilômetros de distância. Os soldados se jogaram no chão, e Chang teve tempo de se afastar o suficiente sem ser alcançado. Gyentse e eu continuamos a descer pela ladeira com o coração na boca. Eu só ouvia minha respiração entrecortada e, em um segundo plano, os disparos dos fuzis. Tinha a sensação de estar correndo a uma velocidade não-humana, e, ao mesmo tempo, cada passo parecia durar uma eternidade. De repente, estava dentro do jipe. Fora de si, Gyentse vociferava e olhava para trás para ver se nos seguiam. Chang acelerava cada vez mais, engolindo aquela estrada infernal.

— Vi um jipe! – gritou Gyentse.

— Não pode ser! – exclamou Chang ainda mais alto. – Eu mesmo o vi explodir com a granada!

— Talvez tenham outro!

— Onde? – gritou outra vez nosso condutor. — Lá não havia nenhum outro!

— Cale-se! – gritei. — Não há um caminho alternativo?

Enquanto falava, Chang desafiava as curvas, raspando com os pneus a beira do precipício e atirando pedras vazio abaixo.

— Não; só quando sairmos desta quebrada. Quando ela ficar para trás tentarei mudar de vale para despistá-los.

Foi o que ele fez. Continuou dirigindo no caminho de cascalhos a uma velocidade enlouquecida até nos aproximarmos do fundo do despenhadeiro. Ali a estrada passava a poucos metros do rio, onde caíam diversas cascatas como a que tínhamos cruzado no meio da montanha.

— Agarrem-se! – alertou Chang, de repente.

Eu não podia me agarrar mais. Desde que começamos a fugir do controle militar eu estava agarrado com uma força descomunal a um ferro preso à porta. Gyentse parecia estar grudado no assento traseiro.

Chang girou o volante e deixou o jipe descer por um desnível que nos separava do rio. Travei os dentes como se estivesse deslizando no primeiro trecho de uma montanha-russa. Depois de bater o fundo, desafiando a suspensão e a dureza do chassi, avançou uns metros pelo leito do rio e depois saiu para a outra margem na primeira planície que vimos em cem quilômetros. Acelerou sem se importar com os inúmeros buracos e dirigiu-se para outro maciço montanhoso ao longe.

Uma hora depois ele resolveu que estávamos fora de perigo. Parou o jipe no alto de um monte. Dali se distinguiam os contornos de uma aldeia contra a linha rosada do horizonte. Entre nós e a aldeia três pequenos lagos refletiam os raios da luz do vale. Depois do que havíamos passado, aquela visão parecia idílica demais para ser real. Era como se ocultasse uma ameaça ainda maior que sua beleza.

Percebi que ninguém havia dito uma só palavra desde que tínhamos conseguido sair do despenhadeiro.

— Parece uma comunidade grande – comentei.

— Por isso mesmo não quero passar por ali – respondeu Chang. — Deve haver presença militar permanente. Neste caso, devem ter recebido o aviso que certamente foi enviado do controle. Agora estarão procurando por nós em toda a região.

Fitou-nos.

— Mas não quero assustá-los mais. Só preciso pensar um pouco.

— Estamos conscientes do perigo – tranquilizei-o. — Use o tempo que precisar.

Chang passou um tempo sondando o vale à procura de uma rota alternativa periférica à aldeia. Depois enfiou a cabeça sob o capô, revisou as correias do motor, verificou se havia perda de líquidos e apalpou a lataria por fora, detendo-se nos furos das balas. Por fim, ajoelhou-se no chão e substituiu as placas por outras, que retirou do mesmo compartimento onde carregava as armas.

Gyentse e eu ficamos de pé à beira do precipício.

— Sinto ter arrastado você a essa situação.

— Esta paisagem não se parece à de Dharamsala – cortou-me, desviando a conversa.

— Gosto do deserto – disse eu.

Tentei relaxar. Pela primeira vez, percebi que não tínhamos visto uma mísera árvore desde que entramos no altiplano tibetano. Tudo era areia e pedra, apesar de haver também aqueles lagos inesperados que de vez em quando nos faziam recordar que cruzávamos uma terra viva.

— Os cumes desérticos são para os monges e para os que não sabem onde procurar a si mesmos – disse Gyentse. — Só os que estão perdidos sentem-se bem em lugares sem referência.

— O que me atrai não é o vazio nem a solidão. É a imensidão dos espaços. Olhe a aldeia...

— É a isso que me refiro. Agora mais tranquilo, Gyentse recuperou completamente o ar doutrinário que lhe dava sua dupla condição de médico e lama.

— Algum Dalai-Lama anterior escreveu que, por mais dura que seja a vida, a felicidade brota de um espírito em paz, que, se não há inveja não há insatisfação e, por isso, a simplicidade e a falta de recursos destas montanhas favorecem mais a serenidade do espírito do que qualquer cidade do mundo.

Mal havia terminado a frase quando escutamos Chang proferir uma queixa enquanto olhava para o céu.

— O que foi?
— Vocês não ouvem o ruído de um helicóptero?
— Deus, não...
— Não ouço nada – indicou Gyentse.
— Está por aí – confirmou Chang, sem deixar de perscrutar todos os vãos nas nuvens.
— O que você acha que devemos fazer?
— O mais importante é ocultar o jipe. Temos de ir para a aldeia imediatamente.
— Mas antes você havia dito...
— Vamos pensar que teremos sorte dessa vez.
— Confiamos em você – animei-o. —Você é quem decide.
— Esperemos que todos os soldados estejam nas comemorações em Lhasa – sentenciou.

Pulou dentro do jipe, engatou a marcha e deu a partida ao mesmo tempo, acelerando como se quisesse comprová-lo o quanto antes.

27

Entramos na aldeia por uma rua poeirenta. Sobressaltávamo-nos com cada movimento e cada sombra que vibrava à nossa passagem. Até as coisas mais ingênuas pareciam carregadas de pólvora. Um corvo pousou no telhado do lintel de uma mercearia, enquanto outro destruía os fios de um saco empilhado junto à parede. Do outro lado, umas mulheres limpavam palha e esterco com ancinhos.

Aos poucos nos convencemos de que as coisas por ali estavam calmas. Mas, ao dobrar a primeira esquina, foi como se nos transportássemos a outra dimensão. Diante de nós abriu-se uma esplanada com uma enorme praça.

— Maldição! – esbravejou Chang, freando o jipe em seco.

Gyentse ajustou os óculos nervosamente.

— O que foi?

— Hoje é dia de mercado! Não podíamos ter vindo em pior dia! Dia de mercado! – repetiu, irritado.

A feira ocupava todo o centro da aldeia. De lá, em direção à ribeira, partiam fileiras de casas ladeadas por muros que lhe davam um aspecto labiríntico.

— Pensei que fosse pior – disse, tentando acalmá-lo.

— Isso é o pior que pode haver! Certamente haverá soldados patrulhando ou fazendo compras! Isso é o que vai ter! Soldados! Como pude achar que...

Girou o volante e começou a rodear a esplanada tentando não despertar atenção.

Aquela aldeia era o centro de comércio dos habitantes da comarca. Os postos, cobertos com toldos remendados, abarcavam toda a visão. As ruas estavam cobertas de gorros, tranças verdes e vermelhas, barretes e chapéus com abas movendo-se como uma massa compacta, sem espaço entre eles. Passamos diante de postos de especiarias e raízes, tecidos, todo tipo de utensílios de cozinha usados, cadeados e lamparinas de pedra; ao lado das barracas onde se faziam remendos em roupas e consertos em calçados havia outras, de carne de animais com peles, mechas de lã, uma com bandeiras cerimoniais e outra com ervas medicinais, onde um médico examinava a íris dos pacientes que compravam os remédios que ele receitava ali mesmo.

— É só um curandeiro – declarou Gyentse, por um lado justificando a medicina tibetana, por outro tentando ficar indiferente diante do nervosismo de Chang, que respirava fortemente com a boca fechada.

— É melhor estacionar o jipe atrás deste muro e nos escondermos em uma dessas casas que servem comida – disse ele, finalmente. — Podemos prosseguir depois que desmontarem o mercado e os soldados deixarem a zona. Com um pouco de sorte ninguém vai reparar em nós.

Ele estacionou o jipe numa palhoça junto a uma porta com um letreiro. Um cão dinamarquês tentava se safar da corrente que o prendia. Ladrou para nós babando, até que a dona apareceu. A mulher trazia uma garrafa térmica de porcelana decorada com uns seres de pescoços torcidos. Diante da porta seguinte, três adolescentes brincavam em torno de uma mesa de bilhar na rua, uma da poucas diversões importadas que haviam chegado ao Tibete antigo. O mais atirado dos três me olhou de cima a baixo sem parar de mexer com o taco. Assomei na janela da casa para ver quem estava dentro. A mulher veio até onde eu me encontrava e girou a cabeça como os animais da garrafa. Tudo o que eu via me parecia violento. Esquadrinhei cada esquina da rua e do mercado que, ao fundo, vibrava cada vez mais.

— Não disse que havia soldados, não disse... – lamentava-se Chang vindo na nossa direção depois de fazer um rápido reconhecimento da zona.

De repente, ouvimos gritos em um dos postos mais próximos a nós. A dupla de recrutas chineses à qual Chang se referira começou a discutir rispidamente com o dono. Certamente pretendiam seguir a ronda sem pagar por umas barras de caramelo torrado que tinham levado à boca descaradamente ao passar junto à barraca. Aos poucos, dezenas de pessoas cercaram a barraca. Alguns por mera curiosidade, outros em apoio ao comerciante, aproveitavam o incidente para descarregar nos soldados a hostilidade acumulada. Reparei em uma menina de uns seis anos que chorava a poucos metros do tumulto. Estava sozinha. Parecia uma boneca perdida com saia de listras, camisa preta e lenço na cabeça. Tudo se complicou quando um jovem tibetano, com o olhar carregado de ódio, não resistiu e, amparado pela quantidade de gente em volta, empurrou o soldado que mais gritava. Este se virou na sua direção e ergueu o cassetete com raiva, contendo-se para não dar início a uma altercação ainda maior. Uma mulher deu uns passos para trás subitamente e jogou a menina no chão, e ela chorou ainda mais com a queda. O cão dinamarquês começou a latir novamente.

— Entrem já! – apressou-nos Chang. — Alugaremos um quarto para nos escondermos até que...

— Espere! A menina...

Ela havia tapado o rosto com as mãos e gritava em pânico. Ninguém a ouvia no meio da gritaria da multidão que, cada vez mais exaltada, enfrentava os soldados sem temor. O cão dinamarquês ladrava cada vez mais alto.

Então o resto da patrulha apareceu e, antes que tivessem tempo de intervir, alguém jogou uma pedra.

— Esqueça a menina! – gritou Chang.

Um dos soldados disparou para o alto e todos saíram correndo. A menina ficou paralisada. Toda a poeira do mercado concentrou-se nela, misturando-se com suas lágrimas e grudando-lhe no rosto. Começaram a chover mais pedras. Os soldados pularam em um jipe que chegou derrapando. Fui até Chang. Ele meneou a cabeça pela última vez e entrou na casa. Gyentse já estava lá dentro.

Não pensei mais. Corri até a menina, esquivando-me das pessoas que fugiam na direção contrária. Outro jipe deu uma guinada ao lado do posto onde o tumulto tinha começado e quase atropelou os que estavam mais perto dele. Isso levou a multidão a investir contra o veículo, golpeando a lataria e os vidros com bastões e os punhos. Então alcancei a menina. Sem parar de correr, alcei-a quando o primeiro jipe estava a ponto de atropelá-la, rodeando a esplanada sem se importar com os transeuntes. No último momento, pulei por cima da barraca, apertando-a contra mim. O jipe passou a toda velocidade e o para-lama bateu no meu tornozelo. Dei um grito surdo e caí, tentando proteger a menina durante a queda. Resolvi esperar sob o posto, encolhido como um casulo, até que as coisas se acalmassem.

Aos poucos, os soldados se dirigiram à periferia do povoado, perseguindo os que continuavam a atirar pedras. Quando estavam suficientemente longe, corri com a menina nos braços para a casa onde Gyentse e Chang tinham se abrigado. Neste momento, percebi que alguém corria e gritava atrás de mim. O tornozelo me doía e eu não conseguia ir mais rápido. No meio da rua o estranho me alcançou e me pegou pelo cotovelo. A menina começou a chorar outra vez. Quis segurá-la como se nossas vidas dependessem disso, mas ela mesma jogou as mãos para trás, enquanto um homem de grande estatura a arrancava dos meus braços.

Era o pai dela.

Fomos até a casa. Os meus companheiros me observaram enquanto recuperávamos o fôlego. Chang murmurava sua cantilena habitual. Gyentse punha uma venda no meu tornozelo. O pai da menina, membro de uma etnia tibetana que eu não conhecia, me perfurava com seus olhos puxados. Reparei que tinha o nariz reto, diferente dos demais tibetanos. Os seus cabelos negros tinham sido separados no meio, um dos lados estava preso atrás em um coque lateral e, do outro, levava uma trança enrolada com linha vermelha. Os seus lábios eram mais finos do que os dos demais habitantes da meseta, e também estavam rachados pelo vento incessante e pelo frio.

A menina não tinha desgrudado o rostinho do ombro dele nem por um instante. Ele continuava calado. Talvez não encontrasse palavras para expressar o que sentia. A filha e ele eram um só e se abraçavam como se nunca fossem se soltar. Fiquei satisfeito, e ao mesmo tempo, senti-me mais só do que nunca.

Finalmente ele decidiu falar. Gyentse traduziu suas palavras.

— Ele diz que está em dívida com você.

— Foi uma coisa instintiva. Eu também tenho uma filha.

Gyentse continuou a traduzir.

— Ele insiste em que toda a etnia kampa está em dívida com você.

Eu já tinha ouvido falar daquele povo. Os kampas eram de uma região afastada do Tibete oriental, e, desde tempos remotos, haviam percorrido cada centímetro quadrado do pequeno planalto em diversas campanhas bélicas. Eram conhecidos em toda a Ásia por sua valentia e ferocidade. Apesar de seu território ser a passagem mais direta entre a China e o antigo Tibete, nem Marco Polo se atreveu a cruzá-lo. Naquela época, contava-se que os viajantes eram jogados do alto dos precipícios. Apesar da fama, os rostos dos kampas eram amáveis e seus modos, educados, razão pela qual eram denominados o "povo dos bandidos cavalheirescos". Demonstravam pertencer a uma estirpe de guerreiros em que todos os soldados tinham o porte de um oficial. Elegantes e vaidosos, os homens e as mulheres usavam joias e adornos, chapéus, cintos e tecidos com faixas bordadas e arrematados com turquesa e âmbar, como os que o pai trazia na capa.

Assenti satisfeito e o kampa prosseguiu.

— Ele quer que você saiba que o nome dele é Solung, ele é o chefe do seu clã e você pode procurá-lo quando precisar. Seja onde for, à hora que for.

— Agradeça-lhe.

O kampa levantou-se e inclinou a cabeça em despedida. Antes de sair parou no meio do cômodo.

— Pergunta para onde vamos – traduziu Gyentse.

— Não sei por que se interessa por isso – apressou a protestar Chang.

Imediatamente decidi que não tínhamos razão para nos preocupar.

— Diga-lhe.

— Ele diz que estão viajando há dias. Vieram vender joias e estão percorrendo a zona. Diz que não devemos ir pela estrada do oeste – traduziu.

— Há controles militares na saída do povoado? – estranhou Chang, em um tom menos hostil.

— Pelo que conta, um destacamento itinerante está cobrindo a saída da aldeia durante as comemorações. Certamente deve ter sido reforçado depois do que ocorreu no mercado. Eles vão a cavalo e não têm problemas para contorná-lo. Ele diz que é recomendável procurarmos também uma trilha alternativa pela montanha e voltar para a estrada mais adiante.

— Vocês todos deram a esses soldados uma boa desculpa para se entreterem – reclamou Chang novamente. — Vamos ver como saímos daqui!

— Chang... – cortei-o.

De repente, entendi. Para o kampa, era um fato que queríamos evitar o controle militar. Quis dizer algo, mas o chefe Solung já tinha saído pela porta, levando nos braços sua boneca de saia listrada.

Virei-me para Chang.

— Então...

— Vamos sair de madrugada. Não aguento mais – queixou-se, esfregando os olhos. — E agora o povoado está infestado de soldados!

| 265

Chamou a dona e discutiram o preço de um quarto. Por um lado eu não via a hora de me jogar na cama, mas não conseguiria fechar os olhos sabendo que tínhamos escapado dos tiros em um controle militar. De qualquer maneira, não sabia o que era melhor. Quando estávamos a ponto de nos retirarmos para um dormitório comunitário no primeiro andar, ouvimos alguém bater energicamente à porta. Gyentse apontou a cabeça pela janela, confiante de que aquilo não tinha relação conosco.

— Parece outro kampa! – exclamou.

Descemos a escada rapidamente.

— Disse que o chefe Solung o enviou para nos aconselhar a partir imediatamente – traduziu Gyentse. — Parece que os soldados estão atrás de nós.

— O quê?

— Ele diz que estão preparando os cavalos rapidamente no estábulo da rua ao lado. Diz também que daqui a dois minutos o grupo de kampas vai galopar em direção ao controle militar, para chamar a atenção dos soldados. Assim, teremos tempo de sair pela ribeira e entrar pelo maciço antes que comecem a cercar a aldeia. Há uma bruma forte que será de grande ajuda.

— Mas os soldados sabem que estamos aqui?

— Se fosse assim eles já estariam na porta. Devem ter recebido ordens de revistar todas as comunidades habitadas, para o caso de pararmos em alguma delas.

Lancei um olhar de socorro a Chang.

— Gostaria de ter reabastecido. Vou ver se a mulher da casa tem galões no armazém para levar um pouco. Peguem suas coisas!

Saiu sem perder um minuto.

— Não podemos falar com Solung?

— Esse homem insiste em que se não fugirmos imediatamente a manobra de distração não vai adiantar nada.

— Peça-lhe para transmitir nosso agradecimento a Solung e dizer-lhe que, para mim, ele devolveu o favor em dobro.

No meio da bruma, deixamos a aldeia cautelosamente, às cegas. Depois de atravessar o rio, Chang acelerou em direção ao maciço que se erguia ao fundo, sempre na esperança de que as trilhas não tivessem sido bloqueadas por desmoronamentos.

Depois que nos afastamos o suficiente, Gyentse inclinou-se para frente e falou, trêmulo, entre os dois assentos.

— Foi uma sorte nos encontrarmos com o chefe kampa. Não sei o que teria acontecido se...

— Já chega! – exaltou-se Chang.

Era óbvio que, apesar de estar intimamente agradecido por ter-nos livrado daquele atoleiro, ele não gostou de dividir com o chefe kampa o mérito de nos levar sãos e salvos ao nosso destino. Estava enfurecido e se pôs a criticar toda a etnia.

— Muitos em Dharamsala admira os kampas – Gyentse recriminou-o. — Lá, eles são considerados uma espécie de tribo invencível. Dizem que eles sozinhos impediram a primeira invasão de Mao.

— É verdade que conhecem bem a meseta e são guerreiros aguerridos, mas sempre lutaram por conta própria! - replicou Chang. — Defendem seu território, não o Tibete. Não quero nada com eles.

O trajeto seguinte pela escuridão foi ainda mais duro do que os anteriores. O cansaço e a falta de sono nos afetavam, sobretudo a Chang, que às vezes se surpreendia ao baixar a guarda e perder o controle do jipe.

No meio da noite paramos junto à estrada. Chang nos pediu para fechar um pouco os olhos. Eu adorei que ele fizesse isso. Já não tinha forças nem para pensar nos perigos que nos espreitavam. Também estava esgotado e queria simplesmente dormir. Não me lembro quando foi que caí de lado no assento. Mas recordo o pânico irracional que senti pouco depois, quando Chang me sacudiu, sem que eu tivesse tido tempo de esquecer, nem por um minuto, a beirada do precipício.

28

Durante a jornada seguinte, os quilômetros e as horas se esticaram indefinidamente. Cruzamos um passo de montanha que se embrenhava nas nuvens e cheguei a pensar que perdera a razão. Ao atravessarmos o escudo que mantinha o sol oculto, o espaço azul infinito abriu-se diante de nós. O gelo tinha se apoderado da montanha, cobrindo a pedra preta. Os raios quase não nos deixavam ver os remanescentes de um monumento construído no ponto mais alto do passo. Do cume partiam dezenas de cordas repletas de bandeiras cerimoniais. O vento as agitava com força. Não era preciso arrancá-las para lançá-las ao céu. Estávamos tão próximos que já adentrávamos nos seus domínios. Naquela imagem não cabiam soldados perseguindo-nos. Por um instante esqueci o que fazia ali e me deixei levar pelo vazio e pela imensidão. Concentrei-me no movimento das bandeiras. Minutos depois começamos a descer e as ladeiras intermináveis voltaram, sucedendo-se sinuosas como as ondas de um oceano de pedra.

A tarde já ia bem avançada quando percebi que havia algum tempo não escutava a cantilena queixosa de Chang. Fitei-o atentamente. Ele tinha o olhar fixo no caminho, sem pestanejar.

Neste instante, estirou o braço e apontou à frente.

— Finalmente – disse.

— Não é possível! – Olhei atentamente e, ao fundo, vi um grande monastério agachado no vale, na vertente de uma montanha. — Tem certeza de que é esse?

— Absoluta.

— Sim!

Virei-me para trás. O olhar de Gyentse, expressava grande emoção. Ele era incapaz de dizer uma palavra sequer.

— Achei que nunca conseguiríamos – conseguiu articular.

— Já estamos quase lá. Só precisamos subir e pegar o cartucho de Singay!

Rimos. Chang deteve o carro no alto de uma elevação. Dali se avistava claramente o monte nevado ao fundo com a cúspide envolta em nuvens, o monastério construído na vertente em diferentes alturas do declive e um enorme lago mais abaixo refletindo toda a paisagem.

— No seu melhor momento, chegou a abrigar dois mil monges – comentou Gyentse, sem deixar de fitá-lo. A sua voz tremia. — Agora está quase vazio.

— Ainda assim, eu não esperava encontrar tanta vida – disse, apontando para outras construções de tamanhos distintos, espalhadas junto à margem.

— São pequenos templos e lugares de oração para iogues e peregrinos. Muitos levam meses preparando-se para chegar até aqui e precisam repor as forças antes de voltar para casa. Não nos causarão nenhum problema.

— Vamos em frente – disse Chang. — Não quero ficar parado nesta estrada. Além disso, parece que ouvi novamente o ruído distante de um helicóptero.

Não cheguei a saber se era verdade ou se, demonstrando uma boa dose de sadismo, Chang queria compensar o fato de ter perdido o papel de protagonista para o kampa na noite anterior. Demos a volta no lago. Visto de baixo, ele se confundia com a linha do horizonte, subitamente reta depois de centenas de quilômetros de cumes abruptos, interrompida só por aquela pirâmide branca de paredes verticais que se elevava imponente em direção ao céu.

— Não posso acreditar! Chegamos! – disse Gyentse, emocionado, sentado no assento traseiro, segurando no meu ombro. — Você não está contente? – perguntou.

— Claro que sim. Pensava em tudo o que vivi até chegar aqui. Tampouco posso crer que estamos aqui.

Começamos a baixar por uma senda sinuosa quase imperceptível na terra. Ao chegar ao portão da muralha externa entendemos por que os fundadores haviam escolhido aquele lugar. Dali se controlava todos os movimentos de quem entrasse no vale.

De repente, ouvimos um ruído atrás de nós. Um noviço puxava com as mãos a grande tranca de bronze do portão, abrindo-o de par em par. Depois permaneceu imóvel, esperando que fizéssemos alguma coisa.

— Entro? – perguntou Chang.

Fixei o olhar no rosto do noviço. Parecia tranquilo. Olhei para os lados. Pela trilha vinha um rebanho de iaques esquálidos, carregados com fardos de couro, seguidos pelo pastor coberto com um manto de peles. Junto ao portão dois tibetanos que ateavam fogo em uns galhos para esquentar uma caçarola olharam para nós. Eles exibiam a marca do peregrino, um círculo caloso e poeirento na testa. Era estranho o contraste entre tudo o que havia ocorrido nas horas anteriores e aquela paz repentina. Cruzamos o umbral e estacionamos em uma esquina do grande pátio principal. Um monge desajeitado saiu do edifício mais próximo.

— Um estrangeiro! Como chegaram aqui? – exclamou, caminhando em direção a nós.

— Não foi fácil – respondeu Gyentse.

— Sinto ser tão descortês – desculpou-se ele, virando-se para mim outra vez. — Nunca tive a oportunidade de dar as boas-vindas a um estrangeiro. Ninguém adentra esta região. É uma honra para a comunidade recebê-los no nosso velho monastério.

— Procuramos o mestre Gyangdrak – disse Gyentse.

— Conhecem o mestre? — surpreendeu-se o monge.

— Não pessoalmente, mas trouxemos notícias de velhos amigos que ele certamente gostará de ouvir.

— Têm amigos no Tibete? – perguntou, dirigindo-se a mim.

— Só queremos cumprimentá-lo – corrigiu Gyentse.

— Sigam-me.

O monge entrou no edifício de onde saíra. Pegamos algumas coisas no jipe e fomos atrás dele. Chang caminhava alguns metros atrás de nós, sempre atento ao que ocorria à nossa volta. Ele já demonstrara que, excedendo-se na sua tarefa principal – que era guiar-nos pela meseta –, sentia-se responsável pelo que nos acontecesse. Ao entrar no cômodo atravessou com o olhar todos os monges que tinham vindo bisbilhotar por trás das colunas, obrigando-os a voltar por onde tinham vindo. Paramos no centro da sala. O que nos acompanhava deu instruções a um noviço.

— Vamos esperar um pouco enquanto preparam três quartos para que se asseiem. Esta noite vocês jantam conosco.
— Não podemos ver o abade agora? – apressou-o Gyentse.
— Ele agora está em plena meditação e não deve ser interrompido.
— Precisamos falar com ele o quanto antes – determinei.
O monge pensou um instante.
— Está bem, mas quando ele puder atendê-los já estará escuro e vocês não terão outro remédio a não ser ficar. – Sorriu novamente. — Muitos visitantes usam o pátio para passar a noite, mas vocês dormirão aqui dentro. São amigos do abade!
Enquanto falava, seus braços ossudos faziam uma dança hipnotizante. Não gostei do tom sibilante da sua voz nem do estranho esgar permanente na sua boca.
— Não quero ser descortês – interveio Gyentse —, mas não é preciso que os noviços preparem nada. Vamos esperar aqui mesmo.
— Nunca é problema receber nossos hóspedes como se deve. Este é um lugar sagrado – insistiu. — O iogue fundador deste mosteiro alcançou o topo da montanha caminhando sobre um arco-íris que nasceu da sua compaixão inesgotável por todos os seres – explicou, apontando por um balcão de onde se avistava o lago.
Peguei Gyentse pelo braço e nos afastamos, deixando-o com a palavra na ponta da língua.
— Não comente sobre a viagem a não ser com o próprio Gyangdrak – pedi.
— Não pensei em fazê-lo. Será que ele é um reeducador?
— Prefiro não saber.
Como dissera o monge, anoiteceu subitamente, antes de nos reunirmos com o abade. Resolvemos procurá-lo por nossa

conta e, enquanto isso, bisbilhotar o ambiente que se respirava no monastério para ver se percebíamos a presença de reeducadores. Apesar de terem nos dito que essa lamaseria ainda não estava infestada, a estranha sensação de desassossego causada pelo monge da porta me fez querer comprová-lo por conta própria. Preferia ter certeza de que não havia o que temer antes de comentar com Gyangdrak o que nos levara até lá. Enquanto isso, podíamos vasculhar a biblioteca.

O monastério era enorme. Subimos e descemos escadas e cruzamos pátios rodeados por até três andares de corredores. Caminhamos devagar, atravessando sombras oscilantes e nuvens de incenso, entre paredes decoradas do piso até o teto com entes demoníacos que pareciam querer se lançar sobre nós.

— São os guardiões protetores – explicou Gyentse. — Simbolizam as forças que destroem a ignorância, a ira e o desejo, os três vícios que freiam o caminho para a Iluminação.

— Como os que figuram nas lâminas que Singay desenhou no cartucho que protege os pergaminhos sagrados...

— Isso mesmo.

— Espero que estejam do nosso lado – disse.

Cruzamos um cômodo totalmente ocupado por um grande altar com uma estátua de Buda no centro e várias fotografias emolduradas de grandes lamas falecidos. Nada do que eu via fazia lembrar os monastérios que conhecera em Dharamsala. Aqueles, mesmo tendo sido construídos por pedreiros e artesão exilados, eram apenas uma amostra das lamaserias primitivas do Tibete. Aqui, as salas cheiravam a panos antigos, a madeira exibia chagas centenárias, podia-se respirar o mofo, apalpar o eco dos mantras. A pedra, extraída da própria região, fora torturada pela neve durante mil invernos e mil vezes fora pintada de branco, vermelho e preto.

Meus pensamentos me levaram longe. Um monge esperava que dois peregrinos prostrados no chão terminassem suas preces. Apesar do aspecto e das roupas gastas pela viagem, deviam pertencer a uma família endinheirada, a julgar pela bolsa guarnecida de oferendas e cédulas que depositaram no altar. Um deles veio diretamente na minha direção. Eu já tinha me colocado em guarda quando percebi que ele trazia nas mãos uma *khata*, um lenço branco de seda que no Tibete se oferece em sinal de boas-vindas. Deixei que ele o amarrasse em volta do meu pescoço e continuei andando até o final do corredor.

— Estou nervoso, não consigo evitar — desculpei-me com Gyentse.

Levei a mão aos olhos.

— Você realmente não sente nada mais?

— É essa maldita dor nas têmporas — admiti.

— Ela persiste?

— Desde que saí do acampamento nômade depois da crise pelo mal das alturas ela não diminuiu nem por um segundo.

— Você não disse nada. Dói o tempo todo?

— Tortura constante, é o que é.

— De qualquer modo, precisamos aprender — limitou-se a responder, antes de seguir adiante. Senti-me um pouco abandonado, mas logo descartei essa ideia.

Ao cruzar a porta abriu-se diante de nós um terraço onde uns cinquenta monges estavam sentados no chão em grupos de cinco ou seis. Subitamente, deram a volta e nos olharam com uma mescla de estranheza e receio.

— Estão em pleno debate — explicou Gyentse, cujos olhos refletiam a emoção que sentia por estar ali. — Cada um defende sua própria interpretação dos ensinamentos.

Aquela era uma prática diária nos monastérios tibetanos, a preferida dos noviços, pois os afastava da solidão dos momentos de estudos e orações. Mas os monges não dedicavam todo o dia aos livros e à oração. Todos tinham alguma tarefa, de acordo com suas habilidades: cozinhar, trabalhar como pedreiros para conservar os edifícios, calhas e janelas, restaurar as pinturas dos murais, preparar a banha e confeccionar as velas para os ofícios, dar aulas de matérias básicas aos menores e cultivar a horta. Tratava-se de uma comunidade estruturada, que sobrevivia por conta própria. Havia algum tempo, empenhavam-se ainda mais para que a pressão exercida pelos reeducadores não alterasse seu modo de vida.

— É comovente vê-los resistir com tanta paixão, apesar das dificuldades – comentou Gyentse. — Mas, ao mesmo tempo, é muito duro. Toda a vida sonhei com esse momento, estar nos monastérios dessa região. Sabia o que eles passavam, mas respirá-lo, palpá-lo...

— Alguns monges são crianças... – observei.

— Nunca falta um noviço trazido para os monastérios por famílias camponesas, na esperança de que ele alcance um *status* superior neste Tibete deprimido. Mas o verdadeiro problema é a falta de mestres. A maioria dos grandes lamas teve de fugir para o exílio.

— Você disse isso. Da maneira como estão as coisas, não podemos recriminá-los.

— Claro que eles não têm culpa. O problema é que a figura do mestre é fundamental na nossa tradição. Desde os tempos de Buda, a única forma de transmitir a doutrina tântrica tibetana tem sido o ensino diário, verbal e personalizado, entre mestre e pupilo. Os tantras não podem ser lidos nem compreendidos só com tempo e esforço. Não são textos explicativos, mas verdadeiros hieróglifos coalhados de metáforas.

— Estamos no reino dos dez mil segredos.
— Assim alguns denominam o Tibete. Cada tantra é um mistério e só pode ser desvendado por um lama que, por sua vez, aprendeu com outro lama. Por meio desta conexão íntima e constante que se estende ao longo de anos, o mestre deve ajudar o pupilo a interpretar o conteúdo dos tantras e desvelar o que Buda realmente quis transmitir.
— Se todos os mestres forem embora, essa cadeia se romperá.
— Você verá que isso não vai acontecer – disse, com um sorriso afetuoso.

Debrucei-me na mureta do terraço e vi um grupo de homens a cavalo cruzar o portão da entrada. Tentei distingui-los, apesar da escassez de luz. Não podiam ser outros. Tratava-se dos kampas que tínhamos conhecido na aldeia, encabeçados pelo chefe Solung. Quando lhe dissemos para onde íamos, ele havia respondido que possivelmente nossos caminhos voltariam a se cruzar, mas na hora pensei que estivesse falando simbolicamente. Desejei poder cumprimentá-los antes que fossem embora.

Um monge ancião, que caminhava apoiado em uma bengala curva, passou por nós. Perguntamos-lhe o caminho para a biblioteca. Ele assinalou uma portinha em um canto com a bengala. Entramos sem hesitar e, ao final de uma escada de pedra em espiral com degraus de pedra desgastados, chegamos a uma galeria estreita que terminava em uma porta.

Estávamos diante da morada do *terma* de Singay.

Gyentse checou prudentemente para ver se havia alguém lá dentro. Agachei-me para pegar uma lamparina de óleo que estava no chão junto à porta. Acendi-a e entramos sem fazer ruído, como se não quiséssemos despertar os Budas espalhados pelas estantes entre os livros. As figuras representavam as grandes divindades do universo tântrico. Estavam envernizadas com folha de ouro e vestidas com túnicas de tecido. Senti que me observavam com seus olhos enigmáticos e que das bocas risonhas saía um sopro com meu nome.

O teto da biblioteca era de madeira, com vigas aparentes que se curvavam no meio do cômodo. As paredes estavam cobertas de cima a baixo com estantes policromadas de vermelho com filigranas verdes. Não armazenavam livros, mas pacotes retangulares de pergaminhos enrolados em tecidos também vermelhos. Havia centenas deles. Tentamos encontrar um cartucho com rolos de pergaminho parecido ao que Singay desenhara fazia 42 anos. Também havia muitos daqueles por toda parte, mas nenhum estava decorado com os guardiões protetores que figuravam nas lâminas a carvão. Não tivemos tempo de abrir nenhum. Intuí uma presença entrando na biblioteca e dei a volta, sobressaltado. Era um monge cujo rosto se esticava à luz da pequena lamparina.

— Ele pede que o acompanhemos ao escritório do abade – disse Gyentse.

Queria ter ficado ali, mas Gyentse foi atrás dele sem hesitar. Limitei-me a dar uma última olhada nas estantes mais próximas e também saí, fechei a porta e deixei a lamparina apagada onde a tinha encontrado.

29

Caminhamos atrás do monge sob o olhar atento dos demônios protetores que cobriam os muros das galerias. Cruzamos um pátio e entramos em um edifício quadrado, coroado por um telhadinho pintado de amarelo. O monge que nos guiava se deteve diante de um cômodo que emanava um forte odor de umidade e cera.

— Chegamos – anunciou, fazendo um gesto para que entrássemos.

— Alegro-me de tê-los aqui! – exclamou o que devia ser o abade ao ver-nos. — Disseram-me que trazem notícias de algumas pessoas que conheço!

O lama era muito mais velho do que eu tinha imaginado. No entanto, desde o princípio percebi no seu rosto uma expressão vivaz que emanava simpatia.

Dei a entender que preferia fechar a porta antes de começar a falar. Ele me autorizou a fazê-lo. O monge ficou do lado de fora.

— Fomos enviados... É melhor que o senhor mesmo o leia – sugeriu Gyentse, entregando-lhe a carta de apresentação do chefe do Kashag.

Estirei o braço instintivamente e agarrei a carta. Por uns segundos nos encaramos, cada um agarrando um extremo do envelope. Reparei que seu gesto não se alterava, a não ser pelas pupilas, que variavam de tamanho com o bruxulear das velas.

— Não precisa se preocupar – disse ele por fim. — Eu mesmo o advertirei sobre quem desconfiar neste monastério.

— Não se ofenda.

— Não tenho por que fazê-lo. É o que precisamos para viver e, por isso, agradeço sua prudência.

Soltei a carta. O abade a abriu e leu com parcimônia.

— Vocês vêm de Dharamsala! – exclamou. — E o próprio Kalon Tripa me pede que os ajude! Espero não decepcioná-los! Mas, antes, contem-me sobre vocês.

— Ele é Jacobo, um cooperante espanhol, grande amigo do nosso povo. Ainda que não pareça, eu sou um lama da escola Geluk.

Apontou para seus trajes ocidentais como quem se desculpa por usá-los.

— Como chegaram até aqui? Podiam ter sido detidos e até...!

— O risco valia a pena.

— Ouço-os com atenção, então.

Olhei para trás, para ter certeza de que a porta continuava fechada.

Gyentse começou a falar em voz baixa.

— Viemos recuperar um dos *termas* que o mestre Padmasambhava ocultou na meseta no século VII.

O abade se jogou para trás no assento.

— Vocês estão dizendo que sabem do paradeiro de um *terma* do antigo Tibete?

Assentimos.

O abade tentou aparentar serenidade, mas o brilho dos seus olhos deixava transparecer sua expectativa.

— Quem é o descobridor de tesouros? – perguntou ao final.

— Talvez fosse Lobsang Singay, o grande médico de Dharamsala. Ou alguém da sua ordem, que depois lhe confiou o segredo.

— Não esperava por isso. Há anos não chegam boas notícias por aqui. Muito menos ainda de uma entidade semelhante.

— Em algum momento tinham de chegar – intervi.

— Esperem! Vocês disseram que talvez "fosse" Lobsang Singay – ressaltou. — Não lhe aconteceu nada...

— Faleceu recentemente.

O abade meneou a cabeça, lamentando-se. Todos nos calamos por um momento que pareceu eterno.

— Conheci-o ainda criança, recém-chegado de Lhasa – disse finalmente, após um suspiro. — Os mestres da sua lamaseria achavam que ele era um ser especial e o trouxeram para submetê-lo ao ditame do nosso oráculo sagrado. É uma perda irreparável.

— Mas continua a nos inspirar após a morte – assinalou Gyentse.

— O que querem dizer?

— Se não fosse por ele não estaríamos aqui. Desde que foi assassinado...

— Assassinado! – exclamou o abade.

Gyentse assentiu gravemente e prosseguiu.

— E também alguns lamas médicos que colaboravam com ele.

— Isso é terrível... Essas mortes têm algo a ver com o *terma*?

— Pensamos que nesse tesouro pode estar a chave que pode explicá-las.

— Terrível – repetiu. — Sabem quem está por trás disso?

— Ainda não. Mas sabemos que os assassinos farão qualquer coisa para conseguir o *terma*. Por isso, temos pressa.

— O que mais deve preocupá-los agora é o exército chinês. Esta zona está infestada de soldados.

— Sabemos disso.

— Mas digam-me – prosseguiu o abade. — De que tipo de *terma* estamos falando?

— Do *Tratado da magia do antigo Tibete*.

— Vocês encontraram os pergaminhos que contêm os segredos que os xamãs confiaram aos primeiros lamas? – exclamou. — Dizem que eles revelam as vias para controlar as forças da natureza!

— Esse é o legado que Singay nos deixou.

— Sem dúvida, é um legado à altura da sua compaixão.

— O *terma* é a base dos seus avanços médicos, a fonte da sua sabedoria.

— Por isso desperta tanto interesse... Como têm tanta certeza? Ele disse isso a vocês?

— Há anos ele revelou à elite do Kashag que na infância se formara com a ajuda do *Tratado*. O senhor sabe que, quando Padmasambhava escondeu esses tesouros, profetizou que chegaria o dia em que os *tertons* descobririam seu paradeiro espontaneamente. Isso deve ter acontecido com Singay. Bebeu de todos aqueles ensinamentos secretos e durante anos de estudos forjou as bases da sua medicina revolucionária. Quando achou que havia chegado o momento de transmiti-las a toda a humanidade, alguém acabou com a vida dele.

— E onde acham que está esse tesouro?

— Estamos convencidos de que está aqui, na biblioteca deste monastério.

A emoção que iluminava o rosto do abade apagou-se subitamente. O seu gesto tornou-se grave.

— Por que pensam isso?

— Por acaso não é este o principal monastério da sua ordem?

— É verdade.

— E o único que não foi atacado pelos guardas vermelhos?

— Sabemos que, antes de partir para a Índia, Singay e o resto dos monges que o acompanharam ao exílio se reuniram neste monastério. Supomos que deixaram aqui tudo o que traziam, para que não caísse nas mãos dos chineses caso fossem detidos no caminho. Por isso, pensamos que Singay não deve ter se arriscado a levar o *terma* com ele pelo Himalaia. Além disso, esta não é a biblioteca do Tibete que mais preserva pergaminhos antigos?

— O que você está dizendo é verdade, exceto que Lobsang Singay não trouxe nada ao chegar aqui depois que sua lamaseria foi destruída.

— Não pode ser...

— Lembro-me como se fosse hoje. Ele chegou com a túnica em frangalhos, os pés estropiados e a boca coalhada de pústulas. E veio com as mãos vazias.

Virei-me para Gyentse. A alegria do seu rosto também havia murchado.

— Mas, segundo Kalon Tripa, Singay dissera que o *terma* não havia saído do Tibete. Só pode estar aqui...

O abade refestelou-se um pouco no silêncio, para dar mais peso ao que ia dizer.

— Talvez o tesouro nunca tenha saído da sua antiga lamaseria.

— Mas isso é impossível! – rebati. — Pelo que dizem, nenhum muro ficou de pé após o ataque.

— Seria o caso de procurar bem.

| 283

— Como encontrar um rolo de pergaminhos enterrado há quarenta anos no meio da montanha?

— Com a inspiração de um novo descobridor de tesouros – declarou Gyentse, cravando os olhos em mim.

— Não consigo pensar em outra coisa – concluiu o abade.

O meu amigo lama ficou subitamente absorto.

— O que você está pensando? – perguntei-lhe.

— Que devemos meditar sobre isso tranquilamente. Não podemos sair fazendo comentários sem fundamento.

— Parece-me uma decisão acertada – ratificou o abade. — Descansem, e amanhã conversaremos.

— Mas... – tentei objetar.

— Somos-lhe muito gratos, abade Gyangdrak – disse Gyentse, interrompendo-me.

— Está bem – cedi. — A única coisa que lhe pedimos é...

— No Tibete atual, a discrição é tão importante quanto comer – antecipou-se o abade.

Ele nos abraçou afetuosamente e saímos do seu escritório em direção aos nossos quartos.

Ao passar pelo terraço voltei a olhar para o pátio principal. Lá estava a expedição dos kampas que eu vira entrar no monastério mais cedo. Os cavalos comiam a palha espalhada em um canto do piso empedrado. Uns vinte homens e mulheres faziam as mais variadas tarefas. Elas preparavam comida em uma fogueira que um dos guerreiros se empenhava em avivar. Outros limpavam os animais e organizavam as selas, mantas, rédeas e demais arreios de montaria.

Dois deles, que pareciam mais jovens, afiavam facões com uma pedra, fazendo um som estridente. Os guerreiros mais velhos conversavam em roda. Uns limpavam as armas, outros refaziam as tranças apertando os fios vermelhos pendurados até o meio das costas. A boneca de saia listrada corria entre eles, perseguindo outra menina um pouco maior que ela.

Nesse momento, o chefe Solung saiu de uma das tendas. Chamou a filha. Enquanto falava com ela, olhou para cima e nossos olhares se cruzaram. Saudei-o com a mão. Ele respondeu com um meneio de cabeça.

— O que você está fazendo? – perguntou-me Gyentse ao ver que eu tinha ficado para trás.

Ele veio até onde eu estava.

— Só estava observando os kampas.

Ele olhou o pátio de relance e falou de novo.

— Pensei que você podia tentar meditar comigo – disse.

— Como? – surpreendi-me.

— Gostaria de ensiná-lo a meditar. Acho que poderia ser muito útil.

— Na verdade, prefiro aproveitar a noite para fazer uma busca na biblioteca.

Lançou-me um olhar de reprimenda.

— Você ouviu o que o abade disse. Lobsang Singay não trouxe nada consigo quando chegou da lamaseria após o ataque.

— Como pode ter tanta certeza? – objetei. — Talvez outro lama tenha vindo depois com o *terma* e eles nem saibam que está aqui.

— Mas...

— Só quero dar uma olhada com calma em todas as estantes. Graças às lâminas a carvão sabemos exatamente como é o *terma*, de forma que basta procurar um cartucho com os quatro demônios protetores estampados.

— Peço-lhe que venha comigo — insistiu.

— Nunca pratiquei meditação – respondi, tentando me esquivar.

| 285

— Por isso, quero que você tente.

Durante a viagem ele não tivera tempo de meditar. Eu não entendia por que queria que eu o acompanhasse, mas não desejava discutir com ele.

— Está bem – concordei.

No quarto dele sentei-me no catre e ele se sentou no chão com as pernas cruzadas.

— Esta é a postura do Buda Bairokana – explicou-me. — As pernas em posição de lótus, sustentando os braços à altura do umbigo, os ombros no nível exato, nem muito altos nem muito baixos, assim como a cabeça, que não era nem muito erguida nem muito inclinada para baixo, a língua tocando o palato e os dentes na posição natural, nem muito fechados nem muito abertos, e os olhos fixados na ponta do nariz.

— É verdade que esta postura favorece a meditação?

— Supostamente é a ideal, mas também se pode praticar sentado em uma cadeira. O essencial é estar com as costas retas, para evitar cair em um estado de sonolência. Sentei-me no chão ao seu lado.

— Por que você insistiu para que viesse? – perguntei-lhe à queima-roupa.

— Porque estamos em fuga há vários dias, ao longo de centenas de quilômetros. As coisas não podem ocorrer tão rapidamente. Cedo ou tarde, acabaríamos fracassando.

— Você quer recobrar um pouco de perspectiva das coisas, e quer que eu também o faça.

— Isso mesmo. Com a meditação alcançamos um estado de serenidade que nos permite analisar os problemas com lucidez. A nossa mente é como o mar: quando está agitado remove o fundo, e as águas ficam turvas. Assim, é impossível distinguir as coisas. No entanto, as águas de um mar calmo sempre são cristalinas, pois os sedimentos se depositam no fundo.

— O que devo fazer agora? – perguntei-lhe.

— Para começar, concentre-se na respiração. Sinta o ar entrando e saindo do corpo e não pense em mais nada.

— Acho isso um pouco complicado – disse pouco depois. — Não consigo evitar o fluxo de imagens que se atiram sobre mim.

— Agora você está descobrindo qual é o estado habitual da sua mente agitada.

Levantei-me subitamente.

— O que foi?

— A minha cabeça dói demais para meditar. Sinto muito, Gyentse, mas preciso me mexer.

Olhou-me sem mudar de postura.

— Acho que o que lhe sobra é exatamente a precipitação. Ambos precisamos pensar.

— Sinto muito – repeti. — Tenho de ir.

— Você ainda se pergunta por que sua cabeça dói desde que chegou ao Tibete e, no entanto, não sentia dor no Peru, apesar de lá também haver zonas de grande altitude?

Não quis buscar uma resposta.

— Estarei na biblioteca, caso você precise de mim – limitei-me a responder, e saí sem lhe dar tempo de refutar.

30

Ainda era noite quando Gyentse bateu à minha porta.
— Você está bem? – perguntei-lhe, ainda sem estar completamente desperto.
— Muito bem. Encontrou algo na biblioteca?
— Suponho que você já saiba a resposta... – disse com ironia. Sentou-se na minha cama.
— Diga-me o que for. Sei que está pensando alguma coisa.
— Vamos ver Gyangdrak – determinou.
Cruzamos o monastério sem dizer palavra. A lua caía e uma luminosidade incipiente cor de baunilha anunciava a alvorada.
Um monge pediu-nos para esperar o abade no escritório. Ele não demorou a chegar.
— Perdoe por tê-lo... – Gyentse se apressou em se desculpar.
— Já tinha iniciado minha rotina – cortou-o Gyangdrak afetuosamente. — O que têm a dizer de tão urgente?
— Ontem o senhor mencionou um oráculo... – começou a expor Gyentse sem perder tempo.

— Isso mesmo. Há séculos este monastério alberga um oráculo sagrado. É um dos poucos que ainda existem no Tibete.

Lembrei-me de que Gyentse me havia explicado que, assim como os tibetanos confiam nos astrólogos para se informarem sobre o futuro em assuntos mundanos, sempre consultaram os oráculos para as questões realmente transcendentes. O problema era que, em todo o Tibete, os oráculos estavam quase extintos. A maioria dos lamas que os encarnavam havia sido assassinada e os poucos sobreviventes estavam proibidos de praticar os ritos proféticos. De acordo com as palavras do abade, os oráculos daquele monastério não pareciam se amedrontar diante das ameaças de Pequim.

— E se ouvíssemos sua predição sobre se devemos ou não ir à procura do *terma* na antiga lamaseria de Lobsang Singay? – perguntou.

— Mas...

— Não acha que é muita casualidade que esta questão se apresente justamente aqui, neste monastério? – insistiu.

O rosto do abade iluminou-se como no dia anterior, quando lhe revelamos a existência do *Tratado*.

— Você tem toda razão! Pedirei ao lama que encarna o oráculo para que se prepare para entrar em transe!

— Ele consegue fazer isso assim, apressadamente? – perguntei.

— Não podemos deixar passar a oportunidade de que uma divindade encarnada nos guie – disse Gyentse. — Para mim, ouvi-lo é tão importante quanto a própria missão. – O abade assentiu. — Se o vaticínio for claro, depois decidiremos o caminho a tomar.

— Tudo os favorece, como percebem! – exclamou o abade, cada vez mais emocionado. — Não podia ser de outro modo! Decerto o oráculo tem algo a dizer sobre um *terma* desenterrado por Lobsang Singay!

Ele não nos deu oportunidade de dizer mais nada. Pouco depois nos conduziu ao lugar onde se celebraria o ritual. Em outras épocas, muitos tibetanos vindos dos povoados próximos teriam enchido a sala à espera da chegada do oráculo. Hoje em dia as convocatórias não eram públicas, por isso, éramos os únicos a assistir à cerimônia. Os lamas encarregados de soar as trombetas tibetanas, tambores e pratos cuja música acompanharia o médium no transe tinham os instrumentos em mãos. Acomodamo-nos em um canto para não interferir no protocolo estrito exigido pela consulta. O abade sentou-se junto a nós.

— Está quase chegando — disse ele.

— Estou nervoso — confessou Gyentse.

— Não é para menos. Este oráculo aconselhou nosso povo em decisões históricas. Espero que também seja de ajuda nessa empreitada.

— Ontem à noite o senhor nos disse que o próprio Lobsang Singay consultou esse oráculo pouco depois de chegar à sua lamaseria.

— Naquele momento só os filhos das famílias nobres vinham aqui conhecer seu destino. Mas, quando os mestres percebiam sinais indicando uma reencarnação relevante em um noviço, por mais humilde que fosse sua origem, traziam-no para que o oráculo profetizasse. E em Singay descobriram, logo que chegou, que a reencarnação do Buda Bhaisajyaguru, o grande mestre da cura.

— Ele nos falou disso diversas vezes em Dharamsala — interveio Gyentse.

— Não foi um dia fácil. O pequeno Singay teve de superar uma das suas primeiras vivências místicas. Lembro-me de que ele sentou-se ao lado do médium, tentando não olhar até que o pescoço do médium se torceu e eles ficaram frente a frente. No rosto

| 291

do oráculo apareceu a repressão dos demônios que povoavam os muros do monastério e ele emitiu vários sons guturais. Parece que o estou vendo... Singay deslocou a mandíbula por causa do terror diante daquela visão, mas, quando estava a ponto de chorar, deixou de sentir medo.

— Naquele rosto demoníaco ele reconheceu mais um dos rostos de seu adorado Buda – acrescentou Gyentse.

— Isso mesmo. Ele soube que o Buda se apresentava diante dele com o seu aspecto mais feroz para salvá-lo dos demônios da carne. Ele se levantou do chão e acariciou-o. Depois voltou para seu canto e se deitou para ouvir como terminaria a predição.

— Quando saberemos algo da nossa? – perguntei, inquieto.

— Pedi ao lama mais experiente que se ocupasse dessa previsão. Ele interpretará as respostas imediatamente.

O lama que encarnava o oráculo, de carnes abundantes e rosto arredondado, entrou no cômodo acompanhado por outros três monges ataviados com as vestimentas rituais: faixas da cor de açafrão em volta da túnica escura de lama e, na cabeça, um gorro da mesma cor, arrematado por um grande toucado em forma de escova.

— Aí está – sussurrou Gyentse.

A sala encheu-se de um estranho aroma de inquietude. Subitamente éramos parte de um sonho misterioso.

O monge subiu no tablado e sentou-se na cadeira de madeira de onde faria sua viagem. Ao sentar-se, o som grave e ensurdecedor de chifres começou a soar. Era fácil deixar-se levar, embalado por aquela música densa e obscura.

Os monges que o assistiam colocaram sobre a túnica dele um traje pesado que mais parecia uma couraça bélica. Tinha um prato metálico no peito atado com correias trançadas nas costas. Os monges foram puxando as correias até que o médium ficou sem ar. Neste momento, ele fechou os olhos e concentrou-se na música alienante, sua única ajuda para alcançar o estado de alheamento necessário. Os pratos batiam sem parar, os tambores percutiam na pedra e a vibração percorria todo o monastério. Observei o rosto do oráculo, que começou a se contrair enquanto os monges lhe colocavam o gorro cerimonial que o transportaria à dimensão divinatória, uma coroa que pesava muitos quilos e tornava a pressão das vestimentas ainda mais insuportável. A partir deste momento, o lama de feições arredondadas desapareceu e surgiu a voz estridente do verdadeiro oráculo, que se impunha aos instrumentos e abria caminho até nossas entranhas.

Senti-me desprotegido, imóvel, ante a imensidão do destino.

O lama intérprete aproximou-se e pediu seu vaticínio sobre três questões: se convinha ir buscar o *terma*, qual caminho tomar e, uma vez lá, em que lugar exato o tesouro poderia estar escondido. Três monges continuavam agarrando as correias, e o lama aproximou a orelha da boca do médium enquanto anotava as frases aparentemente ininteligíveis que ele pronunciava, e que deviam ser decifradas.

Então compreendi o que o abade havia nos contado sobre a primeira experiência de Singay com o oráculo. Ali estavam os sons guturais e a cara deforme. Não achei que o lama fosse capaz de interpretar uma só palavra. O oráculo cuspia nele e movia-se de um lado para o outro. Parecia que a qualquer momento se veria livre dos monges, soltaria as correias e se lançaria sobre nós.

O lama deu a volta, buscando os olhos do abade. Não entendi sua expressão. Os cornos continuavam soando e os pratos estalavam. Os tambores marcavam ritmos diferentes. Era como se os músicos tivessem sido arrastados pela paranoia do médium. Por um momento pareceu-me que ele se erguia da cadeira, levitando em direção ao teto, e que os monges precisavam puxá-lo para baixo com as correias.

— O que está acontecendo?

— Está respondendo – disse o abade, sem tirar os olhos da cena.

— Como?

— Está respondendo às perguntas de vocês.

O lama lançou um olhar aos músicos para que parassem de tocar e, sem deixar de anotar, ouviu com atenção o final da predição, que emergiu do oráculo entre bolhas de baba.

Um dos monges afrouxou a tensão do enorme toucado e deixou-o cair. O médium despencou na cadeira de madeira com os olhos entreabertos e a língua pendurada para fora. A conexão estava rompida e podia-se considerar a cerimônia concluída. Já não era possível arrancar respostas do outro mundo.

— Esperem-me do lado de fora – pediu o abade.

As paredes ainda vibravam quando saímos para o terraço. O sol encontrou meus olhos, Gyentse foi direto sentar-se na mureta. Não conseguíamos comentar o que tínhamos presenciado.

Minutos depois o abade se juntou a nós.

— Já sabe a interpretação? – perguntei, ansioso.

Gyangdrak levou um tempo para responder.

— Segundo o que nos transmitiu, o *terma* nunca abandonou a montanha. No entanto, ele advertiu que quem ousar ir atrás dele terá de enfrentar demônios e barreiras de fogo.

— Isso não é muito estimulante... – disse.

— Ele indicou um dia propício para iniciar a busca? – perguntou Gyentse, sabendo que os oráculos costumavam propor uma data concreta para que se cumprissem as predições.

— Falou de quarta-feira, mas não para isso. Não pudemos averiguar o significado dessa parte da consulta.

— Não disse nada mais?

— Também se referiu às primeiras campanhas militares de Songtsan Gampo, o imperador que, no século VI, converteu o Tibete em um grande império.

— Que campanhas?

— As que lhe permitiram ampliar seus domínios, apesar de tê-las levado a cabo liderando um pequeno grupo de cavaleiros. Mas não sabemos o que quis dizer com isso.

Olhei para Gyentse. Precisávamos escolher uma rota. Resolvi deixar de lado os desígnios do destino por um instante e retomar as rédeas.

— Precisamos que o senhor nos indique a localização exata das ruínas da lamaseria.

O abade pensou um momento.

— Talvez exista um mapa na biblioteca. O problema é que vocês não podem chegar lá com este veículo. Não há estradas nem trilhas alternativas.

— Como devemos ir então?

— A pé ou a cavalo. Seria preciso descer ao povoado para contratar um guia.

— Um momento...

— O que pensou? – perguntou-me o abade.

— Não tem importância. Prossiga.

— Peço-lhe que fale – pediu-me.

— Pensei propor aos guerreiros kampas que estão acampados no pátio que nos acompanhassem.

— Por que eles?

— Inspiram-me mais confiança do que qualquer guia do povoado, os quais decerto estão acostumados a tratar com os militares chineses.

— O que sabem destes kampas?

— Não muito – interveio Gyentse. — Nós os conhecemos no caminho para cá. Na verdade, foram corretos conosco.

— Foi só uma ideia – disse eu.

— Acho que é mais do que uma ideia! – exclamou o abade.

— Essa solução está mais do que de acordo com o vaticínio!

— Por que o senhor diz isso?

— Os cavaleiros do imperador Songtsan Gampo seriam equivalentes aos guerreiros kampas que estão no pátio!

Baixei a vista devagar, pensando retrospectivamente na conversa.

— Há algo que não compreendo... – murmurei.

— Não temos por que compreender – sentenciou o abade —, só precisamos saber escutar.

— Como o senhor me pede para convencer os kampas a que me guiem através da cordilheira se suas próprias divindades me negam qualquer possibilidade de proteção?

— O que vai fazer está acima dos guias e de vocês mesmos, não se esqueça disso.

Eu estava confuso. Era difícil compartilhar a alegria do abade. Ele e Gyentse me olhavam fixamente, como se esperassem que eu desse o passo seguinte.

— E o que lhes direi quando for preciso enfrentar demônios e saltar barreiras de fogo?

Já não sabia se falava metaforicamente ou se isso aconteceria realmente.

— Diga-lhes que eles decidirão. Vou buscar os mapas e daqui a pouco os acompanharei ao pátio para falar com o chefe.

O abade deu umas palmadinhas no meu ombro e afastouse, esperando que fôssemos atrás dele.

Agarrei meu amigo lama pelo braço.

— O que foi? – perguntou ele.

Pedi-lhe para esperar um pouco enquanto o abade se perdia escada abaixo.
— Você tem certeza de que quer prosseguir com isso? – perguntei.
— Do que você está falando?
— Talvez seja perigoso demais, Gyentse. Você realmente acha que vale a pena?
— Neste momento só creio no que me diz o oráculo sagrado. Não temos com que nos preocupar.

Fiquei surpreso com aquela atitude, de certo modo oposta à admirável racionalidade que Gyentse havia demonstrado desde o primeiro dia. É verdade que o encantamento inseparável da sua tradição tântrica estava impresso em todos os seus atos. Mas, ao mesmo tempo, seus ensinamentos eram sensatos e ele prodigava conselhos com um acerto extremamente sutil.

— Passamos por tantas coisas que há momentos em que esqueço por que estou aqui...
— Tudo vai dar certo – respondeu.

Senti uma aflição enorme.
— Não posso sequer ligar para elas. Não há telefones, e quando encontramos um, não pude usá-lo porque estava grampeado... Talvez não consiga falar com Martha até deixarmos o Tibete.
— O abade nos espera – limitou-se a dizer.

Respirei fundo.
— Vou me concentrar em persuadir o kampa para que nos acompanhe – retruquei.

31

O cheiro de esterco invadia o pátio. O chefe Solung discutia com três dos seus homens. Tinha na mão a pata dobrada de um cavalo. Dava a impressão de não aprovar o modo como o tinham ferrado. O abade foi falar com ele. Apontavam para os dois lados do pátio e Solung parecia agradecer sua hospitalidade.

— Disse que ficou contente ao vê-lo ontem à noite no terraço – traduziu o abade.

— Eu também fiquei contente – respondi. — Perguntou-lhe se poderia vir conosco?

— Mais tarde.

Solung nos convidou para que sentássemos em um tapete estirado diante de sua tenda. Logo uma mulher trouxe uma vasilha com água fervida, que ela mantinha quente sobre a lenha fumegante. Colocou-a em uma pequena bandeja de madeira e jogou um punhado de frutas secas que logo destilaram sua essência, enchendo a água de teias de aranha ocreadas.

O abade começou a exaltar as virtudes da tribo kampa e a riqueza do seu território, o mais fértil da região. As gran-

| 299

des estepes que o povo kampa habitava eram conhecidas como os desertos de erva pelas caravanas, muito diferentes do resto do rochoso Tibete. Solung falou sobre como os seus antepassados guerreiros, nascidos no lombo do cavalo, haviam seguido a galope os grandes líderes tibetanos para enfrentar os inimigos nos momentos mais duros que o país atravessara.

— Precisamos que você guie Gyentse e Jacobo até as ruínas de uma antiga lamaseria para que não sejam interceptados pelo exército chinês – disse finalmente o abade.

Mostrou-lhe uns mapas que havia encontrado. Não lhe contou o que íamos buscar, só que era um tesouro do antigo Tibete.

Solung não pareceu muito convencido.

— Diga-lhe que podem elevar o preço o quanto quiserem – ofereci.

— Disse que é muito perigoso – traduziu o abade pouco depois. — Ele explicou que veio comerciar, e não guerrear, que trouxe mulheres e crianças e não pode deixá-las sozinhas.

Por um momento fiquei muito decepcionado, mas logo pensei que não podia recriminá-lo.

O abade continuou falando mais um tempo.

De repente, voltou-se para mim. O contorno do seu rosto de ancião havia recuperado aquela aura de emoção que ia e vinha.

— Ele mudou de opinião. Disse que se o que estamos procurando é tão importante para nós, ele aceita ceder-nos três guerreiros.

— Ótimo! – exclamei.

Quando perguntei o preço, o chefe Solung me falou de gratidão e do que fizera pela sua filha.

— Sabe que já fui mais do que recompensado. E asseguro-lhe que, se não combinarmos um preço antes que eu termine essa xícara de chá, irei até o povoado contratar outro guia.

O kampa concordou e fechamos o trato.

Durante o resto do dia o abade, o chefe Solung e os três homens escolhidos para nos guiar consultaram os mapas atentamente. Discutiram sobre as vias mais adequadas naquela época de chuva, quando o barro tornava a maioria dos caminhos do oeste intransitáveis até para os cavalos. As ruínas da lamaseria de Singay ficavam próximas da fronteira que separava o Tibete do Estado indiano da Caxemira. Tratava-se de uma zona sumamente conflituosa porque, além das dificuldades da topografia, ela lidava com a área em disputa, um caldeirão de paixões políticas e religiosas onde as potências da região se enfrentavam havia décadas.

Como o oráculo não dissera nada sobre o lugar concreto em que devíamos procurar o *Tratado da magia* quando chegássemos às ruínas da lamaseria, o abade também se empenhou em desenhar uns croquis para que pudéssemos reconhecer sua antiga estrutura.

— Em outra época, o pintor de mandalas lhes teria sido de grande ajuda – comentou.

— A quem o senhor se refere?

— A um lama cego cuja idade ninguém sabia. Um velho mestre da lamaseria. Depois que ela foi destruída ele continuou vivendo lá como os iogues, buscando a Iluminação na solidão, como fez Buda durante boa parte da sua vida.

— Pensei que Lobsang Singay fosse o único sobrevivente.

— Ele só se salvou graças ao mestre cego. Mas há muitos anos não sabemos dele.

Para terminar, discutimos a conveniência de que Chang,

nosso chofer, esperasse no monastério até voltarmos com o *terma*.

— Pergunte ao chefe Solung quantos dias ele acha que podemos demorar — pedi a Gyentse.

— Disse que depende de muitas coisas — traduziu ele —, principalmente das condições climatológicas. Nesta altitude, é possível que enfrentemos mais de uma tormenta de neve.

— E aproximadamente?

— Diz que podemos fazer o trajeto em seis dias, mas também poderiam ser doze.

— Não quero ficar aqui muito tempo — declarou Chang.

— A qualquer momento pode aparecer uma patrulha no monastério e ver o jipe.

— Eu também acho que não seria conveniente — corroborou o abade. — Alguns monges...

— Já sabemos. Em Dharamsala pensavam que tudo seria mais simples — interveio Gyentse.

— Já lhes disse que é uma pena, mas sempre há alguém em quem não se pode confiar. Não quero justificá-lo, mas a verdade é que a pressão exercida pelos reeducadores é muito grande, principalmente sobre os mais jovens.

— O chofer deve regressar para Lhasa — sentenciou Solung, de repente.

Viramo-nos na sua direção.

— E como vamos regressar? – perguntou Gyentse.

— Poderão voltar com outra expedição.

— Isso seria possível? — perguntei.

— Se não se incomodarem de viajar a cavalo... Depois que encontrarem o que vieram buscar, podem acompanhar meus homens até um lugar que vamos combinar qual é, e todos viajaremos juntos para a região central. Iremos por vias alternativas, não se preocupem. Deixaremos vocês na capital e seguiremos nosso caminho para as terras do Jam.

Chang virou-se para mim, à espera de uma resposta.

— Acho que é uma boa ideia – disse.

Gyentse assentiu.

— Então faremos assim – determinou o abade.

No dia seguinte, ao amanhecer, a expedição levantou acampamento. Gyentse e eu saímos acompanhados pelo abade. Tínhamos trocado algumas roupas por vestimentas mais cômodas para montar, emprestadas pelos kampas: calças de lã e capas de pele. Parecíamos um grupo de nômades, um disfarce perfeito caso os binóculos chineses nos divisassem de longe.

Com as rédeas nas mãos, os três homens que nos guiariam pela cordilheira se despediram dos demais diante da entrada do monastério. Trouxeram meu cavalo. Era preto. Bufava e pisoteava o barro com as patas dianteiras. O fundo dos seus olhos era de um vermelho incandescente.

Os kampas ajustaram os arreios e eu fiz o mesmo. Pouco depois o chefe Solung pôs fim à despedida. Os seus homens gritaram em uníssono, esporearam os cavalos e empreendemos a marcha, jogando poeira no abade Gyangdrak.

Terceira Parte

Para além da realidade que você padece
a verdade das coisas o espera.

32

Quando o monastério ficou para trás, fomos envolvidos pelo sussurro da montanha. Ele nos penetrou e arrastou por aquela paisagem imensa e vazia cheia de luminosidade. Era como se toda a energia do planeta estivesse concentrada sob a abóbada azul que nos cobria, fazendo-nos sentir o estalido da meseta original. Cruzamos paragens banhadas por lagos que destilavam reflexos verdes e prateados. Outros vales se acomodavam entre picos da cordilheira, ameaçados por mil agulhas de pedra. Mas algo era imutável. Sempre, ao fundo, os cumes brancos e o céu ao alcance da mão.

Um dos kampas operava como lugar-tenente do chefe Solung e cavalgava conosco. Os outros dois atuavam como olheiros e iam alguns quilômetros adiante. Eles verificavam se não havia imprevistos pelo caminho e nos avisavam com antecedência, para evitar que nossa inexperiência nos atrapalhasse.

Pelo meio da tarde, minhas pernas mal se sustentavam na montaria. A tensão que sentia na parte interna da coxa se converteu aos poucos em uma dor aguda que não me deixava pensar em mais nada. Quando paramos no final da tarde para descansar, sentei no chão delicadamente, em vez de desmoronar. Puxei o cantil do alforje e tomei uns goles sofregamente. O kampa veio até nós para indagar se aguentaríamos aquele ritmo.

— Os golpes ritmados dos cascos são perfeitos para a concentração – tranquilizou-o Gyentse, passando por alto sua dor nas pernas.

Apesar de estarmos imersos em uma etapa inesperada da viagem e nos novos riscos que implicava, Gyentse estava mais tranquilo e animado. Dedicava-se a absorver o pulso da sua meseta através dos olhos, nariz e ouvidos. Parecia-lhe rude por causa das condições climáticas extremas, mas também liberadora por causa da imensidão dos espaços, tão opostos à rigidez da sua vida em Dharamsala.

Na manhã do segundo dia, a cordilheira nos deu um alívio. Uma grande extensão de vegetação surgiu entre os picos. O kampa pediu para deixarmos os cavalos correrem, acostumados que estavam às competições de velocidade que eles celebravam nos acampamentos do Tibete durante os dias festivos. Mas aquele instante idílico acabou convertendo-se em uma miragem cruel. Assim que afrouxamos o galope, a sombra da morte cobriu nossa coluna de cavaleiros.

Um dos olheiros voltava na nossa direção a todo galope. Movia um braço energicamente e com o outro fustigava o animal. Ao chegar puxou as rédeas. O cavalo parou em seco, jogando o pescoço para trás com os olhos e a boca escancarados.

— Onde está Ziang? – gritou o kampa, referindo-se ao companheiro que faltava.

— Foi preso por uma patrulha chinesa!

— O que você está dizendo?

— Não sei como isso ocorreu! Estávamos no topo daquela montanha – assinalou, assustado, para o alto. — Pouco antes tínhamos desmontado para vigiar os movimentos de um grupo de soldados parado a uns quinhentos metros de distância...

— Soldados... O que fazem por aqui?

— Ficamos tão surpresos quanto você. Resolvemos esperar que fossem embora, mas um deles, que aparentemente tinha se afastado do resto e caminhava pela montanha, saiu de trás de umas pedras e nos apontou uma arma.

O kampa respirava com dificuldade e falava respirando pela boca.

— Continue! – instou-o o lugar-tenente.

— Quando o soldado deu a volta para chamar os demais, aproveitamos e nos jogamos sobre ele.

— Ele feriu Ziang?

— Antes de receber o primeiro golpe ele teve tempo de disparar o fuzil e acertou no pé dele. Não conseguimos derrubá-lo e ele conseguiu apontar de novo para Ziang. Eu pulei no cavalo e o fustiguei para que corresse para baixo. Enquanto cavalgava ouvi Ziang gritar para que fosse em frente!

— Você fez o que devia fazer – sentenciou. — Agora vamos buscá-lo.

O kampa virou-se para nós bruscamente.

— Não gosto disso. Não gosto nem um pouco. O que vocês sabem sobre isso?

— Asseguro-lhe que não temos uma explicação – disse Gyentse.

— Pergunte-lhe que diabos faz uma patrulha no meio dessas montanhas – pedi a Gyentse. — Como trouxeram o caminhão?

— Dizem que deve ter usado algum caminho do oeste – traduziu ele. — Decerto é um dos destacamentos que vigiam a fronteira com a região indiana da Caxemira. Porém, de

| 309

qualquer modo, não faz sentido que tenham vindo para esse lado da montanha.

— Você não está insinuando que vieram atrás de nós...

— Seja pelo que for, precisamos fazer alguma coisa antes que interroguem Ziang – disse, finalmente. — Ele deve ter contado que iam em peregrinação ao monte Kailas e se assustaram ao ver o soldado. Se não acreditarem nele, será torturado, mas morrerá antes de delatar-nos.

— Qual é o plano? – perguntei.

— Quantos são? – perguntou ele ao olheiro.

— Acho que uns quatro. Só há um veículo. Não vi morteiros. Talvez estejam guardados dentro do caminhão. Os soldados têm fuzis automáticos calibre 5.56 – informou detalhadamente.

— Aposto que não esperam uma resposta, a menos que já estivessem procurando algo antes de surpreendê-los – voltou a fixar em mim seus olhos achinesados. — Cavalgaremos até aquele montículo – apontou com segurança. — Deixaremos os cavalos lá no alto e, dependendo do que encontrarmos, traçaremos o plano. De qualquer maneira, seremos três sem contar com você, Gyentse, suficientes se tivermos tempo de apontar.

— Suficientes para quê? – perguntou ele.

— Contamos com dois disparos por pessoa antes que eles consigam reagir.

O lama estremeceu.

— Deve haver outra maneira de resolver isso! Talvez à noite... Jacobo, por favor, diga algo!

Fiquei calado. Estava aterrorizado por pensar que podia estar perdendo as referências do bem e do mal, mas havíamos confiado naquele homem para que nos guiasse e não podia me permitir questionar seu modo de fazer as coisas. Não podia questionar sua guerra. Aquilo foi o único argumento que me veio à mente, e obviamente não era o que Gyentse esperava que eu dissesse.

O kampa esporeou o cavalo e avançou uns metros. Depois chamou Gyentse e apontou ao longe.

— Talvez em Dharamsala seja diferente, mas aqui só temos uns aos outros – gritou o kampa em tom de sermão. — Passamos a vida toda combatendo os chineses. Desta vez não esperávamos isso, mas se não interviermos imediatamente, esses militares darão um tiro em Ziang e nossa busca vai terminar. Precisamos agir antes que liguem o rádio e comuniquem o incidente! Você sabe atirar? – perguntou-me.

Assenti sem duvidar.

— Também com estes?

Puxou um AK-47 deteriorado da bolsa que levava pendurada na sela.

Lancei uma olhada rápida a Gyentse.

— Uma vez, na selva colombiana, fui obrigado a praticar, para o caso de...

— Então acate minhas instruções e não improvise!

Lançou-me o fuzil e tive que agarrá-lo no ar. Depois ladeou seu cavalo e passou uns carregadores do seu alforje para o meu.

Gyentse desmontou e começou a caminhar ladeira abaixo. Os dois kampas pegaram outros Kalashnikov de umas mantas enroladas que pendiam dos flancos dos cavalos e galoparam até o montículo. Olhei o lama pela última vez e sai atrás deles. Os cascos golpeavam a terra da montanha e as armas, fora das bolsas, batiam nos estribos. Aqueles sons feriram o coração do lama. Ele não aguentou e se atirou no chão, tapando o rosto com as mãos.

Ao chegar ao alto do monte, arrastamos-nos até a beira do barranco. Dali tínhamos uma visão clara dos soldados. Estavam no meio de um vale árido e irregular, com terra arenosa e rochas em forma de pirâmides que emergiam do solo com as arestas e o vértice curvados pela intensa erosão. Vimos também a senda por onde haviam introduzido o caminhão. Fiquei preocupado ao pensar que isso podia significar a proximidade de um destacamento inteiro, já que o único modo de levar os veículos até aquela zona era por meio de unidades aerotransportadas. Talvez tivéssemos nos desviado em direção à fronteira mais do que eu imaginava.

Ziang estava apoiado em uma das rodas traseiras do caminhão. Tinha as mãos amarradas às costas e uma venda nos olhos. A poucos metros dele um dos soldados chutava pedras, fazendo-as rolar pelo chão. Outros dois, com fuzis nos ombros, conversavam ao pé de uma das grandes voçorocas que esburacavam o vale. Tal como supúnhamos, não pareciam esperar uma resposta hostil. Não víamos o quarto soldado. O olheiro gesticulou para indicar que pensava ter contado direito.

Então me dei conta de que Gyentse não estava ali para traduzir as palavras dos kampas. Precisava esforçar-me ao máximo para compreender o que me pediam para fazer. Não havia tempo para explicações longas nem podia me permitir interpretá-los equivocadamente.

Os dois soldados que estavam mais afastados se aproximaram da base do monte de onde os vigiávamos. Caminhavam com um rádio na mão. "Estão dando o aviso" – pensei imediatamente – "está tudo perdido." Um silêncio sepulcral reinava no vale, então tentei ouvir os sons que vinham do aparelho. Apesar dos meus conhecimentos nulos do mandarim, achava que seria capaz de adivinhar se a emissão era civil ou militar. Não sabia que o que eles ouviam era a retransmissão direta da mensagem de felicitação pelas celebrações, enviada pelo comando central de Pequim às autoridades da Região Autônoma do Tibete. Entre as pausas do discurso se distinguia a gritaria distorcida e os aplausos do povo. Aquilo me confirmou que não estavam falando com o quartel.

Os kampas posicionaram os Kalashnikov e cada um escolheu um objetivo. Eu devia me ocupar do que estava perto de Ziang. Foi quando o vi direito. Era pouco mais que um adolescente, assim como os outros dois. Naquele momento, senti ânsias e a arma começou a queimar em minhas mãos. Fui tomado pela dúvida, talvez por falta de coragem ou por um ataque repentino de prudência. Se atirássemos e falhássemos, eles se resguardariam e começaríamos uma troca de tiros que seria ouvida a quilômetros de distância. Eles estavam tranquilos demais. Talvez houvesse outras patrulhas por perto, ou talvez tivessem pedido reforços que estavam a ponto de chegar. E não podíamos nos esquecer de que ainda faltava o outro soldado que não conseguimos localizar.

Pus o fuzil no chão e virei-me na direção do kampa. Antes que ele reagisse, arranquei o punhal que ele levava no cinto. Eles me olharam, espantados. Fiz um gesto com as mãos para que entendessem que não precisavam se preocupar, mas eles começaram a emitir gritos surdos, indicando com a cabeça que eu devia devolver o facão e pegar a arma. Tentei explicar que não me parecia uma boa ideia iniciar um tiroteio. Era lógico que não quisessem se expor mais do que o necessário nem desperdiçar o elemento surpresa, então propus me encarregar do papel mais difícil na minha estratégia alternativa. Expliquei-lhes o que pretendia fazer. Os dois soldados que ouviam o rádio tinham se afastado, tentando sintonizar a estação, então não percebiam o que ocorria ao lado do caminhão, e o outro estava cada vez mais distraído. Eu aproveitaria para descer dando uma volta até uma das pedras piramidais que estava a poucos metros de Ziang e o libertaria sem que fosse preciso dar um só tiro. Havia a possibilidade de ter que enfrentar o soldado que o custodiava cara a cara, se ele resolvesse se virar no momento errado, mas isso, sim, eu estava disposto a fazer. Confiava mais em minhas mãos do que na minha habilidade com o fuzil e sabia que, nesse caso, podia calcular o ataque para não ter que acabar com a vida dele. Só queria sair daquele impasse sem matar ninguém. Se isso acontecesse, passaríamos a ser verdadeiros proscritos e, se fôssemos detidos, não haveria como nos livrarmos da injeção letal ou do pelotão de fuzilamento. Evitava pensar nisso, em como havíamos perdido o controle da situação. Fiz os kampas entenderem que deviam se limitar a me cobrir, e que eu faria o resto.

— Não disparem se não for necessário – roguei pela última vez no meu idioma, antes de me lançar para baixo.

Desci dando pequenos saltos por um lado do monte e ocultei-me atrás da rocha. Com o rosto colado na superfície arenosa, recobrei o ritmo da respiração e assomei. Ziang continuava apoiado na roda do caminhão; não tinha se mexido nem um centímetro. O soldado que o vigiava agora estava ocupado atirando pedras em uns corvos. Era o momento propício.

Corri até o kampa. Mas mal tinha dado os primeiros passos quando ocorreu algo inesperado. De repente, percebi que já não se ouviam os ecos do discurso. O soldado que portava o rádio nas mãos deve ter perdido o sinal ao tentar sintonizar melhor a fraca frequência. O outro golpeou-o no ombro, insultando-o enquanto ele tentava captá-la novamente. O primeiro jogou o aparelho e se voltou contra o companheiro, empurrou-o e este caiu no chão. Não sabia se devia prosseguir até o caminhão ou voltar. Estava longe demais do meu esconderijo, então me joguei no reboque e pulei para dentro. Olhei por baixo da lona e vi os kampas agachados no alto do monte.

"Não disparem" – pensei comigo —, "por favor, deem-me mais um minuto antes de disparar..."

Em seguida, soube que teria sido melhor se eles o tivessem feito.

Neste momento, a porta da cabine se abriu e saiu o soldado que faltava. Estivera deitado no assento, por isso, não o víramos. Tratava-se de um oficial, a julgar pela forma como exigiu que parassem com a briga imediatamente. Os três se aproximaram do caminhão sem deixar de discutir, mas pararam em um ponto onde os fuzis dos kampas não podiam atingi-los. Olhei novamente para o alto do monte. Os guerreiros não estavam mais lá. Precisava sair o quanto antes para juntar-me a eles e encontrar outro modo de resgatar Ziang. Mas não tive tempo.

O recruta que o vigiava passou ao lado da porta traseira do caminhão e olhou para o reboque, então não tive outra opção a não ser saltar sobre ele antes que reagisse. Golpeei-o nas costelas com toda a força que tinha, dobrei seu pescoço para trás e pressionei o fio do punhal contra seu pomo-de-adão.

— Joguem as armas!

Os três me olharam, confusos por um instante, antes de entender o que estava acontecendo. O meu refém agitou-se, nervoso, dando uns guinchos iguais aos de um porco. Mas ao sentir o metal cortar a fina pele da sua garganta ele parou de se mexer e pediu aos outros que me obedecessem.

Os dois recrutas fizeram menção de deixar as armas no chão, mas não chegaram a soltá-las. O oficial apontou a pistola para mim e ordenou-lhes que fizessem a mesma coisa. Ele segurou a arma com uma mão trêmula, retesou o pescoço e não parou de gritar. Eu tentava gritar ainda mais, mas eles permaneciam estáticos com seus fuzis armados. Eu não sabia o que fazer com o soldado. O oficial não se atrevia a atirar com medo de atingi-lo, mas não duvidou em transferir a responsabilidade aos recrutas.

De repente, ocorreu uma coisa insólita. De onde estava pude ver um grupo de homens que se abalançava pela ladeira mais próxima. Corriam na nossa direção com armas na mão.

"Solung...", disse para mim mesmo.

Eu não podia crer. Eram o chefe kampa e vários dos seus guerreiros. Estavam cada vez mais próximos. Nenhum dos soldados os vira. Olhei novamente para o alto do monte. O lugar-tenente e o outro kampa tinham se posicionado ali para dar-lhes cobertura.

O oficial chinês, cada vez mais histérico, continuava a apontar-me a arma e exigia que os soldados apertassem o gatilho. Um deles não aguentou a pressão e ergueu o fuzil com um movimento brusco que não chegou ao fim. Solung, que já estava quase em cima de nós, atravessou-o com uma rajada da sua Kalashnikov sem parar de correr. O outro soldado também caiu fulminado sem ver de onde vinham os tiros.

— Parem! – gritei, sem soltar meu refém. — Parem! – repeti, achando que tudo estava terminado.

Mas, longe de se render, o oficial aproveitou para se jogar no chão e rolar para baixo do caminhão. Disparou por entre os pneus e atingiu um dos kampas. Quando o guerreiro percebeu, o projétil tinha atravessado sua coxa e ele caiu, arqueando as costas. Solung deu um grito tão alto que se ouviu em todo o vale e correu ainda mais com a arma na mão. O oficial chinês virou-se para mim de sua guarida sob o caminhão e disparou sem se importar com o companheiro, que me servia de escudo. Um jorro de sangue salpicou minhas pernas e corri para me resguardar atrás da rocha. O chefe Solung e outros três guerreiros se jogaram no chão a poucos metros do caminhão, crivaram o oficial de balas e o corpo dele sacudiu sob o chassi por causa do impacto dos tiros.

Subitamente o silêncio voltou ao vale. Só se ouviam os passos dos kampas na terra seca. O chefe Solung e parte do grupo correram até o companheiro ferido e lhe fizeram um torniquete. Outros soltaram as amarras de Ziang e tiraram a bota dele, para curar-lhe a ferida. O sol fazia brilhar o sangue salpicado na lateral do toldo do caminhão. O vento agitou a lona, como se quisesse apagar as marcas do ocorrido.

Não sei por quê, mas algo me dizia que aquilo ainda não tinha terminado.

Pareceu-me ver uma sombra movendo-se sigilosamente atrás de uma das pedras piramidais. Aproximei-me com cuidado e vi que era um quinto soldado, que não tínhamos levado em conta. Ele havia introduzido a boca do cano do seu fuzil entre duas arestas da pedra e movia-a milímetro a milímetro, apontando para o grupo onde estava o chefe Solung. Não pensei duas vezes. Peguei a pistola do que tinha tomado como refém, que jazia no chão após ser abatido pelo oficial. Dei um grito. O quinto soldado virou-se para mim com uma expressão de pânico. Tentou apontar na minha direção, mas, antes disso, disparei contra seu peito. O percussor beliscou minha mão, produzindo uma dor intensa, mas não soltei a arma. Continuei disparando até esvaziar completamente o carregador.

Não lembro quanto tempo permaneci com o braço erguido. Só sei que o chefe Solung veio até mim e tirou a pistola da minha mão.

Não dissemos nada. Mais tarde, soube que Solung não esperava palavras de agradecimento. Só queria que eu o desculpasse.

— Devia tê-lo acompanhado. Estava escrito desde que você se lançou diante do jipe para salvar minha filha – disse na sua língua, sem que naquele momento eu o entendesse.

33

Fiquei um momento observando os kampas andarem de um lado para o outro, entrarem no caminhão, revisarem a documentação que encontraram na cabine, atender o guerreiro ferido e Ziang, cujo pé também sangrava, e se instruírem mutuamente para limpar o lugar o quanto antes. Não conseguia imaginar onde pensavam esconder o caminhão. Minha mente estava obscura. Eu não passava de um ponto naquele universo rochoso, em plena região militarizada, depois de ter dado cabo de uma patrulha inteira de soldados chineses.

Naquele momento, ouvi um gemido aos meus pés. Baixei a vista e vi que o soldado que havia tomado como refém ainda estava vivo. O seu ventre perfurado sangrava aos borbotões, formando um charco denso e escuro à sua volta. As minhas botas tinham manchado a terra com rastros vermelhos. Tirei a camiseta e me joguei sobre ele, tentando conter a hemorragia.

— Por que você fez aquilo? Por que não me ouviu? Nada disso teria ocorrido! Por quê? Por quê? – solucei. — Tragam Gyentse! – gritei de repente.

Os kampas olharam-me, perplexos. Solung fez um gesto e dois deles subiram a ladeira correndo.

Depois de uns minutos voltaram acompanhados pelo lama. Ele pronunciou umas palavras trêmulas.

— Primeiro ouvi uns disparos retumbando no vale, depois rajadas estrondosas e depois nada. Pensei que todos vocês estivessem mortos.

O seu rosto não tinha nenhuma expressão.

— Os kampas estão bem – limitei-me a dizer. — A ferida do pé de Ziang vai sarar logo. Ele pode até cavalgar. A do outro tem um aspecto pior, mas eles não parecem preocupados.

Ele reparou no soldado chinês que jazia aos meus pés, agarrado à vida com minha camiseta encharcada de sangue apertada contra seu abdome.

— Está vivo...

— Fale com ele – pedi-lhe friamente.

Gyentse colocou um cantil de couro nos lábios dele, mas só conseguiu deixá-lo sobressaltado.

— Quem é você? Não vejo nada! Não vejo!... – gemeu o recruta.

— De onde você vem?

— De uma região ao leste de Pequim – respondeu mais tranquilo, ao sentir a carícia do lama na sua testa.

— Quantos anos você tem?

— Vinte. O oficial atirou em mim?... – perguntou de repente. — Acho que o oficial atirou em mim...

— Você é jovem demais para servir tão longe de casa – cortou-o Gyentse.

— Para cá só vêm os mais jovens. – Começou a tossir. O esforço queimou-o por dentro, mas ele continuou falando como se soubesse que eram as últimas palavras que pronunciaria. —

Ninguém quer vir para cá. Nestas montanhas só há poeira, miséria e ódio. – Tossiu novamente e se aferrou desesperadamente ao suéter de Gyentse. — Vai me ajudar? Tenho muito medo... Dos seus olhos saltaram lágrimas, formando sulcos na camada de poeira grudada no seu rosto.

— Espero que você me ajude – disse Gyentse.

— Não sei como... – conseguiu responder.

A dor que o fustigava estava impressa no seu rosto.

— Diga-me toda a verdade.

— Que verdade?

— Sobre o que estão fazendo nessa zona. Aqui não há postos militares nem controles de fronteira.

— O que ganho respondendo à sua pergunta? – disse, deixando aflorar um tom raivoso.

— Se guardar isso consigo é que não ganhará nada.

— De qualquer maneira, acho que vocês não têm nada a ver com o lama...

Outra vez a tosse, cada vez mais áspera.

— Como?

— Estamos atrás de um lama de Dharamsala e de um ocidental. O meu superior disse que certamente estão acompanhados de um guia.

Gyentse tentou ocultar seu estupor. Percebeu que o soldado nem tinha reparado nas minhas feições. Eu o atacara de surpresa e em seguida o que viu foram as balas do oficial penetrando seu corpo. O lama aguentou como pôde a vontade de chorar.

— Prossiga.

— Estamos penteando a zona. O veículo dos fugitivos tinha um rastreador, o que os mantinha sob controle, mas abandonaram o jipe ao chegar a um monastério localizado nesta região. Supomos que devem ter prosseguido a pé...

— E o que esse lama fez para que se empenhem tanto em capturá-lo? – conseguiu articular Gyentse.

— Não sei, mas estão todos muito nervosos desde que ligaram do alto comando de Lhasa. Parece que interceptaram o veículo quando regressava para a capital, mas já era tarde. No carro estava só o chofer, que se negou a delatá-los. – Um espesso borbotão saiu em bolhas da sua boca, mas ele continuou falando como se com isso se fosse a pouca vida que lhe restava.

— Agora temos que procurá-los por toda a maldita meseta. O que não imaginávamos era que morreríamos na mão de um grupo de bandidos...

— O que aconteceu com esse chofer?

— Quem se importa?

Deixou cair a cabeça para o outro lado e vomitou o sangue acumulado na boca.

Gyentse ergueu-se e veio até onde eu estava. Traduziu palavra por palavra o que o soldado lhe contara. Eu não podia acreditar naquilo.

— Não é possível! Quem está atrás de nós? – gritei, exasperado.

— Isso foi o que ele me disse.

— Um rastreador no carro! Estiveram nos controlando desde que saímos de Lhasa! E Chang torturado...! Não consigo imaginar como...!

— Agora entendo por que os helicópteros não nos perseguiram depois que fugimos do controle na estrada.

— Você está dizendo que suspenderam a busca porque interessava a alguém que chegássemos sãos e salvos ao nosso destino?

— Não foi o que o soldado disse, mas é lógico pensar que pretendiam que encontrássemos o *terma* para eles.

— Volte e pergunte-lhe quem são eles! Pergunte-lhe, Gyentse!

Eu estava descontrolado. Queria me atirar sobre o moribundo e sacudi-lo para que me explicasse tudo nos mínimos detalhes.

— Tenho certeza de que não lhe contaram tudo – disse Gyentse, tentando me acalmar. — Olhe só para ele, é um menino. E sabe que está morrendo. Alguém tinha nos delatado. Detiveram Chang porque achavam que ia de regresso a Lhasa. Um rastreador! Quem podia estar interessado em que chegássemos ao nosso destino antes de nos deter? Levei as mãos à cabeça e apertei as têmporas. As duas bolsas de dor que já tinha me acostumado a suportar desde que sofri o ataque no acampamento nômade pareciam ter inchado de uma maneira insuportável. Achei que meu cérebro fosse arrebentar e sair pelos olhos por causa da pressão. Segurei Gyentse pelos ombros energicamente.

— O que estamos fazendo? – perguntei. — Será que enlouquecemos?

A sua expressão estava mudada. Já não era a que tinha quando o abandonei do outro lado do monte nem quando descera a ladeira havia alguns minutos.

— Você tinha razão – disse ele.

— Do que você esta falando?

— Do que conversamos no escritório de Kalon Tripa em Dharamsala, quando descobrimos os motivos que levaram os assassinos a nos roubar as vidas de Singay e dos outros lamas... e a de Asha.

— Asha...

— No dia em que resolvi acompanhá-lo.

— Quase não me lembro dela... É terrível...

— Você não pode me abandonar agora, Jacobo – continuou falando, sem reparar que eu mal o ouvia. — Esse *terma* é tão importante para meu povo... Não temos muitas esperanças, você sabe disso, não é?

— Gyentse, eu não aguento mais...

| 323

— Temos de encontrar esse rolo de pergaminhos antes que caia nas mãos desses criminosos. Agora sou eu que lhe pede.

Abraçou-me mais forte do que nunca.

— Vamos! – gritou Solung, de repente. — Chega de falar! Não podemos continuar aqui! – Carregou a arma com um estalido seco. — Afastem-se!

Em vez de se afastar, Gyentse ajoelhou-se ao lado do soldado e estreitou a cabeça dele contra seu peito.

— Isso eu não vou permitir!

O kampa virou-se para mim, como se esperasse meu assentimento para exercer sua autoridade sobre o lama.

— Não podemos deixá-lo assim nem tentar levá-lo conosco – disse Solung, tentando parecer mais calmo. — Isso sim, seria cruel. Afaste-se! – gritou, ficando nervoso novamente.

Ergueu o fuzil.

De repente, parecia que eu estava alucinando. Pensei em tudo o que havia ocorrido durante a última hora e resolvi que não podia ser real. Vi-me de pé no meio da cordilheira do Himalaia, a pouca distância dos destacamentos que controlavam a fronteira da região indiana da Caxemira, cujos efetivos sairiam à nossa procura assim que descobrissem o que tínhamos feito com uma das suas patrulhas. Metade do exército chinês estava no nosso encalço desde que deixamos o monastério do oráculo, pois os assassinos de Singay, depois de deterem Chang, deram o alarme sobre nossa presença na zona. Olhei em volta. Só havia charcos de sangue. Pensei em Louise e em Martha e fui invadido pela impotência e pelo medo. Era como se eu me projetasse de costas por um túnel em uma velocidade vertiginosa e visse a luz do mundo real diminuir até desaparecer.

Gyentse ergueu-se, chorando, e o chefe Solung disparou na cabeça do soldado.

34

Naquela noite ainda cavalgamos umas quantas horas. Em diversos pontos a trilha estava interrompida por desmoronamentos provocados pelas chuvas.

— Suponho que pelo menos este caminho endemoniado vai dificultar a perseguição dos militares – consolava-se Gyentse, olhando para o fundo do precipício.

— O exército chinês já não é como o de Mao, cuja única estratégia era enviar milhares de soldados correndo em massa para arrasar o inimigo – desiludiu-o Solung friamente. — Há muitos anos modernizou suas táticas e materiais, de modo que devem continuar alertas.

Os dois dias seguintes no lombo dos cavalos foram ainda piores e mais duros. Empreendíamos a marcha antes do amanhecer e mal descansávamos até a noite. As paradas não duravam mais de meia hora, o suficiente para nos refrescarmos e estirar as pernas. Ninguém conversava. Eu estava esgotado com o lento trote sobre as pedras e pela força para trás que precisávamos fazer. Era o único modo de não cair no chão quando o animal estirava as patas dianteiras para descer as paredes intermináveis de pedriscos cinza. Mas o pior era a enorme pressão que começamos a sentir ao saber que estávamos sendo perseguidos.

Mais de uma vez cheguei a pensar que meus olhos iam saltar de tanto perscrutar através da garoa, pensando que havia visto uma patrulha chinesa. Às vezes, tentava mantê-los fechados por um instante e me deixava levar. Afrouxava as rédeas e o cavalo seguia a fila sem se perturbar. Deixava os pensamentos fluírem como se estivesse dormindo e então vinham as imagens de Martha e de Louise. Era a única coisa que me mantinha lúcido. Aquele paraíso rochoso se transformara em um inferno de onde só sairia seguindo o fio que uniu minha mão à da minha filha ao nos despedirmos na parada de ônibus.

Imaginava Martha do outro lado do planeta. Tinha posto Louise para dormir e arrumava um pouco a casa. Andava pela varanda de madeira, passando a mão no parapeito de troncos polidos, apagava a lamparina e as velas que ainda estavam acesas, recolhia do chão os cadernos onde Louise desenhava por horas seguidas. Depois ela ia dormir. Só os mil ruídos surdos da selva atravessavam a escuridão, sem perturbar a calma. Também imaginava Louise. Estava no quarto ao lado. Ao despertar no meio da noite não chorava nem nos chamava. Abria os olhos, fitava o teto de palha e logo voltava a ocultar o azul pálido das suas pupilas por trás das pálpebras de algodão, entrando em um novo sono povoado pelos peixes do lago e periquitos de bico amarelo.

— Lá está! – gritou Solung, de repente, sacudindo-me do devaneio. Conduziu seu cavalo até o meu e assinalou o fundo do desfiladeiro.

— Aquelas ruínas, atrás do riacho! Eu pensara que esse momento nunca chegaria, mas havíamos conseguido. Estávamos diante das ruínas da antiga lamaseria de Lobsang Singay.

— Chegamos, Jacobo! Chegamos! Calamo-nos até ter certeza de que não havia o que temer. Aceleramos o passo. O lugar estava deserto. Só se ouviam os relinchos dos animais a cada golpe do estribo. Apesar de tudo, os kampas cumpriram seus procedimentos bélicos habituais, desfizeram a fila e se separaram em dois grupos. Levavam as armas em uma das mãos e, com a outra, mantinham as rédeas estiradas com suma precisão. Os cavalos previam seus movimentos como se ambos, guerreiro e animal, fossem o cérebro e o corpo de um centauro.

A antiga lamaseria confundia-se com a pedra da montanha. Não havia bandeiras nem tapetes. A pintura dos poucos edifícios que ainda se mantinham de pé tinha desaparecido. As estupas que formavam um corredor até a entrada estavam mimetizadas na rocha cinzenta.

Adentramos as ruínas. Das nossas bocas não saía um só comentário. Muito mais do que nós, aquele monastério sofrera o ataque dos demônios e do fogo vaticinado pelo oráculo.

Entramos em um pátio rodeado de colunas, passando pelo que deve ter sido a entrada principal. Dos lados partiam escadarias que davam para os dois pisos que o circundavam. Nos corredores superiores se adivinhavam espaços que deviam corresponder a diferentes cômodos, hoje irreconhecíveis. Todos os tetos tinham desabado. Gyentse pegou os croquis do abade para tentar se localizar.

— Nós demos uma volta – disse.

| 327

Fomos até um edifício que conservava as quatro paredes. Empurrei a porta. A madeira estava podre e escura. As dobradiças enferrujadas rangeram. O sol da tarde entrava pelas janelinhas, formando quadrados de luz no chão.

— Este deve ser o templo central — indicou Gyentse, mostrando-me o croqui. — Vamos subir para o terraço.

Ainda se podia reconhecer a planta da lamaseria, construída segundo um desenho arquitetônico particular, similar ao primeiro monastério do Tibete fundado por Padmasambhava, o mestre que enterrou o *terma*. A planta era baseada nas mandalas, as representações circulares do universo budista.

— Este templo simbolizava o monte sagrado habitado pelas divindades búdicas — explicou Gyentse, emocionado. — Olhe aquilo — apontou adiante. — Como vê, estava rodeado de muretas de diferentes alturas, que representavam os sete anéis das cordilheiras e os oceanos concêntricos que preservam a morada das divindades do resto do universo.

— Prestando atenção, consegue-se distingui-las — respondi, observando as ruínas.

— Aquela deve ter sido a sala de orações — acrescentou, assinalando um pavilhão destruído. — Posso imaginá-los sentados sob o sopro dos cornos, fundindo em um só canto as diferentes frequências das suas vozes. Recordo que Singay nos explicou como aprendeu a controlar a voz para curar. Dizia que nesta lamaseria tudo era música. Que fora assim por séculos, até os bombardeios calarem para sempre a melodia do Buda.

Gyentse fechou os olhos. Parecia ouvir as vozes dos lamas mortos, suas diferentes harmonias, as novas tessituras que se incorporavam ao espectro coral, cada qual mais grave, como se viessem das profundezas do mar.

— Isso se parece às nossas orações – disse sem abrir os olhos, como se pensasse em voz alta. — Nada se parece mais a eles do que o som do mar. As sílabas fixas em uma nota, o início de outras mais rítmicas, criando entre todos os lamas uma ondulação similar à das ondas.

Pouco depois voltamos ao pátio, para terminar de percorrer as ruínas da lamaseria. Entramos em uma viela estreita. Estava ladeada de uma profusão de casinhas que haviam pertencido aos monges que podiam ter uma moradia privada.

— Parece mentira que estou aqui – continuou Gyentse, examinando cada recanto.

— Singay pode ter vivido em qualquer uma delas...

— Naquela época ele era uma criança. Certamente tinha uma cama no edifício dos dormitórios... Olhe aquilo! – exclamou de repente. — Aquelas ao fundo estão mais bem conservadas.

As casas construídas na zona mais elevada da lamaseria pareciam ter sofrido menos intensamente o ataque dos guardas vermelhos. Percorremos uma por uma. Estavam todas vazias.

Já íamos regressar ao pátio quando resolvi examinar uma espécie de torreão que também estava de pé, ao lado de um trecho da muralha que ainda se podia reconhecer.

— Espere-me – pedi-lhe.

— Tenha cuidado – advertiu-me ao ver para onde eu me dirigia. — Pode desmoronar a qualquer momento.

Afastei completamente a chapa que servia de porta para deixar entrar um pouco de luz. Desde o princípio notei que ali não se respirava o mesmo odor. Também era rançoso, mas não por causa dos anos de abandono. Parecia o odor acre da gordura que impregnava a tenda do acampamento nômade. Esperei que meus olhos se adaptassem à escuridão. Então vi a escada que desaparecia sob o piso.

| 329

— Gyentse! Há uma passagem!
O lama veio rapidamente.
— Há um sótão?
— Parece que sim. Vou descer.
— Cuidado! – insistiu.
Eu não via quase nada, a não ser um reflexo da luz que entrava pela porta superior. A escada terminava em uma sala rodeada de colunas, uma espécie de catacumba circular. Em uma ponta havia um colchão velho, uma vasilha e um galão de gasolina com um resto de água.
— Algumas coisas não dão a impressão de estarem aqui há quarenta anos – disse a Gyentse ao voltar.
Apoiada na parede, uma escada feita com pedaços de madeira irregulares, pregados de forma rudimentar, conduzia a um alçapão. Subi no segundo degrau e, depois de me certificar de que aguentaria meu peso, empurrei a madeira para fora e subi no terraço. Dali se contemplava os restos do monastério em seu conjunto. Gyentse logo subiu também.
— Agora imagino o que o pequeno Singay sentiu quando acordou na manhã seguinte ao ataque e viu o que tinham feito com sua lamaseria – lamentou-se.
Solung estava perto, rodeando o torreão. Descemos para falar com ele.
— Alguém esteve aqui não faz muito tempo – informou Gyentse.
— Não será um dos nossos perseguidores? – alertou.
— Isso é impossível.
— Nesta zona há soldados por toda parte, vocês já perceberam!
— Se uma patrulha tivesse acampado aqui, teria deixado mais rastros. Tenho certeza de que se trata de uma pessoa sozinha.

Resolvemos explorar os arredores da lamaseria para ver se encontrávamos o morador do torreão. Organizamos dois turnos de busca. Sabíamos que não era conveniente nos dispersarmos, pois uma patrulha chinesa podia aparecer, mas também sabíamos que se encontrássemos alguém que tivesse vivido ali, talvez pudesse nos ajudar a procurar o *Tratado*.

Gyentse e eu ficamos para o segundo turno. Solung permaneceu conosco, além dos dois kampas feridos. Enquanto esperávamos o regresso dos demais, acendemos uma fogueira no meio do pátio para nos esquentar e cozinhar alguma coisa. Precisávamos recuperar nossas forças.

Solung observava-me detidamente. Aguentei seu olhar sem piscar. De repente, dirigiu-se a Gyentse em voz baixa. O meu amigo lama imediatamente traduziu suas palavras.

— Solung pergunta se você tem mulher.

Assenti, para que o kampa me entendesse.

— Pergunta se você a compartilha com um irmão.

Os dois riram da minha reação. Foi a primeira vez que ouvi risos desde que chegamos ao Tibete. Solung fez um gesto de troça que eu não vira nele até então.

— Não se ofenda – continuou Gyentse. — Em algumas regiões é comum encontrar famílias compostas por dois homens e uma mulher. Isso é ainda mais comum entre irmãos, já que o mais velho e o mais novo de cada estirpe costumam se casar com a mesma mulher.

— E o que fazem os irmãos do meio? – perguntei, seguindo a brincadeira.

— Os do meio se tornam monges.

O chefe Solung soltou uma gargalhada. Acho que foi o único momento de tranquilidade nos dias anteriores e posteriores àquele.

Um dos kampas do primeiro turno apareceu de repente e falou com Solung, agachando-se para esquentar as mãos na fogueira. Não tinha cara de quem trazia boas notícias.

— Não encontraram ninguém — traduziu Gyentse. — O problema é que não há muito mais onde procurar. O espaço junto ao desfiladeiro é estreito. Depois dali estão as primeiras montanhas. Caso alguém tenha adentrado o maciço, seria tolice tentar encontrá-lo hoje. Precisaremos de muito mais tempo.

— Maldição... – murmurei.

Todos me fitaram como se esperassem instruções.

— Continuaremos procurando, de qualquer maneira – decidi. Levantei-me. Gyentse olhou-me seriamente. Talvez tivéssemos criado demasiadas ilusões.

Neste momento, tive uma revelação. Fui buscar a bolsa do lama e peguei os desenhos a carvão de Singay que o professor de Dharamsala me havia entregado. Então entendi para que os havia trazido.

Corri até o torreão e voltei para o terraço passando pelo alçapão. Estava ofegante e tinha a garganta dolorosamente seca. Apesar do tempo transcorrido desde que chegáramos ao Tibete, continuava sofrendo com os efeitos da falta de oxigênio ao fazer esforços repentinos. Ao chegar ao terraço, olhei os desenhos e me concentrei em Singay ainda criança.

Aos poucos sua imagem foi tomando forma na minha mente. Imaginei-o sentado na mureta que circundava o terraço do edifício central. O Singay criança observava as mesmas montanhas que se erguiam diante de mim, onde os últimos raios do sol da tarde projetavam sombras alongadas no desfiladeiro.

Então, olhando pelos olhos dele, tudo ficou claro.

O primeiro desenho parecia representar o rosto de um Buda em uma montanha, mas não era bem isso. Ele havia desenhado a face da própria montanha, com os traços ocultos de um dos lados do desfiladeiro iluminados pelos feixes horizontais de luz que agora deslizavam pela superfície rochosa. Aquela cara enigmática se parecia à dos Budas porque, como a deles, me transmitia algo simples e determinante. Eu tinha em mãos o primeiro desenho de Singay e via ao fundo o modelo original, tão vivo como naquele momento, chamando-me, atraindo-me. Tinha certeza de que atrás daquela montanha encontraria o resto. Olhei, emocionado, na direção de Gyentse e dos kampas.

— Precisamos encontrar o que cada um deles representa! – gritei, erguendo os desenhos. — Eles nos indicarão o caminho para o *terma*!

Desci da grande torre e corri de volta para o pátio. Tentei não aturdir Gyentse ao explicar-lhe, agitado, o que havia descoberto.

— Mais uma vez – confirmou Gyentse —, Lobsang Singay se funde com os elementos como se fossem um só ser. Ele os utiliza para nos falar de outros céus, e suas palavras são perfeitamente compreendidas.

Sem demora, seguidos por todos os kampas, iniciamos a subida pela montanha com cara de Buda. No meio do caminho, ergui a vista e vi no topo duas rochas afiadas cujas pontas se atraíam formando uma espécie de portal ogival. Elas se elevavam sob um anel de nuvens tingido de um tom rosado que, já no poente, se irradiava no horizonte. Procurei entre os desenhos até encontrar um em que havia duas adagas com pontas unidas, formando um estalo de luz. Não havia dúvida. As adagas a carvão representavam aquelas duas rochas afiadas que nos esperavam no cume, mostrando-nos a porta para nosso novo destino. Estava convencido de que aquilo era verdade. A excitação me fazia subir mais rapidamente. Ao apoiar-me

| 333

no chão, que cada vez ficava mais inclinado, cortava as mãos nas arestas das pedras. Quando secava o suor frio, eu espalhava terra na minha testa. Ao chegar ao alto, posicionei-me sob as duas adagas de pedra. Avancei com uma estranha cautela e logo compreendi quantos desenhos eu não soubera interpretar ao examiná-los em Dharamsala.

Estávamos rodeados pelas montanhas que Singay levara consigo para o exílio. Dali reconhecia claramente as ladeiras que, a carvão, pareciam túnicas estendidas que permitiam cruzar uma encosta perigosa e evitar um glaciar. Também via as árvores secas sacudidas pelo vento que o Singay criança representou como um grupo de monges dançando, os braços estirados na direção de uma senda que, no papel, serpenteava como uma áspide.

A natureza reproduzia cada desenho para nós, indicando-nos que estávamos no caminho certo.

Era tarde. O céu estava salpicado de nuvens negras, espalhadas por um firmamento violeta que se fechava pouco a pouco. Ainda assim, pude vê-lo claramente. No monte que se erguia do outro lado do barranco reconheci a gruta que o Singay criança desenhou na última lâmina. Era a mesma gruta a carvão em cuja entrada ele traçou a figura do pintor de mandalas com o cartucho debaixo do braço. Olhei para Gyentse tão emocionado que as lágrimas escorreram. Sabia que dentro da gruta nos esperava o *Tratado da magia do antigo Tibete*.

Deitamo-nos em um canto resguardado para tentar dormir à intempérie. Cruzar na escuridão teria sido um ato suicida. Caí, esgotado. Do outro lado do precipício, a gruta se ocultava no negror da noite.

Ao amanhecer, quando retomamos o caminho, tudo estava tingido de um cinza claro fantasmagórico.

— Vamos ter problemas – declarou o chefe Solung, observando o céu.

As nuvens avançavam rapidamente. Levamos várias horas para descer o barranco, indicado no desenho e que se desviava do glaciar, e subir novamente até o nível onde ficava a gruta. A única forma de chegar lá era seguindo a senda indicada pelos monges no desenho. Era extremamente estreita. Estava junto à montanha e a borda se desfazia diante dos nossos olhos pelo açoite da tormenta e sumia no vazio.

Encostávamos as costas no paredão da montanha para nos afastarmos do precipício, mas nem assim evitávamos o risco de despencar, empurrados pelo vento, ou escorregar ao pisar na terra solta. No entanto, eu não tinha medo. Só escutava o chamado do *Tratado* no fim do caminho. A sensação de verdadeiro pavor me assaltou quando finalmente chegamos à boca da gruta e, ao olhar para trás, vimos em detalhes o caminho que havíamos percorrido. Precisei apertar a coxa com as mãos para que minhas pernas parassem de tremer, como se eu tivesse sofrido um ataque epiléptico. Não quis pensar que, em breve, teria de passar novamente por ali para regressar à lamaseria.

Atirei-me no chão. Ao relaxar, senti mais intensamente a dor de cabeça; parecia definitivamente instalada nas minhas têmporas. Apertei os olhos, como se assim pudesse afastá-la. Agora não, pensei, preciso estar tranquilo. Gyentse também jazia de costas sob as estalactites que povoavam o teto da gruta. Engoli saliva e não disse nada. Levantamo-nos e vimos dali as duas adagas de pedra sob as quais tínhamos dormido. Elas se erguiam sobre a montanha do outro lado do barranco, veladas pela neve que agora se precipitava ziguezagueando.

A gruta parecia ser muito profunda. Gyentse e eu penetramos na galeria seguidos pelo chefe Solung, que tinha acendido uma tocha. Os demais permaneceram na entrada. Íamos acompanhados pelo uivo do vento, o que indicava que talvez houvesse uma saída ao fundo. Fiz votos de que isso fosse verdade, pois assim evitaríamos retroceder por aquele caminho estreito e infernal que levava à gruta. Passado um trecho, nas entranhas da montanha, a galeria se abriu em uma grande sala de pedra. O teto tinha alguns metros de altura e as paredes eram abauladas. Era uma bolha tão perfeita que, mais do que uma formação natural, parecia ter sido escavada na montanha a golpes de cinzel.

Era como se tivéssemos entrado em um pequeno templo budista, recolhido sob uma cúpula opaca de rocha, com prateleiras que se assemelhavam a dois altares erguidos lado a lado. Estavam repletas de objetos trazidos pelos antigos moradores, tão antigos que as imagens haviam adquirido o tom da pedra. Eu estava convencido de que entre eles encontraria o *terma* sagrado. A estátua desgastada de um Buda nos contemplava de um dos altares. Parecia esperar que também nos ajoelhássemos como peregrinos. Primeiro em pé, com as palmas encostadas na testa, na boca, no peito, depois de joelhos, para tocar o solo com a testa. Uma das paredes estava tomada de máscaras-rituais. Eram máscaras de pranto e alegria, umas risonhas e outras incrustadas de dentes, como as que os monges usavam nas festas, abandonadas naquela gruta para nos dar a entender que ainda não tínhamos visto todas as caras da nossa aventura.

Comecei a examinar as relíquias. Logo Gyentse se aproximou e tocou meu braço.

— Jacobo...
— O que foi?
— Veja ali naquele canto.

Estremeci ao deparar com um iogue velho e esquálido sentado na posição de lótus de frente para a parede do fundo. Solung também se sobressaltou ao vê-lo. Tampouco tinha reparado nele ao entrar. A sua imobilidade e a cor da pele e da túnica eram tais que, assim como o Buda do altar, ele se confundia com a própria gruta.

— Deve ser o mestre cego – disse Gyentse.
— O velho pintor de mandalas.
— Não posso acreditar que esteja vivo.
— É ele, não há dúvida.

A minha vida se deteve por completo. Permaneci ali com a respiração suspensa, esperando que o iogue movesse um único músculo das suas costas argilosas.

35

— Ele nem respira... – sussurrei depois de um tempo.
— Claro que sim.
— É como se não tivesse se movido nestes quarenta anos.
— Pode ficar sem se mover nem comer durante semanas – afirmou Gyentse, mencionando o controle que a mente do iogue conseguia exercer sobre seus órgãos vitais.
— Algumas semanas não é a mesma coisa que quarenta anos. Aqui não há nada...
— Os ascetas como ele conseguem tudo com a meditação – sussurrou Gyentse —, até vencer o frio do Himalaia. Passam os invernos à intempérie vestidos só com túnicas, graças a uma técnica milenar que denominam *tum-mo*.
Pensei nos tratamentos médicos que eu recebera em Dharamsala. Depois deles, não duvidava da veracidade das lendas que cruzavam a meseta. Passei a considerar corretas todas as histórias sobre levitação, telepatia e adivinhação que fundiam os ensinamentos de Buda e os códigos da magia para forjar o caráter daquele Tibete enfeitiçante.

Neste momento, a cabeça do ancião girou rapidamente para o lado. Após uns segundos voltou a girar, como se recebesse descargas elétricas. O pequeno templo de pedra foi inundado pela voz do lama.

— Quem são vocês?

— Mestre, somos amigos de Lobsang Singay — apressou-se a informar Gyentse.

O lama assentiu. Era como se pudesse ver-nos através da estranha abertura que tinha na nuca. Finalmente, virou-se e veio em nossa direção esticando o pescoço, atraindo-nos com o movimento dos seus olhos brancos.

— Há muitos anos ninguém vem aqui...

— Pensávamos que já não...

— Ainda não morri.

— Estamos contentes de que seja assim.

Começou a desfazer o laço das pernas e esticar os braços para alongá-los.

— Não tenho nada para lhes oferecer, só minha conversa.

— Não se preocupe – menti.

— Todos precisamos de alguma coisa.

Não sabíamos o que dizer. Não sabíamos quanto tempo ele havia passado naquela posição e, apesar de estarmos ansiosos por fazer-lhe perguntas, nos contivemos esperando que ele começasse a falar.

— Vocês viram a lamaseria? – perguntou.

— Sim – respondeu Gyentse. — Deve ter sido um lugar fantástico. Ainda se pode distinguir a planta em forma de mandala.

O iogue deu a volta e apoiou as costas na parede. Nós também nos sentamos no chão. Ele passou a mão na túnica em um gesto repetitivo e se perdeu nas recordações.

— Nunca faltavam noviços dispostos a me ajudar a restaurar os muros externos e elaborar as mandalas – disse, desenhando círculos no ar. — Alguns eram de areia; fazíamos outros em pergaminho e, às vezes, os pintávamos nos muros do pátio. Os peregrinos ficavam impressionados quando abríamos as portas, as cores do monastério lhes transmitiam sentimentos e emoções que nunca haviam experimentado. Passeavam entre as colunas e viam sangrar o vermelho, o azul flutuar nos rios do Nirvana, viam o verde florescer e o preto assustador do medo escurecer na roda do *samsara*.

— Estes dias voltarão, certamente – assegurou Gyentse, rompendo o silêncio que de repente o mestre havia provocado.

— Este monastério vivia para a doutrina, mas também para preservar todas as manifestações culturais do nosso povo.

— Como a medicina – afirmei.

Por uns segundos, pareceu que o pintor de mandalas apalpava o eco das minhas palavras.

— Principalmente para isso – concordou. — De todos nós, Lobsang Singay foi seu melhor embaixador. Mas não pensem que falamos de diversos saberes nem que se pode considerar algumas artes sem as demais. – Mudou a posição das pernas esqueléticas outra vez. — A nossa medicina é pintura, e filosofia, e psicologia, e naturismo, e ecologia. Equilibra corpo, mente e espírito, e os sara, harmonizando-os com o cosmo que nos acolhe e do qual fazemos parte.

— É parte da herança xamanística do antigo Tibete – sussurrei, recordando as palavras do mestre Zui-Phung.

O pintor de mandalas calou-se por um instante.

— Quando Ythog Yontan Gompo, o Jovem, uma das reencarnações do Buda da Cura, compilou a sabedoria médica tibetana no século XII, ele se baseou nessas raízes xamanísticas.

Quinhentos anos depois, Sangye Gyamtso também recolheu muitos ritos das montanhas ao escrever seus *Comentários sobre os quatro tantras*, cujas lâminas e conselhos são utilizados ainda hoje pelos médicos tibetanos.

— Há muito tempo ouvi essas palavras da boca do próprio Singay – acrescentou Gyentse.

— É como se uma parte de mim tivesse ido com ele. Nunca pensei que sobreviveria sem ele – disse o mestre.

Um tremor percorreu minha coluna vertebral, como se toda a umidade da gruta tivesse penetrado nos meus ossos. Gyentse também percebeu que não lhe tínhamos dito que Lobsang Singay havia morrido.

— Mestre, como sabe que Singay?

— Soube imediatamente.

De repente, só se ouvia a goteira destilada por uma estalactite.

— Quando alguém próximo morre, você deixa de ser a pessoa que era – disse ele de um modo quase inconsciente.

Voltei a pensar em Asha. E em Martha e Louise, e em como eu sempre me concentrei para não desfalecer.

— Viram as estrelas que encheram o céu ontem à noite?

— Sim.

— A morte está muito mais próxima do que as estrelas, mas não queremos vê-la. No entanto, acreditamos compreender a distância desses pontos de luz, mesmo sabendo que quando os fitamos eles já deixaram de existir. Você viu a morte há pouco tempo, Jacobo.

— É verdade — lamentei.

Novamente a goteira.

— A perda de um ser querido é o que causa a modificação mais severa em nosso ser, que muda segundo a segundo com o resto do cosmo. Mas não devemos nos esquecer de que quem falece renasce noutro lugar e noutra coisa, convertendo-se no fruto dos atos que ele mesmo e o resto da humanidade fomos consumando ao longo da vida. Por isso, você deve superar suas aflições e fazer com determinação o que as pessoas que ainda estão neste mundo esperam de você.

Então eu soube. O pintor de mandalas me pedia que lhe perguntasse.

— Mestre, o senhor tem o cartucho que guarda o *Tratado...*?

— *...da magia do antigo Tibete* – completou.

Assenti sem dizer uma palavra, e outra vez senti que ele podia me ver.

— Guardei-o nesta gruta durante décadas, à espera do momento em que Lobsang Singay viesse buscá-lo.

— E onde está agora? – perguntei.

— Você sabe muito bem que está aqui. Sei que percebe fortemente sua proximidade. Afinal de contas, foi-lhe encomendado continuar o trabalho do *terton* com a morte de Lobsang Singay.

— Eu não sou um buscador de tesouros...

— O tesouro já estava desenterrado. O que faltava era um novo guardião para a flor de lótus.

— Não sei a que o senhor se refere...

— Quando o mestre Padmasambhava enterrou este e outros *termas* há treze séculos, ele o fez porque a humanidade ainda não estava preparada para compreender em todo o seu alcance a essência do budismo tibetano que eles continham. Mas ele também anunciou que, quando chegasse o momento, alguns descobridores de tesouros seriam iluminados espontaneamente, com a clareza necessária para desenterrar os *termas*. Lobsang Singay soube que esse dia havia chegado e desenterrou o *Tratado*. Mas sua tarefa não terminou ali. A partir de então, ele assumiu outra tarefa, além da que havia sido designada aos demais *tertons*. Lobsang Singay compreendeu que, tal e como seguiam as coisas para nosso povo, o legado do Tibete estava a ponto de se perder para sempre, então resolveu agir. Neste momento, converteu-se no último guardião da flor de lótus.

— De qualquer modo, não teve tempo de terminar seu trabalho... – assinalou Gyentse.

— Ao falecer – prosseguiu explicando o pintor de mandalas —, alguém devia fazê-lo em seu lugar. Então apareceu você – apontou para mim. — Você era a pessoa designada para receber a inspiração que Lobsang Singay enviou do quarto céu.

Recordei a conversa telefônica que tivera com Martha em Nova York, quando me pediu que cuidasse da repatriação do corpo de Singay, e de todos os encadeamentos desde então.

— O guardião da flor de lótus? – perguntei, assombrado.

— Você compreenderá no seu devido tempo.

Mil imagens se misturaram, formando um vácuo na minha cabeça.

— Mestre, onde está o *Tratado de...*?

— Está ali – cortou-me, assinalando um dos altares de pedra.

Aproximei-me devagar. Havia um cartucho exatamente igual ao que Singay desenhara a carvão nas lâminas, parecido a um cartucho de carregar flechas tampada nas duas pontas. Ninguém diria que continha um tesouro. Media pouco mais de meio metro e um palmo de diâmetro, e havia uma correia atada nos extremos para carregá-lo no ombro.

Tentei girar a tampa. Estava selada.

Olhei para Gyentse. Permaneci calado, sem tirar os olhos do *terma*.

— Posso...? – disse ele finalmente, estendendo o braço.

Pegou o cilindro e girou-o. Retirou delicadamente a terra

que o cobria, deixando à mostra o couro vermelho decorado com quatro guardiões protetores. Eles também constavam da réplica desenhada por Singay. Aquelas divindades com espadas flamejantes e bocas cheias de dentes rodeavam o cartucho como se quisessem defendê-lo de mãos indesejáveis e iluminavam-no com as cores vivas das suas couraças de guerreiros.

— Não resisti e restaurei os desenhos que o cobriam – disse o mestre cego. — Mas isso foi há muito tempo. Outra coisa! — acrescentou.

— Estamos à escuta.

— Não o abram. Isso deve ser feito no momento certo.

— Vamos entregá-lo ao Dalai-Lama – resolveu Gyentse.

— É a melhor pessoa para compreender seu conteúdo.

Gyentse devolveu-me o cartucho e senti necessidade de voltar correndo para Dharamsala.

— Pode vir conosco, se quiser – disse, sabendo a resposta.

— Este é meu lar. Não posso acompanhá-lo, mas em troca lhe darei uma história para levar consigo. Logo saberá por que resolvi contá-la. Essa pulseira que usa é de sândalo, não é?

Olhei-o, surpreso. Estirei a borracha e girei as contas instintivamente.

— Sim, é de sândalo.

Ele começou a falar, cativando-me com suas palavras.

— Um homem que vivia em um país onde não havia árvores de sândalo estava obcecado em sentir o odor daquela madeira, pois muitas pessoas lhe haviam contado maravilhas sobre seu aroma exótico. Então consultou seu mestre, que simplesmente lhe ofereceu um lápis. Um pouco decepcionado, o homem usou o lápis para escrever aos seus amigos de outros países, pedindo-lhes que lhe enviassem um pedaço da desejada madeira. Escreveu uma carta atrás da outra, mas

| 345

nunca obtinha resposta. Contudo, um dia, ao mordiscar o lápis, pensando para quem faltava escrever, percebeu um doce perfume. Então se deu conta de que sempre o tivera entre as mãos. O perfume que o embriagava provinha do coração do seu próprio lápis de sândalo.

— Tudo está em nós... – sussurrei.

— Não se subestime – disse-me o pintor de mandalas. — Agora, faça o que tiver de fazer. Como eu lhe disse antes, quando chegar o momento você saberá como aplicar essa história.

— Mas...

— Você possui a força dos guardiões da flor de lótus. Lembre-se.

— Nós nos veremos novamente?

Não sabia por que havia feito aquela pergunta.

— Venha cá. Vou poupá-lo de regressar a esta gruta quando estiver definitivamente preparado para solucionar o que o perturba.

Aproximei-me um pouco mais do velho lama; estava tão perto que sentia o eco cavernoso da sua respiração. Ele tomou minha mão e virou a palma para cima. Pousou seis dedos no meu pulso, o índice, o médio e o anular de cada mão, e começou um baile de ligeiras pulsações, chegando até as profundezas de todos os meus órgãos, tomando as rédeas dos meus veios energéticos. Fechei os olhos e concentrei-me no meu próprio ritmo cardíaco. Depois de um instante retirou as mãos e aproximou seu rosto do meu. Ficamos assim uns segundos. O seu hálito cheirava a pedra.

— Dê-me algo para escrever – disse ele.

Pedi a Gyentse que entregasse ao mestre uma das lâminas de Singay. O pintor de mandalas tateou o chão à sua volta e pegou uma pedra. Apoiou o papel no joelho e começou a enchê-lo de caracteres tibetanos. Apesar da cegueira, seus traços eram surpreendentemente certeiros.

— Entregue isso aos seus médicos em Dharamsala. Devolveu-me a lâmina.
— Obrigado por tudo.
— Sou eu que agradeço o que você está fazendo. Mas não tenha pressa e abra-se à aprendizagem, porque é a única forma de chegarmos ao conhecimento absoluto. Nunca se esqueça de que todos precisamos de um mestre, e considere-se afortunado por ter encontrado o seu. Há quem não o encontre ao longo de toda a vida.
— Gyentse...
Fitamo-nos.
— Assim é – disse o pintor de mandalas. — Gyentse é seu mestre. Ele o foi até agora e o será para todo o sempre, onde quer que você esteja.
O iogue voltou à sua posição inicial e soubemos que a conversa tinha terminado.
Dirigi-me à entrada da passagem, mas antes de sair dei meia-volta.
— Pergunte. Não me ofenderá com sua curiosidade – disse o velho lama antes de sumir em um estado de meditação profunda, antecipando-se mais uma vez não só às minhas palavras, mas aos meus pensamentos.
— Quando o senhor pintava mandalas ou restaurava desenhos como os do cartucho... já estava cego?
— Nunca soube – respondeu, esboçando um sorriso.
Neste momento, ouvimos um estrondo que vinha da entrada da gruta. Eram os kampas, que gritavam e corriam pela galeria na nossa direção.
"Fomos descobertos", pensei, olhando assustado para Gyentse.
O tempo se deteve, assim como o fluxo de sangue nas minhas veias. O ar me faltava. A minha cabeça estava no limite da re-

sistência. Era como se um zumbido aterrador soasse na caverna, impondo-se ao retumbar dos passos cada vez mais próximos.

— Estão aqui! Eles nos seguiram! – gritou um dos kampas ao chegar à sala.

— É um pelotão inteiro! – gritou outro guerreiro. — Não sei quantos são!

— Como você não sabe? – queixou-se Solung.

— A tormenta piorou e não se vê bem! Devem ser uns trinta soldados!

— Nós os trouxemos pela mão até a lamaseria! – gritou Gyentse, desconsolado.

— Depois eu mesmo lhes mostrei a entrada da gruta... – lamentei em um sussurro.

Solung meneava a cabeça, desconsolado.

— Ninguém tem culpa – disse, recuperando a lucidez.

— O que podemos fazer?

— Não há o que fazer! – gritou Gyentse.

— Onde estão exatamente? – gritou Solung, segurando o kampa pelo braço.

— Estão perto! Já começaram a subir o glaciar!

O mestre cego tinha virado a cabeça.

— Deve vir conosco... por favor – roguei-lhe.

— Isso é impossível, você sabe – respondeu o iogue.

— Se ficar aqui, vão...

— Já passei por isso antes. Vá tranquilo e termine aquilo para o que foi designado.

Fitei seus olhos brancos por uns segundos e me senti estranhamente em paz.

— Vamos, Solung – disse. — Vamos ver como estão as coisas e pensaremos em algo.

Entramos pela galeria e corremos até a entrada.

36

A situação era crítica. Os soldados já tinham rodeado o glaciar e não tardariam duas horas para chegar à entrada da gruta. Uma patrulha estava posicionada do outro lado do barranco, junto às adagas de pedra sob as quais tínhamos dormido na noite anterior. A nossa única cartada era que a tormenta, que continuava despejando neve por todo lado, dificultasse seu avanço.

— Afastem-se da entrada e encostem na parede da gruta! – ordenou Solung aos seus homens. – Estamos na mira deles e talvez consigam apontar, apesar da nevasca!

Os kampas ficaram tensos, mas não amedrontados, conscientes da situação e do papel que lhes tocava desempenhar. Não era a primeira vez que passavam por uma situação como aquela. O lugar-tenente de Solung se atirou no chão empunhando o fuzil para controlar o avanço dos soldados. Os demais limparam as armas aparentando calma e cantarolaram canções de guerra. O chefe Solung ordenou a dois deles que procurassem a saída ao final da galeria, seguindo a passagem que havia na sala onde estava o mestre cego. Certamente haveria outra saída. Era o que a corrente de ar indicava.

— Espero que meus homens tragam boas notícias. Por aqui não podemos voltar – determinou, dizendo o óbvio e fitando o barranco por onde os soldados desciam.

Fiquei pensativo.

— A que distância devemos estar da fronteira? – perguntei.

— Com a Índia?

— Sim. Estamos perto da Caxemira, não é?

O seu rosto se iluminou.

— Se você estiver pensando em cruzar...

— Se houver uma saída pelo fundo e ela der para o vale próximo do outro lado da montanha...

— Seria muito difícil, mas poderíamos chegar a pé. Muitos exilados conseguem atravessar a fronteira todos os anos.

— Mas, Jacobo, não podemos... – murmurou Gyentse depois de traduzir as palavras do kampa.

— Você ouviu o que disse Solung – repliquei. — Só temos duas horas. Além disso, que sentido teria tentar voltar para o monastério do oráculo? Chang foi preso e, com a guinada nos acontecimentos, ninguém virá para nos levar de volta a Lhasa. Agora só contamos com nós mesmos. – Apoiei a mão em seu ombro. — E não precisamos de mais ninguém, você ouviu o pintor de mandalas. Vamos torcer para encontrar essa saída pelo fundo.

— O que você disser – concedeu, baixando a vista.

Desculpei-me com o chefe Solung.

— Sinto muito tê-lo metido nisso...

— Eu aceitei a encomenda. E jamais me arrependerei de tê-lo feito depois do que você fez pela minha filha.

Neste momento, apareceu um dos kampas que tinha ido inspecionar a passagem.

— A saída fica a uns quinhentos metros! — gritou. — Em alguns trechos a passagem é muito estreita, mas há espaço suficiente para cruzá-la. Eu sou o mais gordo do grupo e passei, então os outros...

— Onde acaba a passagem?

— Dá para o lado oposto da montanha.

— Ótimo!

O gesto do kampa não acompanhava nossa alegria.

— O que mais há a nos dizer?

— Dá para um declive liso de gelo.

— Não pode ser... – desiludi-me.

— Pode-se descer? – perguntou Solung.

— É muito inclinado e é preciso escorregar uns cem metros pelo menos. É muito arriscado, mas no final chega-se a outro declive quase horizontal, de onde é possível voltar a subir e cruzar para o outro lado do maciço. Vale a pena tentar.

— Eles vão nos seguir! – objetou Gyentse.

— Podem nos seguir sem cruzar esta gruta?

— É impossível.

— Por que você tem tanta certeza? – perguntou Solung ao guerreiro.

— Da saída traseira se vê bem o entorno, e o pico dessa montanha é totalmente inalcançável. Os soldados teriam de dar uma volta enorme.

— Então este é o único acesso para passar rapidamente ao outro lado... – murmurou Solung.

— Ainda assim, não teremos tempo de fugir! – exclamou Gyentse novamente. — Perdemos os cavalos e eles têm helicópteros!

— Esperemos que essa tormenta dure vários dias – cortou-o Solung. — Se continuar a nevar desse modo, não poderão voar. E depois que cruzarmos o primeiro pico, eles não saberão por onde segui-los.

— De acordo. Diga a Solung que ordene aos seus homens – pedi a Gyentse.

— Não – respondeu de imediato o chefe kampa.

— Não?

Solung me encarou fixamente.

— Nós vamos ficar.

— O que está dizendo? – exclamei, tentando me fazer ouvir em meio ao vento que penetrava na gruta com uma força crescente.

— Dois dos meus homens irão com vocês, mas o resto de nós ficará aqui para deter os soldados.

— De jeito nenhum!

— Agora não é como da outra vez, quando os deixei iniciar a travessia sozinhos.

— Eu sei, meu Deus! Digo isso por vocês! Fugiremos todos juntos. Se vocês ficarem...

— É a única coisa que podemos fazer – resolveu Solung em um tom afetuoso. — Gyentse tem razão ao dizer que, se partíssemos todos agora, eles terminariam por alcançar-nos, mesmo que fossem obrigados a nos seguir por terra. Precisamos que vocês ganhem mais tempo, pelo menos até cruzar o primeiro pico. Mais tarde eu me reunirei com meus homens onde combinarmos. Quando isso ocorrer, vocês dois e esse tesouro estarão a salvo em território indiano.

Não sabia o que dizer. Tudo acontecia muito rapidamente.

— Isso me parece suicida, Solung – declarou Gyentse, mais sereno. Virou-se para mim. — Resolva você, não me sinto capaz de fazê-lo.

Parei para pensar um instante. Ocultei o rosto entre as mãos e depois fitei o chefe kampa diretamente nos olhos.

— Vai dar tudo certo, não é, Solung?

— O oráculo vaticinou que devíamos acompanhá-los até aqui, e está claro que esses que se veem subindo a montanha são os demônios da predição. Mas não se preocupe. Não os deixarei avançar por esta senda. Se a natureza ficar do nosso lado, a terra desmoronará sob os pés deles antes de as nossas balas acabarem.

Temia não saber demonstrar com suficiente intensidade o que eu sentia.

— Isso que você faz por mim é digno de um deus.

— Não é tão grande assim. É como deve ser. Faço isso por você, mas principalmente pela minha filha. Se não ajudasse quem lhe salvou a vida, que tipo de pai eu seria?

Aquele foi um dos momentos mais emocionantes da minha vida. Era surpreendente que um guerreiro vestido com peles sujas de barro e uma arma na mão conseguisse transmitir seus sentimentos com tanta sutileza e, ao mesmo tempo, uma paixão avassaladora. As suas convicções tinham a força de um furacão. Compreendi que sua vida nômade não tinha nada a ver com a existência errante que eu havia desejado. O chefe Solung sabia de antemão o que encontraria em cada acampamento. Ele sabia por que procurava a filha em todas as situações para dar-lhe um abraço, mesmo depois da morte. Eu me refugiara em uma vida nômade de sentimentos para não enfrentar compromissos comigo mesmo. Aquilo me impedia de comprometer-me com os demais e me condenava inevitavelmente à prisão da solidão.

— Obrigado, Solung.

— Espero que o que você carrega neste cilindro de couro valha a pena – disse sorrindo e sem malícia enquanto Gyentse traduzia suas palavras.

| 353

— Suponho que o mestre Padmasambhava ou o próprio Singay teriam preferido que seu tesouro fosse novamente enterrado na neve do Himalaia antes de cair nas mãos dos soldados de Pequim. Então, no pior dos casos...
Abraçamo-nos com força. Os kampas nos observavam enquanto pacientemente aguardavam as exigências do destino.

— Vamos! – gritei. — Não há tempo a perder!

— Espere! – exclamou Solung.

— O chefe quer lhe oferecer uma coisa – indicou Gyentse.

Solung tirou um colar do forro do seu peitoral, um fio de couro com uma esfera de prata sem polimento.

Gyentse traduziu tudo solenemente.

— Solung disse que espera vê-lo chegar à sua aldeia na região do Jam com este colar no peito e receber em troca a oferenda que você trará da sua terra.

— Diga-lhe que me comprometo a sobreviver até esse dia.

— Disse que, se ele estiver morto, um dos seus filhos receberá seu presente, o levará ao pico que protege o povoado e o esmagará com um martelo de pedra até transformá-lo em areia e pó. Assim, o vento fundirá sua oferenda com a montanha onde repousarão suas próprias cinzas. É assim como ele recordará a força da sua amizade, para além da distância e do tempo.

— Entregarei o presente pessoalmente – respondi e me embrenhei na gruta, seguido por Gyentse e dois kampas.

Passamos por momentos de verdadeiro pânico. Não entendi como o kampa que tinha inspecionado a saída, que, como ele mesmo dissera, era muito mais gordo do que nós, tinha conseguido avançar pelos trechos mais estreitos. Ao chegarmos ao final e assomarmos à saída da gruta, foi como se uma porta do paraíso tivesse se aberto diante de nós. Não reparamos na neve que caía em rajadas em todas as direções, não ouvimos o sopro atordoador do vento nem nos intimidamos com o declive de gelo quase vertical abaixo de nós. Estávamos no final da gruta e só víamos um espaço aberto sem soldados, outra montanha ao fundo e, mais adiante, a fronteira da Índia. Um dos kampas parou diante da saída e se voltou para nós. A neve fustigava suas costas.

— Recordem sempre que este não é seu mundo! – declarou, tentando se fazer ouvir por cima do bramido da tormenta.

— Estamos no teto do mundo e, aqui, mandam os caprichos dessa terra selvagem!

Assentimos com movimentos enérgicos. Mal podíamos abrir os olhos.

— Saltem! – gritou, atirando-se na ladeira de gelo.

Olhei para Gyentse. Ele fez um gesto indicando que estava bem e saltou com o outro kampa. Com os braços, apertei o cartucho contra o peito e também me lancei sob a nevasca.

37

Avançar pela neve foi terrivelmente difícil. Com os primeiros passos sentimos a falta de oxigênio. Pensamos que nosso corpo já havia se aclimatado àquela nova altura após os longos percursos a cavalo, mas não era bem assim. As pernas fraquejavam e era difícil recuperar o ritmo da respiração quando perdíamos a concentração e inspirávamos mais rapidamente do que devíamos. Além disso, havia a baixíssima temperatura. Não tínhamos previsto que poderíamos ter de subir a pé pela cordilheira e não contávamos com vestimentas adequadas. Ainda por cima, estávamos pesarosos pela incerteza do que estaria ocorrendo na entrada da gruta, do outro lado da montanha. O fragor da tormenta fazia todos os estrondos soarem como disparos. Houve um momento em que deixamos de pensar nisso. Várias horas haviam transcorrido desde o início da caminhada, e só nos preocupávamos em avançar sem cair e rolar pelos declives, que se partiam fazendo ruídos secos.

Assim se passaram dois dias eternos. Dois dias de vertentes infinitas de lava branca, congeladas e abrasadoras ao mesmo tempo. E duas noites em que mal conseguimos dormir. Precisávamos permanecer acordados para combater com todas as nossas forças o frio atroz que nos fustigava. Na verdade, temia que, se fechasse os olhos, não conseguiria abri-los outra vez. Gyentse começou a apresentar claros sintomas de congelamento nos dedos das mãos e dos pés. Eles haviam adquirido um estranho tom pálido, estavam endurecendo progressivamente e a dor lhe era cada vez mais insuportável.

No dia seguinte, com a tarde bem avançada, o kampa que ia adiante apontou para uma fileira de pedras que sobressaíam no alto da montanha, traçando uma espécie de caminho. Ele assegurou que levava para o outro lado, onde talvez finalmente encontrássemos um vale por onde caminhar mais rápido até encontrar uma via menos abrupta para nosso destino.

A tormenta aparentemente nos deu um descanso ao chegarmos às primeiras pedras. Olhei para o céu e fechei os olhos, temendo ouvir o eco longínquo de um helicóptero, mas naquele momento a nevasca piorou e o lugar foi novamente açoitado pela fúria descontrolada dos elementos. Eu sabia que o mau tempo era nossa melhor cartada, mas estava começando a ficar insuportável ver tudo à nossa volta coberto de neve. Da vertente era quase impossível perceber as distâncias, e era difícil acreditar que os kampas conseguissem se orientar em meio à nevoa. Já não víamos nem nossos próprios rastros ao olharmos para trás.

— Está cada vez pior! – gritou Gyentse. O vento incessante nos fustigava o rosto e parecia que ia arrancar nossas orelhas congeladas. — E daqui em diante o caminho é ainda mais íngreme!

— Não podemos parar! Não se afaste de mim!

Tomei sua mão e percebi que meu amigo já não conseguia mover os dedos.

Os kampas avançavam rapidamente. Não queria deixar Gyentse para trás, e, pouco a pouco, nos afastamos deles. Mas podia distinguir por onde eles iam. Respirei fundo e, reunindo as escassas forças que me restavam, lancei-me para cima para pedir-lhes que procurassem um lugar resguardado para esperarmos a tormenta diminuir. Corri pisando e erguendo os pés muito rapidamente, para afundar o menos possível no manto de neve que nos cobria até a metade da perna. Quando os alcancei eles me olharam, sobressaltados.

— Precisamos parar! – tentei me fazer entender, gesticulando. — O lama não aguenta mais!

Eles menearam a cabeça e me puxaram pelo braço para que eu continuasse avançando. Era como se tivessem resolvido abandoná-lo.

— O que fazem? – gritei. — Esperem!

A nevasca piorava cada vez mais. A neve caía nos nossos rostos. Os kampas continuavam gritando e me arrastaram para cima. Por um momento, duvidei sobre o que fazer. Talvez tivessem razão. Talvez seguir adiante sem Gyentse fosse a única forma de chegar à Índia a salvo com o *terma*, e a única via para voltar para minha filha e para Martha. De repente, eu soube o que devia fazer. Livrei-me deles com um safanão e um grito, que se ouviu por cima do ruído do vento incessante. Eles me olharam, perplexos. Fechei os olhos e respirei fundo. Fui inundado pelo espírito da montanha, pela grandeza da própria tormenta que estava a ponto de nos arrebatar a vida. Não podia deixar meu amigo morrer. Continuar juntos era a única forma de alcançar nossa meta, salvá-lo era a única meta, a única solução para poder abraçar novamente a minha filha e poder fazê-lo sempre.

— Não se movam! – ordenei.

Neste momento, ouvimos outro estalo, como o açoite de um raio, desta vez mais perto. Vinha do alto da montanha. Os kampas me olharam, espantados, e deixaram escapar um grito agudo e desesperado.

Olhei para cima. Recusei-me a acreditar no que meus olhos viam. A vertente tinha se partido e uma tonelada de neve despencava na nossa direção.

— É uma avalanche! Gyentse! Uma avalanche!

Chamei-o várias vezes, desesperado, sem saber se ele me ouvia.

Os dois kampas correram para o lado direito do caminho, equilibrando-se para avançar mais rapidamente, e se refugiaram atrás de uma das pedras salientes. Certamente esperavam que fosse suficientemente grande para suportar a investida da neve. Eu não queria deixar Gyentse sozinho, mas nem conseguia vê-lo. Fiquei parado no meio da senda traçada pelas pedras, ouvindo ao longe os gritos dos kampas, sentindo a vibração sob meus pés, aquele estrondo que superava o bramido do vento e que cada vez ficava mais denso. Olhei para cima e comprovei, horrorizado, que a onda de neve se aproximava implacável e me engoliria em poucos segundos. Pensei em ir até a pedra que protegia os kampas, mas havia outra mais próxima, do lado oposto. Puxei as pernas da neve como pude e corri até ela, mas não consegui alcançá-la. O solo afundou sob meus pés e caí em uma espécie de fossa. Soltei um grito e levei as mãos ao joelho direito. Sentia pontadas de dor através do tecido rasgado da calça. Verifiquei se ainda trazia o *terma* nas costas e olhei para cima. Vi o buraco por onde tinha caído, e, através dele, os flocos agitados pela nevasca. Mas logo senti a vibração do desmoronamento e a entrada da fossa ficou coberta de neve, enchendo tudo de escuridão e silêncio.

Não sei quanto tempo permaneci naquela caverna, na mesma posição, com os olhos completamente abertos e cegos ao mesmo tempo. Nenhum ruído, nenhuma luz.

Quando compreendi que a neve acumulada podia despencar sobre mim a qualquer momento e me enterrar vivo, apressei-me a tatear ao redor. Queria verificar se havia espaço suficiente para me mover uns metros. Estiquei o braço e senti a presença fria e suave do gelo em algumas zonas e a aspereza das pedras em outras. O buraco se abria para a direita. Avancei o quanto pude, arrastando a perna, até que achei que havia me separado o suficiente. Era improvável que alguém viesse me resgatar. Talvez todos estivessem mortos. Tentei dominar os nervos e me convenci de que era preferível continuar penetrando nas profundezas do buraco. Pensei também que as paredes pareciam um ataúde de rocha. Não queria morrer sozinho. Avancei lentamente, tentando não apoiar o joelho. Acariciava a superfície das poças e ouvia a goteira que se filtrava pelo teto, produzindo um gotejamento que se perdia lá no fundo. "Tem de haver outra saída" – repetia a mim mesmo –, "havia uma na gruta do pintor de mandalas." Não podia desfalecer. Só pensava em seguir adiante. Tinha me afastado tanto do buraco por onde caíra que já não podia voltar atrás. Mas o tempo passava e minhas forças me abandonavam. Chegou um momento em que não aguentei mais, afrouxei a tensão dos braços e me joguei de bruços no chão. Molhei os lábios rachados em uma poça e bebi um pouco d'água.

Foi maravilhoso perder a consciência e recobrar a luminosidade, ainda que no mundo paralelo dos sonhos.

Não sei quando foi, mas lembro-me do primeiro lampejo que atravessou fugazmente o teto da minha câmara mortuária. Depois veio outro, e outro mais. Pensei que eram os sinais de boas-vindas no túnel do trânsito para a morte, ou do ardor das minhas retinas, que advertiam para o fim da minha resistência. Abri e fechei os olhos, mas os lampejos persistiam. Não eram fortes para iluminar em volta, mas indicavam uma saída. Levantei-me e ergui a mão na direção deles. Verifiquei que conseguia até ficar de pé. Apalpei a parede e, tateando, descobri uma escada de cordas e tábuas. Subi até deparar com um portão oblíquo feito de lenhas mal pregadas, por onde a luz se infiltrava. Empurrei-o para fora. Ali estava a fonte daqueles lampejos cambiantes. Eram chamas crepitando. A tormenta tinha passado e um grupo de pessoas rodeava um barril, onde tinham acendido um fogo. Fiquei tentado a me jogar de volta no buraco. Mal podia vê-las. Meus olhos ardiam com o reflexo da neve e estavam ofuscados depois de horas na total escuridão. Mas consegui enfocar o suficiente para comprovar que as sombras não vinham na minha direção. Podiam ser camponeses ou membros de uma caravana de nômades. De qualquer modo, não eram soldados.

Estirei o corpo e deixei o portão cair, fechando o inferno outra vez naquele buraco. Estava em uma estrada de montanha rudimentar. Não podia acreditar que ali houvesse uma estrada. Então entendi. Devia ser um dos acessos para os destacamentos militares que se espalhavam pelos arredores da linha de fronteira. Havíamos avançado mais do que eu supunha, e certamente diante de mim estava um dos grupos de caminhantes que faziam a manutenção da estrada entre a Caxemira e as áreas em disputa com a China.

Perscrutei o vale através da escuridão e compreendi tudo. Eu tinha me arrastado por uma trama de trincheiras escavadas pelos soldados. Possivelmente em algum momento tenha sido um ninho de metralhadoras ou uma estação de vigilância, por causa do enorme campo de visão que se tinha dali. Se fosse assim, eu devia estar em plena zona fronteiriça. Fiz votos de que os postos militares mais próximos fossem indianos ou paquistaneses, e não chineses. Mas antes precisava voltar para buscar Gyentse e os dois guerreiros kampas. Ao pensar neles apertei as mãos inconscientemente, rogando para que ainda estivessem vivos.

Estava congelado. Aproximei-me do grupo em volta da fogueira. Tinha ouvido que vinham das regiões mais miseráveis e que, em troca de um pouco de arroz, dedicavam-se a roubar espaço da montanha a golpes de martelo onde fosse necessário e a remover o alcatrão em barris como o que tinham utilizado para a fogueira. Aproximei-me e eles me cederam espaço. Fiz gestos indicando que só queria me esquentar. Vestiam farrapos que pareciam tiras soltas de lepra. Tinham a pele e os lábios queimados, escurecidos como todo o resto, a não ser pelos olhos, injetados de veias. Os seus traços inertes pareciam talhados na escuridão.

Diante do barril, aos poucos fui parando de tiritar. Não sei o que teria me acontecido se não tivesse encontrado aquela fogueira. Certamente eu teria morrido de frio. Pensei outra vez em Gyentse e nos kampas. Precisava seguir e encontrá-los o quanto antes.

Olhei novamente os rostos daqueles homens da estrada. Um por um, sem nenhum rubor. Eram como uma família de espectros, todos mortos ao mesmo tempo. Não disseram nada. Nem quando cheguei nem quando saí mancando. Limitaram-se a contemplar-me atentamente em sua dimensão paralela e estirar o braço sem chegar a me tocar.

| 363

38

Aquela estrada parecia levar a lugar nenhum. Já estava amanhecendo quando, finalmente, divisei algo que não fosse neve e pedras. Era a silhueta de uma estupa. Um pouco adiante, uma aldeia espalhava-se pela vertente. Corri até a primeira casa. Esperava encontrar alguém para me ajudar a encontrar meus companheiros. Era um estábulo. Dois homens estavam atarefados, colocando uma espécie de jugo em uma parelha de iaques. Uma expressão de incredulidade transpareceu nos seus rostos. Tentei fazê-los compreender que eu precisava chegar do outro lado da montanha. Tinha certeza de que eles sabiam ir até lá pelo acesso mais seguro. Por um momento, conversaram entre si como se eu não estivesse ali. Peguei um pouco do dinheiro que ainda tinha e lhes ofereci. Eles arrancaram-no da minha mão sem negociar e, a partir deste momento, mostraram-se mais abertos às minhas explicações. Repetiam os gestos que eu fazia e assentiam sem parar. Passamos pela casa deles para buscar alguns apetrechos, comi rapidamente uma tigela de *tsampa* para não desfalecer e partimos sem mais demora para o local da avalanche.

A montanha exibia uma face muito diferente. As cores, o odor da neve, o silêncio. Era incrível pensar que eu subira aquelas vertentes que o sol agora iluminava, desvelando seu brilho algodoado, sugestivo e mortal, e o azul tênue dos pingentes gelados ocultos dos raios. Aquela beleza repentina correspondia em intensidade ao sofrimento que, em troca, a cordilheira infligia aos que a desafiavam. Avançar pela neve era lento e fatigante, ainda que fosse menos duro por não haver nevasca. Mas o pior daquela aparente tranquilidade era que eu tinha mais chance de pensar, e a imagem do alude engolindo Gyentse e os dois kampas me torturava e me convencia de que, mais cedo ou mais tarde, se a neve me permitisse, eu encontraria seus cadáveres congelados.

Finalmente chegamos ao topo e começamos a descer pelo outro lado da montanha. Pouco depois vimos a senda traçada pelas pontas das rochas mais altas, que tinham ficado cobertas. Olhei em volta e não via nada além daquele manto surpreendentemente liso. O meu ritmo cardíaco se acelerou. Logo achei a pedra atrás da qual os kampas tinham se resguardado, mas eles não estavam lá. Indaguei os tibetanos com o olhar. Um deles também se esforçava para esquadrinhar cada metro quadrado da vertente. O outro meneava a cabeça, dando-se por vencido antes mesmo de começar. Continuei perscrutando desesperadamente aquela tela branca até que eu próprio resolvi que não havia mais nada a fazer. Então, pouco antes de dar meia-volta e regressar à aldeia, percebi uma sombra que assomava por trás de outra pedra que ressaltava muito mais abaixo.

— São eles...

Os tibetanos viraram-se na minha direção.

— São eles! – repeti, e um eco colossal o confirmou seis vezes.

Quis sair correndo, mas os tibetanos se jogaram sobre mim e me impediram. Não podia me lançar ao resgate sem uma corda, já que, por causa da quantidade de neve acumulada, não conseguiria subir de volta. Foi o que aconteceu com meus companheiros. Estavam presos no meio da vertente sem conseguir fazer nada além de esperar a morte. Por sorte, os guias haviam previsto aquela situação. Quando me dei conta, já tinham posto mãos à obra. Tiraram grandes rolos de corda das mochilas e amarraram uma ponta na saliência da rocha e a outra à minha cintura. Nem lhes passou pela cabeça que não seria eu que devia descer.

Consegui chegar à pedra depois de deslizar muitos metros pela encosta e abrir um canal na neve com meu corpo, o que tornaria a subida mais fácil. Saltei como pude para o ponto onde eles estavam abrigados. Os kampas, que tinham acompanhado a descida sem perder um detalhe, fitavam-se como se estivessem diante de um espírito. Pensei que tinha chegado tarde demais. Meu amigo Gyentse estava em posição fetal. Ajoelhei-me ao lado dele e tomei seu pulso. Seu rosto estava completamente queimado, e as pontas dos dedos das mãos, enegrecidas pelo congelamento. Não quis tirar suas botas, supondo que os pés não teriam um aspecto melhor. Mas ainda não era tarde. Ele não estava morto.

Levantei-me e os kampas se jogaram sobre mim efusivamente. Já tinham se convencido de que era eu, e não um demônio disfarçado, que descera pela neve para resgatá-los. Abraçaram-me e tocaram meu rosto. Tentavam explicar o que lhes tinha ocorrido. Aparentemente, a primeira rocha sob a qual se abrigaram era suficientemente elevada para romper a avalanche demolidora, evitando que fossem arrastados montanha abaixo. Quando a avalanche passou, o rastro da senda tinha sumido, e logo eles descobriram que seria impossível retomar a marcha enquanto a neve não ficasse suficientemente firme. Então usaram os fuzis para abrir caminho até localizarem Gyentse mais abaixo, onde estávamos agora.

Graças ao fato de tê-lo buscado, e aos golpes que deram em seu corpo para transmitir-lhe calor, eles o mantiveram vivo.

Agachei-me ao lado de Gyentse e falei ao seu ouvido.

— Não morra agora, por favor...

Mal sentia seu pulso. Tinha os membros rígidos e o rosto mostrava claros sinais de congelamento. Os kampas tinham tentado acender as bolas de esterco seco de iaque que usavam como combustível, mas não conseguiram fazer fogo. Eles haviam perdido os embornais durante a nevasca e, ao recuperá-los, o esterco estava tão molhado que fora impossível fazê-lo arder com a fraca chispa do isqueiro de pedra. Era preciso um acendedor mais poderoso. Tomei a cabeça de Gyentse entre as mãos e percebi que ele estava indo embora.

— O que posso fazer? – solucei como se esperasse, como sempre, que ele tivesse a resposta.

Então tive uma ideia. Pedi a um dos kampas que aproximasse o isqueiro e tirei da bolsa as lâminas a carvão de Singay.

— Elas ainda têm uma missão a cumprir – declarei.

Uma só chispa acendeu a primeira lâmina, e com o resto consegui uma chama suficiente para fazer arder as bolas de excremento prensado.

Pouco a pouco, as bolas foram devorando as lâminas de pergaminho. As cinzas foram levadas pelo vento. Senti que se restabelecia uma conexão entre o fogo, a água e a neve, a terra da meseta e o sopro gélido do Himalaia. Aquela dança harmoniosa foi arrancando meu amigo da hipotermia, permitindo-lhe separar os lábios, depois piscar, girar o pescoço. Abracei-o quando o último átomo dos desenhos se elevava como um vaga-lume e regressava à montanha de onde um dia Singay os tinha levado.

Ao recuperar a consciência, Gyentse me disse:

— Não preciso explicar-lhe o que sinto...

Sorriu e voltou a fechar os olhos.

O resgate foi muito mais difícil do que eu havia suposto. Os kampas ainda tinham as pernas ancilosadas pelo frio e precisei subi-los um por um. Eu buscava forças nos cantos mais profundos do meu ser. Pensava em tudo o que aquele lama tinha feito por mim e puxava-o preso às minhas costas, encolhido como um cachorro ferido, como se nós dois fôssemos uma só pessoa. Os tibetanos detinham a corda com firmeza para que não se soltasse, mas não se ofereceram para me substituir. No entanto, ao regressarmos ao povoado horas depois, portaram-se como verdadeiros anfitriões. Abriram suas casas para nós e prepararam comida em abundância, e suas mulheres esquentaram bacias para banhar o lama. Submergiram seus membros congelados na água morna e vendaram com panos as partes afetadas antes de cobri-lo com peles.

Terminado o tratamento, recostaram-no em um catre; Gyentse dormiu. Pensei que era o momento de deixá-lo descansar enquanto preparávamos a continuação do pouco que nos restava da viagem. Porém, em vez de deixarem o cômodo, os kampas, os tibetanos e as mulheres começaram a discutir no meio do quarto, apontando para meu amigo. Algo não ia bem. Aproximei-me e pedi que tentassem me explicar o que acontecia. A mulher que o tinha banhado afastou as peles e retirou os panos que cobriam sua mão esquerda. A necrose dos dedos congelados avançara impiedosamente. A circulação não tinha voltado e a infecção acabaria devorando seu braço e, depois, o resto do corpo.

Um dos tibetanos disse-me uma série de frases rápidas que não compreendi.

— Gangrena – pensei entender.

Todos se calaram subitamente.

— Gangrena – repetiu.

Olhei para Gyentse, que continuava deitado com os olhos fechados, e tive de me sentar em uma ponta do catre. Quando o tibetano gesticulou, imitando o ato de cortar com uma faca, senti que ia desmoronar por dentro.

Abri as mantas e retirei os panos da outra mão e dos pés. Também estavam enegrecidos, mas tinham um aspecto menos terminal. Cobri-o novamente. Todos me olharam esperando que eu tomasse uma decisão. Como podia saber se seria preciso amputar seus dedos, se era isso o que eles tentavam dizer?

A partir deste momento, todos ficaram de pé sem dizer mais nada, então me vi obrigado a despertar Gyentse. Precisava contar-lhe o que estava acontecendo. Ao abrir os olhos, parecia não saber onde estava.

— Olá, Jacobo – disse finalmente.

— Como você está?

— Muito melhor. Quente. – Encolheu-se sob as mantas.

— E o *terma*?

— Aqui está – disse, girando o torso para que ele o visse pendurado nas minhas costas. — Não me separei dele nem por um minuto.

— Os meus dedos doem – queixou-se. Ele percebeu que eu tremi. — O que foi?

— Foi por isso que acordei você.

— Sei – disse, e estirou a mão esquerda. Retirei novamente os panos que a cobriam. — Ai... – lamentou-se. — Não tem um bom aspecto...

— Gyentse...

Não conseguia falar.

— Já sei.

— Eles acham que está gangrenada – consegui articular de uma só vez.

Ele estirou a outra mão e examinou como pôde as pontas dos dedos.

— Agora entendo por que sentia tanta dor, mesmo em sonhos.
— Não sei o que fazer. Eles...
— Querem cortar — supôs.
Assenti.
— Os tecidos mortos estão liberando substâncias que podem infectar o sangue. Se isso acontecer, será o fim — afirmou.
— Tenho certeza de que conseguiremos chegar a um centro médico indiano onde poderão avaliar o alcance da infecção com o rigor necessário! Ainda há tempo de salvar um...
— Esqueça.
— Mas eu já ouvi que pode passar um tempo antes que seja preciso amputar...
— Devem fazê-lo agora — sentenciou.
— Insisto em que, estando tão perto de casa, devíamos prosseguir...
— Jacobo, por favor, não torne as coisas ainda mais difíceis. Não se esqueça de que está falando com um médico — afirmou, sem muita convicção.
— Ninguém pode diagnosticar a si mesmo — declarei, em um último recurso.

Não me respondeu. Dirigiu-se aos tibetanos e pediu-lhes que preparassem os instrumentos.

A partir daí, tudo ocorreu muito rapidamente. Queimaram um punhal, esfregaram nele uma espécie de desinfetante, limparam a mão esquerda de Gyentse e ele mesmo indicou o ponto exato, acima da segunda falange, onde os quatro dedos deviam ser amputados, todos, menos o polegar. As mulheres prepararam algum material para a sutura e trouxeram uma lamparina.

Quando chegou o momento, o que segurava o punhal olhou para mim.

— O que foi? – perguntei.

| 371

Estendeu o braço e me ofereceu a faca.

— Não, não, não... – Todos começaram a falar ao mesmo tempo. — O que estão dizendo? – perguntei a Gyentse.

— Dizem que não se atrevem a amputar...

— Muito menos eu, Deus me livre!

— Têm medo que eu sofra uma hemorragia, se for malfeita.

— Gyentse, por favor! Por que está me dizendo isso?

— É verdade. Seria injusto obrigá-los a fazerem isso sem saber o que pode acontecer. Quero que saiba de antemão que estou consciente de que talvez haja complicações e, ainda assim, peço-lhe que me ajude.

— Não posso... – estremeci.

— Não precisa ter medo. Não podemos temer nosso destino.

— Por que isso está nos acontecendo? Por que precisa sofrer?

— Nós dois somos um, lembra-se? Todos somos um. O bem dos demais é meu bem.

Os outros se limitavam a nos observar em silêncio. Aos poucos, o tibetano estendeu novamente o braço e me ofereceu o punhal. Tomei-o devagar.

Ainda estava quente.

Fechei os olhos. Tentei meditar como Gyentse havia me ensinado a ver as coisas de um plano superior, a despojar-me de tudo o que carregava comigo há tanto tempo. Precisava que minha mente se convertesse em um mar de calma para olhar através das suas águas. Respirei fundo. Senti o ar entrando e saindo, e o espírito do meu amigo me inundando. De repente, foi como se o mundo tivesse parado. Sei que parou e reiniciou sua marcha quando abri os olhos.

— Aperte minha outra mão, por favor – pediu-me Gyentse, pouco antes de a lâmina quebrar o primeiro osso.

39

Gyentse jazia inconsciente na cama. Uma das mulheres estava ocupada preparando uma venda e a outra limpava os restos da operação. Parado no meio do cômodo, toquei minha testa instintivamente. Subitamente, percebi que por fim aquela dor maldita que martelara minhas têmporas desde que sofri o surto de febre no acampamento nômade tinha desaparecido.

— *Tukjeche* – sussurrei ao meu amigo em sua língua materna.

Acompanhei os kampas e um dos tibetanos até um armazém localizado na outra ponta da aldeia. Lá havia provisões suficientes para suas famílias sobreviverem durante dois invernos, então, permitiram que enchêssemos as sacolas com tudo o que consideramos necessário. Fiz aquilo mecanicamente; depois fiquei um tempo sentado junto à porta. Ainda não superara o impacto da amputação. Ao voltar, encontrei Gyentse recostado na cama. Ele tinha combinado com um dos tibetanos um novo preço para que nos guiasse pelo único pico que nos separava do território indiano.

— Como você está? – perguntei-lhe.

— Não dói. Deve ser esse unguento mágico – respondeu sorrindo, e apontou para um frasco cheio de uma pasta estranha que tinham deixado ao lado da sua cama.

Lembrei-me da gororoba que a mulher nômade me fizera engolir no acampamento da estrada de Lhasa.

— Parece mentira – disse eu. — Há pouco mais de uma hora tinha a sensação de que...

Gyentse baixou a vista para sua mão enfaixada.

— Você sabe que nos construímos com nossos atos e com os daqueles que nos rodeiam. O nosso corpo muda a cada instante, e pode mudar em um segundo tanto quanto nossa consciência. O que você fez por mim me ilumina e me dá forças.

— O que fiz?

— Não nos deu por mortos e arriscou sua vida para nos resgatar. E depois teve suficiente fortaleza para...

Fitou a mão vendada.

— Só tentava devolver-lhe um pouco do que você me deu.

Ele inclinou a cabeça timidamente.

— E os kampas? – perguntou.

— Estão lá fora. Já suprimos as sacolas. Pensei em acompanhá-los ao estábulo para comprar uns cavalos. Quero que partam o mais rápido possível para se encontrarem com o chefe Solung.

Gyentse não disse nada. Nem quis pensar na possibilidade de, chegando lá, não encontrarem mais ninguém.

— Vou buscar os cavalos – resolvi, tentando tirá-lo daquelas tramas. — Você me espera aqui?

Assentiu.

Uma hora mais tarde, depois de passar pela negociação mais difícil da minha vida com os tibetanos, deixei os kampas no estábulo e voltei para buscá-lo. Enquanto me afastava ouvi atrás de mim o baile ansioso dos cascos e o ruído dos arreios estirando-se enquanto os animais moviam as cabeças para cima e para baixo. Era estranho chamar de casa a zona em disputa da Caxemira, mas era assim que eu a sentia. Olhei para o cume. Talvez fosse a última vez que pisava aquela terra, o teto do mundo, a meseta dos mil lagos. As demais casas da aldeia pareciam diminutas, abrigadas pelas enormes vertentes da montanha. Tudo o que era humano resultava minúsculo visto da perspectiva da cordilheira. No entanto, fomos capazes de cruzá-la. Levei a mão ao peito para apalpar a correia de onde pendia o cartucho do *terma*.

Ao chegar à casa dos tibetanos, estranhei não encontrar Gyentse. Fui à sua procura. O véu transparente que anunciava a noite havia tingido tudo de cinza, mas a paisagem absorvia a luz como se fosse desaparecer com ela. A lua e as estrelas já tinham entrado em cena e vertiam tons azuis nos vales nevados.

Pouco depois o encontrei encolhido atrás de uma mureta de tijolos fabricados com o mesmo excremento de iaque das bolas para o fogo. Tinha saído para meditar, apesar do seu estado e do vento congelado que soprava novamente. Aproximei-me com cautela para não sobressaltá-lo. Estava na postura do Buda Bairokana, a que tentara me ensinar na noite em que chegamos ao monastério do oráculo.

Ao ouvir meus passos, ele ergueu a vista. Mostrou suas grandes pupilas alçando as sobrancelhas de um modo peculiar.

— As estrelas parecem estar mais perto vistas da meseta — disse ele.

— Tudo parece diferente visto daqui.

Contemplou-me por um instante, limitando-se a sorrir. Eu sabia que guardava algo para si mesmo.

— Sinto interromper sua meditação – disse-lhe —, mas temos de ir agora.

Então ele falou sem preâmbulos.

— Eu vou ficar, Jacobo.

— Como?

— Vou ficar com os kampas. Primeiro irei com eles até a região do Jam. Depois decidirei para qual monastério ir.

— Mas Gyentse – olhei para a montanha que me separava da Índia —, já estamos em casa...

— Talvez chegue o dia em que eu tenha de regressar, mas agora sei que aqui posso fazer... que a minha casa...

Calou-se. A emoção o impedia de falar.

— É sua peça do quebra-cabeça – disse, recordando nossas primeiras conversas em Dharamsala.

— Isso mesmo. A minha peça – repetiu, secando os olhos com o dorso da mão sã. — Lembre-se do que eu lhe disse no monastério do oráculo sobre a falta de mestres no Tibete. Quase todos foram obrigados a fugir para o exílio, e a cadeia de ensinamentos que manteve nossa tradição viva está a ponto de se romper. Naquele dia você me afirmou que, entre todos, conseguiríamos impedir que isso acontecesse. Agora tenho em mãos a oportunidade de colocar meu grão de esperança nesse saco quase vazio.

— Mas você não pode me deixar sozinho... O que farei sem você? – confessei. — Você ouviu o pintor de mandalas, você sempre será meu mestre...

— Talvez todos os anos em que vivi em Dharamsala tenham sido com o fim de encontrá-lo, mas agora você já não precisa de mim. Asseguro-lhe que no tempo que passamos juntos você também me ensinou muito mais coisas do que pode imaginar. Além disso...

— Além disso...
— Sabe por que o mestre cego disse que você era o novo guardião da flor de lótus?
Fiquei imóvel.
— Não.
— Para nós, a flor de lótus é o símbolo máximo da pureza e da santidade, pois ela floresce em todo o seu esplendor até nas águas poluídas sem perder um átimo da sua beleza. Você deve saber que o próprio mestre Padmasambhava nasceu de uma flor de lótus que cresceu no rio Indo. E não é por casualidade que nosso Dalai-Lama e todos os que o precederam pertencem à família búdica chamada Clã do Lótus. Por tudo isso, essa flor de sublime beleza é o ser vivo que melhor pode representar o legado mortal do povo tibetano.
— Mas eu não sou ninguém...
— Acho que é, sim. Algo tão delicado precisava de um guardião à altura. E você demonstrou amplamente que pode se encarregar de uma tarefa tão importante.
— Sou-lhe tão grato... Você não tem ideia.
— Sentindo sua gratidão sincera você já me recompensa mil vezes.
— Não sei se é suficiente.
— Para mim é. Não se ofenda, mas acho que na sua sociedade vocês não sentem a gratidão do mesmo modo como sentimos no Oriente. — O rosto do chefe Solung emergiu na escuridão e logo se desvaneceu. — Por isso, sabendo que você aprendeu essa e algumas outras coisas que tentei lhe ensinar, sinto-me mais do que satisfeito.
— Você não tem medo? – perguntei, vendo que chegava o momento de nos separarmos para sempre.
Gyentse tomou minha mão pela última vez e apertou-a com força.

— Quando era criança, fiz uma viagem iniciática à montanha com meu tutor, em busca de ervas medicinais – começou a contar pausadamente. — À noite, na tenda, esforcei-me para não dormir enquanto o fogo não se consumisse totalmente. Se eu fechasse os olhos enquanto as chamas estivessem acesas, as sombras que se projetavam no tecido se convertiam em demônios. Um dia confessei isso ao meu tutor e ele me disse que não havia nada a temer. Só devia me convencer de que aqueles demônios estavam na minha mente e, por isso, não podiam me fazer mal. Assim são as coisas. Por que devemos ter medo de algo? Se você prescindir da influência dos espíritos malévolos e desfrutar a presença das suas próprias divindades, sonhará todas as noites com um mundo cheio de possibilidades.

— Tentarei lembrar-me disso, assim como de tudo mais – sorri.

— Não é preciso. São coisas que já fazem parte de você.

— Meu amigo...

— Asseguro-lhe que, desde aquele dia, espero emocionado por esse momento antes de conciliar o sono. Aproveito para amadurecer minhas preocupações e, pouco antes de me render ao sono, deixo-as se dissiparem junto com os demônios do fogo. A partir de hoje, todas as noites terei você nos meus pensamentos. *Tukjeche*.

— Obrigado a você também.

Não consegui dizer mais nada. Despedi-me com um olhar em que transparecia tudo o que eu era e, em troca, levei a imagem dos seus olhos rasgados, seu crânio raspado, o sorriso inalterável e a aura que aprendera a ver e que sempre me iluminaria, aonde quer que eu fosse.

Dei meia-volta com o cartucho de couro atado às costas e fui à procura do guia, esperando conseguir atravessar o último passo da montanha antes que o frio polar da noite tibetana paralisasse minhas pernas.

40

Dois dias haviam se passado desde que dissera adeus a Gyentse na aldeia da montanha; eu estava a ponto de aterrissar em Délhi, a bordo de um avião militar. O último trecho da viagem, que eu considerei um simples trâmite após ter conseguido escapar do exército chinês e superar as investidas mais duras da cordilheira, converteu-se em outra prova inesperada que, mais uma vez, me levou ao limite da minha resistência. Primeiro tive de cruzar o último cume que me separava do território indiano. Os meus pés estavam em carne viva e aquele pico parecia se alongar em direção ao céu à medida que eu chegava ao fim. Depois, fui obrigado a andar por um caminho de cascalhos de uma estrada deserta até o quartel mais próximo, e nenhum maldito veículo cruzou meu caminho para me dar uma carona de alguns quilômetros. Eu não sabia que a zona estava tão militarizada e, portanto, era tão pouco transitada. Pelo que soube, os enfrentamentos com as forças paquistanesas não haviam piorado, mas crescera o temor diante das ações terroristas dos grupos independentistas indianos e paquistaneses que lutavam para ocupar as primeiras páginas dos jornais do país. O pior foi que, quando consegui chegar ao quartel, submeteram-me a sucessivos interrogatórios até se convencerem de que meus papéis estavam em ordem. Não queria contar-lhes toda a verdade sobre o que me fizera sair da China pela cordilheira. Bastava que se convencessem da autenticidade do meu passaporte e das autorizações que conseguira por intermédio de Luc Renoir, o delegado da União Europeia, amigo de Malcolm. Quando comprovaram que os selos não eram falsos e que não havia nada a temer, me deixaram seguir em frente. "Não podemos nos arriscar, do jeito que estão as coisas por aqui. Ontem mesmo, três soldados nossos caíram quando um homem se aproximou para vender-lhes queijo de cabra e se imolou", desculpou-se o oficial do destacamento, após me deter durante muitas horas em uma sala sem janelas só com duas cadeiras, uma para mim e outra para o soldado que fazia as mesmas perguntas uma e outra vez.

Consegui que não confiscassem o cartucho do *terma*. Isso era a única coisa que me importava, e me abraçava a ele como se fosse parte de mim.

Tudo começou a melhorar quando o interrogatório terminou e me deixaram telefonar. Primeiro liguei para o Kashag. Não pude falar com Kalon Tripa, mas um dos lamas de confiança que estava a par de tudo me garantiu que imediatamente enviaria dois companheiros a Délhi para que se encarregassem do *terma*. Era preciso que nos encontrássemos na capital, pois não havia conexão aérea com Dharamsala nem um modo rápido de chegar lá. Depois tentei falar com Martha de todas as maneiras, mas foi impossível. Tampouco consegui entrar em contato com Malcolm. Deixei alguns recados e liguei para seu amigo Luc Renoir, para que apressasse minha volta.

Em pouco mais de uma hora o delegado mexeu os pauzinhos necessários e me levaram imediatamente em um caminhão até Srinagar, a capital da Caxemira indiana, e, uma vez lá, me deram um lugar no avião de transporte de tropas, que agora descia sob a chuva levando outros vinte recrutas.

Ainda não tinha amanhecido e a monção caía torrencialmente sobre a cidade. Délhi, outra vez a Délhi poeirenta, para onde eu finalmente regressava com o cartucho do *terma* sagrado, se lavava para me receber.

Ao descer, me afastei para um lado, esperando que o oficial descesse e me indicasse para onde devia me dirigir. Um soldado, com quem tinha trocado algumas frases durante o voo, me saudou, levantando ligeiramente a capa do chapéu antes de apertar a fivela e se cobrir com o impermeável militar. Caminhei sob o manto de água seguindo um traçado de linhas amarelas que mal podia reconhecer.

Luc Renoir foi pessoalmente à base militar de Délhi me buscar. Esperava por mim lendo um exemplar atrasado do *Time* em um escritório junto à pista. Assomou à janela quase opaca por causa da gordura do combustível mal queimado e à película terrosa que a chuva depositava em todos os vidros de Délhi. Quando entramos, agradeceu ao oficial por me trazer. Depois ficamos a sós. Ouvia-se o golpe das gotas no telhado e o jorro da calha de águas pluviais caindo na pista. Ali dentro fazia um calor asfixiante. Luc afrouxou a gravata enfiando o dedo no colarinho da camisa e me contemplou por um instante antes de falar.

— Não consigo acreditar no que você me contou ao telefone – disse, sem tentar evitar um sorriso de lado. — Você realmente cruzou a cordilheira a pé?

Sequei o rosto com a manga.

— Asseguro-lhe de que foi muito mais complicado do que isso. Certamente meu rosto deixava entrever todo o padecimento acumulado.

— Você está bem? – perguntou, preocupado.

— Não é nada. É que... – olhei-o nos olhos e falei de supetão. — É que não aguento mais, Luc.

— Ora, venha cá, dê-me um abraço.

Quase caí em cima dele. Não quis lhe dizer que minhas botas estavam cheias de sangue seco e que eu quase não dormira ao longo de muitos dias. Ficamos por um instante calados. Ele não parecia a pessoa que eu conhecera havia umas semanas. Naquele momento, achei-o prepotente e meio arisco. Nesta manhã, no entanto, estava um pouco mais afetuoso. Além disso, tinha feito tudo para me ajudar.

Passei a manga pelo rosto outra vez, não tanto para secar a chuva, mas para limpar algumas lágrimas de exaustão.

— E Malcolm? – perguntei.

— Não consegui encontrá-lo.

— Tampouco consegui falar com ele.

— Não se preocupe, vou levá-lo à casa dele.

Virou-se para sair da sala.

— Espere! – exclamei.

— Precisa de alguma coisa? – disse, dando meia-volta.

— Houve mais mortes? – perguntei-lhe.

Eu precisava saber. Luc pareceu surpreso.

— Como?

— Entre os lamas, em Dharamsala.

Respirou fundo.

— Não.

— Ainda bem...

— É normal que você se lembre de... Asha.

— Não consigo esquecê-la. Mas então, não...?

Luc meneou a cabeça e desviou o olhar outra vez em direção à porta. Talvez quisesse abri-la para aliviar de uma vez a estranha tensão que, subitamente, se respirava na sala.

— Vamos?

— O fato de que tudo esteja tranquilo agora em Dharamsala me confirma que quem assassinou Singay e os outros lamas só queria...

Luc reparou no cartucho de couro policromado que eu trazia pendurado no ombro. Tomei-o e o mostrei a ele, sem poder evitar certo orgulho.

— Não é...

— Sim. É o *Tratado da magia do antigo Tibete*.

— Não posso acreditar que você finalmente o conseguiu! – exclamou, e seu rosto se iluminou. Não esperava essa reação.

— Procurei informações sobre esse tesouro depois que você partiu. Um dos *termas* enterrados pelo mestre Padmasambhava...! Nunca pensei que você fosse capaz de encontrá-lo! Teria jurado que não passava de uma lenda!

Aproximou-se para tocá-lo.

— Devo ir imediatamente ao bairro tibetano para reunir-me com os dois lamas que o governo exilado enviou para buscá-lo. Devo entregar-lhes o *terma* o quanto antes.

— Entendo que você fique nervoso carregando isso. Sabe se esses lamas já chegaram a Délhi?

— Liguei da Caxemira e falei com o secretário de Kalon Tripa pouco antes de falar com você, e ele me garantiu que sairiam imediatamente para Dharamsala. Espero que já tenham chegado.

— É fantástico! – exclamou, emocionando-se outra vez. — Um *terma* do antigo Tibete bem aqui, ao alcance da minha

| 383

mão! Confesso que quando você partiu para buscá-lo pensei que estavam todos loucos. Mas tantas coisas tinham acontecido que não podia negar-lhe apoio.

— Aparentemente eu não era o único que procurava por ele.

— Do que você está falando? O que aconteceu? – exclamou.

— Seguiram-nos por toda a meseta, Luc, de leste a oeste do Tibete.

Agarrou-me pelos braços com um gesto de espanto.

— Como os seguiram? Quem?

— Não sei de quem partiram as ordens, mas eles usavam o próprio exército chinês.

— O exército? Você tem certeza?

— Sei que estavam atrás de nós.

— Meu Deus...

— Estou convencido de que isso é o que eles procuravam – disse, agarrando o *terma* com força —, e vejo sombras espreitando em cada canto – confessei, apontando para os lados de um modo um pouco paranoico.

— Você já me contará tudo detalhadamente. Aparentemente você tem muito mais para contar do que eu esperava. Pode me dizer o que há dentro do cartucho?

— Está selado. O pintor de mandalas me pediu para não abri-lo até que chegasse o momento.

— Quem lhe pediu isso?

— É uma longa história. O importante é que logo o Dalai-Lama poderá examiná-lo.

— Não perguntei por mera curiosidade – desculpou-se. — Isso aqui é um aeroporto militar e...

— Vamos o quanto antes, por favor – supliquei-lhe.

Antes de sair dirigiu-se a mim outra vez em voz baixa.

— Entregue-me o *terma*.

— Como?
— O *terma*. Não quero que você passe pelo controle com ele. Duvidei por uns instantes.
— Mas...
— Jacobo, pelo amor de Deus... Não teria a menor graça se, depois de chegar até aqui, uns soldadinhos de Délhi confiscassem esse tesouro. Qualquer coisa procedente das bases militares da Caxemira e um pouco fora do normal, inclusive objetos artísticos e religiosos, fica depositada para ser inspecionada pelo oficial de turno. E o mais provável é que ele tenha um *dalathi* diante dele no café da manhã da cantina e não apareça por aqui durante toda a manhã. Eu não serei revistado.

Concordei em entregar-lhe o *terma*. Era a primeira vez em que perdia o contato físico com ele desde que saíra da gruta do pintor de mandalas. Mas é verdade que passamos pelos controles sem parar até chegar ao carro. Um chofer esperava por nós do outro lado da barreira. Então pedi a Luc para devolver-me o *terma*.

— Você passou por muita coisa para consegui-lo, não é mesmo? – limitou-se a dizer antes de devolvê-lo e fechar a porta com um golpe seco.

Relaxei ao ver que finalmente o motorista acelerava em direção ao centro e que nos afastávamos do ângulo de tiro da última guarita. Depois de tudo o que acontecera, a mera presença de um fuzil, mesmo que fosse do exército indiano, me provocava uma tensão insuportável.

— É óbvio que sua viagem ao Tibete valeu a pena – disse, já dentro do carro.

— Há coisas que se tornam importantes no momento em que vamos atrás delas.

— Levei muito tempo para entender isso – suspirou. — Quando você volta para o Peru?

| 385

— Assim que puder. Agora só estou preocupado em entregar o *Tratado* são e salvo aos lamas. – Olhei o relógio. — Eles já devem estar no bairro tibetano. Preciso me apressar.

— Deixarei você na casa de Malcolm. De lá você segue adiante.

— Está bem. Vou mudar de roupa e sair imediatamente.

Reclinei-me no assento e olhei pela janela. Os táxis-triciclos estavam cobertos de plásticos sob as árvores da avenida. No primeiro semáforo, uma menina veio até o carro vender um colar de flores de jasmim, sem se deter com a chuva. Estava completamente encharcada. Os cabelos, negros como seus olhos que saltavam do rosto de uma intensidade pura, estavam grudados na testa. As conhecidas texturas de Délhi voltavam a me cobrir, e a monção era parte da cidade nessa temporada. Senti um momento de sossego sob a tormenta, mas logo voltou a angústia e aferrei-me ao cartucho do *terma* como se uma força invisível quisesse arrancá-lo de mim; mal conseguia manter abertos os olhos injetados de sangue. Lembrei-me dos olhos incandescentes do meu cavalo tibetano. E do chefe Solung. A chuva que escorria pela janela deixou de ser prazenteira e ficou triste, fazendo-me estremecer.

Luc olhou para mim sem dizer nada. Inclinou-se para frente para falar com o motorista e lhe deu instruções em hindi.

41

O carro parou em frente à casa de Malcolm. Saí sem perder tempo e fui até a entrada com passos largos. Chovia a cântaros. Toquei a campainha do vídeo-porteiro e cruzei o jardim. Estranhei que Malcolm não aparecesse e que não respondesse de um quarto qualquer. Fui diretamente à biblioteca e depois ao escritório dele. Estavam vazios, as luzes apagadas e as cortinas fechadas. Cheiravam a guardado. O ambiente estava impregnado de um produto para tratar madeira. A primeira coisa que fiz foi tomar o telefone sem fio e ligar para o número de casa. Tinha tentado falar com Martha do quartel na Caxemira, mas não houve linha. Não era de estranhar. Às vezes, era difícil conectar-se com as cidades da selva. Fiquei ainda mais nervoso ao comprovar que desta vez tive sorte. Ouvi o sinal de chamada, que depois deu ocupado. Chamei compulsivamente outras cinco ou seis vezes, sempre com o mesmo resultado. Tentei ligar para Malcolm, mas seu celular estava sem cobertura, como ocorrera antes, quando telefonei da fronteira. Pelo menos, consegui deixar mensagens dizendo que estava tudo bem. Fiz votos de que ele as recebesse.

Joguei-me no sofá da sala. "Só um minuto para me tranquilizar e então tento outra vez", disse a mim mesmo. Percorri com os olhos os quatro cantos do cômodo. Novamente estava em meio às histórias do Taj Mahal e às paisagens do Rajastão das fotos de Martha que cobriam as paredes. Estava entre as recordações e momentos da sua vida pregressa, que a transformaram na minha fantasia realizada. Ali se concentravam todas as imagens que eu fora buscar em Délhi, tentando colocar ordem na minha mente confusa antes de saber que a inspiração de Singay, levando-me até Gyentse em Dharamsala e, com ele, à meseta tibetana, me faria ver o mundo que me rodeava como ele realmente era. Sentia uma satisfação enorme de ter sido capaz de superar aquela prova, sempre graças ao meu amigo lama, que eu consideraria meu mestre até o fim dos meus dias. Pensei em como ele estaria e lhe agradeci mais uma vez, agora a distância, pelo que fizera por mim e pela minha família.

De repente, ouvi um ruído. Alguém abria a porta. O coração pulou no meu peito. Levantei-me e, instintivamente, pendurei o *terma* nas costas tal como o tinha transportado pela cordilheira.

Fiquei parado no meio da sala e gritei o nome de Malcolm. Percebi um tom de desespero na minha voz, como um presságio do que viria depois. Era a mulher do sári. Quando ela entrou na sala, fechei os olhos e respirei fundo. Ela não pôde disfarçar uma expressão sobressaltada. Levou as mãos ao rosto, tapando o adorno de prata que pendia do seu nariz. Ficou assim por uns segundos. As mangas do seu vestido escorregaram até o cotovelo, expondo as tatuagens em volta dos pulsos.

— Senhor Jacobo, o senhor me assustou. Não esperava

encontrá-lo aqui. Só vim apagar o sistema de irrigação. Não para de chover...
— Não se preocupe, ninguém sabe que estou aqui. Onde está o senhor Farewell?
— Viajou para a América do Sul há alguns dias. — Aquelas palavras me deixaram aturdido, como se tivesse levado uma bofetada.
— Pode me dizer por quê? – consegui articular.
— O senhor não sabe?
— Não.
— A neta dele... Ora, a pequena Louise.
— O que aconteceu? – perguntei, sem respirar.
— Não sei muito bem. Sinto muito – desculpou-se, entristecida.
Peguei o fone bruscamente e toquei a tecla da memória com o número de Puerto Maldonado.
— Eu já vou – disse a mulher prudentemente. — O meu marido está me esperando lá fora, no carro.
Fiz um gesto rápido de assentimento.
Desta vez consegui linha na primeira tentativa. O meu coração se acelerou ainda mais. Fui ao escritório de Malcolm e sentei-me na sua cadeira da escrivaninha. Foi ele quem atendeu.
— Malcolm...
— Jacobo! É você? – exclamou.
— Acabo de chegar a Délhi. Como está Louise? Diga-me! – supliquei-lhe.
— Está bem, não se preocupe.
— Graças a Deus!
— Mas e você? Está mesmo bem? Não sabíamos nada a seu respeito até ouvir as mensagens. Foi angustiante. Todo esse...
— Sim, estou bem mesmo. Tentei ligar ao chegar à Caxemira, mas não tive como...

| 389

— Caxemira...
— Já lhes contarei.
— Estávamos tão preocupados... Chegamos a pensar que...
— Por que me disseram que Louise estava doente? – interrompi-o.
— Quem disse isso?
— A mulher que trabalha na sua casa, não sei o nome dela.
— É verdade que a pequena passou momentos terríveis. Outra crise, um surto incontrolável de febre, não sei...
— Mas agora está melhor, não é? Você disse que está melhor...
— Dou minha palavra de que isso é verdade.
As lágrimas me saltavam dos olhos. Queria estar lá para abraçá-la, mas não conseguia pedir a Malcolm que lhe passasse o telefone. Esmurrei a mesa para descarregar a frustração.
— Como você pôde partir para o Tibete? – perguntou ele de chofre.
Naquele momento eu não conseguia articular uma resposta.
— Só lhe peço que confie em mim, pelo menos até nos encontrarmos novamente e eu lhe contar tudo.
— Como? Não estou ouvindo bem!
A linha começou a ficar cheia de interferências.
— Estou com o *terma* que Lobsang Singay desenterrou! Malcolm! Você me ouve?
— Está com o quê?
— Com o que fui buscar! Estou com o *Tratado da magia do antigo Tibete*!
— Você conseguiu? – exclamou, em meio ao ruído.
— Sim, está comigo – repeti, sentindo-me aliviado. —Daqui a pouco irei ao bairro tibetano entregá-lo a uns lamas que vieram de Dharamsala para buscá-lo. Malcolm? Está...?

Estranhei que não tivesse passado o telefone para Martha.
— Martha está aí com você? Ela nos ouve?
— Não.
Ficou calado por uns segundos.
— Tenho tanta vontade de falar com ela... Como ela ficou com a crise da pequena?
— Na verdade ela está, sim – confessou.
— O que você está dizendo? Passe o telefone para ela, por favor!
— Não posso, sinto muito.
— Por quê?
— Ela não quer.
— Deus do céu! O que é isso?
— Você ainda está aí? – perguntou. — Ouço mal outra vez.
— Malcolm, você está aí? Malcolm!
— Sim...!
— Entendo que não queira falar, não se preocupe – disse-lhe com serenidade. — Não posso recriminá-la. Conversarei com ela quando chegar ao Peru.
— Quando você volta?
— Assim que puder. Hoje mesmo, se tudo correr como...
— Jacobo, Não o ouço bem! Há um eco! Jacobo! Vou desligar! Falaremos depois...
— Espere! Espere! – exclamei.
Não dizia nada. Mal conseguia segurar o fone junto ao rosto, depois de tantas emoções ao mesmo tempo.
— Diga a Martha que eu a amo – pedi finalmente. — Por favor, diga-lhe que vou já para aí.
— Jacobo? Não ouço nada!
— Malcolm, diga-lhe, por favor...
A linha caiu.
Reclinei-me na poltrona.

Apertei o botão vermelho do telefone. Depois do clique, tudo ficou outra vez em silêncio. Tanto que parecia ter-se criado um vácuo no cômodo. Fiquei um instante de olhos fechados sem pensar em nada, só deixando o tempo passar.

Neste momento, ouvi um ruído na varanda. E depois outro, como se alguém estivesse andando ali. Pensei que a mulher do sári tinha ido embora. Tentei não me mexer. Ouvi a mesma coisa e também outro ruído, mais longe, como se alguém tentasse abrir a porta da entrada sem a chave. Abri ligeiramente a cortina e assomei cautelosamente. O escritório estava escuro e conseguia ver o jardim, apesar do aguaceiro. Estiquei o pescoço até divisar o lado de fora da porta. Alguém estava agachado, mexendo na fechadura. E não era a mulher do sári.

"Estão aqui!" – pensei, tentando não me deixar levar pelo pânico. — "Mais uma vez me encontraram!"

Verifiquei se o *terma* continuava pendurado nas minhas costas e me inclinei para melhorar o ângulo de visão, colando o rosto à janela. Neste momento, uma mão gigantesca atravessou o vidro, golpeando-o com o cabo de um facão e fazendo-o estalar em mil pedaços. Dei um pulo para trás. O agressor se atirou junto com a chuva de cacos de vidro, tapando os olhos com o outro braço para se proteger. Aproveitei para dar-lhe um chute na cara e saí disparado para a sala. Saltei por cima do sofá e corri pelo corredor até a lavanderia. Entrei quase derrubando a porta, fechei-a atrás de mim e comecei a destravar a fechadura da janela basculante que dava para o pátio traseiro. O agressor já tinha chegado, mas antes que conseguisse abrir completamente a porta, dei um chute com todas as minhas forças e o prendi com a porta. Era um gigante, mas por um segundo encolheu-se com dor nas costelas e abaixou a cabeça, dando um passo para trás. Então dei outra patada, ainda mais forte, e a porta esmagou sua testa contra o marco. Gritou como se eu o tivesse matado. Finalmente consegui abrir a fechadura. Abri a janela e me atirei para fora. Cruzei o pátio a toda velocidade e, aproveitando a inércia da corrida, apoiei um pé em uns sacos de estrume empilhados e trepei em um muro que separava o pátio da rua. Corri pela viela traseira que dava serventia a todas as grandes propriedades alinhadas naquele quarteirão. A cidade estava ficando inundada e a viela estreita parecia uma piscina. Escorreguei várias vezes, mas sem cair. Ao chegar ao final tive de entrar na rua principal. Sequei a chuva do rosto com o braço e virei para trás. Achei estranho que não viessem no meu encalço, mas corri o quanto pude até chegar à calçada. Vi um moto-carro laranja parado na calçada em frente e corri até ele.

— Vamos! Vamos! – gritei repetidamente ao condutor enquanto atravessava a rua correndo.

O motorista não me pareceu surpreso. Não tinha mais de dezoito anos. Acelerou enquanto eu pulava no assento, agarrando-me à frágil barra de ferro que sustentava o toldo.

— Desça o mais rápido que puder! Corra! – supliquei, agitando a mão para frente.

Olhei para trás e vi que os dois agressores tinham saltado o muro da casa de Malcolm e montavam em uma motocicleta parada na calçada. O motorista arrancou com uma pedalada e acelerou, girando com perícia a roda dianteira e partindo em disparada atrás de nós.

— Eles não podem nos alcançar! Pago o que você quiser, mas não deixe que nos alcancem!

A chuva batia no para-brisa. Deslocávamos uma cortina de água ao passar. A moto também tinha dificuldade para avançar, mas estava cada vez mais próxima. Com uma das mãos eu me agarrava à barra e com a outra segurava o cartucho do *terma*. Horrorizado, vi que nos aproximávamos de um semáforo vermelho. Um grande número de veículos estava cruzando e não poderíamos atravessar. O motorista enfiou o moto-carro no vão entre um ônibus e um caminhão e subiu na calçada. Sob um portal, umas mulheres com o sári encharcado nos insultaram quando subimos na calçada novamente após um cruzamento. Pouco depois passamos junto à via férrea. Íamos em direção à antiga Délhi. Pensei que se conseguíssemos chegar ao bazar de Chandhi Chowk sem sermos ultrapassados, eu poderia adentrar qualquer vão entre as barracas e fundir-me à multidão apinhada sob os plásticos e lâmpadas, ou então poderíamos avançar um pouco mais e nos perdermos no labirinto de ruelas que brotavam atrás da mesquita e se estendiam até o infinito. O meu motorista estava curvado para frente e não parava de girar o punho para trás, esporeando todos os cavalos do seu moto-carro. Estávamos perto do fim da avenida. O bazar estava logo ali. Mas então, quando tínhamos conseguido tomar distância da moto, tivemos que frear repentinamente. O moto-carro derrapou vários metros diante da Porta de Lahore, formando uma enorme onda. Um carro da polícia estava parado no meio da praça. Dois agentes conduziam o tráfego para que os veículos, com pouca visibilidade por causa da chuva, não batessem em uma vaca que tinha se deitado no meio da rua.

Não podíamos avançar. Aterrorizado, entendi que tínhamos perdido a vantagem. O copiloto apontou com uma arma.

— Eles estão aqui! Corra para onde puder!

Desviamos em direção à estação da cidade antiga. Depois de dar a volta no parque Mahatma Gandhi, o motorista acelerou em direção a uma rua ladeada por dois templos hindus.

Do maior deles saiu um grupo numeroso de pessoas que tentava atravessar a rua protegendo-se com pedaços de papelão. Conseguimos passar no último instante, mas o da moto, que vinha logo atrás, teve de frear subitamente para não atropelá-los, derrapou e, perdendo definitivamente o controle, precipitou-se contra o meio-fio. O copiloto derrapou na água e acabou se chocando contra um dos hindus do templo.

— Sim! – exclamei.

O meu motorista olhou para mim. Pedi que prosseguisse sem parar. Fomos até a entrada do Forte Vermelho. A esta hora não haveria ninguém lá. Então tive uma ideia. Precisava aproveitar os momentos de vantagem para esconder-me. Senão, mais cedo ou mais tarde eles nos alcançariam.

Pedi ao condutor que parasse. Sem duvidar, ele pisou fundo no freio e o moto-carro se ergueu nas rodas traseiras. Tirei umas cédulas e entreguei-as rapidamente.

— Aqui tem de sobra. Continue dirigindo rua abaixo na mesma velocidade por um tempo.

Deviam estar quase chegando. Em poucos segundos, eles dobrariam a esquina onde estávamos e seria tarde demais.

Corri pela ampla esplanada que se estendia atrás da muralha do forte. Era difícil distinguir alguma coisa, tal a quantidade de água que caía na cidade. Não havia ninguém ali. Continuei correndo para um edifício próximo. Só queria esconder-me por um instante para depois sair na direção contrária, para o bairro tibetano. Verifiquei se o cartucho não tinha se aberto na fuga. Estava diante do muro do antigo salão de audiências quando, em meio à chuva, reparei em um feixe de luz que escapava pela fenda da porta entreaberta de um torreão. Lembrei-me do torreão em ruínas na antiga lamaseria de Singay, onde tínhamos encontrado os pertences do pintor de mandalas. Talvez por isso tenha ido até lá. Desci por uma escada que levava a um sótão em que só se ouvia um gotejar cavernoso. Avancei cautelosamente por uns metros até topar com umas barras pretas impossíveis de transpor. Agitei o cadeado levemente. Estava travado pela ferrugem. Do outro lado, em uma fileira sinistra tomada pelo mofo, se abriam as celas do forte. Caí no piso e apoiei as costas molhadas nas barras, arrancando-lhes um brilho repentino.

Quando achei que tinha passado tempo suficiente, levantei-me e fui para a escada, dando as costas ao eco lúgubre dos calabouços e aos tétricos chiados dos ratos. Assomei, antes de sair, e caminhei sob a chuva até uma rua adjacente, onde tomei um táxi. Estava encharcado. O motorista me deu uma manta para proteger o assento.

42

— Espere-me aqui! – pedi ao taxista ao descer diante da porta do bairro tibetano. Precisava encontrar os lamas e entregar-lhes o cartucho do *terma* para que o levassem imediatamente ao Dalai-Lama. Depois pretendia ir direto para o aeroporto e pegar o primeiro avião. O manto de água se deslocava de um lado para o outro aos caprichos do vento. A entrada do bairro tibetano tinha virado um lamaçal. Inundado, o lugar parecia mais miserável, as casas mais precárias, os ferros das cercas mais enferrujados. Alguns sacos de lixo tinham arrebentado e o conteúdo estava espalhado, seguindo o curso da água acumulada que procurava uma saída no cimento irregular. Por causa da hora, supus que o mestre Zui-Phung estaria no seu consultório na clínica. Não foi difícil encontrá-lo. Um enfermeiro guiou-me até uma sala de paredes brancas e lajotas quadradas que emanavam um ligeiro odor de cloro.

O mestre Zui-Phung estava sentado em um banco giratório, fazendo anotações em um caderno. Não percebeu nossa entrada. Absorto, examinava uma estante onde se apinhavam os frascos com as raízes, folhas, sementes e minerais que usava para preparar remédios. O enfermeiro saiu depois de recolher umas pílulas que tinham caído de um pacote. Mestre Zui-Phung percebeu então que alguém havia entrado.

— Pode se sentar na cama – disse sem se virar, e apontou para o centro da sala antes de coçar a cabeça. — Estou quebrando a cabeça para substituir a turquesa nesta receita. Aqui não há turquesa...

— Mestre... – disse eu, ainda arfando. — Sou o Jacobo.

Então ele me viu. Os seus olhos de ancião emitiram uma luz inusitada ao comprovar que era eu e não um paciente quem estava de pé no meio do consultório, e se iluminaram ainda mais ao ver que eu trazia o cartucho pendurado nas costas.

— É...

— É o *Tratado da magia do antigo Tibete*.

— Então é verdade o que me disseram...

Aproximou-se lentamente e tomou minhas mãos entre as suas. Tirei a correia do ombro para que ele o visse melhor e entreguei-lhe o cartucho. Ele o acariciou suavemente.

— Você o abriu?

— O pintor de mandalas me pediu para não fazê-lo.

— Quem?

— O antigo mestre de Lobsang Singay.

— Não é possível que ainda esteja lá!

— Disse que conheceríamos seu conteúdo no momento certo.

O mestre Zui-Phung contemplou-me por um instante.

— Preciso agradecer-lhe por tudo o que você fez – disse, finalmente. — Nestes tempos de desalento, a importância de desenterrar um tesouro do antigo Tibete ultrapassa a repercussão que seu conteúdo possa ter na nossa doutrina. Para mim, significa que nosso povo ainda está vivo.

Voltou a passar a mão no couro.

— Não podemos perder tempo – apressei-o. — Os lamas de Dharamsala chegaram? Pedi-lhes que entrassem em contato com o senhor.

— Por que a pressa?

— Alguém quer arrancá-lo de mim. Tentaram me matar.

— Matar você? Quem? – exclamou, arregalando os olhos.

— Os mesmos que assassinaram Singay. Vêm tentando fazê-lo desde que encontrei o *terma*.

— O *terma*, então era isso o que queriam...

— Consegui despistá-los antes de vir para cá, mas prefiro terminar isso o quanto antes. Sinto muito por não lhe dar tempo de desfrutar este momento...

Ele deu uma última olhada no cartucho.

— Não precisa se desculpar! Só o fato de vê-lo com meus próprios olhos já é mais do que mereço! Os lamas chegaram há pouco e o esperam no templo. Vamos para lá!

Saiu do consultório puxando meu braço.

Caminhamos por um beco estreito onde circulava um ar viciado, proveniente do arroio que delimitava o bairro. Logo senti o cheiro de cera. O que o mestre chamava de templo não passava de uma sala com piso de cimento submersa na penumbra, ladeada de colunas e um altar budista ao fundo com um grande Buda dourado rodeado de tapetes e panos tibetanos. No lado oposto, os dois lamas de Dharamsala esperavam sentados em dois bancos forrados de veludo puído. Zui-Phung fechou a porta, fazendo as paredes ressoarem e isolando a sala dos ruídos da rua.

— Aqui está! – declarou, contente.

| 399

Os rostos deles exibiram a mesma emoção desenfreada que o rosto do mestre havia revelado.

— Mais uma vez nossos caminhos se cruzam – disse um deles, levantando-se do banco.

— Achei que seria você quem viria.

Corri para dar-lhe um abraço. Encontrara-me com aquele lama duas vezes. A primeira no aeroporto de Délhi, quando foi com Gyentse e Kalon Tripa buscar o corpo de Singay, e depois em Dharamsala, quando foi feita a autópsia. Naquele dia ele me disse que fora um grande amigo de Singay, além de seu colaborador infatigável. Haviam feito juntos a carreira de medicina tibetana e por anos ele o ajudou no que pôde em seus estudos. Não era de estranhar que o governo exilado o tivesse enviado para se encarregar do *terma* sagrado.

Naquele momento, senti uma presença atrás de mim.

— Veio alguém mais? – perguntei-lhe, enquanto olhava para os lados.

— Não. Estamos fazendo tudo muito discretamente. Sua Santidade, o Dalai-Lama, anunciará o acontecimento quando achar conveniente.

Apresentou-me ao lama que o acompanhava. Era outro médico que não exercia a medicina e se dedicava, como meu amigo Gyentse, às tarefas políticas no executivo do Kashag.

— Kalon Tripa agradece por tudo o que você tem feito – declarou solenemente.

— Diga-lhe que para mim foi uma honra.

— Tem notícias de Gyentse? – perguntou-me com uma expressão cautelosa. — O secretário de Kalon Tripa nos contou o que você lhe disse ao telefone.

— Não sei nada ainda – respondi. Os gestos dos lamas

ficaram mais graves. — Não se preocupem. Tudo vai dar certo e logo teremos notícias dele.

— Você já trouxe boas notícias – disse, sem desgrudar os olhos da ponta do cartucho que sobressaía atrás do meu ombro.

— Claro que sim.

Apoiei o *terma* em um dos bancos, depositando-o como se fosse uma oferenda como as que os fiéis deixavam nos cantos do pequeno templo.

— Aqui está, isto lhes pertence.

O lama tomou-o nas mãos e passou os olhos por ele sem movê-lo, mantendo-o suspenso a certa distância.

— Um dos *termas* do mestre Padmasambhava... Nunca pensei que minhas mãos...

— Por fim está em nosso poder – disse o outro. — Uma das fontes da nossa doutrina...

Zui-Phung também estirava o pescoço para contemplá-lo sem se aproximar muito. Aos poucos foram atravessando a tela invisível que parecia envolver o cartucho. Percorreram com os dedos o contorno dos demônios protetores que o mestre cego repintara.

— É como se já o tivesse visto antes. Você o abriu? – perguntou-me, repetindo a pergunta que todos faziam.

— O pintor de mandalas me pediu que não o fizesse. Prometi-lhe que me limitaria a entregá-lo a quem pudesse compreender plenamente seu significado.

— Pobre Singay. Ele devia estar aqui para destampar a voz de Padmasambhava – disse o outro.

— E Malcolm? – interveio Zui-Phung. — Quando você chegou ao meu consultório fiquei tão impressionado que nem perguntei por ele. Esperava que ele viesse com você.

— Está no Peru, com Martha.

| 401

Certamente minha curta resposta lhe disse algo mais. Eu não parava de olhar de soslaio para todos os lados.

— O que foi? – perguntou-me o lama.

— Vocês devem ir embora.

— Você chegou até aqui. Não tem o que temer.

— Todos temos muito o que temer...

— Seja quem for que tentou roubá-lo, nunca o terá – declarou o lama.

— Uns assassinos que estavam esperando por mim na casa de Malcolm tentaram acabar comigo.

— Como?

— Nem o cartucho nem vocês estarão a salvo enquanto não chegarem a Dharamsala. E ao chegarem lá, não deixem de ficar alertas.

— Está bem, está bem – disse, repentinamente nervoso. — Mas você vem conosco, não é?

— Para onde? – surpreendi-me.

— A Dharamsala, claro.

— Não pensava em ir...

— Só você merece a honra de entregar o *terma* à Sua Santidade, o Dalai-Lama – interrompeu-me. — Ele o espera para abençoá-lo. Lobsang Singay o escolheu para terminar sua tarefa e você deve agir como ele teria feito.

"O novo guardião da flor de lótus", pensei nas palavras do pintor de mandalas.

Permaneci em silêncio por alguns segundos. Depois falei afetuosamente.

— Não posso ir com vocês.

— Como? – estranharam.

— Vocês já não precisam de mim. E do outro lado do mundo alguém me necessita e me espera há muito tempo.

— Tem certeza do que está dizendo?
— Mais do que nunca.
Os três sorriram.
— Se é assim... – concedeu o lama.
— Você já está quase lá – disse o mestre Zui-Phung.
— Ah! – exclamei. — Ia me esquecendo!
Tirei do bolso a lâmina com a mensagem escrita pelo pintor de mandalas com a pedra da gruta. O lama desdobrou-a e leu atentamente os caracteres tibetanos. Depois mostrou-a a Zui-Phung. Ambos ficaram em silêncio pelo menos durante um minuto, pensando no que haviam lido.

— Considere-o uma receita para a alma – disse o lama de repente, rompendo com suas palavras o denso silêncio que se instalara à nossa volta.

Olhei-o.

— Uma receita para minha alma?
— Melhor dito, para a da sua filha.

Imediatamente meus olhos se encheram de lágrimas.

— Como o lama sabia que minha filha...?

Os dois lamas se entreolharam com cumplicidade.

— Você deve ter fé em uma fonte de sabedoria que emana desde o princípio de qualquer princípio. Você sabe que Lobsang Singay, assim como os membros da sua lamaseria destruída e aqueles que, mais tarde, tivemos a sorte de trabalhar com ele, não se limitava a curar os pacientes. Tentava compreender a natureza da vida e o alcance da morte, que não passa de um novo começo no ciclo vital do universo. Ele tentava descobrir as relações entre os seres e os elementos, e às vezes encontrava conexões inimagináveis.

— Mas o que podem fazer pela minha filha? – disse, secando os olhos com o dorso da mão.

— Segundo o que diz o pintor de mandalas na sua mensagem, você já fez o mais importante.

— Eu...

— Agora só nos resta aproveitar este momento da sua vida, em que você se mostra tão aberto e predisposto, para absorvê-lo com toda a energia que possa receber. Isso repercutirá no futuro, tanto em você como nos seus.

— Vocês estão dizendo que eu mesmo estou favorecendo a cura de Louise?

Custava-me pronunciar as palavras. Eu a queria tanto que temia não demonstrá-lo suficientemente.

— Como dissemos, o pintor de mandalas acredita que você já fez isso.

— Podem traduzir a nota para mim? – sussurrei.

— Claro que sim. Ela diz: "Quando estas palavras forem pronunciadas, os ouvidos de quem as escutar já estarão preparados, assim como quando o *terma* desenterrado for aberto o mundo já estará preparado para compreender seu alcance. Quem as ouvir terá harmonizado seu ser e estará disposto a transmitir essa harmonia. Mas não se esqueçam de que nenhum homem na Terra sabe nada de ciência certa. Não sabemos de onde virá a cura ou a felicidade, pois tudo flui e em qualquer momento as coisas podem ser ou não ser. Trata-se de tender a esse estado ótimo universal, dirigir-se sempre a ele, passo a passo, e o próprio caminhar já é satisfatório..."

— O que mais diz? – perguntei, quase soluçando.

— É só isso.

O próprio caminhar, passo a passo. Havíamos dado tantos passos que não podia imaginá-los ao mesmo tempo. Katmandu há muitos anos, a grande estupa de Bodhnath com Martha apoiada na pedra pintada de cal, sua visita ao meu leito em

Dharamsala em corpo ou em alma, que diferença fazia, a gruta do pintor de mandalas, a nevasca no barranco desfazendo a senda estreita, as cores de Délhi, Puerto Maldonado, Louise no tronco da árvore junto à varanda.

De repente, meu rosto ficou sério. O lama percebeu.

— O que foi?

— Lamento ter desperdiçado muitos dos meus passos sem fazer mais por Martha e por Louise. Mas o que me aterroriza é pensar que talvez, durante todo esse tempo, tenha usado a doença da minha filha como uma desculpa para disfarçar minhas próprias carências – confessei.

— Eram elas as que realmente o torturavam – disse o lama.

— Decerto era muito mais fácil colocar a culpa nela.

O lama pensou um pouco antes de prosseguir.

— No Ocidente, vocês carecem de pilares para sustentar relações de compromisso verdadeiras. São educados na realização a partir da individualidade, potencializando a competitividade e o êxito como grande meio de alcançar a felicidade. Sempre necessitam mais e, ao mesmo tempo, permanecem vazios por dentro. Por isso, quando algo se frustra, como nesse caso com a doença de um ser querido, cai por terra aquilo que conseguiram ilusoriamente com sua busca egoísta.

— As coisas são exatamente assim – disse, abatido, recordando os ensinamentos que eu recebera de Gyentse.

— O pior é quando vocês percebem que, além disso, essa ilusão terminará junto com sua própria vida – prosseguiu. — Ela não terá repercussão em nada nem em ninguém – concluiu ele sem rodeios.

— Espero que ainda haja tempo de remediá-lo, pelo menos no meu caso.

— Assim é. Não se martirize pelo que fez no passado – tranquilizou-me. — Os espíritos que acumulam passado não avançam, pois estão sempre se punindo. O que lhe ocorreu provém da ausência de espiritualidade na sua sociedade, mas você conseguiu superar isso. A salvação do mundo começa por nós mesmos.

— Por isso é tão importante que sua doutrina continue viva. É o último pulmão... – disse, repetindo as palavras do Dalai-Lama, que ouvira de Malcolm.

— Não só nossa doutrina, como qualquer outra que tenha compreendido que o pilar fundamental de uma existência plena é tratar de alcançar a felicidade fazendo os demais felizes. O amor e a entrega aos que nos rodeiam nos tornam livres, nos permitem prescindir de nossas ataduras pessoais e superar nossas limitações. A nossa existência deixa de ser finita, já que permanece nas pessoas que amamos.

— Se, morrendo por Luise, pudesse ajudá-la...

— Certamente isso não será necessário. Mas entenda que seu espírito se revestiu dessa generosidade ilimitada como a culminação dos ensinamentos que você recebeu de Gyentse em hora tão conveniente.

Apertei os lábios e engoli o nó que se havia formado na minha garganta.

— Vocês precisam ir. Por favor, ouçam o que estou dizendo – insisti.

— E você pode voltar para casa – disse o lama.

— Vou com sua energia no coração.

— Você leva consigo o último abraço de Singay. Ainda recordo as palavras dele: o último abraço, como o primeiro abraço morno da vida, terno e protetor da mãe, o que todo homem deseja receber na morte para voltar a renascer. Tenha sempre em mente que morremos e nascemos com cada ação. Abrace os seus em todos os momentos.

— Nunca os esquecerei.

— Tampouco esqueceremos você.

Caminhei devagar para a porta do templo. Puxei a tranca, de onde pendia um velho lenço vermelho atado com dois nós. A madeira adquiriu vida e rangeu de um modo amedrontador quando a porta se abriu. Ouvi um estalo no altar. Virei-me para trás e fixei-me no olhar risonho do Buda dourado. Os lamas continuavam imóveis como a estátua, cuja face refletia os lampejos das mechas que ardiam na gordura.

— Existe outra porta traseira? – perguntei a Zui-Phung.

— Há uma que dá para o rio – confirmou —, mas nunca é aberta. Vá tranquilo.

Não pensei mais. Saí do templo e fui até a entrada do bairro. Parei sob o portal e respirei fundo. Continuava chovendo sem parar. Estava ali novamente diante da desordem de Délhi, no estranho vapor que paira no ar nos dias de tormenta, uma neblina que atravessa as buzinas e se enrosca nos pneus das bicicletas. Sentia-me liberado por não carregar mais o *terma* nas costas. Podia me confundir outra vez com as pessoas, ser um a mais.

Mal havia erguido o braço para chamar um táxi quando ouvi um grito aterrador vindo do templo.

43

Corri, afastando a água da chuva dos olhos, apoiando-me na parede ao dobrar no beco, sentindo o coração se acelerar com a volta do pesadelo. Pulei os degraus da entrada do templo, gritando para que as pessoas que tinham se assomado se afastassem.

O lama do Kashag estava ajoelhado junto ao corpo do amigo de Singay.

— Está morto – disse ao ver-me, colocando a mão sob a nuca ensanguentada.

Um corte limpo cruzava sua garganta de lado a lado.

Procurei o mestre Zui-Phung. Também jazia no chão, perto do altar. Parecia ter sumido sob a túnica caída.

Fui até ele. Tinha uma ferida na testa de onde ainda fluía sangue. Pus a orelha no seu peito. Ali estavam as batidas e a respiração entrecortada.

— O que houve? – perguntei ao lama.

— Ele nem tentou se esquivar! – gemeu, olhando com carinho o rosto sem expressão do companheiro. — Ficou imóvel, abraçando o cartucho enquanto o gigante desembainhava o facão e traçava uma curva no ar.

Com os olhos perdidos no fundo escuro do templo, o lama relatou mecanicamente como o silvo da lâmina afiada se sobrepôs a qualquer outro som, o jorro de sangue fluiu da garganta de seu amigo e ele aguentou de pé por uns segundos, até que suas pernas começaram a tremer e ele despencou, mas antes disso o gigante arrancou-lhe o *terma* das mãos.

Então chorou como se nada pudesse consolá-lo.

Vários monges tinham acudido, além de alguns homens do bairro e crianças de todas as idades. Pouco depois chegaram dois policiais vestidos com capas impermeáveis. Tinham vindo até a porta com o carro da patrulha, e a luz verde giratória, mesclada à chuva, povoava o beco de pequenos lampejos. Os curiosos se afastaram para deixá-los passar.

— Está vivo? — um deles perguntou ao lama, referindo-se ao seu companheiro.

Negou com a cabeça. Não conseguia falar.

— E esse? — perguntou-me o outro policial.

— Claro que sim! — respondi, liberando minha raiva.

Neste momento, Zui-Phung despertou e tentou se levantar.

— Não se mova — pedi-lhe.

— O que aconteceu? Golpearam-me com o cabo de um facão.

— É uma ferida superficial, mas mandei chamar um enfermeiro para fazer um curativo.

— Então, por que desmaiei? — lamentou-se, com certa culpa.

— Não se torture, eu lhe suplico. Talvez desmaiar o tenha salvado de algo pior.

— Mas o amigo de Singay...

— Ele não teve tanta sorte.

— Não pode ser... — lamentou-se, fechando os olhos. —

E o outro enviado de Dharamsala? – perguntou, estirando o pescoço para ver.
— Ele está bem.
— E o *terma*? – Fiz que não com a cabeça. — Eles o levaram?
— Sim.
Cada vez havia mais gente à nossa volta. O enfermeiro apareceu no meio do grupo, ajoelhou-se ao meu lado e abriu as fivelas de uma maleta de couro desgastado. O mestre Zui-Phung deixou-o fazer seu trabalho, mas aos poucos começou a soluçar como uma criança. Mal entendia o que ele dizia. Depois se acalmou e meneou a cabeça repetidamente.
— O *terma* de Padmasambhava... A sua descoberta...
— Não era minha.
Deixou a cabeça pender para o lado e alguns monges se retiraram, deixando à vista o corpo, inerte junto ao pequeno altar de madeira, vermelha como a túnica, como a poça de sangue. Os policiais pediram ao seu companheiro que se afastasse e se agacharam para virar-lhe o corpo. Um deles ergueu a cabeça e o corte no pescoço se abriu. O policial deu um salto para trás em um gesto de repulsa e deixou cair a cabeça contra o piso, salpicando as botas com gotas purpúreas. Ele se limpou com a túnica do lama e praguejou olhando o Buda dourado.
— Acabe, por favor, vamos embora — pediu Zui-Phung ao enfermeiro.
— Estou quase acabando – respondeu ele.
— Na verdade, que diferença faz? — lamentou Zui-Phung.
— Não há o que fazer. Eles já têm o que queriam.
Encarou-me com uma expressão de derrota.
Tomei sua mão e apertei-a carinhosamente.
— Sem os seus donos, o *Tratado da magia* não é nada. Decerto só vão enxergar pergaminho e tinta – declarei.

Olhou-me com uma expressão de estranheza que se fundiu com seu desconsolo.

— Jacobo...

— Não sei por que disse isso – desculpei-me.

— Não, não. Está bem. – Notei que de repente seus olhos transmitiam algo que parecia admiração. — É só pergaminho e tinta – repetiu Zui-Phung.

Os dois policiais tentavam se entender com um curioso que estava junto à porta. Todos falavam ao mesmo tempo e a barafunda era cada vez maior. O enfermeiro disse a Zui-Phung que já podia se levantar. Acompanhei-o à clínica. A tormenta estava amainando, mas não tinha parado de chover. Zui-Phung não cobriu a cabeça com a túnica, como faziam os outros monges que passavam por nós. Caminhava arrastando o olhar pelo chão, fundindo as próprias lágrimas com o pranto da tempestade de monção.

Entramos no seu quarto, no segundo andar da clínica. Sentei-me na cama e olhei discretamente o relógio para que ele não percebesse. Como o mestre dissera um pouco antes, não tínhamos muitas opções. E, se quisesse conseguir um voo a tempo para esta noite, precisava sair para o aeroporto o quanto antes.

Alheio aos meus pensamentos, Zui-Phung abriu um jornal sobre a mesa e apoiou ali uma chaleira. Serviu duas xícaras e sentou-se ao meu lado. Passou um dedo pela borda da xícara e deixou o vapor d'água embaçar a corrente amassada do seu pequeno relógio digital.

Olhei o meu novamente, agora sem disfarçar.

— Zui-Phung, preciso ir.

Notei que minhas palavras retumbaram no cômodo branco; depois o silêncio, antes da sua voz pausada. Neste pequeno intervalo, percebi que havia alguma coisa esquisita. Tentei pensar, mas depois de tudo o que ocorrera estava extremamente difícil.

— Agora mesmo informarei Dharamsala sobre o que aconteceu – disse Zui-Phung. — Volte para sua família e não se preocupe.

— Sim... – respondi, absorto em meus pensamentos.

— O que aconteceu? – intuiu.

— Sinto que está faltando alguma coisa.

— Eu me encarregarei de tudo. Você vá embora daqui o quanto antes e deixe que esta quarta-feira desgraçada se acabe.

— Hoje é quarta-feira?

— Por que pergunta?

— O oráculo que consultamos no Tibete auspiciou que a quarta-feira seria o dia propício para nossa missão. Não acho que isso seja o que os oráculos entendem por um dia propício...

Ele ficou pensativo.

— Talvez seja preciso olhar mais adiante – declarou Zui-Phung.

— Como?

— Não podemos tentar compreender as verdades a partir da realidade terrena, sejam elas tristes ou jubilosas. Sempre há algo mais, algo oculto por trás do que vemos em um primeiro momento.

— O que pode haver por trás disso? Aqui só se vê sangue e mais sangue.

— É como as mandalas de areia – continuou Zui-Phung, referindo-se às rodas da vida que os monges confeccionavam nos monastérios para as festividades, e que eram desfeitas pelo vento depois de terminadas. — Parecem representar um punhado de coisas terrenas, como o próprio monastério onde são elaboradas. Mas, se olharmos para além delas, vemos todo o Tibete, e o resto do mundo, e o nascimento e a morte. As mandalas não são representações da verdade, mas simples veículos para chegarmos a ela, contemplando-as e meditando.

Ele ainda não terminara a frase quando me dei conta.

— Você está bem? – perguntou, ao me ver distraído.

Tudo se encaixava. Não podia ser de outra maneira.

— Preciso ir ver Luc Renoir antes de tomar o avião.

— Quem?

— O delegado da União Europeia. Preciso falar com ele. Obrigado por tudo, mestre.

— Mas...

— Prometo-lhe que tudo vai se acertar.

Antes de fechar a porta, vi minha xícara de chá fumegando. O mestre Zui-Phung tomou a sua com as duas mãos para se esquentar e deitou-se de lado na cama como uma criança.

44

Fui para a delegação em disparada. Precisava falar com Luc. A cada instante tudo ia ficando cada vez mais claro. Já era noite quando o táxi me deixou na porta.

— Teve sorte – informou-se o vigilante. — Eu já ia embora, mas o senhor Renoir está aí. Como acontece quase todos os dias, é a única pessoa que continua no edifício a esta hora.

— Poderia dizer a ele que...

— Lembro-me do senhor – disse, orgulhoso —, da sua vinda há algumas semanas. O senhor é aparentado do senhor Farewell, não é?

Pediu meu passaporte e eu o entreguei para que ele copiasse os dados. Depois, enquanto ele apagava as luzes da guarita para ir embora, subi os degraus de três em três até o primeiro andar. O corredor estava escuro, exceto por uma pequena luz tênue que se filtrava pela porta entreaberta do escritório de Luc. Empurrei-a sem bater.

Luc ergueu a vista do que estava fazendo sentado à mesa. Não pareceu surpreso ao ver-me.

— Olá, Luc.

Não respondeu.

Aproximei-me. A luz da luminária, a única que iluminava o escritório, era suficiente para ver tudo claramente.

Lá estava o *terma* sagrado. Diante de Luc, sobre a mesa, encontrava-se o cartucho do *Tratado da magia do antigo Tibete*.

— Até um segundo atrás, me recusava a acreditar que isso fosse verdade – disse.

Luc tirou os óculos e guardou-os no estojo de alumínio.

— Como você soube?

— Era questão de tempo.

— Esses malditos assassinos deviam ter acabado com você na casa de Malcolm. Teríamos evitado a morte dos lamas no templo.

Tirou uma pistola automática da gaveta e deixou-a na mesa. Tentei não parecer assustado e esperar o momento adequado para agir.

— Foi um desses assassinos que desencadeou minhas deduções – expliquei-lhe.

— Do que você está falando?

— No começo não percebi, mas há pouco vi tudo claramente. Foi o mesmo que nos entregou o pacote com a bomba no posto de gasolina de Dharamsala.

— Exatamente – confessou.

— Você era a única ligação entre estes dois momentos. Você sabia que eu passaria pela casa de Malcolm e, naquele dia, também sabia que eu iria a Dharamsala assistir à autópsia de Singay. Lembro-me de quando lhe falei sobre isso no Hotel Imperial, na noite da apresentação da nova fábrica. Como fui ingênuo! Estava me intrometendo nos seus planos e você não duvidou em acabar comigo, ainda que, infelizmente, tudo tenha saído mal, muito mal. Depois, quando liguei para pedir-lhe as autorizações, você soube que eu iria para o Tibete, porque tivera conhecimento da existência do *terma,* e me deixou seguir em frente. Foi uma manobra inteligente. Você havia perdido o rastro do *Tratado* e pensou que a melhor forma de consegui-lo seria que eu o procurasse para você.

Luc aplaudiu sem vontade.

— Brilhante exposição.

— Na verdade, você foi a única pessoa que tivera conhecimento dos meus movimentos desde o primeiro dia – concluí —, mas sabia que estava bem oculto atrás do imenso carinho que Malcolm e Martha têm por você.

— É mútuo, mesmo que você não acredite em mim – acrescentou com um ar cansado.

— Não acredito.

O ruído da chuva lá fora e a sensação de vazio que se respirava no edifício faziam minhas palavras ecoarem. Não podia afastar os olhos da pistola e, ao mesmo tempo, me surpreendia por estar tão tranquilo. Era como se eu pensasse que, de alguma forma, Luc pagaria pelos seus crimes, e o que acontecesse comigo não tinha importância.

— Você deve se perguntar por que fiz isso – disse.

— Espero que você também se torture com essa pergunta.

— As coisas não são brancas ou pretas. Passei a vida toda trabalhando pelo povo tibetano, e posso lhe garantir que meu único objetivo foi preservar seu legado imortal.

— Como você tem a desfaçatez de dizer isso?

— Há quem pense que, se o Dalai-Lama não der logo o braço a torcer, a situação política vai ficar tão encruada que não terá mais remédio. Eu só tento encontrar uma solução para evitar que isso ocorra.

— Quer dizer que, segundo você, ele deveria abandonar a luta pela liberdade do seu povo?

— O Dalai-Lama encarna essa luta de tal modo que o governo chinês não hesitará em dar cabo de todos os rastros do seu budismo tântrico para destruir as aspirações independentistas fomentadas do exílio. Foi o que tentou há quarenta anos com a Revolução Cultural. Pequim quer terminar com esse problema de uma vez por todas e, se não conseguir logo um acordo amistoso, não hesitará em aniquilar todos os sinais da identidade tibetana, o pouco que sobreviveu à aniquilação de Mao Tsé-tung. Parece que o Dalai-Lama não entende isso, pois não há forma de convencê-lo a voltar para o Tibete de uma vez por todas!

— Para a China, você quer dizer.

— Dá no mesmo se o mapa político das escolas exibe a China ou o Tibete. O que importa é que, se ele hoje regressasse à sua querida meseta, poderia voltar a cultivar em paz sua doutrina, e sua tradição não se perderia no esquecimento.

— Você não pode obrigar alguém a se subjugar.

— Por isso, como disse a você, temos tentado encontrar uma solução alternativa.

— Quem mais está metido nisso?

— Quem mais...! – riu. — Quem mais! Pessoas como alguns responsáveis pelo governo chinês e, por causa de outros interesses, um grupo influente da própria Região Autônoma do Tibete.

— Um *lobby*...

— Isso mesmo. Um *lobby* formado por pessoas que estão cansadas de tanta luta absurda pela independência e querem tentar dar estabilidade à meseta. Ela é muito grande para desperdiçá-la como mercado. Eu já os havia ajudado por causa das minhas convicções, mas também é verdade que isso foi reforçado quando me disseram que estavam dispostos a pagar-me – disse com sarcasmo.

— E qual era o plano fantástico para obrigar o Dalai a regressar ao Tibete?

Empertigou-se ligeiramente na cadeira.

— O que você sabe do Panchen Lama? – respondeu-me com outra pergunta.

— Que é a segunda figura espiritual do budismo tibetano. E que vive perto de Lhasa, no território ocupado.

— Você deve saber também que há séculos existe uma briga sobre a posição que o Dalai-Lama e o Panchen Lama devem ocupar na hierarquia religiosa.

Lembrei-me das conversas que tivera com Gyentse em Dharamsala.

— Sei – limitei-me a responder, esperando que ele prosseguisse.

— Há quem pense que, por motivos teológicos, a figura preponderante do budismo tibetano devia ser o Panchen Lama. Pois bem, as pessoas que entraram em contato comigo resolveram aproveitar essa circunstância.

— Explique-se – disse, ao ver que ele se calava.

Aquilo soou como uma ordem.

— Você é atrevido – disse, brincando com a arma, girando-a em cima da mesa com o dedo enfiado no gatilho. — A China – prosseguiu —, que sabe que não pode fazer desaparecer os milhões de budistas da Região Autônoma do Tibete, há muito tempo resolveu tentar controlá-los, manipulando seu líder espiritual. E, como não conseguiu submeter o Dalai, decidiu agir sobre a figura do Panchen Lama.

— O governo da China se propôs convertê-lo em aliado...

— E apoiá-lo até que sua figura acabe por eclipsar o incômodo e irremovível Dalai.

| 419

— Mas isso foi tentado com os anteriores, sem êxito.

— É verdade, mas com sua atual reencarnação parece que está conseguindo. Olhe para trás na história recente e você verá claramente. O décimo Panchen Lama faleceu de um ataque do coração, ou foi o que se disse, exatamente dez dias depois de afirmar que a invasão chinesa era ilegítima. Que casualidade! – exclamou com mordacidade. — Isso não lhes convinha e o afastaram do caminho. Ele foi substituído por uma criança de seis anos. Parecia perfeito, pois era uma criança que se podia educar segundo os ditames de Pequim. Mas o governo chinês descobriu que, no passado, sua família tinha se declarado favorável ao governo exilado e, temeroso de que ele estivesse infectado por ideias independentistas, resolveu dar cabo dele. Foi sequestrado em 1995 junto com todos os seus parentes diretos, e ninguém mais soube deles. Foi então que o próprio governo chinês, ao surgir essa outra vaga e antes que o Dalai-Lama designasse um novo sucessor, se apressou em nomear como suposta reencarnação do Panchen Lama um filho de um membro do partido comunista local. Outra coincidência!

— Mas esse, sim, está sob controle.

— Claro que sim. E, como lhe disse, estão fazendo isso com todo o apoio das instituições chinesas. Os fiéis do budismo tântrico precisam de um guia a quem adorar sem temer serem encarcerados. Você sabe que o Dalai-Lama é considerado o inimigo político número um do regime, e que no Tibete é proibido até pronunciar o nome dele. Por isso, Pequim, amparando-se em uma falsa imagem de tolerância, dedica-se a retransmitir pela televisão todas as cerimônias budistas presididas pelo jovem Panchen Lama, apresentando-o como o novo líder do budismo tibetano. Nunca antes um líder budista havia aparecido na televisão chinesa. Desse modo, os fiéis começam a esquecer que sua nomeação foi ilegítima; ninguém lembra mais que ele foi, de maneira interesseira, imposto pelo governo. Finalmente têm um líder espiritual que pode exercer suas funções como tal! É só o que veem!

— Se as coisas seguirem assim, quando o Dalai-Lama morrer, o Panchen Lama terá adquirido importância suficiente para que ninguém se preocupe com o que o governo exilado em Dharamsala disser ou fizer.

— Essa é a questão. O autoproclamado governo exilado se nutre unicamente do Dalai-Lama. É ele, e só ele, quem encarna a esperança da nação tibetana. Por isso, quando ele morrer, e com o Panchen Lama como o novo líder espiritual nas fronteiras chinesas, estará terminado o problema do independentismo tibetano.

— E o assassinato de Lobsang Singay, onde se encaixa nessa trama? – perguntei-lhe, voltando ao começo.

— Perfeitamente. – Luc sorriu, ergueu a arma e apontou-a na minha direção. Aparentemente estava tranquilo, mas percebi que seus olhos revelavam um estado crescente de alienação. Olhei discretamente para os lados, caso subitamente precisasse me jogar no chão para me esquivar se ele começasse a disparar. — Você sabe da importância da figura do mestre na tradição tibetana – declarou.

— Sei sim.

— Então imagine a importância que pode ter dispor do melhor mestre para o Panchen Lama, que aspira a ser o futuro líder do povo tibetano.

— Vocês queriam que Lobsang Singay fosse o mestre do Panchen Lama...

— Esse era o plano inicial. Considere que, de acordo com o sistema de ensino e difusão da tradição tibetana, qualquer

| 421

noviço de qualquer monastério precisa de um mestre que se dedique a ele de corpo e alma. Sendo assim, tínhamos que encontrar o melhor mestre para o Panchen Lama, que já fez dezoito anos e está iniciando os estudos superiores. Para convertê-lo na primeira figura do budismo, deve-se divulgar corretamente a formação que ele vai recebendo. E quem melhor para ensinar do que Lobsang Singay, o grande médico tibetano que estava de posse do *terma* sagrado e, consequentemente, de todos os segredos mágicos do antigo Tibete?

Ele contemplou o cartucho com um olhar cobiçoso.

— Você escolheu Singay por causa do cartucho...

— Certamente. Se Lobsang Singay tivesse transmitido ao jovem Panchen Lama os conhecimentos médicos revolucionários que extraiu do *terma*, a popularidade do Panchen cresceria tão rapidamente que o Dalai-Lama teria repensado com urgência seu regresso ao Tibete. Seria obrigado a fazê-lo com o rabo entre as pernas, sabendo que, de outra maneira, sua autoridade como líder espiritual e político cairia com a mesma velocidade com que subiria a fama do seu competidor. Não teria sido preciso esperar sua morte para resolver o problema.

— Ao saber que Singay tinha resolvido sair do seu laboratório e transmitir seus segredos ao mundo durante as conferências de Boston, você encontrou a oportunidade ideal...

— Era perfeito! – explodiu, dando um soco na mesa. — Liguei para meus contatos e falei: "Aí está seu preceptor!". Então enviamos um lama afinado com nossas ideias para falar com ele e convencê-lo de que era melhor trocar o exílio pelo Tibete e se converter no mestre do Panchen Lama. Oferecemos-lhe tudo o que se possa imaginar: laboratórios modernos com o material mais sofisticado, imunidade total para ele e para os que o acompanhassem como parte da sua equipe...

— Mas não surtiu efeito...

Luc esboçou um gesto, como se fosse cuspir.

— Eles se reuniram duas vezes, mas aquele lama arrogante não deu o braço a torcer e foi para Boston.

— Então você resolveu acabar com ele.

— Era uma perda irreparável, mas não havia como voltar atrás. Não podíamos permitir que ele revelasse aos quatro ventos segredos que reforçariam a autoridade do Dalai-Lama, então chamamos alguém para resolver isso rapidamente. Quando despertou na manhã seguinte tudo estava decidido. Ele pediu um chá e... O resto você já sabe. – Olhou novamente o cartucho, enlevado. — Como já tínhamos perdido o mestre, só nos restava tentar nos apossar da fonte da sua sabedoria. E aqui está, finalmente, em minhas mãos. Contamos com médicos de sobra para colocar em prática suas descobertas e deixar o mundo assombrado. Podemos conseguir o que quisermos! O Panchen Lama será a nova face da magia médica de Lobsang Singay!

— Não entendo como você pôde fazer uma coisa dessas...

— Jacobo, por favor, não dramatize. Suponho que você deve ter percebido que o importante aqui não é o assassinato de uma pessoa em concreto.

— De mais de uma – corrigi.

— Estamos falando do futuro de um povo.

— Há uma coisa que eu não entendo – cortei-o, tentando não me deixar levar pela ira e manter a lucidez. — O que a Fé Vermelha tinha a ver com tudo isso? O pano-ritual que encontrei em Boston, e depois os outros dois junto aos cadáveres em Dharamsala...

Luc riu com estardalhaço. Parecia estar perdendo o juízo outra vez, ainda que continuasse a falar descaradamente, como se estivesse se confessando comigo antes de cair definitivamente na loucura. Eu continuava imóvel, tentando não olhar para a pistola que ele agora girava sem o menor cuidado.

— Isso foi coisa minha – disse com certo orgulho. — Apesar de desejar que tudo saísse como tínhamos previsto, no íntimo eu sabia que provavelmente Lobsang Singay não aceitaria nossa proposta. Então tracei um plano B.

— Você queria semear a discórdia.

— Vejo que não preciso explicar-lhe nada. É uma pena que você precise morrer. – Ergueu a pistola no ar. Olhei novamente ao redor e tensionei as pernas, mas ele continuou falando em vez de apertar o gatilho. — Ordenei-lhes que deixassem o pano com a mandala preta da Fé Vermelha junto ao corpo de Singay e que repetissem esse padrão. Uma crise interna de tal calibre teria impulsionado definitivamente a volta do Dalai-Lama ao Tibete.

— Então, ainda que por outra via, você alcançaria seu objetivo.

— Qualquer via teria sido boa, se conseguíssemos o que queríamos.

— Você quer me fazer crer que durante todo esse tempo não desejava outra coisa? – insisti.

— Já lhe disse tudo o que faço pelo Tibete.

— Você me dá nojo.

— Você não está em condições de falar assim – disse ele em um tom muito mais sério, apontando-me a arma.

— Acho que sim. Olhe para si mesmo. Tenho certeza de que a única coisa que queria, desde o começo, era esse cartucho.

— Antes de matá-lo permitirei que você veja o que há dentro.

Luc pegou um abridor de cartas e começou a forçar a tampa, fazendo furos e rasgando o couro. Finalmente conseguiu arrancá-la. Então, controlando a avidez, esvaziou devagar o conteúdo do cartucho no vidro da mesa. Aos poucos, seu rosto se transformou. Os olhos saltaram da órbita e suas mãos começaram a tremer.

— O que é isso? – exclamou.

Do interior não saiu nenhum pergaminho. Aquele cartucho de couro endurecido tinha guardado por séculos só uma porção de areia, que agora formava um montinho na mesa, diante de nós.

— O que é isso? – gritou novamente, desta vez encarando-me. — O que você fez com o *Tratado*?

— Não tenho nada a ver com isso.

— Claro que você tem a ver com isso! Quem mais teria? Isso aqui é só areia!

— Eu não o abri. Ele me foi entregue assim.

— Vamos, diga-me já onde está o *Tratado* de Singay! – ordenou.

Apontou a arma para mim, desta vez estirando o braço. A sua mão continuava tremendo. Os seus olhos destilavam ódio.

Achei estranho não ficar surpreso. Imediatamente a voz de Singay ressonou na minha mente, e também a do próprio Padmasambhava. Era como se ambos quisessem explicar-me o sentido daquele novo hieróglifo desenterrado depois de catorze séculos. Mas eu já sabia a resposta. Pensei nas mandalas de areia e na conversa com o mestre Zui-Phung. Eles também se desfazem com o vento. Nem o Tibete nem o mundo nem o universo dos budas podem ser representados por uma mandala circular, ele me dissera. A mandala é só o veículo para compreender esses conceitos superiores. A grandeza do Tibete é indescritível; seus segredos não podem ser escritos. Nem agora nem nunca. Cada tantra é um hieróglifo, cada lama tem uma interpretação. Dez mil tantras secretos, por dez mil grandes lamas, por dez mil perguntas que cada lama faz diante de um hieróglifo. Demasiadas palavras para um pedaço de pergaminho. Não se pode escrever o amor nem a morte nem os segredos da vida nem mesmo mediante a poesia. Devemos construí-los a cada instante, com cada pequena ação, aproveitando a liberdade que a condição humana nos oferece.

Luc baixou os olhos para o monte de areia.

— Esse maldito graal tibetano, a magia dos xamãs, o controle dos demônios, das forças da natureza... Era tudo uma farsa! – gritou, empurrando o monte de areia com o braço para o chão. Depois de um instante, sem deixar de trincar os dentes, ergueu um punhado de areia e deixou-o escorrer lentamente. — Areia... Só areia... – Cravou seus olhos injetados em mim novamente. — Por que você me olha assim? – gritou.

— Não acredito que você não entenda isso. Você está tão cego assim?

— O quê?

— Você mesmo concebeu o plano para fortalecer a figura do Panchen Lama! Baseou-se na importância que, para a tradição tibetana, existe na relação forjada entre mestre e pupilo! Como se esqueceu de que essa aprendizagem interminável é a única forma de transmitir os ensinamentos? Como pôde se esquecer de que a verdadeira essência do budismo tibetano não se baseia na magia, mas nas imensas possibilidades que o ser humano tem de aprender? Como pôde se esquecer de que esse é o verdadeiro poder da flor de lótus? Você ficou cego como uma criança diante do ilusório poder do *Tratado*!

— Cale a boca!

— Na sua mesa está o verdadeiro poder do Tibete – prossegui, como se uma força superior me impulsionasse. — Na simplicidade deste monte de areia está sua grandeza. O mesmo ocorre na meseta. Na solidão das montanhas os tibetanos não dispõem de outra coisa exceto a própria vontade, mas sabem que ela é suficiente para alcançar a verdade. Tudo o mais desaparece com o tempo, como a areia das mandalas, ou a que durante séculos permaneceu dentro deste cartucho, esperando o momento propício para se espalhar com o vento. Isso foi o que o mestre Padmasambhava quis transmitir ao enterrar o *terma*. Os antigos xamãs e os primeiros lamas sabiam que, para chegar à verdade das coisas, só dispomos do nosso potencial como pessoas, da liberdade inerente à condição humana. E que devemos usar esse potencial para crescer e aprender, aplicando-o dia após dia em cada um dos nossos atos. Sabiam que o que importa está dentro de nós mesmos, e que tudo o que vem de fora não tem valor. Algum dia lhe contarei a história do lápis de sândalo – concluí, compreendendo então por que o pintor de mandalas me contara aquela história como um último presente antes de eu deixar a gruta.

— Você fala como um monge.

— Talvez Singay, lá do quarto céu, fale por mim.

— Você também saiu à procura do tratado dos xamãs – defendeu-se, cada vez mais cabisbaixo.

— Eu ia atrás da solução da trama diabólica que você engendrou. E encontrei-a. Para mim, é mais do que suficiente.

— Você realmente acha que tanto esforço valeu a pena?

— Todo esforço é pouco, comparado à satisfação que me dá desbaratar seu plano. Entregue-se à polícia.

— Não faz meu estilo.

Luc ergueu a arma e meteu o cano na boca.

— Luc! Não!

Lancei-me na sua direção, mas não pude detê-lo.

Depois de ficar um instante de pé, despencou contra a mesa, de bruços sobre a areia do cartucho, que se esparramou no chão.

| 427

Dez mil tantras secretos, dez mil grandes lamas e, na mente de cada um deles, dez mil interpretações do hieróglifo que cada tantra esconde, forjando sua tradição única.

— Sem dúvida, é demais para se escrever em um só pergaminho – disse, como se Luc ainda pudesse me ouvir.

45

Adormeci assim que me acomodei no avião. Sonhei com Singay até acordar com a aterrissagem. Só podia ser um sonho, que evocou uma recordação perdida. Ou talvez fosse sua voz que falava comigo, como pensei tê-la ouvido em outras ocasiões. A voz que me aconselhava, ou me levava por ruelas escuras. Singay já não era ele. Convertera-se em algo distinto. Mas ouvi sua voz, clara e potente, do fundo dos meus sonhos.

Na meseta, com seu vento matinal, quando ele era criança. Todas as manhãs, pouco antes de começar a sessão de mantras antes do café da manhã, Singay se lavava no cano enterrado no chão. Os cânticos duravam duas horas. Parecia que o momento de sentar-se para comer não ia chegar nunca. O rugido do seu estômago se fundia com o final das orações, as frases repetidas e a música que as acompanhava. O tempo começou a passar mais rapidamente na sala de orações quando lhe entregaram um instrumento. Todas as crianças da lamaseria queriam tocar um: as trombetas tibetanas, os pratos. Os pequenos lamas que tocavam as trombetas pensavam que haviam sido escolhidos por serem os mais aguerridos; sopravam continuamente o tubo de madeira e latão, transformando o ar dos seus pulmões em uma sólida balsa para a meditação. Não sabiam que o instrumento mais difícil era o caracol. Ele exigia uma perícia especial para arrancar-lhe um som. Singay o soprava, e seus ouvidos sangraram durante meses. Depois lhe ensinaram a cantar harmônicos para curar com a voz.

Na meseta, com o vento da manhã, quando se sentia como a criança que ele era na lamaseria. Todos os noviços sentiam-se assim. Sempre havia algo mais, além das aulas e da meditação. Havia muitas horas para se divertirem, em que qualquer coisa se convertia em jogo; até a chegada de um caminhão carregado de madeiras para consertar o telhado. Mas o que eles mais gostavam era de correr até o lago para buscar umas borboletas estranhas que se escondiam nas flores de lótus.

— A última vez que me lembrei do vento da meseta – disse-me Singay antes de eu acordar —, foi quando passeei pelos jardins de Harvard.

Peru, no dia seguinte

Louise. Martha. Peru, Louise e Martha em casa, e eu aterrissando em Lima, tão perto. Horas depois, embarco em um avião em Cuzco e dali sigo em uma aeronave menor para Puerto Maldonado. Elas estão tão perto que quando toco a terra sua presença me queima, apesar de não estarem lá para me receber. Um taxista que me espera na pista atira uma bituca no chão e se aproxima para me levar até o carro. Peço a ele para me deixar na escola.
Existe um barro vermelho em Puerto Maldonado. Todo o resto é verde, principalmente a selva imensa, verde até cansar. Ela me parece diferente. Pela primeira vez entendo que, nela, tudo se harmoniza com o resto: a chuva libera o aroma da madeira; o sol lança o suor da terra às copas das árvores e a melodia atroante das aves faz as folhas tremerem e despejarem o orvalho nas manhãs mais quentes; o rio carrega os ramos que caíram durante a noite, deixando a superfície limpa para que a alvorada pinte de amarelo as pedras polidas do fundo.
Sinto que há algo mais, algo novo. Talvez seja eu mesmo.
A porta da escola está sem o cadeado. As aulas terminaram e as salas estão fechadas. Algumas crianças jogam basquete no pátio. Vou para o jardim, atravessando as cozinhas que separam a escola da nossa casa.

Piso na minha grama. Em alguns pontos está coberta de galhos caídos de árvores. No jardim você se sente protegido sob um grande guarda-chuva de mil varetas.

Martha está recostada em uma rede de cordas. Ergue a vista e, ao me ver, solta o livro que está lendo. Não se move. Malcolm está ao lado dela, sentado em uma cadeira. Também está lendo. Ele olha para a filha, deixa o livro e se levanta para abraçar-me.

— Fez boa viagem?

— Sim.

Sorri, apertando meus ombros.

— Vou deixá-los.

Malcolm sai do jardim. Entra em uma cabana para convidados e a porta de bambu se fecha atrás dele.

Ficamos imóveis. É como se estivéssemos congelados. Martha deixa cair uma lágrima.

— Prometi a mim mesma que nunca mais falaria com você – disse.

— Não posso recriminá-la.

Os nossos olhares se fundem. Temo que, se fechar os olhos, ela nunca mais me olhará desse jeito.

— Você está mais loiro – disse ela finalmente.

— Foi o sol.

Ela me apalpa o nariz e os pômulos, ainda queimados pela neve.

Martha está linda. Reconheço aquela pessoa que descobri no bairro tibetano de Katmandu. Mas é como se ela agora tivesse outra marca gravada, além da beleza. Está diferente, como a selva. Aproximo a mão e acaricio seu rosto. A sua pele recuperou a luz daquele dia e a suavidade do algodão, como a de Louise.

— Você não está só mais loiro – continua falando.

— Finalmente estou aqui.
— Eu o teria acompanhado a qualquer lugar, mas você não me deixava alcançá-lo – diz.
— Eu nem sabia o que procurava.
— As emoções não vêm de fora – decreta ela, de repente.
O vento move as copas das árvores, e as folhas caem como confetes.
— Diga-me o que posso fazer por você – pergunto-lhe.
— Preciso que você me queira.
Um rodamoinho invade o jardim e agita a grama.
— E a pequena? – pergunto-lhe.
— Está lá dentro. Está bem.
Martha se levanta e, finalmente, vem ao meu encontro. Abraçamo-nos e ficamos assim por um bom tempo, até que meus braços doem de tanto apertá-la contra o peito. Depois nos beijamos. Primeiro apaixonadamente, depois suavemente, quase sem roçar os lábios um do outro. Ao fundo, a rede vazia balança com os punhos enrolados.

Tomo Martha pela mão e vamos até o quarto de Louise. Martha afirma que ela melhorou muito. Há dois dias não tem mais febre. Assomo silenciosamente. Ela está dormindo ao lado do seu urso de pelúcia. Abre os olhos e me oferece seu sorriso mais puro. Gostaria de me abalançar sobre ela, mas me aproximo devagar, como se não a merecesse. Ela parece perceber que não está sonhando e fica de pé na cama. Pula em cima de mim e eu a abraço com força. Beijo-lhe o rosto, os olhos, a testa.

Emociona-me pensar que sua melhoria tem relação com Lobsang Singay e o pintor de mandalas. Desejo acreditar que isso foi assim, e desejá-lo é suficiente para acreditar, mesmo que se trate de um ato de fé que lhes brindo fitando o céu.

Permaneço com a menina nos braços e o olhar de Martha me atravessa e me acaricia ao mesmo tempo.

— Acabo de saber da notícia pela CNN – diz ela.

— Luc?

Ela assente.

— Foi tudo desvendado. Estavam retransmitindo um comunicado do porta-voz do governo chinês. A confusão é enorme.

— Senti-me obrigado a fazer isso – digo.

— Você fez coisas tão grandes quanto essa sem sair desta casa.

Sei que cruzar o Tibete ou o Himalaia a pé não equivale a me apaixonar por Martha todas as noites ou convencer Louise de que nunca se romperá o fio intangível que une a palma da sua mão à minha.

— Agora sei que, tendo você, é só dar um passo depois do outro – digo, evocando as palavras do lama —, como quando eu avançava pela senda do barranco em direção à gruta onde vivia o pintor de mandalas.

— Quem é esse pintor?

— Já lhe contarei amanhã, aos poucos, no avião.

— Para onde vamos?

— Preciso levar vocês duas a um lugar secreto.

No dia seguinte, o piloto nos busca na pista estreita. Despedimo-nos de Malcolm. Quando regressarmos ele já terá partido para Délhi. A pequena lhe dá adeus através do vidro da janela circular, ganhamos velocidade e ela continua dando adeus do alto.

Sobrevoamos a selva em direção ao departamento de Piura, ao norte. Aterrissamos em uma esplanada no meio da cordilheira dos Andes. Vamos de ônibus até Huancabamba e, dali, montanha acima no lombo de éguas até a foz de um rio.

O cheiro de ervas impregna a imensidão diante de nós, o vale de encostas cobertas por retalhos supridos de trigo e o barranco aberto, nenhum caminho à vista, como se não tivéssemos chegado ali por nenhum lado. Também cheira ao sol suave que assoma entre as nuvens, prendendo suas bordas.

Então tocamos o céu.

Tiro da mochila umas bandeirolas tibetanas de oração.

— De onde você tirou isso? – surpreende-se Martha. — Não sabia que você tinha isso!

— Era parte do segredo. Quando deixei Délhi, o lama de Dharamsala me pediu um último favor. Rogou-me que o fizesse em honra do seu companheiro morto, de Lobsang Singay e dos demais lamas que passaram a contemplar o mundo do lugar onde você pode se balançar no olho de um furacão ou dormir no rastro de um cometa, como ele disse. Prometi-lhe que compraria essas bandeiras no aeroporto e que traria vocês duas até aqui.

— Onde estamos?

— Chamam esse lugar de Huaringas.

— É lindo. Diga-me por que estamos aqui! Não aguento mais!

— Nessas montanhas respiramos o Tibete.

— Como?

— Quando o Tibete foi invadido, grande parte da energia que conseguiu escapar do fogo se refugiou aqui, exatamente aqui.

Martha me olha com os olhos arregalados.

— Não pode ser! – queixa-se. — Não é possível que eu não conheça essa história!

— Pelo que o lama me disse, conta a lenda que a energia do Tibete vagou por toda a Terra, procurando o lugar ideal para se resguardar até que pudesse regressar em paz à meseta. E, dentre todos, escolheu esse lugar mágico.

— Tão perto da nossa casa...
Aperto a corda com força e desfraldo as bandeiras de oração.
— Aqui o próprio vento pode sacudi-las.
Ergo-as com as mãos e elas se agitam com força; procuro onde atá-las.
— Do outro lado do mundo, com o mesmo vento! – exclama Martha.
Encaro-a fixamente.
— Por que você está me olhando assim?
— Encontrei-a.
— Onde estava? – sorri.
— Você também está em todos os céus, como o vento.
Martha me pede a corda. Sujeita-a pelas duas pontas e deixa as bandeirolas tremularem vigorosamente.
— Como o vento!
A pequena corre e salta à nossa volta e eu me inclino para tomá-la pela cintura. Deito-me até fundir-me na relva com ela.
— Conte-me alguma coisa – peço à minha filha.
— Solte-me! — ri.
Ela se solta do meu abraço e sai correndo ladeira abaixo. Martha concentra toda a sua doçura no olhar azul.
— O que você sente?
— Aprendi que há coisas que podem ser compreendidas, mas nunca poderão ser explicadas com palavras sem que sua grandeza seja desvirtuada.
Outro golpe de vento quase arranca as bandeirolas da sua mão. Ela se senta ao meu lado.
— Lobsang Singay dizia que todos devíamos receber um abraço para nos afastar da solidão, pelo menos, um último abraço, no instante em que nos precipitamos no vazio. – Fito-a

nos olhos. — Quando chegar o momento eu quero sentir seu abraço, e nenhum outro.

— A morte com você seria o triunfo da vida, mas ainda temos muito a fazer.

— Onde vamos acabar?

— O que importa?

— Isso mesmo. O que importa? – grito, e abraço Louise, que voltou para sentar-se junto a nós. — Agora! – digo a Martha.

Ela solta a corda e as bandeirolas se elevam, serpenteando em direção ao céu, pintando com as cores do Tibete a energia que está resguardada ali.

— Nós três viveremos para sempre.

— Para sempre – sussurra Martha, fechando os olhos, sentindo o vento que vem acariciá-la de algum paraíso distante.

Agradecimentos

À Cristina, minha mulher; o romance é tão seu quanto meu.

À Montse Yáñez, minha agente; ainda não sei como consegui enganar você para que investisse tanto esforço e carinho para que esse sonho fosse adiante.

À Raquel Gisbert, minha editora, por tudo o que você me ensinou, seus conselhos e sugestões, seu profissionalismo, sua sinceridade e o respeito que teve comigo desde o primeiro dia.

A Alberto Marcos, pelos últimos acertos da sua edição expressa.

Aos meus pais, pelo apoio desmedido, as oportunas doses de prudência e as repetidas leituras e correções, uma após a outra, de todos os rascunhos.

Ao meu irmão Miguel e à Esther, porque gosto de vocês.

A Ecequiel, por termos cruzado juntos todas as portas da criatividade que descobrimos desde aquele 14 de setembro.

A José Manuel, por ter facilitado o dia a dia no escritório, a tal ponto que me deu vontade de iniciar aventura como esta.

A Pepe Ramo, poeta e professor, por me mostrar como se pode amar a literatura.

A Pedro Casis, escritor, pelo apoio que você me deu no começo e pela excessiva confiança que demonstrou na minha obra.

À Elsa Alfonso, tradutora e revisora, por fazer uma crítica tão contundente do primeiro manuscrito que imprimi naquele fevereiro de 2004.

A Maria Luisa e Belvis, pelas histórias invejáveis que contam em primeira pessoa sobre o mundo dos cooperantes.

Ao doutor Sewan Dadul, médico tibetano, onde você estiver, pelas explicações sobre a Faculdade de Medicina de Dharamsala que me deu no seu consultório, poucos dias antes de deixar este mundo.

A Dudu, por suas explicações professorais sobre quaisquer circunstâncias policiais quando o consulto.

A David e Fabián, pela assessoria que vocês me deram em questões militares, e, principalmente, por termos viajado juntos pelos cenários tibetanos, indianos e peruanos onde se passa o romance.

A Jorge González, por contribuir para que a autópsia do lama se adequasse à prática forense mais delicada.

A Fidel Cabredo e a Pablo, que me apresentou a ele, pela lenda das Huaringas.

E sempre, não há palavras, ao resto da minha família e aos meus amigos que não mencionei aqui, todos eles essenciais na minha vida e nesta obra, muitos dos quais leram rascunhos em algum momento e emitiram opiniões – sempre sinceras, por sorte – que, eles sabem, eu levei em conta. Obrigado a todos por terem aguentado durante todos esses anos meus sonhos e projetos sem desmaiar de tédio.

Para terminar, a todo o relaxamento do universo, a Dido, Tracy Chapman, à B.S.O. de *Gladiator*, a Wim Mertens, Keith Jarret, Metallica e Linkin Park (com essas duas ambientei as cenas de ação) e aos outros cem CDs que me ajudaram a escrever, com o tom que cada parágrafo exigia, um romance que leva em si toda a música que ouvi nesta vida.

Quinta-feira, 26 de abril de 2007

| 439

Este livro foi impresso pela Prol Editora Gráfica
para a Editora Prumo Ltda.